太空闸门

原机人天使

曹效生 著

天津出版传媒集团

百花文艺出版社

图书在版编目（ＣＩＰ）数据

太空闸门·原机人天使 / 曹效生著. -- 天津：百花文艺出版社, 2023.5
  ISBN 978-7-5306-8415-3

  Ⅰ.①太… Ⅱ.①曹… Ⅲ.①幻想小说–中国–当代 Ⅳ.①I247.5

  中国版本图书馆 CIP 数据核字(2022)第 202852 号

太空闸门·原机人天使
TAIKONG ZHAMEN·YUANJIREN TIANSHI
曹效生 著

出　版　人：薛印胜　　　　责任编辑：李　莹
美术编辑：丁莘苡　　　　封面设计：润山设计
出版发行：百花文艺出版社
地址：天津市和平区西康路 35 号　邮编：300051
电话传真：+86-22-23332651（发行部）
　　　　　+86-22-23332656（总编室）
　　　　　+86-22-23332478（邮购部）
网址：http://www.baihuawenyi.com
印刷：天津新华印务有限公司
开本：787 毫米×1092 毫米　1/16
字数：280 千字
印张：20.25
版次：2023 年 5 月第 1 版
印次：2023 年 5 月第 1 次印刷
定价：58.00 元

如有印装质量问题,请与天津新华印务有限公司联系调换
地址：天津东丽开发区五经路 23 号
电话：(022)58160306
邮编：300300

目录

大脑宣纸

季夏傍晚,京西中欧隆卫研究基地光线弥散,茂盛的苍翠树林与彩光辉映,晃动的光影遮蔽环山抱水,依山而起的一幢幢楼房透出家家灯火,勾勒出这个基地轮廓延绵数十千米。

晚风乍起,老百姓叫"大背串""大尾巴狼"的山噪鹛、山鹛成群结队,前来串门的金翅雀、红嘴蓝鹊、大山雀低空盘旋,热浪来去清风去来。

站在外阳台,欧阳伯第抹抹光头上的汗珠,催问家庭飞车甲斐行驶到哪里。

甲斐回应,行驶在京西南空环,很快就能到。

"伯第,女儿这次回来,赶巧你在家,你是怎么想的?"说话的是欧阳伯第的妻子,雪瑞莱。

"瑞莱,我很纠结,这是咱家的一块心病,有时压得我透不过气。"

"看得出来,十几年啦,头顶都谢了,那会儿多讲究,看你现在越来越邋遢。"

"当年那事,我不敢想,过一段时间我就会被噩梦惊醒,时间越长越像一场醒不来的梦,话几次到嘴边都被你挡回来。你太敏感。"

"你的心不细,我总怕你伤到女儿。"

"看你才多大,因为这桩事添不少银丝了。"

"进入基地。"甲斐的声音从欧阳伯第手环上传出。

不远处的低空数个飞动亮点闪烁,先后驶入基地院落,一个亮点渐渐朝依山的 15 号楼靠近,"甲斐!"雪瑞莱喊出声来。

夫妇俩向后退,甲斐与阳台对接,后车门刚开启,欧阳杉杉就蹿出来,喊着妈妈直接扑向雪瑞莱,母女俩紧紧相拥。

　　欧阳伯第慈爱地拍拍女儿的头,杉杉转头看看爸爸。

　　雪瑞莱捧着杉杉的脸,念叨着瘦啦,女儿越长越漂亮了,然后又与女儿贴在一起。

　　欧阳伯第站在一旁看着母女俩,说:"杉杉个头儿超过妈妈啦。"

　　杉杉向后仰头看向欧阳伯第:"妈妈的眼睛是黑的,圆脸,黑头发。"

　　"我女儿比我灵秀。"雪瑞莱说。

　　"同学说我不像中国人,像混血儿。"

　　"还有这事,他们乱猜呗。"

　　"我这长相,不像爸妈遗传的,倒像中欧人。"

　　"我女儿进化呗。"

　　"我爸长眉长脸,黑不溜秋的大光头,是吧爸。"

　　"这孩子,嫌弃老爸啦。"

　　"哪有啊。"

　　跟人行李箱进来,甲斐退出阳台,在低空中变形合拢,贴在楼外墙壁上,阳台关闭。

　　家助引导跟人行李箱准备进侧卧,被杉杉叫住。

　　杉杉松开妈妈,双膝跪地把箱子打开,说里面是给爸妈制作的礼物。

　　"汪汪汪""汪汪汪",两只"金毛寻回犬"(简称"金毛")跑出来,抖抖摇摇,围着客厅跑起来。"给爸妈做伴儿咋样,喜欢不?"

　　欧阳夫妇的目光跟着两只"金毛"跑动。两只"金毛"一大一小各有三四十厘米长,金色毛发,耷拉着小耳朵,一对熊猫眼,黑中透微蓝的鼻子,浅金色脖领,短短的暗金色小尾巴摆动着。

　　"甭猜了,一会儿慢慢说。"

　　雪瑞莱蹲下抱起两只"金毛":"好可爱,妈妈喜欢。这天气,一动一身汗,你快冲一个澡,等你吃晚饭。"

　　"我去冲冲就来。"杉杉和家助向侧卧走去。

欧阳伯第望着杉杉欢快的背影——长发飘逸，浅蓝暗花短款上衣一半塞进裤腰一半在外，棕色紧身半裤，趿拉着拖鞋，洋溢着青春气息——心底的石块反而更沉重了。

家助从侧卧退出来，走向厨房。

"你不喜欢吗？"雪瑞莱抱着两只"金毛"站起来，把其中一只摁到发呆的欧阳伯第手里。

"还没搞明白咋回事呢。"欧阳伯第一脸莫名状。

"我女儿送的东西我都喜欢，多可爱的小东西。"

"我可不像你，爱掏杉杉耳朵眼儿。"

"本来就喜欢嘛。"

"不瞒你说，刚才杉杉跪地一刹那，吓我一跳，眼前猛然映出那一幕……"不等欧阳伯第说完，雪瑞莱急忙打岔："女儿历来让我们惊喜。"

"是是，出去俩小东西，又回来俩。"

"念叨儿子啦不是。还是我女儿知道惦记咱俩。"

"我看这礼物没那么简单。"

"别瞎想，你那秃顶还长不长毛了。"

"杉杉不会听到什么风声了吧？找个机会给她捅开算了。"

"你又来，我估摸不大可能，她的同学中没咱基地的。奕奕、仲仲更不会多嘴。快去厨房张罗张罗，帮家助一把。"

欧阳伯第把"金毛"放到地上，起身拍了拍雪瑞莱，像是安慰她，也像是安慰自己，然后朝厨房走去。

雪瑞莱抱起两只"金毛"坐进沙发里愣了愣神，脑子里乱糟糟的。杉杉从家庭飞车上跳下来的那一刻，她的心怦怦直跳，事先规划好的节奏一下乱了。女儿大了，是时候了，但她刚回来咋好张嘴，还是要瞅空好好暖暖孩子的心。

"妈，我穿这个好看不？"雪瑞莱一怔，杉杉已站在自己面前，披散着头发，两条粗眉下一双又大又圆的眼睛越来越蓝越来越迷人，一袭宽松的浅蓝色长裙，赤着脚,身上散发着沐浴后的清香。

"妈,咋这样看我?"

"看你看得入迷啦,走。"雪瑞莱抱着两只"金毛"一起来到餐厅。

杉杉抓起煎牛排就吃。

雪瑞莱放下"金毛",走进餐厅隔壁洗漱间。

"妈,快来,要不你的牛排就都让我给吃啦。"

"来啦。"雪瑞莱回到圆形餐桌前,杉杉赤脚盘坐椅子上,欧阳夫妇围坐两侧。

"还是那习惯,用手抓。"雪瑞莱笑眯眯地欣赏女儿的吃相。

"爸、妈,一起吃。"

"来,为女儿研二干杯!"雪瑞莱端起酒杯,三人各自饮下一口干红。

"杉杉 18 岁读研二,这才叫本事。"欧阳伯第一脸自豪。

"我们那个班一共 36 名学生,和我差不多的有三四个。"

"这可是咱们家的喜事,来,祝贺女儿!"雪瑞莱再举杯,杉杉把干红倒进嘴里。

家助在一旁把酒斟上,转身到厨房,端上一盘蜜汁年糕。

"我女儿爱吃的。"

"在学校可吃不上这个。"杉杉抓起一块塞进嘴里,说过瘾。

欧阳伯第一边用叉子往嘴里送牛排,一边问杉杉的在读专业。

"喏,这俩小家伙。"

"金毛专业?"

"我爸真逗。"

雪瑞莱险些被欧阳伯第的话噎着,用手捶捶胸口咽下后说:"哪有这专业?"

"它们是我的实验品。我业余爱好研究情感科技,先用金毛体态做实验。这是两只金毛寻回犬动物基因与智能机器的融合体,我想为它们造一门学问,爸,要不您给起个名字?"

"我女儿真敢想。"雪瑞莱随着杉杉的眼转动。

家助端上来一个混合素菜。

"这让我想起一个时不时聊起的话题。自古以来,人类把科技作为进步的工具,这本身没错,但机器、武器这些都冷冰冰的。AI(人工智能)的出现使人类智慧得到延伸,并在大数据和 AI 算法领域,为人类增添许多智慧空间和乐趣,但直至目前人类对普遍性、生活性的情感科技下的功夫不够,虽不清楚智能科技会不会产生情感泛滥,但至少人类不能沦为智能科技的情感俘虏。"

"啥情感俘虏?"雪瑞莱看看父女俩。

欧阳伯第端起酒杯又放下,说:"如果机器态普遍拥有情感,那这个世界会是什么样子,我没认真想过。如果科技、机器有了情感,数字有情有义,日常生活处处可以触摸、感受,我们这个世界就会更丰富。不过,得要驾驭住。"

"我先用我这个在研项目捣鼓捣鼓再说,今天先不说啦。奕哥哥啥时候回来,这几天忙糊涂了,没和他联系。"

"那小子,说好的今天与你一起回家,不知又搞什么野外试验,说不准哪会儿钻出来。"雪瑞莱显出一些嗔色。

"他们管理特殊吧,他那脑子可比不上杉杉。"欧阳伯第端起酒杯饮一口。

"奕哥哥比我大一岁,都研三啦。小哥哥呢?好长时间没他消息啦。"

"他在太空城更忙活,这不,家里有几周前的视频,你抽空看看。"

"爸,你在家待几天?"

"恐怕待不长,太空城天天有事。正好,你在家多陪陪你妈。"

"上米粉吧。"杉杉催促家助。

家助端来酸辣米粉放上餐桌……

腕部联通机报时上午 9 点。杉杉闭着眼哼哼,翻身又趴下,两只"金毛"跳上床给她挠背。

"咋上来啦?"

两只"金毛"慌忙从床上跳下去,立着后腿看着杉杉。

"哎,亲爱的宝贝,不让姐姐睡懒觉。"

　　杉杉起床洗漱后,赤脚走出侧卧。家助正悬空擦洗阳台玻璃,从玻璃上看到杉杉后转头说:"妈妈交代要你自己吃早餐,中午她回家来陪你。"

　　杉杉一边回应家助一边走向餐厅,匆匆吃过早餐回到房间,从窗台向基地院落望去,密实的树叶遮挡着大地和大半截楼房,上方盘旋着一群群京西特有的鸟类,一只北红尾鸲从窗前飞过。

　　杉杉转身来到桌子前,扣上智能头盔,电脑开启,杉杉将光影拉开,找出一个国际流行的软件进行下载,一个小窗口跳了出来:

　　　　升级版原机再造系统上线,户主需资格审查方能进入。

　　杉杉盘腿坐上椅子。

　　杉杉早就听说过这个国际超级智能系统,传说很玄乎,吸引了不少用户。

　　界面提示出具身份证明,杉杉将联通机对接扫描,窗口提示:

　　　　原机再造系统遵守用户承诺,如发生纠纷、发现欺诈等,系统将有注册律师提供法律服务,请确认。

　　杉杉确认。

　　窗口提示,登录地址为中国区域北京分区,杉杉确认。

　　"用户你好,我是大盈,定向为你服务。你的注册账号为 ZGBJ2079-原机W4823,请确认。我们随时随地链接。"

　　"大盈,请把账号结构解读。"

　　"'中国北京'拼音首字母,年份,原机即酷似自己的具身机体,W 为'万'字的拼音首字母,4 位数字是你的序号代码。"

　　"还有什么需要解释的吗?"

　　"没有了,你可以确认进入程序。再见杉杉。"

"再见大益。"杉杉再次确认。

界面生成杉杉自己的影像。尽管有一些心理准备,杉杉还是暗吃一惊。杉杉眨巴一下眼,影像"杉杉"同时眨了一下眼;杉杉把脚丫子放到桌上,影像"杉杉"做相同动作。

"你是我吗?"杉杉发问后扑哧一笑,心想这是怎么问的。

影像"杉杉"回答:"我不是你,你我还不具有资格。"

"那你咋这么像我,还模仿我的动作?"

"这是原机再造系统表象。杉杉,你的身份信息已上传,系统建立了你的形象模态,可以与你同步动作,有瞬时误差,但你的视觉不易察觉,加上脑反应时间,让你感觉同频同步。"

"哦,那你怎样才能成为我?"

"杉杉,我现在的模态可以重塑你,从童年开始寻找你的记忆。"

"童年的我,你能做到?"

"这个要看我们俩怎样合体合神,我会努力做。"

"不会蒙我吧?"

"这个系统拥有数千万用户,你用注册账号可链接质询查验,产生怀疑或不满意,随时可以退出程序。"

"你要再现我的童年吗?"

"是的, 神经传感系统可以再现用户从 2 岁左右到今日的记忆。用户现实年龄越小,再现的清晰度越高,这已成为可能,除非你有智力障碍。"

"你是说,年龄跨度越大清晰度越低?"

"是这样的。"

杉杉心里琢磨,自己的童年有必要再现吗?会有什么值得留恋的呢?倒是两个哥哥一直很疼爱自己。

"杉杉,这个由你自己确认。再现童年为难度最大的一级台阶,以现有系统,只能再现你童年时期印象最深刻的极为有限的片段,烙印越深,再现的清晰度越高。"

“可以越过童年,从少年开始吗?”

“可以。”

杉杉琢磨,反正暑期在家闲着,就当打发时间呗。

“杉杉,确认再现童年吗?”

“确认。”

光影闪动,杉杉的眼前渐渐映出模糊画面:

研究基地院落花园,树影婆娑,阳光的斑点从密实的树叶中晃动着洒落地面,光点不停地晃动,花园逐渐清晰,一群幼童挥动激光玩具枪。一个小女孩藏到梧桐后面瞄准前方,突然被身后的男孩用枪“击中”。

小女孩回头,看到激光枪对着自己扫射便即刻倒地,嘴里嘀咕着什么,小男孩似乎喊杉杉说汉语,另一个小男孩好像在帮小女孩翻译,说请帮帮我吧!

两个小男孩蹑手蹑脚靠近,小女孩的影像渐渐清晰,是杉杉。杉杉躺在地上举起激光枪,啾啾啾啾射出密集激光,两个男孩被“击中”。杉杉在地上滚动一下站起来,好像在说哥哥中啦。

杉杉认出这两个光头、皮肤微黑、穿着迷彩短衣短裤短靴的男孩,一个是欧阳奕奕,杉杉的大哥哥,另一个给杉杉翻译的是欧阳仲仲,杉杉的小哥哥。

奕奕说杉杉欺诈,仲仲问那咋办。

杉杉噘起小嘴意思哥哥们耍赖。

奕奕挠挠小光头,向仲仲示意,两人相对,把激光枪放到地上,弓腰把手放到脚面,翘起小屁股。

杉杉咯咯咯地乐,挨着他们,也把激光枪放到地上,模仿着把手放到脚面,翘起小屁股,说的什么不清晰,仲仲翻译说我也输啦!

奕奕、仲仲弓着腰说杉杉赢啦。

三个孩子同时起身。

杉杉似乎在喊妈妈,奕奕、仲仲好像在喊阿姨好。

一位影像模糊的年轻女子招呼孩子们回家。

三个孩子捡起激光枪，跑向花园一角，画面随着年轻女子的背影消失。

杉杉摘下头盔，揉揉眼睛，两只"金毛"趴在地上，眼睛盯着杉杉。杉杉蹲下身来用手轻抚它俩。

杉杉过滤刚才的影像：奕奕、仲仲是那样清晰，但妈妈的影像却是模糊的，两个哥哥喊出的不像是"妈妈"，好奇怪的画面。自己的童年记忆莫非错乱？为什么对妈妈年轻时的容貌记忆模糊，难道是幼时脑细胞死光了不成？转而又一想，不对，怎么两个哥哥的影像还是清晰的？

杉杉抓起头盔扣上，眼前再次映出影像：

客厅渐渐清晰，好像是下午，大人们（影像模模糊糊）不停地忙碌着。杉杉与奕奕、仲仲赤着脚丫子，穿着短衣短裤坐在地板上玩变脸游戏。

奕奕先来。他把一个面膜样的东西敷在脸上，慢慢他的脸就变换出东方大魔王的眼睛和鼻子，一下被仲仲和杉杉识出。

仲仲戴了一个拼接组合"面膜"，奕奕摇摇头，杉杉噘起嘴。这是"人兽胚芽脸"，两人没识出，受罚，奕奕、杉杉手臂上被黏上激光肉色蝗虫，可恶心啦。

轮到杉杉，杉杉的脸部敷上"面膜"，慢慢变形为"宇宙金刚族变异人"，奕奕摇摇头，表示猜不出，仲仲只猜出宇宙人，杉杉认为仲仲没有识出，于是奕奕、仲仲在手臂上黏上激光肉色蝗虫。

此时，飞车对接阳台，后门开启，杉杉跟着哥哥们喊叔叔好、叔叔好。一位叔叔跳下车弯腰抱起三个孩子，跨进客厅转悠几圈倒在地上，任由孩子们骑耍，眼窝里的液体向外流。

另一位叔叔走下车把一位阿姨拥在怀里，瞥见另一位阿姨，急忙打招呼。

那位阿姨好像说，打扰你们啦，你们继续。然后她蹲下来轻声招呼跟倒地叔叔玩闹的孩子们到一边去，接着跪在地上，俯下身，双手捧起倒地叔叔的脸,嘴唇贴上去。

杉杉踉跄着呼喊“妈妈”,抓住倒地叔叔的衣服撕扯:“坏叔叔,坏叔叔,我要妈妈。”

倒地叔叔好像不情愿,于是杉杉钻到两人中间抱住“妈妈”的头。

一旁的阿姨牵着另一位叔叔招呼两个哥哥:“过来,喊爸爸。”

“爸爸”“爸爸”,哥哥们呼喊着依偎在两人身边,那位叔叔蹲下,将膝前两个哥哥紧紧揽在怀里。

“妈妈”坐起身搂着杉杉,好像在说这是你爸爸,太空爸爸,快叫。

杉杉搂着“妈妈”的脖子,扭头眯着眼。

“杉杉,小女儿,我是你爸爸。”倒地叔叔说。

杉杉把眼闭上,嘴噘得高高的,挤出几个字,好像是“小花脸”。

奕奕、仲仲跟着起哄“小花脸”“小花脸”。

“爸爸”(倒地叔叔)下意识摸摸脸,紫红色的唇印在脸上散得更开了。

“爸爸”把“妈妈”、杉杉一起揽入怀中,冲着杉杉粉嫩的脸蛋儿深深一吻。

“爸爸”好像在说这是第一次见到将近2岁的女儿,没想到与3岁的奕奕、仲仲几乎齐头,深棕色的头发,一双浅蓝色大眼睛,鼻梁高挺,脚丫子像肥肥的小猪蹄。说着把杉杉的脚丫贴在脸上。

“凯迪,杉杉人见人爱。”另一位阿姨的影像渐渐清晰,像现在的妈妈雪瑞莱,脸上挂满喜悦。

“妈妈”理理散乱的黄色的波浪式头发,说多亏什么姐姐照顾我们母女。

杉杉在“爸爸”的怀中听着大人们说话,什么医生,什么两人长期在太空,什么姐妹相互照应。

“爸爸”与“妈妈”轻轻一吻。

雪瑞莱妈妈对着地板上的三人说什么你们一家三口第一次团聚,给你们记录下来。

“杉杉,看爸爸带的礼物。”“爸爸”从口袋里掏出一小块陨石,上面刻着杉杉的名字和出生日期"2061年8月1日",随后将银色细绳套在杉杉脖子上。

"孩子们,来看礼物了。""爸爸"抱起杉杉从地板上"弹"起来,大步跨到客厅一侧,从箱子里摸出一串金色圆果,好像说是太空土豆。孩子们争抢着挂到脖子上。

"爸爸"把一串好像太空咖啡豆的东西挂在"妈妈"胸前。

"孩子们,看这是什么?""爸爸"将几个小瓶子放到地板上。

瓶子打开,几条太空昆虫爬出来,奕奕有些胆怯,仲仲将昆虫放到左手食指上。杉杉挣脱"爸爸",学着仲仲将昆虫放到手心里。

这时机器人家助招呼大家就餐,三个孩子把昆虫扔到地上,跑向餐厅一侧洗漱间,不一会儿就出来甩甩手,抢占座位。

"爸爸"拥着"妈妈"不停地诉说太空城的事,路过客厅一端的楼梯来到餐厅。

雪瑞莱妈妈端起酒杯摇晃几下提议干杯,"爸爸"将干红倒进嘴里,拿起刀叉切开牛排送到"妈妈"嘴里。

大人们举杯,杉杉举起面前的汤杯饮一口。

"妈妈"说什么阿迪一走就是几百天。

可是"爸爸"的回应听不清楚。

大人们相互敬酒,脸上一个个泛起潮红,好像说凯迪这个高级联络官,外籍专家就认他这个倔强劲。几人频频举杯。

家助送上来一道菜,然后好像说,晚餐食材全部来自太空城。

这是一种白里透着红丝的块状食物,三个孩子抓起来塞进嘴里,几乎同时报出"虾肉"。

杉杉跳下椅子,跑到一侧的洗漱间,不一会儿出来,招呼哥哥们离开餐厅。

不大工夫,刺耳的警笛在楼外响起,一架救护飞车对接阳台,车上跳下医生护士,家助带着他们匆匆跑上阁楼。

三个孩子放下手中的泥塑,来到楼梯前向上看,一会儿背下一个人。"叔叔！叔叔！""爸爸！爸爸！"背人的人没停顿，拐过客厅快步进入救护飞车。

杉杉追过去被人拦住，又一个人被背下来。"阿姨！阿姨！""妈妈！妈妈！"

"爸爸！妈妈！"撕裂的哭喊在屋内回荡，另一位叔叔与雪瑞莱妈妈相互搀扶着从阁楼上下来，抱起杉杉跟了上去。这位叔叔是欧阳伯第。

飞驰的救护车上，杉杉嘶哑着呼喊："爸爸！妈妈！爸爸！妈妈！"

雪瑞莱抱着杉杉，嘴里嘀咕着，脸色涨红，泪水不停地涌出眼眶。

"我要妈妈，阿姨，我要妈妈。"杉杉抓住雪瑞莱的衣领不停撕扯。

救护飞车停在京西医院急救室外间，欧阳伯第等下车，杉杉拽住雪瑞莱的头发不停摇晃："我要妈妈，妈妈。"

欧阳伯第试图安慰杉杉。"叔叔，我要妈妈，我要妈妈。"欧阳伯第把眼镜摘下来在身上蹭蹭，抹了一把眼泪又戴上，从雪瑞莱手里接过杉杉。

急救室外间早就亮起了灯。不知过了多长时间，一些人开始躁动，一个声音好像在说欧阳首席，要不要杉杉见见她的父母。

"还是要的吧。"欧阳伯第抱着杉杉，雪瑞莱跟在一旁扯住杉杉的衣服，慢慢走进一个房间。

"杉杉，杉杉，转过头来看看你爸爸妈妈。"杉杉伏在欧阳伯第肩上，小手紧紧攥住欧阳伯第的衣领不肯抬头。"杉杉，好孩子，转过头来。"杉杉依旧死死抓住欧阳伯第不松手。

雪瑞莱颤抖着，好像说要不，别让孩子看了。

杉杉突然松开欧阳伯第，闭着眼睛转过头，然后猛然睁开眼，"爸爸啊，妈妈啊，我要爸爸妈妈。"呼喊声撕心裂肺。

杉杉奋力挣脱欧阳伯第的怀抱。欧阳伯第把杉杉放下，紧紧攥住她的一只手。杉杉伏到"爸爸"身上用力摇晃："爸爸，爸爸，睁眼啊……"

欧阳伯第牵着杉杉走到另一个被白布覆盖的人前。"妈妈，妈妈，你不要我啦。妈——妈——啊——"雪瑞莱伏下身子轻轻抱住杉杉，屋内呜咽声一片。

杉杉跪到地上，抓住"妈妈"的手摇晃，边哭边摇。欧阳伯第蹲下来拽杉杉的手,没有拽开,便又稍稍用力拽了拽,杉杉还不松手,欧阳伯第没办法,只得使劲掰,没想到杉杉竟把"妈妈"手上的饰物拽掉。杉杉将饰物紧紧攥在手里,撒腿就向外跑,欧阳伯第等人在后面紧紧追了上去……

"我要爸爸。我要妈妈。"欧阳伯第、雪瑞莱把杉杉从医院抱回家。杉杉嗓音嘶哑,眼神飘忽不定,看到地面上的胶体泥塑,再次扑腾哭喊。

雪瑞莱抱住杉杉放声号哭,欧阳伯第泪流满面地猛力捶打自己,奕奕、仲仲、家助一起呜咽,悲伤凄厉的气氛急速蔓延,窗外雷声大作,天空像撕开了一道口子,狂风携带暴雨猛烈地拍打阳台。

杉杉摘下头盔,满脸泪水,伏到桌上号啕大哭,两只"金毛"随杉杉哀鸣,家助也呜咽着进来。

过了一会儿,杉杉抬起头抹抹脸,看看两只"金毛",眼里充满泪水,跪地把它们搂在怀里。

杉杉心里念叨着,泪水顺着脸颊向下流。家助也溢出"泪水",从桌子上抽取纸巾躬下身帮杉杉揩泪。

杉杉看看左手中指上的银色钻戒,深深吻住,泪水止不住流淌,而后慢慢站起来,看着家助,突然想起什么,说:"家助,你认识我爸妈吗?"

"不是主人欧阳夫妇吗?"

"你是何时到这个家里来的?"

"16年前。"

"出事之前的那个家助是你吗?"

"我没那个时段的记忆,杉杉。"

"甲斐呢? 甲斐!"

"杉杉,听到你招呼。"

"你是何时到这个家的?"

"2067年2月3日,杉杉。"

杉杉一惊,这些信息如同一团乱麻撕扯不清。欧阳爸爸、雪瑞莱妈妈对自己隐瞒得太深太久,这家助、甲斐……

杉杉拿起头盔扣上。

界面提示有链接,杉杉点击进入。

信息链接1:2063年4月25日,北京京西中欧隆卫研究基地发生神秘死亡事件,官方没有发布信息,外界流传是一对年轻夫妇在事件中不幸身亡,留下一幼女。

信息链接2:基地神秘死亡事件或牵扯重大隐情,中国太极太空城高管对媒体三缄其口,引起社会众多猜测。

信息链接3:嘟嘟网记者(2063年)4月26日报道,中国太极太空城及所属研究基地发生严重内讧,基地官员凌辱欧方合作伙伴,致使欧方高管不明原因死亡,多人受伤,欧中研究合作项目行将瓦解。

信息链接4:匈牙利外交网站(2063年)4月26日短讯,北京京西中欧隆卫研究基地“4·25”事件涉我方人员不幸遇难,相信匈中会通力合作,查明真相,妥善处理善后事宜,平息国际舆论,不使双方合作项目和友好关系受损。

短讯链接:匈牙利外交部委托匈牙利驻华大使馆全权处理“4·25”事件,遇难者亲属即日抵达北京。

信息链接5:地球空间网(2063年)4月30日消息,中国太极太空城鸣笛3分钟,向对中国太极太空城建城有功的米凯迪夫妇致哀。

杉杉摘下头盔呼喊:“甲斐,我父母葬在哪里?”

“杉杉,你怎么会说这种话。”

“有没有欧阳爸爸雪瑞莱妈妈经常去的墓地?”

“这个有。”

“在哪里?”

"京西墓园。"

"现在走。"

"是,杉杉。"

杉杉急急忙忙换上一件深蓝长裙,穿上黑色短靴,拎起手包,从敞开的阳台跃入家庭飞车,两只"金毛"跟着跑上来。

甲斐离开 15 号楼,从密实的树丛上面掠过,飞越基地低空。

杉杉透过车窗向外望去,绿色满目,山坡、山脊、田野尽是绿色,滚滚而来的云层逼到太阳眼前,远处深谷在朦朦胧胧中冒出缕缕混沌的青烟。

"杉杉,京西墓园周围没有空环飞道,我们要落地行驶。"

"由你。"

甲斐落到京西主路行驶,路况良好,行驶约 10 分钟到达京西墓园。

杉杉从墓园管理处购买了 4 朵玫瑰 4 朵玉兰,甲斐为杉杉指定了方位。

进入墓园右侧第三排找到墓碑,上面刻着"米凯迪,生于 2036 年 3 月 19 日,卒于 2063 年 4 月 25 日。伊蒂贝娅,生于 2039 年 7 月 11 日,卒于 2063 年 4 月 25 日。"彩色合照镶嵌在花岗岩石碑里,墓碑左侧下方刻着立碑人米杉杉。

杉杉双腿齐跪头伏在地。

两只"金毛"嘴巴啃地,发出呜呜哀鸣。

一群大山雀扑扇着翅膀呱呱呱盘旋。

过了许久,杉杉把玫瑰、玉兰献上,深深跪拜后跪走过去搂抱石碑,而后突然起身转头离开,两只"金毛"紧随其后。

"杉杉,对不起,飞车出现故障,正在自检。"甲斐说。

杉杉没有答话,径自走出墓园,沿林荫大道快步行走,两只"金毛"紧紧伴随。

走了一阵子,遇到岔路口,杉杉顺着拐进右侧人行道上,抬头望去,远远一座尖尖的山峰。

杉杉此时冷静下来。原机再造系统没有给出爸爸妈妈是怎么跑到阁楼的。爸爸离家几百天,刚从太空回来,为什么不回自己家,来欧阳家干什么?有什么事非要到阁楼去办？刚去不久怎么就不明不白地突然暴死？搞这么大动静竟然查不出原因，也太蹊跷了吧。

泪泪水流声传来，杉杉不知不觉来到水潭边，她跪下把脸浸到水中，足有数分钟才抬起头，坐在一块岩石上。

泉水从山腰流下，逢崖成瀑，遇到凹凸分解成数个细瀑，流向大大小小数十个水潭，水潭周围青山叠翠、空谷幽兰、蜂飞蝶舞、群鸟鸣飞，身在水潭边，摸不着东南西北。

杉杉抬手瞟一眼腕部联通机，数十个未接来电、未读短信。她深深吐口气，把散乱的头发向后甩，目光投向不远处流动的瀑布，眼神迷茫。突然间发生的人生颠覆，把心弦彻底搅乱，自己是躺在墓地的那对年轻夫妇的唯一女儿，整整 16 年，直到今日她才知道自己的悲惨身世。

杉杉的目光穿到那个墓碑上。米凯迪，那是自己的亲生父亲，算算离世时才 27 岁。伊蒂贝娅，那是自己的妈妈，可还不到 24 岁就撒手人寰。他们正值青春年华，就这样草草了结短短一生。

泪水将目光压弯，左手银色钻戒折射微光，现出京西医院那一幕。杉杉用力摇摇头，16 年，自己姓米，却成为欧阳家的一员，为什么欧阳一家的嘴对自己那么严？机器人家助的记忆不会如此低能，一定是他们置换了家助、甲斐的记忆系统，以此隐瞒什么。

为什么要隐瞒？难道是那些信息链接中提到的什么？自己改姓欧阳，这在中国可以理解，母亲是匈牙利人，难道母亲家、父亲家也抛弃了自己不成？

两只"金毛"依偎在身旁，杉杉把它们抱起来放在腿上。16 年，爸爸妈妈究竟是怎么遇难的？杉杉的脑海中出现幻影，她站在客厅里看到有人背着米凯迪、伊蒂贝娅从阁楼先后下来。怎么从没人提过此事？为什么发生在现在这个家，自己还被收留在这里？难道真有什么重大隐情深埋其中？究竟是什么缘故？太离奇了。

杉杉沉重地抬起手捶捶头，太多的疑惑涌出来，憋得她喘不过气，于是她连声吼叫，撒腿狂奔。

天色灰暗，云层压低，噼噼啪啪的雨点在水潭里激起水泡，雨帘把四周混为一色，杉杉踉跄着栽到水草中，两只"金毛"发出"呜呜、呜呜"的奏鸣。

雨越来越大，雷声在山顶上轰鸣，"金毛"的呜呜声淹没在雷雨交加的灰暗水幕中。

两只"金毛"不停地抓挠杉杉，仰头向空中发出呼救信息。

复制仇恨

中欧隆卫研究基地支撑的中国太极太空城（简称太极城）出现突发事件，雪瑞莱中午值班待命，傍晚回到家中，从家助那里得知杉杉发生的事，焦急地拨打杉杉的联通机并发送短信，都没有回应，便催促甲斐修复之后，马上定位杉杉。

甲斐收到"金毛"的呼救，一边向雪瑞莱传递，一边在山间盘旋。山区炸雷阵阵、风狂雨骤，甲斐紧急停机，关闭导航等电子系统，卷曲为飞饼状，进入雷电区。周围电波缠绕，甲斐靠机械驱动力摇晃着地，翻滚到杉杉附近，缓缓展开飞车体态，后车门缓缓开启。

两只"金毛"围着杉杉吼叫，杉杉趴在水草中，头部抖动了一下，一只"金毛"跑到杉杉的头前，哼唧哼唧地发声，杉杉试图起来，但没成功。

"杉杉，我要把你抓进来。"甲斐滑动着靠近杉杉，伸出机械臂，抓住杉杉的两条腿，慢慢将她拖入车中，一只"金毛"衔着杉杉的手包蹿上飞车。

西北风越刮越大，一会儿雷电就移出京西山脉进入市区。

甲斐就地拔起低空飞行了一段距离，被空环警察发现并警告。甲斐伸出轮胎，滑到地面，不多时驶入基地院落 15 号楼下，缓缓拔起，撑起树枝，升至六层阳台对接，车后门开启。

雪瑞莱急忙上前，搀扶杉杉走到沙发边，蹲下为她脱掉短靴，家助拿来浴巾，雪瑞莱将浴巾拽过来，轻轻地沾沾杉杉的脸，拿起手轻轻擦拭。

"孩子，有什么委屈就跟妈妈说，好吗？"雪瑞莱看着杉杉木呆呆的样子一阵阵酸楚。

"家助，快拿粥来。孩子，无论遇到什么，一定要坚强。"家助端来一碗混合粥，雪瑞莱坐下准备用勺子喂，"妈妈！"杉杉终于爆发，咆哮着抱住雪瑞莱的肩，不停地摇晃自己的头，湿漉漉的头发拍打着雪瑞莱的脸，粥碗跌落在地，雪瑞莱把湿透的杉杉紧紧搂住，母女俩号啕大哭。

家助、"金毛"一起哀鸣。

雪瑞莱不停地拍着杉杉后背，看着头发蓬乱浑身泥草的女儿心如刀剜，扶着杉杉缓缓走进卧室，脱掉杉杉湿漉漉的长裙，陪她进入洗漱间。

杉杉穿着睡裙横躺床上，头挨着床的一侧边沿。

雪瑞莱坐地板上梳理杉杉的头发，重重地哀叹一声："孩子，多少次想给你挑明这事，我和你欧阳爸爸都不忍心张口。这次你回来之前，我们还犯嘀咕，这件事像磨盘压在我们心头16年，你爸头发脱落，老气横秋的，也有这个缘故，怕伤你心啊，孩子。看你伤心的样子，妈妈的心一直在滴血。"雪瑞莱用手抹抹脸。

两只"金毛"移动到雪瑞莱两侧趴下，耷拉着耳朵。

雪瑞莱向杉杉道出实情。

"孩子，我们两家十分要好，你爸妈经常来家里串门。你爸爸是甘肃武威人，青年才俊，清华大学毕业后在太极城担任高级联络官。你妈妈是匈牙利人，生长在多瑙河边的一个小镇，别提多漂亮啦，咱基地的人都喜欢她。你妈妈是咱研究基地欧洲合作团队成员。那天，两个爸爸时隔600天从太极城回来，你爸爸是第一次见到你，我们两家人团聚在一起，他们带来许多太空礼物。

"你爸不停地为你妈搛菜，频频举杯。你爸酒量大，习惯往嘴里倒酒。他刚从太空回来特别兴奋，时间不长脸就涨红，嗓门儿加大，碰到左上衣口袋，突然想起回家要向洋媳妇展示的东西,酒劲上涌难以抑制,拉起你妈离开餐厅。

"我和你欧阳爸爸早就熟悉他们小两口儿的习性,非常随意,把这儿当成家。

"没过多久,突然传来穿心的尖叫声,把我和你欧阳爸爸从甜蜜中拽出来,我们急忙跑到客厅,发现你和两个小哥哥正在玩游戏,几个房间看一遍,不见他俩。

"你欧阳爸爸大步登上阁楼,'啊'的一声,喊我的声音都变了腔。

"刚才还好好的,这会儿怪瘆得慌。我心里咯噔两腿发软,抓住楼梯扶手吃力地向上抬腿,也就十几级台阶,怎么也迈不上去,用手抬起左腿放下,再抬右腿上一级,手脚颤抖不听使唤,嘴也开始哆嗦,最后两级台阶,我实在撑不住,双腿跪下爬进阁楼。

"眼前一幕令我惊恐得合不拢嘴,你爸妈躺在右边墙下,双目圆睁,面部狰狞,现在想起来心都哆嗦。

"你欧阳爸爸使劲呼唤摇晃没一点回应。

"我是个医生,见到病人本不会惊恐,可这场面哪见过,我的头不停地摇晃,极度惶恐,虚弱地呼喊你欧阳爸爸。

"你欧阳爸爸问我什么,我好像没听进去。可能是职业反应,我嘴里不停地念叨,咋弄成这样,快,快叫救护车吧。"

雪瑞莱抹一把脸,把医院抢救的过程叙说一遍。

接着她又说:"不久这个家就被封了。当时场面很紧张,欧洲合作方总代表、匈牙利驻华大使馆工作人员、北京警方,有的在咱们家勘查取证,有的在基地大楼开会。我们一家在基地宾馆临时落脚,见到原来熟悉的专家,他们看我们的眼神都变了。这事当时引起很大轰动,具体细节你欧阳爸爸清楚,我只知道国际上议论不少,有的说是什么跨国集团攻击,有的说是技术操作失误,还有不少传说是高级陷阱,乱七八糟啥都有。"

杉杉连续干咳,雪瑞莱赶忙为她顺顺气。

雪瑞莱接着说:"你欧阳爸爸要求什么反溯源,国家安全局与军方介入进来,只听说无法认读,最终没能说个究竟,反而留下重重隐秘悬在那儿。你欧阳爸爸被就地免职。你爸妈究竟如何死的,成了咱们基地的一个谜,拖到现在也没解开这个疙瘩。我们一直都在纳闷儿,这也没得罪谁呀,即便你两个爸在一些项目上与其他人意见不同拌过嘴,但也不能下这样的狠手。调查组验过无数遍,排除了技术操作失误。但这始终是咱家的一桩心病啊。那时,家里顶着很大压力。后来,基地曾想为咱家换房子,你欧阳爸爸坚决不同意,一直住到现在。"

杉杉翻身趴床上,雪瑞莱继续梳理她的头发:"那时你还不到 2 岁,你爸爸妈妈家里来人,想把你带回去,可你死活不依,一天到晚抱着我不放,商量来商量去,最后决定让你作为我们的义女留下来。担心你儿时受伤害,我们才把你的名字米杉杉改为欧阳杉杉。"

杉杉发出轻轻的鼾声,雪瑞莱心里念叨,苦命的孩子,折腾一天了。雪瑞莱站起来从床上拿起缎巾盖在她身上,抹着眼,轻轻退出去。

杉杉在床上"烙烧饼","金毛"围着床哼哼,杉杉睁开眼看到"金毛":"几点啦?"一只"金毛"从桌上衔来腕部联通机跑到杉杉床前。

杉杉瞟一眼翻身起来,进入洗漱间。

匆匆用过早点,路过客厅一侧,看到楼梯上的阁楼,杉杉心中一紧。上面的钛合金门紧紧关闭,这让她想起多少年来,两个哥哥和自己从没踏足这块禁地。那上面隐藏着这个家庭的许多秘密。

杉杉眯眼看着眼前,与 16 年前的摆设一模一样,以客厅为中心,左侧 3 个圈椅,小时候她与两个哥哥每人一个,右侧一个有年头的皮质长沙发,客厅角落是对座茶儿。客厅对面是双阳台,一个为家庭飞车对接专用。

猛然,杉杉快步走回房间,扣上头盔,电脑开启。

信息链接:2063 年 4 月 30 日德国慕尼黑网站消息,中国太极太空城首席科学家欧阳伯第被定为"4·25"事件直接责任人,就地免职,继续接受警方调查。

杉杉检索链接信息，没有多少更有价值的内容。进入原机再造系统窗口，程序提示，是否继续进入，杉杉略加思索后，确认。

杉杉拉大界面，现出模模糊糊的画面。

好似现在的家中，一个深夜，杉杉闹肚子，连续去几次卫生间后，赤脚从卧室出来，客厅昏暗，蹑手蹑脚走过阳台，即将到达哥哥们卧室时，感应房门开启，一个哥哥从房间出来，杉杉紧张地贴在幕帘后面，分不清大小哥哥，本想吼一声，蹿到喉咙口又咽下去，唯恐连自己也受到惊吓。

那个哥哥轻轻关上房门，向杉杉次卧方向张望，然后走到临近餐厅的阁楼楼梯口，蹑手蹑脚地上去。

昏暗中，杉杉左右张望，跟到阁楼楼梯口，仰起头看，阁楼紧闭的门开启，溜出一缕蓝色光线，随后光线被关进去。

杉杉犹豫了一下，转身来到哥哥卧室门口，把耳朵贴到门上，没听到动静，轻轻推开房门，墙角线的微弱灯光下一个哥哥正在酣睡，看不清是哪个。杉杉踮着脚尖走到房间里侧，靠近床沿，是大哥哥，杉杉险些叫出声来。

杉杉轻轻退出房间，穿过客厅回到自己卧室，冲进洗漱间连连呕吐，用手拍拍怦怦乱跳的前胸，漱漱口，急忙回到床上，蒙上被子，一会儿又掀开，翻来覆去，后来裹着被子顶住房门。

不知过了多久，一阵敲门声把杉杉惊醒，家助催促杉杉起床。

杉杉醒来揉揉眼，发现自己裹着被子睡在地板上，急忙起来把被子扔床上。

早餐后，杉杉、奕奕由甲斐送去上学。

一个清晨，雪瑞莱给杉杉穿上一件新买的短花裙，杉杉不喜欢，雪瑞莱说了许多话，杉杉的小嘴一直噘着。影像逐渐清晰，杉杉问妈妈小哥哥为什么不上学，妈妈好像说仲仲的身体不适合学校生活。

此时,杉杉联通机提示奕奕请求视频,杉杉没理睬,接续重现画面。

又一个清晨,杉杉赖在床上,家助催促,杉杉答应后一直不起。一会儿雪瑞莱推门进来,俯下身看看,用手摸着额头,好像问孩子哪儿不舒服。杉杉慢慢睁开眼,好像在说,妈妈,我肚子疼。

雪瑞莱把手伸到杉杉的腹部轻轻按压:"这儿吗?""是,哦不是。""腹泻吗?""有点,又没有。""这孩子。""妈,我困。"妈妈好像说上学时间到啦,要不让奕奕替你请个假。睡吧,起来后如果好一些,再让甲斐送你去上学。

雪瑞莱走出房间,向家助嘱咐什么,杉杉竖着耳朵没听清。

感觉过了好长时间,杉杉从床上跳下来,穿着睡衣赤着脚走出卧室,穿过客厅来到阁楼楼梯口,"杉杉,阁楼不可以上去。"家助跟在杉杉后面说。

杉杉没理睬,径直向上走,家助从后面拽住杉杉的衣服,杉杉后腿一端,家助没防备,具身失重跪在楼梯上,把上面的杉杉向后拽一把,杉杉失重倒下来,家助张开双臂把杉杉撑起。

杉杉扑腾四肢说"把我放下",家助跪退到楼梯口把杉杉放下。杉杉一巴掌扇过去,家助站起来没还手,家助好像说杉杉吓着了?阁楼门上设置了感应系统,只有欧阳爸爸可以进去。杉杉问家助:"你进去过吗?""没有。""小哥哥进去过吗?""没有。"

杉杉跺脚吼了声"你骗人",然后跑回自己的卧室,用力甩上门。

杉杉摘下头盔,深深吐出一口气。

一个神秘的阁楼,一个神秘的哥哥,一个神秘的家,谜谜谜。爸爸妈妈死在那间阁楼里,欧阳爸爸夜里去阁楼干什么?小哥哥去干啥?在这个家16年,那个阁楼自己从未踏足,那是自己的禁地还是什么?

联通机再次提示奕奕的视频请求。

杉杉关掉视频,只保留语音通话功能。"杉杉,你在干什么?"接通后奕奕问。

"打发时间。"

"我还有两天放假回京,我们去内蒙古草原一趟,如何?"

杉杉对奕奕说的话没入耳,脑子里闪动着少年时的影像。"奕哥哥,小哥哥为什么不上学?"

"这个,我也不清楚。"

"喏,你上过阁楼吗?"

"你是说,咱家上面的那个?"

"还有哪个?"

"杉杉今天怎么了?我也没去过,还有仲仲,咱们三个不许上去,这是爸爸的禁令。4 年前,我离开家之前,从没想过要上去。问这个干什么?"

"没,没什么。"杉杉突然停住,奕奕感到这莫名其妙的通话不对劲,匆匆挂了。

都不是什么好东西,一起哄骗我。杉杉心里暗骂。家里发生这么大的事,一家人竟都漠然。爸爸发出禁令,妈妈经常唠叨"不要上那儿去,那地方不干净"。小哥哥怎么瞒着奕哥哥和我深夜偷偷上去?爸爸一定在上面接应。说不准,欧阳奕奕这小子也哄骗我。可恨的机器人家助学会说假话,一家人都对我隐瞒,欺负我这个孤女。

自己的亲生父母究竟是谁残害的,凶手是谁?16 年,埋在京西山脚下的父母还没合眼。他们那么年轻,一定不会安息,他们的灵魂还在游荡,还在惊恐之中,他们一定期盼着报仇雪恨。现在看欧阳一家,他们不会有这个打算,也从未提起过。自己是爸妈留在世上唯一的根,还有谁能替他来报这个仇,唯有自己才能让父母的亡魂早日安顿下来。

杉杉想得脑袋疼。

两只"金毛"甩着尾巴,杉杉看到它们但没理睬。

杉杉慢慢平静下来,扣上头盔,进入原机再造系统,程序提示有信息链接,杉杉点击窗口进入。

慕尼黑网站 2065 年 11 月 2 日消息,北京警方与欧洲合作方特警经过两年多的侦察，暂时排除欧阳伯第蓄意制造米凯迪夫妇遇难事件的嫌疑，欧阳伯第恢复中国太极太空城首席科学家职务。据不愿透露身份的资深专家分析，欧阳伯第与警方达成默契。遇难者死因成为国际刑侦组织的一个谜。

嘟嘟网 2065 年 11 月 3 日信息，京西"4·25 事件"是一起人为制造的私人报复事件，当事人之间存在复杂关系，为掩盖真相，一直搪塞调查，欧阳伯第官复原职就是本证。

北京天童网站 2065 年 11 月 3 日信息，发生在 2 年多前的中欧隆卫研究基地遇难事件，或超过现有技术认知手段，这个悬案期待通过技术突破找到真正元凶，告慰逝者。

北京日报网站 2067 年 1 月 5 日报道，全国智能深算大赛 5—7 岁年龄组第一名，北京，欧阳杉杉；第二名，北京，欧阳奕奕。

卡曼国际网 2067 年 1 月 6 日消息，"光脚神童"欧阳杉杉摘得最小年龄组智能深算桂冠，其潜力不可估量。

英国《科技》报 2067 年 1 月 6 日快讯，与机器人相抗衡的人类智能深算基础理论，正预示着一个新的发展方向，中国"光脚神童"显露雏形。

原机再造系统显示清晰画面。

奕奕、仲仲拉着杉杉外出，家助提示，加穿厚棉衣，京西地区遭遇近百年罕见的寒潮，气温降到零下 30 多摄氏度。

7 岁的奕奕、仲仲还是光头，厚实的冬服依然是迷彩的，再加上短靴、棉帽。杉杉个头儿与两个哥哥不相上下，披散的头发自然微卷，浅蓝色的眼睛清澈明亮，微翘的鼻子与稍长一些的"M"形嘴巴，搭配迷彩冬服、短靴、棉帽。三兄妹手拿激光炮出门坐电梯到楼下。

中欧隆卫研究基地张灯结彩，中国的春节来临，院落里不少孩子手持激光枪炮剑棍，相互追逐嬉戏，欧阳家三兄妹融入孩子群中，顿时噼里啪啦噼里啪啦纷纷作响,电子鞭炮、激光礼花把院落的气氛渲染起来。

过了一些时间,天色渐渐暗下来,"奕奕、仲仲、杉杉"的呼喊声传过来。仲仲招呼杉杉和奕奕:"妈妈叫我们。"三兄妹朝呼喊方向一边跑一边朝天空发射激光炮,雪瑞莱在花园一旁等待:"孩子们,过年了。"

"全自动FC"飞车停在路一旁,侧门敞开,雪瑞莱招呼三兄妹上车。

"爸爸,新年好!"

"孩子们春节好!"

杉杉上车坐在欧阳伯第身旁,卸下棉帽压扁,欧阳伯第接过来。

奕奕、仲仲跳上车坐第三排,喘着气说:"爸爸新年好!"

"孩子们好!"

雪瑞莱靠在杉杉一旁,家助挨着两个哥哥。

车门关上,飞车缓慢驶入院落主路,人影流动,彩灯闪亮,新春祝福语随光闪变换。

飞车驶出院门不久进入西山主道,两侧灯光微亮,稀稀落落的国槐、榆树树叶挂在树枝上,一排排松柏也没那么有生气了,草地干枯,洼地在灯光点缀下闪动,厚实的冰块泛着光,迎面而来的车辆与飞车擦肩而过。

转过路口进入隆卫大道,飞车在转换口垂直拔高进入一级飞道,遥望远处,灯光璀璨,空中不时泛起激光礼花。

"爸爸,我们到哪儿去?"奕奕把头伸向前座。

"你妈说,咱们全家难得这样放松。你们兄妹获得全国大奖,为全家带来喜气,我和妈妈特意定了一个喜庆的老北京去处,过一个地道的京味除夕。"

"有唱大戏吧?"杉杉把短靴褪下来,赤脚盘坐在座位上。

"当然有,不知道你们喜不喜欢?"雪瑞莱在杉杉通红的脸蛋儿上吻了一下。

突然,飞车剧烈抖动。"车助怎么了?"

"我出现紊乱。"

雪瑞莱把杉杉急忙搂在怀里,家助挽起奕奕、仲仲的胳膊。

"快速着地！"欧阳伯第呼喊起来，车助不作回应，反而从一级飞道向二级飞道跳跃蹿升。欧阳伯第拍打着："飞车出事啦？"车助没回应。

"照顾好孩子！"欧阳伯第从嗓子眼儿里挤出来这句话，杉杉依着妈妈四下张望，奕奕、仲仲把头埋在靠背上。

空警传话进来："京G078飞车，动作危险，出现什么异常？回应。"车助仍不作回应。

空警再次紧急呼叫："飞入紧急空道落地！"飞车仍在一、二级飞道上下剧烈抖动。

警笛奏鸣，巡逻空警紧急设置低空警戒，关闭飞道空域，发出禁飞令，紧急疏散在道飞车。

多辆空警飞车陆续赶过来，盘旋在欧阳一家的飞车前后喊话，一道道光柱把车体照得通透，车助仍颤颤抖抖不作回应。

欧阳伯第一只腿跪在座位上，透过窗口向外察看，强烈的光线刺入眼球，欧阳伯第好像在说家助快呼救！

家助向空警发出求救信息，空警与家助迅速链接，家助描述车内状态："飞车失控，一家五口被困在里面，随时都有危险发生。"

空警提示链接飞车自动控制系统，家助反复链接没有结果，抖动着说飞车变形，空间压缩。

情况越来越危险，数辆空警飞车伸出机械臂，从上下左右前后射出强烈激光束切割飞车，车体变形压缩，欧阳伯第死死顶住车内前部，家助死死顶住车内后部，车体从六面同时向里收缩，情况十分危急。

右侧车体突然裂开缝隙，空警机械臂用力撕裂车门，飞车抖动更剧烈，欧阳伯第用脚猛踹，雪瑞莱紧裹杉杉闪出车外，空警紧追上去。

后排的奕奕欲冲过去，被家助拉住，撕裂的车门又慢慢合拢，后车体越挤越小，底部出现断隙，家助一边呼喊一边用力撕扯，空警机械臂在外面加大强度，飞车底部裂开口子，家助先把仲仲、奕奕塞下去，再用力挤出飞车加速追赶,成功拎起奕奕厚实的上衣,仲仲下降速度明显缓慢,被空警机械臂抓住。

飞车压缩变成饼状,被空警机械臂夹住。

"咚咚咚",传来敲门声,杉杉摘下头盔,过去打开房门。"妈妈。"雪瑞莱站立门口。

"杉杉怎么啦?"

"喏,刚上线。"

雪瑞莱拉起杉杉的手:"咱们到客厅说话。"

杉杉从一侧端详自己的养母,眼窝凹陷下去,光滑的脸庞缺失血色,薄薄嘴唇有些暗淡,两鬓已有灰色,圆脸长颈,与自己齐肩,自制的纯色浅青半袖夏衣衬托着特有的气质。

雪瑞莱拉着杉杉坐到沙发里,用手理理杉杉微卷的头发:"杉杉长大啦,在这个家受到不少惊吓,美好记忆没留下多少,反而多灾多难,留下不少伤痛。哎,不知道啥命。"

杉杉把脚盘到沙发里,雪瑞莱也把一只腿弯曲放沙发上,母女俩面对面。两只"金毛"趴地上。

"自你到这个家,还遭遇过一次大难。"雪瑞莱详细叙述了12年前那个年三十的不幸遭遇。

雪瑞莱用手抹一下眼,接着讲述:"咱们母女、你两个哥哥,还有家助都上了救护车,没法形容有多惨。你的短靴丢在飞车里,我急忙用上衣捂住你的脚,救护车鸣着长笛,路上的车明显比平时多,一家家一户户喜气洋洋赶着出去吃年夜饭,窗外礼花灯花格外亮堂,咱们一家却凄凄惨惨往医院赶,还不知你爸爸是死是活,搞成啥样子。我的心一阵阵收紧,身上发抖。你突然叫出声来,说是脚勒疼啦。我那时脑瓜子麻木,感到血已经凝固,急救车好像有意跟我们过不去,一点一点挪动。我实在忍不住,埋怨医护人员,车子咋不向前走,医护人员告诉我,救护车开得飞快。"

雪瑞莱用手捂着胸口接着回忆:"也不知过了多久,到了什么地方,车门打开，我却怎么也挪不动腿，医护人员把我从车里怎么捣腾出来的也不记得。过了一阵，只听得仲仲嗷嗷叫，说自己没事要回家，用拼死的气力挣脱为他检查的医生，急诊医生询问仲仲几个问题后见他反应正常，身上没外伤，同意不再检查。我吸氧后，头脑清醒许多，我是学医出身知道这是恐惧紧张造成的。你和奕奕检查后没啥大碍，急救中心同意你们可以回家。这时研究基地派人来协助处理，我让他们把家助和你们三兄妹先送回家。"

杉杉双手捂在胸前急切地问："爸爸咋样啦？"

雪瑞莱拍拍胸口接着说："你们先回家有家助照料，我就可以腾出手来料理你爸的事。看着你们一步一回头离开急救中心的身影，在这年关离开父母身边的可怜孩子们，我的心一阵阵下沉，再也忍不住。我捂住胸口，让自己坚强起来，在基地郝助理搀扶下，急忙寻找你们的爸爸，在抢救室外得知你爸正在紧急手术。一位医生出来向我介绍伤情，你爸爸心脏被挤压变形后难以复原，两条大腿留在飞车里。急救中心了解我的身份后，允许我进入抢救室。看到你爸的样子，我一下昏厥过去。"

杉杉伸手抹抹妈妈脸上流淌的泪水。

家助走过来递给雪瑞莱一杯白水，雪瑞莱饮一口端在手上，杉杉伸手拿过来，咕咚咕咚喝下去，把杯子还给家助。

雪瑞莱镇定一下接着说："除夕夜啊，急救中心紧急调集医护人员、专家会诊，其中外科的钟医生是我医科大学的同学。我有一个不祥之感。会诊结果是心室严重挤压，大量内出血，心血管严重破损难以修复，只有置换。这除夕夜，哪有人捐献心脏的，只有置换人造'中国心'，你爸的状态需要争分夺秒，还有那血淋淋的大腿根，至今想起来我都心颤。心脏置换很顺利，接着就安装了两条金属大腿，手术持续到凌晨，你爸从鬼门关前又折返回来。"

"妈妈。"杉杉把头埋进沙发里。

过了好长一阵，杉杉坐起来像变了个人似的："妈妈，我爸心脏、大腿虽是金属的，但只要大脑这个本体中枢没变异就行。"杉杉说话时眼睛好似冒出金星，是一种从未有过的凶煞表情。

"这些年过来,你爸比过去是强壮一些。"雪瑞莱接着述说,"那个年关是真难熬啊,一边是躺在病房里的高危病人,一边是可怜巴巴的三个孩子,好在你们三兄妹让我省心。"

"车助咋回事?险些害死我们全家。"

雪瑞莱深深哀叹一声接着说:"我记得很清楚,'飞车事件'是那年2月13日,轰动京城和国际社会。后来据基地人员说,国家安全部、北京安全局和警方都介入了调查。飞车成了饼子,你爸爸的两条大腿夹在里面。飞车控制芯片熔断,所有线索就此中断。那时,我们家笼罩着厚厚的阴影,尤其是我生活在一片黑暗中,总觉得一只黑手伸向我们。后来你爸爸身体稍有起色,就与一个团队对那个熔断芯片进行多维检测,对当时现场6辆空警飞车进行频谱还原,不过具体的我也说不太清楚,你爸说或与那个'4·25'事件相关联,手段极为残忍。从那之后,你爸很少公开露面,有个团队一直跟踪这件事。"

杉杉一边听,一边与原机再造系统的影像比照,心里郁结越来越大,疑虑越来越重。是一只黑手伸向这个家,还是什么阴魂缠绕?杀死了自己的亲生父母不说,难道还要斩草除根,冲自己来吗?怎么自己走到哪里,灾难就跟到哪里?或许黑手是冲着自己来的,但还能有谁?事情过去这么久,为什么没有进展?凶手在哪里,这隐情会是什么?

具身再塑

扣上头盔,杉杉进入原机再造系统。

　　一个绿荫葱葱的秋晨，京西中欧隆卫研究基地已有清凉之意，杉杉蒙头大睡，敲门声越来越响，杉杉睡眼惺忪地从床上懒洋洋地爬起来打开房门。"我的公主，要晚点啦！"杉杉打一个哈欠，伸伸懒腰，走进洗漱间。

　　雪瑞菜进来帮杉杉整理床铺，杉杉洗漱出来后，雪瑞菜把一个"金镯"戴在杉杉左手上，眼眶中涌出泪花。"妈，这是干什么，不是说好的吗？""是说好的，可我管不住自己的眼。你这么小，一个人出去，妈舍不得。""哥哥不也是这个年龄上大学的。""他是个男孩子啊。""那有什么。"

　　杉杉执意推脱"金镯"，雪瑞菜说："孩子，戴上，早晚会用得着。"

　　早餐后，雪瑞菜招呼甲斐与阳台对接，阳台向两侧慢慢敞开，家助引导跟人行李箱进入飞车，随后，雪瑞菜挽住杉杉走进飞车……

　　隆飞科技大学（简称科大）某实验室内，杉杉身着科大校服，在距小师兄季小峰数米距离的精密仪器研制平台上，放置一个自命名的"SHSH 模态"，固定好后，杉杉来到季小峰身旁，请他描述前方的"SHSH 模态"。

　　季小峰把眼镜摘下来反复擦拭，定定眼神，目测前方数米处，朦朦胧胧一个足球大小物体，周长 70 厘米左右，直径 20 厘米上下，中间一个不通透圆孔，球体由几十块拼接而成，平和光线中呈浅蓝与紫光混合色，什么材料倒不好分辨，与自己间距大约 4 米。

　　季小峰描述的距离、状态在实验室墙屏上显示出来。

　　AI 悬臂识别系统在季小峰站立点扫描前方"SHSH 模态"形状，周长 71 厘米，直径 21.5 厘米，四周均有直径 5 厘米、纵深 2 厘米的不通透圆孔，整体由 32 块材料拼接，其中 20 块六边形、12 块五边形，大小不同。光照状态下，呈浅蓝与紫光混合色，另有无色微粒发散。悬臂站立点距球体 400 厘米。

　　AI 悬臂的扫描数值和描述，与季小峰目测大体相同。

　　杉杉激动地把鞋子一甩，跑上去与小师兄热烈相拥，呼喊着"破题啦！"接着朝 AI 悬臂一个飞吻。

杉杉拉着小师兄走进"SHSH 模态"，掏出皮卷尺递给他，季小峰边测量边念叨，数据输入墙屏系统。

AI 悬臂贴近"SHSH 模态"扫描，指标显示在墙屏上："SHSH 模态"长 142 厘米，宽 43 厘米，高 30 厘米，长方形体，灰白色拼块，四面各有一个方孔，边长约 10 厘米，纵深 4 厘米，由此向站立点反测距离为 363 厘米。

季小峰重回站立点，AI 悬臂立在"SHSH 模态"放置点，皮卷尺标注两者相距 363 厘米。两者交换位置，站立点与"SHSH 模态"间距数值不变。

"实际距离与人体视觉和 AI 识别感应相差 37 厘米，也就是感应相差 10.19% 的实际距离，另外长方体的光晕形成反射球体态，小师兄。"

季小峰仰头端详，比照两组数值和体态，然后用吃惊的眼神看着眼前的小师妹："杉杉，不仅仅是破题，还是质的突破，尽管是一个固体的'SHSH 模态'，变化尺寸和体态尽管有些简单，但基础原理已经突破，视距、体态感应误差，把我的眼给迷惑啦，那机器眼也跟人眼差不多了。我马上完善实验报告，你说下一步咋办。"

杉杉赤着脚不停地蹦跳。

杉杉拉大原机再造系统影像。

实验结束后，杉杉与季小峰走在校园里，杉杉抬眼看到对面不远处的科大校门，随口说肚子咕噜咕噜叫啦。

"咱就在这儿凑合着吃点？"

"随小师兄好啦。"

杉杉与小师兄拐进一家临街餐馆，进来发现是徽菜与西餐的融合。他们在临窗一个桌前坐下，季小峰在餐桌电子菜单上点了几下。

"小师兄，今天这事咋样？"

机械臂移来两小碗鸭汤，他们各自添加调料。杉杉端起汤碗自饮一口。

上来煎牛排,杉杉起身跑向洗手间,眨眼工夫跑回来,抓起牛排塞进嘴里,引来不少目光。

季小峰刚拿起刀叉切牛排,杉杉那份已经下肚。

"这次实验都在我脑子里,实验报告包在我身上。听校科研部的同事说,他们将在8月份组织个把课题组上轨道空间,就是太极城,假如咱这个课题进展到必需阶段,我估摸他们会看好这个项目的价值和潜力。"

"小师兄别太斯文,抢俩名额呗。"

"抢?还没听说过,你叫我想想。"

上来糯米糕,杉杉用手抓起一块塞进嘴里,引起顾客抿嘴。

上来米粉,杉杉说:"小师兄,今晚不要睡啦,连夜赶下一个实验模态。"

"没问题。"

"小师兄小小年纪,咋那么多抬头纹?"

"打小我老娘就叨叨,说这几道抬头纹是福纹。我这个子长不太高,老娘说这是心里有事拽的。寒假回家,老娘还说起这档事。"

"你这不太大的眼睛,你娘咋说?"

"别提了,老娘说是抬头纹给挤的,以后会越长越大的。你说也怪,现在倒比原来大一些。"

"小师兄人超聪明,20冒头就在科大当助教,真叫你娘说准了不是。"

"哪能和你比,才18岁就这么有能耐,我情愿给你当助理。咱们的导师也支持我这个选择,我不管别人怎么看。"

杉杉看看憨厚的小师兄,把目光移向窗外熙来攘往的街区。

杉杉摘下头盔走到窗前,脑子里不停闪动原机再造系统对自己过往十分逼真的重现影像。勾起的悲愤填满心胸,悲惨遭遇深深烙进脑海里,杉杉不怀疑智能再造技术的可行性,这个系统是自己所听传闻的一个诱惑或一个陷阱吗?

杉杉转身回到桌前戴上头盔进入程序,窗口提示,原机再造系统对杉杉青少年的记忆重现率达 80% 以上,如继续,请确认。杉杉没犹豫,点击确认。

　　原机再造系统介绍:后机器人时代,人类世界与机器人世界并列发展过程中,为保持人类生物特性、延伸和增强本体功能、抵御智能机器控制、拓展生存空间,需再造人类个体的另一个"我"——原机人。原机人是人类个体生物属性的超级机器态,是生物科技孪生和量子纠缠初级阶段的个体具身再造。从里到外、从思维到身态,呈现完整意义上的另一个"我"。原机人不是人的器官与机器器官的简单复制,不是人体的机器化和改造。

　　信息链接:德国著名科学家 M·泰格在一次国际原机人大会上的演讲。以下为部分演讲内容。

　　"我们亲手塑造了机器人时代,却面临机器人世界的控制、威胁。看看人类自身多么可怜,处处成为机器人的奴隶。我们已经没有能力和本钱与机器人世界抗衡,人类在机器人面前,已经沦为弱势群体。机器人无处不在、无所不能,地球上竟难找到人的私密空间,人类奈何不了它们。人类把机器人"抬"到联合国、植入社会生活各个领域,热情地请机器人替代人类做几乎所有事情,包括生孩子这样的事。不是吗?机器人妈妈、机器人奶妈遍布全球,谁家离得开机器人保姆? 机器人世界并不因与人类世界并列就停止发展的脚步,机器人完全替代人类、完全控制人类的趋势,没谁能阻挡得住。我最担心的是,在战场上,不是机器人的枪口对准人类,而是机器人的温柔、情感最终同化人类。

　　"我是一个原机人的崇拜者、先行者,我的原机人泰格妮已经诞生,他替代我做了许多重要的事。亲爱的朋友们,只是有一点小小的遗憾,我的原机人泰格妮现在在参加太空城城际交流。今年夏末,我会在莱茵太空城(简称莱茵城) 会见 50 名有资质的各地青年同胞,就推进原机人世界发展进行特别探讨。地球上找不到没有机器人的空间了,这是人类自己亲手创造的悲哀。"

　　杉杉再次摘下头盔,深深呼出一口气,两只"金毛"摆动尾巴试图引起杉杉的注意,杉杉弯腰抚摸了一下它们,便直起身来走到窗前。

目光透出去,阳光下的绿色绵延到蓝色天际。拥有自己的另一种生命形态——这太诱惑了,不管你是感性的还是极为理性的,都不免心动。又一个物质的实实在在的"我"诞生了,那是什么样子?我和我的原机人若处在儿童期那就一起学习玩耍,我和我的原机人若处在青年期那就一起为理想奋斗……不过,会一起谈恋爱吗?结婚生孩子怎么办?当我老了,我的原机人会在我死之后继续生存下去吗?

不远处飞出一个幻影,在阳光下的绿色与天际的蓝色的接合处出现一个活生生的原机人杉杉。杉杉忍不住问道:"你能干什么呢?我不图金钱、不图权势、不图安逸,我要你能做些什么呢?难道还祈求延续我的生命不成?"似乎远方的欧阳杉杉在张开嘴巴发出声音:"你的想法是贫瘠的,人类个体的原机人可以弥补人类人生的许多遗憾,重塑人类的自然生命,协助人类实现他们无力触及的愿望。"杉杉紧紧捂住自己的胸口,难道可以,难道可以助我……

杉杉猛然回到桌子前,扣上头盔,"杉杉"显现。

杉杉询问:"你是我的感应映像,还是原机人的外形?""杉杉"回应是后者。杉杉赤脚跳到床上,光影"杉杉"没有跟随跳动,而是挥挥手说:"原机人杉杉的动能和思维会沿着杉杉原体发散维度,拥有独立运作功能,幅度、大小、性质与原体的原性不完全一致。"

杉杉按程序确认再造原机人具身,账号为 ZGBJ2079-原机 W4823,程序终止。

杉杉似有疑虑。那个服务助手叫什么来着?哦,大益。

"大益,我的原机人在哪儿?"

"杉杉,实体创建有个周期,应该要四五天。"

"我想尽快见到另一个我。"

"所有用户都是这样的心急,杉杉,你的原机人已进入创建流程,压缩时间比较困难。"

"大益,你是一个系统、机器人,还是自然人?"

"杉杉,我会为你永久服务,以后你会知道的,没有问题就再见了。"

杉杉摘下头盔,转而又想,原机人真的存在吗? 不会是个高级游戏吧? 不过M·泰格博士可是自己崇拜的著名科学家,自己那个"SHSH 模态"的许多灵感都是受到他的研究的启发,如能前往莱茵城,则可以验证 M·泰格的原机人的真伪。

杉杉联通季小峰:"小师兄,暑期过得可好?"

"杉杉,我哪里歇着了,前脚刚到家,后脚就被喊回来啦。"

"喏,那辛苦你两只脚不停地倒腾啦。"

"让杉杉你取笑了,你有啥事?"

"是这样,我想让你帮我从校方渠道核对一个信息,近期德国著名科学家 M·泰格博士在莱茵城是否有个邀约?"

"这就核对,你等着,后面我还有事找你。"

杉杉转身走出卧室,家助在客厅站立着说:"妈妈说,中午她不回来了,晚上爸爸妈妈与你一起就餐。"

杉杉点点头,穿过客厅经阁楼楼梯口到餐厅,从冷藏柜中抓起一瓶冷饮,拧开盖向嘴里倒,用眼瞟了瞟阁楼楼梯口。杉杉把瓶子放到餐桌上,急匆匆返回卧室。两只"金毛"来回紧紧跟着。

刚躺到床上,季小峰的视频就进来,杉杉用手拉开光影,出现季小峰在科大自己办公室的动影。

"杉杉,我打听过了,他们说有这回事。但我不放心,就又从校方加密渠道进入莱茵城城网,发现注册已有 50 人。这事没跑,是真的。"

"可晚了一步。"

"杉杉,你说啥?"

"没啥。"

"我还听说那个麦格是个偏激主义者,在莱茵城弄了个什么俱乐部。"

"小师兄辛苦。"

"不说这个。差一点把正事耽误了,咱们的计划提前啦,你那个项目往前挪了。"

杉杉猛然从床上弹起来:"你说什么?"

"去太极城的时间往前挪啦。"

"挪到啥时候?"

"后天一大早。今天你得赶到海南三亚地空站,咱们在那里会合。"

"为什么不在北京地空站?"

"听说北京地空站与三亚地空站服从太极城运行轨道调整,我也搞不太清楚。不过三亚地空站是咱科大的协作户。"

"哦,我得带上两只'金毛'。"

"恐怕不行吧?"

"好好给他们说,这是实验设备,其他负重减一些。"

"我使使劲,你快点,学校这边的事你不用管,都能弄好。"

"好的小师兄,三亚会合。"

杉杉回头一想,糟糕,那个"我"怎么办?"大盎,我有急事离开北京去太极城,能不能在那里遇见我的原机人?"

"杉杉你可给我出了一道难题。不过有一个太空城可以协助做,我试试,尽量满足你的特殊需求。"

"谢谢大盎。"

"你先别谢,在太空创建后,你和原机人杉杉见面要复杂一些。"

"复杂就复杂,我管不了那么多了。"

断掉与大盎的链接,杉杉心中陡升烦闷,似有一块秤砣压在心头。怎么挪走啊,不然怎么动身。杉杉把自己摞倒在床上。他,小哥哥仲仲。杉杉脑中闪出仲仲离开这个家时的相貌。已经多年不见,本身就神秘的他或许能解开自己心中的郁结,尽快找到他,没准儿能管用。

可眼前,还有一个神秘处怎么办?看不看?看了会留下什么?不看也罢。妈妈曾说,我们这个家几次有搬家的机会都放弃了,这是为啥?就在自己身边藏了这么多年的秘密,不看反而会留下终身遗憾。

杉杉跳下床,两只"金毛"立起身走动。哎,这不有啦,这两只小伙伴可以帮个忙。杉杉与"金毛"耳语一阵。

杉杉一步步盘算着,还有一道坎过不去咋办?硬来恐怕不行。

杉杉双手拍头,一个硬东西硌了一下,"什么东西?"杉杉嘴里嘀咕,原来是自己的手镯在硌自己的头。

杉杉看着手上两件心爱之物,是两个妈妈留下的纪念,时时护佑着自己。一件是在那个记忆模糊的空房间里,从死去的妈妈手上捋下来的遗物;一件是自己上大学离开家的时候,现在的妈妈亲手套在手腕上的纪念。杉杉记得清清楚楚,妈妈曾说孩子戴手上,早晚会用得着。

两只"金毛"突然"汪汪"狂叫,相互怒怼。杉杉蹲下抚慰它们,两只"金毛"突然冲杉杉"汪汪"狂叫,杉杉脸色大变:"怎么不听话,发什么飙?""金毛"不但没有消停,反而叫得更凶更猛。

杉杉提高嗓门儿:"疯狗,要反啦!"两只"金毛"扑向杉杉,撕扯杉杉的裙子,"疯狗,家助,家助快来帮我!"杉杉吼叫起来。

家助推门进来,杉杉在地板上爬,"金毛"紧紧咬住杉杉的裙子,家助伸出手臂挥打"金毛",杉杉用力朝门口爬,"金毛"扯下一条裙布,家助挥舞拳头击向"金毛",一只"金毛"跳到床上嘶叫着欲扑家助,一只"金毛"跳上桌子,又跳到家助头上……

杉杉爬出卧室,从地板上踉跄着爬起来,越过客厅,跑上阁楼,一个趔趄险些栽倒,杉杉急忙弯身,爬上十几级楼梯,发现一扇紧紧关闭的钛合金门。

家助从卧室出来,向楼梯口赶,两只"金毛"紧紧咬住不松口。

杉杉拉,推,钛合金门没一点动静。

"杉杉,阁楼不能进。"

两只"金毛"疯狂撕咬家助。

家助一边挣脱，一边向楼梯口逼近，一边喊"杉杉，阁楼去不得！""那是禁地！""里面不干净！"

眼看家助上了楼梯，杉杉更着急，两只"金毛"死死咬住家助的腿。情急中，杉杉用金手镯对着门把，向外拉，拉不动；向里推，钛合金门移动了，杉杉闪身进去，反手关上门，把家助堵在门外。

阁楼内灯光微弱，杉杉靠着门捂着胸口定定神，移步到操作台前，摸摸台面，上面没留下痕迹。

阁楼纵深是一个小型套间，左侧一组连体计算机和小型机，右侧墙壁垂落一大块幕布，杉杉好奇地移动到幕布前。

外面呼喊声越来越大，杉杉上赶几步到达门前，耳朵贴门上，听到家助用力擂门呼喊。

杉杉转身，连体计算机和小型机工作着，这个小套间是干什么的？幕布里面有啥名堂？

杉杉蹑手蹑脚来到小套间，轻轻敲打一下，声音感觉不太厚，推拉都没动，向一侧推，露出堆放着的精密器件。

哐哐的擂门声越来越响、越来越紧，杉杉快步走向右侧用力一拽，幕布滑向一侧，杉杉吃惊地捂住自己的嘴，用力闭上眼然后猛然睁开，愣愣地看了半天，双膝发软，头伏在地板上。

过了好一会儿，杉杉慢慢抬起头来，泪眼中映出好似自己亲生父母的墙壁喷像，米色墙壁上有明显凹进去的银黑轮廓。这轮廓应该有些年头了，不知是人为还是自然的。杉杉母亲伊蒂贝娅在里侧，显露半个歪斜的脸、一段胳膊和半条腿。父亲米凯迪蜷曲着，面部抽搐，腿部弯曲。

杉杉一点一点跪着走过去，贴上墙面，冲天长吼："爸爸妈妈呀……"

第二篇

奔向太空城

误作谍恋

雪瑞莱盯着饭菜发愣，手里的筷子放下拾起又放下，欧阳伯第催促多次，雪瑞莱才胡乱拣起几片菜叶塞进嘴里，险些呕出来。

欧阳伯第询问："身体不舒服吗？"

雪瑞莱没回应，变形的眼神怒对家助。

"瑞莱，饭菜口感不对吗？"家助问道。

"对你个头。"

"瑞莱，不要朝家助发火。"

"我临走时特意交代，这个节骨眼儿上，千万不要让杉杉上阁楼。没用的东西，这不让她更绝望吗。气死我了。"

"我解释过了，我不能采取暴力手段制止，抱歉，瑞莱。"机器人家助脸部、手部、腿部到处是抓痕，"我也不想伤害那两只'金毛'。"

"你说，她现在这个样子，突然间知道自己的身世，能不难过，能不心里哇凉哇凉的，这孩子咋撑得住。可无论如何也不能上阁楼看那场面，这看了叫谁不心酸流泪。"

"瑞莱，不要再伤心啦。"

"哎，这事都怨我，就不该去上班，应该在家陪陪杉杉，暖暖孩子凉透的心，或许会好点。我真后悔，女儿最最需要母亲的时候，我不在她身边，我这是咋啦，真没用。"

"瑞莱，不要埋怨自己。"

"你给我的金镯感应器，我一次也没用过，我不敢面对杉杉父母。几年前，我把它给了杉杉,和她妈妈的那个戒指戴在一起,原想让她心情好的时候,慢慢接受这个事实,哪想到,会是这个样子,悔不该给她,要不怎么会发生今天这事。"

"瑞莱,早晚会碰到这个场面。"

"这孩子命苦,偏偏是个遗孤,在咱家,又差点送了命。我整天提着心,生怕哪里亏了她,宁愿让奕奕、仲仲吃亏,也不能委屈我女儿。这孩子,自己不知道爱惜自己,她哪里磕了碰了,就是在磕碰我的心,我不能见她伤心。"

"杉杉这孩子比较敞亮,从小就很少哭鼻子。"

"这次可把她伤透了,这可是积攒 16 年的伤痛啊。"

"瑞莱,不要责怪自己。"

"责怪谁?怪你啊!好不容易回到基地,赶巧碰上女儿回家,这么大的事,一连几天不照面,你要是多关心关心孩子,也不会弄成这样。她连个招呼都不打就走了,该有多伤心啊。"

"我心里也刺挠。这不,太极城遇到麻烦,一颗彗星擦边过去。据太空探测系统观测,不远的空间磁粒异常活跃,不清楚会带来什么影响。我回来这几天光顾着这事啦,把杉杉的事一股脑儿撇到了一边。这不,回家路上我还盘算着,今晚上爷儿俩好好聊聊,哪知道会这样。"

"我担心孩子心里憋屈,这样离开家,她可啥指望都没啦。不知根底说不定还好些,这下连咱们都伤了她,那她心里该有多苦。我这个做母亲的,心里咋能不难受。我的女儿啊……"

雪瑞莱再也忍耐不住,泪水顺着脸颊流到嘴里。

"瑞莱,快别这样,要相信咱们的杉杉,会挺过这一关。"

"我担心孩子受到刺激。"

"遇到这样的事,谁都会受刺激,不要太担心,我很快就回太极城,见到她,我会好好安慰。"

"见到她,一定要好好劝劝,让她想开一些。就说,我们永远疼爱她,这个家永远是她的,两个哥哥也疼她,让她早点回来,妈妈在家等着她。"

"这个你放心,再忙,我也会抽出空来关心她。再说,还有仲仲在城上,有我们爷儿俩,你就别太担心了。"

"不提仲仲这孩子,我还不生气,看看这哥儿俩,整天瞎忙,杉杉出这么大事,两人也不管不问,真没用。"

"这也怨不得他俩,兴许他们不知道发生这事,兄妹三个一直挺要好的,要信得过他们。"

欧阳伯第的手臂特种联通机震动:"仲仲这小子的视频。"

"还不快点。"

"仲仲,等一下,我把视频连在墙屏上。"

欧阳伯第与雪瑞莱急忙来到客厅,墙屏显出不太清晰的画面,家助过去把阳台垂帘落下。

"老爸,老妈,我在飞船执行任务,画面有些颤动,声音还可以吧?"

"还可以。"

"仲儿,你妹妹离家到你那里去啦,咱家的事她知道了,见到她,你要安慰啊。这孩子从小就可怜,她伤着心走的。我和你爸这会儿心里还七上八下的,这刚回来就惹出天大的事,叫人怪堵心的。听到了吗?"

"听到了,妈。"

"你别给孩子唠叨这么多。仲仲,我正要找你。"

"老爸说。"

"事情是这样的,大约1周前,我们截获一些神秘信号,这些信号的频率、频谱、频相与现有的都不同,近两三天又密集出现。高倍监测系统分析,这些信号的流向令人担忧。再就是,前些年也留存过相似的神秘信号参数,我们起过名字……"

没等欧阳伯第说完仲仲就接上:"老爸,我知道,还是'绝对零度信号'。"

"就是它,时续时断。我们几个比对,发现它与近期出现的变异信号有关联性。我和基地的中欧专家会商,没搞出什么头绪,后来有关机构介入,现列入加急核心事项。我总感觉有些力不从心，基地的 AI 系统、高倍检测系统都派上了。"

"又要说无厘头，是吧？老爸，咱们遇到不少这样的事，'绝对零度信号'我一直在跟踪，还能有多大凶险？"

"我这心里一直硌硬，尽管不会与咱们家有什么关联。有时间，你把这些信号与咱家的那些蛛丝马迹再比对一下，我实在不想再有什么瓜葛。"

"老爸，您把变异信号传给奕哥哥，我会同步感应。"

"奕奕他们也介入这事了？我看上面很着急，要不是回家与杉杉一起吃晚饭，我也抽不出身。"

"仲儿，见了杉杉，要将你知道的事如实告诉她，以免她再起疑心，我的心禁不起再戳啦。"

"唠叨起来没完，杉杉已经是大孩子了，她会有自己的判断，终究会搞清楚的。10 多年了，我现在还没理出来，你让仲仲说什么。"

"爸妈放心，我会让小妹放下这些事。我正等她上城来，向她验证一些现象。有事以后再说，爸妈再见。"

影像出现抖动，画面消失。

欧阳伯第扶雪瑞莱来到阳台前，两人眺望天空。

"女儿坐的航班该起飞了。唉，能见到她小哥哥，也不算孤单。"

欧阳伯第没有回应，目光一直伸向远方明亮的星星，两个圆点用目光连接起来，就好似从太空看地球与其他星体串在一起，竟是如此接近。想起这几天发生的异常事态，他不觉身体一颤。眼看就要与身边的妻子再次分别，不知道这一去又要多长时间，他心里实在放心不下，三兄妹不在身边，最让做母亲的承受不了的，是女儿含泪离开家，这件事对瑞莱的刺激不会小，她在杉杉身上下的功夫最多，不知是弥补杉杉缺失的疼爱还是什么。想到撂下孤身一人的妻子，欧阳伯第不禁凄然。

随着北京至三亚的 CZ6712 次航班晚上 7 点 10 分准点起飞，杉杉的心似乎落了下来。噩梦般的短暂暑假，杉杉像在逃离京西基地，逃离那个阁楼。

杉杉大脑一片空白,只有阁楼中的喷像,好似烙在大脑铺设的宣纸上,血液渐渐凝固,细胞也渐渐凝固,眼睛永远定格在阁楼墙面上。杉杉扣上耳机,表情木然,渐入蒙眬状态……

"旅客朋友们,三亚是一个向世界'出口'阳光与空气的地方,美丽浪漫的天涯,无与伦比的热带度假天堂,世界级海滨旅游城市……旅客朋友们,三亚凤凰机场到了,请您携带好自己的行李物品,下次旅行再会。"

杉杉慢吞吞地起身,取出跟人行李箱,随着人流走出机舱。

开往三亚地空站酒店的旅行车在出口处等候,杉杉上得车来,寻找空位坐下。

夏末的三亚夜晚灯光璀璨,大街两侧人潮涌动一片喧嚣,路边餐饮十分红火,一群群人围坐一起,酒瓶相碰,有说有笑。可杉杉觉得心里冰冷,目光从车窗投射出去,竟然没有丝毫的声息呼应。

灯光下的椰树匆匆向后飞去。过了很长时间,杉杉从旅行车辗转到轮渡,最终在位于离岛的三亚地空站酒店停下,杉杉一下船就有呼喊声传来:"杉杉,我在这里,杉杉,这里。"

杉杉看到不显身高的小师兄在人群里挥手。

季小峰扒拉着人群向杉杉这边挤,到了杉杉跟前,人也散开了。

季小峰撩起上衣擦擦汗。才一小会儿,杉杉就感到三亚盛夏的厉害,晚上11点多,海风还滚烫,吹到脸上像是从火炉里刮出来似的。

"杉杉你好!"

"付颗粒你好!"

付颗粒是杉杉在科大的智能机器人助手。

进入酒店大厅,跟人行李箱打开,两只"金毛"从里面跳出来。

"这天热得真厉害,得凉快凉快。"杉杉被小师兄的声音拽回现实。

杉杉瞥一眼带有海南特色的仿古壁画、朴实的殿堂陈设、身穿仿古民族服饰的服务员,仿佛置身古时的琼岛。

"我还是第一次来三亚,杉杉你呢?"

杉杉感觉小师兄比较兴奋,话明显多,或许是天热的原因吧,她应付着回应小师兄说是第一次。

"那不就妥啦,咱把行李放下,找小吃咋样?"

听到吃的,杉杉肚子咕噜咕噜响了几下。"饿了不是?走,放行李。我都安排好啦,明天体检,办理行李托运。我亲自找学校的协作人……"

第二天上午 7 时 39 分,杉杉、季小峰接到三亚地空站紧急通知,受太空电磁活动异常影响,全球地空航运全部暂停,太空飞班顺延,复航时间另行通知。

季小峰带付颗粒来到杉杉的房间,他们商量着如何打发这段时间。

杉杉带两只"金毛"与季小峰、付颗粒走出酒店,乘船到达距地空站 3 万米的菠萝湾,跳下船踏上沙滩,阳光被薄云遮挡,海水好似恋恋不舍地拍打着渐渐后退,湿漉漉的沙滩拥入操着各地口音的众多游客。

杉杉脖子上挂着墨镜,身着短袖短裤,微微海风拂着过肩的头发,一步一个脚丫印,脚底渐渐涌起潮湿的暖流。

两只"金毛"只用后爪子立起来,在沙滩上留下长长的爪印。

椰风 661 号无人驾驶游艇(简称 661 号游艇)候在不远处,杉杉踏进水里,两只"金毛"急慌慌刨水靠近游艇,杉杉把它们抱上去。

游艇发出问候,提示穿戴救生设备,航行限速 100 节。

星罗棋布的各式游艇、冲锋舟、海上巡逻艇穿行在海面。幕布大小的云片纠缠着太阳不肯离开,深蓝的大海与湛蓝的天际线融合一起,被太阳炙烤过的海水依然保持着高于体温的热度,微风吹拂把温热的水汽扇起来,数不清的鹭鸟在低空盘旋,游客纷纷伸手,似乎要抓住头顶上的鹭鸟。杉杉仰着头抹把脸。

661 号游艇向大海深处行驶,前后左右数十艘游艇相伴。离岸 20 多海里后,游客们按捺不住兴致,一些游艇离开水面低空飞翔,一些游艇封闭潜入水下。

海上巡逻艇通过各游艇联通设备不时提醒游客检查穿戴救生设备,注意安全,严禁超速。

杉杉询问 661 号游艇,是否可以突破航速。

游艇自动系统回应,菠萝湾海域的最高航速设定只有海上客服中心有权突破。

杉杉心情渐渐放松,眼下湛蓝的海水急速向后飞溅,两只"金毛"兴奋地跳跃,机器人付颗粒在控制舱中,众多游艇、游船航行在附近,海上巡逻艇在 661 号游艇左侧不远处海域同向而行。

见到大海,杉杉感觉就像到了太空,那块云片跑到 661 号游艇前方的海天交接处,与墨蓝海水缠在一起,晨光下泛着蓝晕。

几艘游艇加速向外海航行,海上巡逻艇紧随其后。

杉杉所在的 661 号游艇甩开其他游艇和海上巡逻艇,独行远海。

数十分钟后,远海海面出现一个亮点,朝来时的海面快速移动,661 号游艇掉头行驶。

杉杉、季小峰戴上观测镜,亮点越过 661 号游艇并与 661 号游艇同向移动。

不知过了多久,海警 0079 号巡逻艇发现亮点,遂向三亚海上客服中心报告。

"亮点"与海警 0079 号巡逻艇相向而行,相距 80 海里,航速 98 节;相距 65 海里、50 海里,保持恒定航速。

海警 A9 号巡逻机朝此海域上空飞来。

杉杉与季小峰紧紧攥着手,661 号游艇与前面的"亮点"渐渐拉开距离。

巡逻艇、巡逻机同时发出警报警告:"游客朋友们请注意,紧急通知,距菠萝湾北海岸 70 海里处发现一神秘穿梭物,疑似机器人海飞器,航速 98 节,请海上游客立即向周边疏散。"

听到海警警告,一些游艇从空中掉头观测,海面上的游艇、游船、冲锋舟向两侧减速航行,一些游客将镜头瞄向此海域,一些游艇低空跟踪飞行。

"亮点"机器人海飞器与海警 0079 号巡逻艇相距 30 海里。

"机器人海飞器,请你立即减速,向海警示意形态,立即减速,向海警示意。"

相距 20 海里,机器人海飞器减速,纵身一跃示意形态,继续与海警 0079 号巡逻艇迎面航行。

航速没变,相距越来越近,情势愈加紧张。"机器人海飞器再减速,再示意。"

机器人海飞器再次从海面示身减速。

杉杉要自己的 661 号游艇告知机器人海飞器的航速、距离。

机器人海飞器与海警 0079 号巡逻艇相距 2 海里、1 海里。

海警 0079 号巡逻艇厉声警告:"机器人海飞器停止航行,停止航行。"骤然间,机器人海飞器从海面蹿起,带起水帘擦着海警 0079 号巡逻艇前脸跃升,海警 0079 号巡逻艇淋着海水从下面疾驶而过。

机器人海飞器纵身跃入水中。

惊险一幕定格在海警巡逻机、巡逻艇自动记录仪中,定格在杉杉、季小峰的观测镜和乘坐的 661 号游艇系统中。

杉杉与季小峰攥着手,遥望的目光被机器人海飞器拽进海水里。

附近传出惊奇呼叫。

杉杉这才招呼小师兄松开自己的手,招呼 661 号游艇全速赶过去。

海警 A9 号巡逻机低空盘旋。

海警 0079 号巡逻艇掉转头,发现机器人海飞器从海面消失。

海警 A9 号巡逻机扩音器传出询问:"谁家的机器人海飞器?"

杉杉指使 661 号游艇回应确认后,巡逻艇接近,杉杉瞥到艇载机枪枪口。

头上的海警 A9 号巡逻机传出命令:"661 号游艇与海警 0079 号巡逻艇保持距离,按我们的要求驶离海域。"

杉杉指使 661 号游艇回应确认。

海警 0079 号巡逻艇在前,661 号游艇跟上,海警 A9 号巡逻机在后低空呼啸着,朝菠萝湾码头行驶。

季小峰扭头,海警 A9 号巡逻机机载枪枪口正对着自己。

661号游艇传出联通播报:"报告警务大队,现场发现一艘可疑游艇,上载一男一女,游弋在出事海域,已被我们控制,现押解返回。请加派警力搜寻失踪的机器人海飞器。"

"已控制菠萝湾海域,你们迅速押解回大队。接应警力已到码头。"

巡逻艇鸣着警笛,巡逻机押后抵达码头,杉杉、季小峰各抱一只"金毛"离开661号游艇刚上岸,即被武装警察夹在中间,走过一段过道,被拽进警车。

两辆警车鸣着警笛穿过椰林大道,招惹不少沿途游客的目光。

抵达菠萝湾警务大队,杉杉、季小峰被押到审讯室。

几名警察嘀咕:"就是这对狗男女制造的菠萝湾恐怖事件?看那女的还像模像样,那男的一看就不是正经东西,大热天折腾的,有他们好瞧的。"

"你咋……"季小峰抱着"金毛"瞪着眼意欲怒怼,杉杉急忙用胳膊肘捣一下。

"你们坐下。我是相警官。"

审讯室不大,温度一下子降下来,相警官与杉杉、季小峰隔桌而坐,两个机器人助警站立两旁。警察按相关规定收缴杉杉、季小峰随身物品。

"在校学生仔吗?"

"是的。"杉杉回应。

"一对恋人?抱着金毛来度假的吧?"机器人助警插话,两只"金毛""汪汪"狂叫。

两人急忙安抚"金毛",同时对视。"与此无关吧?"杉杉答话。心里想,这机器人助警说话怎么这么不入耳。

相警官摆摆手:"那个机器人海飞器属于你们吗?"

"是的,他叫付颗粒。"杉杉答话。

"啪",相警官脸色大变,怒拍桌子,"海上恐怖事件是你们制造的吧?"

"我们没制造你所说的恐怖事件,警官。"杉杉怒怼回去。

"还敢狡辩,人证物证俱在!看看你们的模样,一个18岁,一个22岁,哪像大学生仔,一人抱一只金毛,够档次的,舶来的?还有那个什么,巧克力。"

"警官,是付颗粒。"

"管他什么利,咱们国家的大学生仔,哪有你们这样的。一个 18 岁的女孩子,你们家里蛮放心的。"

"警官,这与此事有关吗?"

"呵,教育你们,这是警察职责,怎么说不得。说,你们是怎么袭击巡警的?"又是"啪啪"两声。"吼,吼。"两个机器人助警在一旁助威。

"没袭击巡警,警官,甭吓唬我们。"杉杉的目光直射出去,与相警官的目光隔桌对撞,足有数秒,相警官瞥一眼机器人助警:"放视频。"

一侧墙屏开启,回放付颗粒与巡逻艇相向而行的全程。

"欧阳杉杉,这么漂亮的学生仔,蛮精明的,不会被人骗了吧? 我相信你不会提供假证词,那样对你没好处的,你还是老老实实交代吧。"

"警官,你要搞明白,你的证据是什么? 在哪里?"

"呵,你这学生仔竟敢用这种口气,蛮有胆量的,这,这不是吗?"

"是什么? 机器人不可以在三亚海域游泳吗?"

"这倒没有规定。"

"我的机器人超过航速限制了吗?"

"这倒没测出来。不对,不对,你蛮能绕,看看这,你们乘坐的 661 号游艇航速 100 节,机器人付颗粒刚开始与你们并行,然后很快跑到你们前面,越跑越快,你们的距离拉这么大,蛮严重的超速,蛮危险的行为,还冲着巡逻艇,蛮恶意的。"相警官怒目圆睁、青筋暴出,"故意对抗警方,知道后果吗?"

"警官,请你先不要着急下结论。我们 661 号游艇航速 100 节,就能证明付颗粒超过 100 节吗?照你的推论,跑到我前面的都超过限速吗?还是把所有证据汇集到一起,你再下结论也不迟。"

"你这个学生仔故意纠缠,不要以为长个漂亮脸蛋儿,我就会心软,就算我会心软,我们的机器人助警也不干,你要给我放明白,听清楚了?"相警官在桌前倾斜着身子,"我蛮有耐心的。"

杉杉与季小峰目光碰到一起,季小峰一手摊开,摆出着急无奈的样子。

杉杉头部轻轻一摆,心里嘀咕着哪门子急,耗就耗呗,轻轻抚摸怀抱中的"金毛"。

此时,墙屏显示海警0079号巡逻艇记载数据:机器人付颗粒航速98节,两次调整后分别为90节、80节。

海警A9号巡逻机记载数据与海警0079号巡逻艇相同。

杉杉乘坐的661号游艇记载数据与海警0079号巡逻艇相同。

菠萝湾海域游客拍摄的短视频亦近似。

"呵,蛮能撑的。这什么意思?"相警官在桌前接收另一个视频。

菠萝湾警务大队分析研究所与相警官比对数据,交换意见。

杉杉与季小峰再次交换眼神,季小峰意欲起身被机器人助警制止:"坐下,干什么?"

"警官,能不能弄点东西填填肚子?这都几点了,饿得不行啦。"

"等一会儿。"

"这个证据蛮致命的,要的,要的。"相警官关闭视频侧身,"学生仔耍刁,我严厉警告你们,在我们的火眼金睛面前,耍心眼儿想瞒天过海,是要不得的。说,你们到底是从哪里来的?受谁的指使?在南海想搞什么名堂?"

杉杉与季小峰对视一阵,季小峰读出杉杉的意思。

"警官咋这样说,不是你想象的那样,我们从学校来,受学校指派,来三亚还是第一次,哪想到遇上这档子事。我们的付颗粒在海里游游泳,只是好奇,没想惹这么大乱子。说实话警官,我们真没有惹事。"

"呵,嘴蛮硬的,我看你看见这个嘴还硬不硬。放!"

杉杉、季小峰顿时把"金毛"搂得紧紧的,担心的目光移到墙屏。

墙屏上重放付颗粒与海警0079号巡逻艇接触瞬间飞跃带起水帘、海水溅落巡逻艇的视频。视频定格。

杉杉把"金毛"搂在胸前盯着墙屏轻声说:"警官,巡逻艇与付颗粒的间距是?"

"视频,几个角度的视频,蛮清晰的,还想抵赖?"相警官连续拍打桌子,发出怒吼。

"警官,我们要亲眼看看巡逻艇与付颗粒的间距。"

"到死还胡搅蛮缠,放!"

杉杉把眼睛紧紧闭上,审讯室一时陷入寂静。

数秒的时间,犹如漫长的世纪,耳鼓没有节奏地敲打,杉杉分不清是小师兄的还是自己的心跳。真的霉运临头啦,警官这样有把握,落到警察手里恐怕就不是短时间能打发的,上太极城的计划全砸啦。付颗粒呀付颗粒,你可把小姐姐害苦啦,那警官口气十足的调门,不知又有多少难听的话在嘴边等着,制造恐怖事件、谁的指使,这不是被当成间谍就是被当成恐怖分子,在南海可不是儿戏,咋搞成这样子。小师兄啊小师兄,你那缜密的脑袋缝隙也忒大了吧,这下可不是掉进一根针,恐怕是个磨盘吧。

杉杉实在抬不动眼皮,眼缝里瞅见机器人助警盯住墙屏,犹似被墙体焊住;相警官侧身张嘴翻着白眼;另一侧机器人助警两眼发出蓝线,似乎要把墙屏吸进眼窝,这都发得什么蒙?

杉杉索性把"金毛"往地上一扔,朝相警官伸出双手:"你说的学生仔认栽了,来,铐上吧。"

相警官纹丝不动,杉杉伸着手把脸转向墙屏,"0.2 海里!"杉杉揉揉眼睛,墙屏显示"相距 0.2 海里"。

杉杉猛然从侧面抱住小师兄的脖子。

审讯室再次陷入沉寂。

"蛮怪的,这是你们搞得魔幻吧,障眼法?我们的巡逻艇,是你们的付颗粒带起来的海水浇到它头上的,这一点千真万确不会有误,怎么能有 0.2 海里的间距?两位学生仔坐下说说,给他们弄点吃的,快去快去。"

季小峰把"金毛"放地上,转过神来,轻轻刮了刮杉杉的鼻子。

"你们蛮拘束嘛,可以起来活动活动,三亚天气蛮热的。"相警官离开座位,走近他们,压低嗓门儿,"我警告你们,落到我手里,你们别想耍花招,要不然苦头有得吃。"然后转身离开审讯室。

季小峰愣在椅子上,冲着相警官的背影喊出"不吃这一套"。

话音未落,送午餐的机器人助警进来接过话茬:"你不吃?"

"没说这个不吃,快拿来。"

机器人助警没好气地把快餐甩给他们俩。

杉杉顾不得看机器人助警脸色,匆匆吃完,把餐具递过去,甩甩手,脚丫子相互搓一搓,在心里说,小师兄,他们要打付颗粒的主意,我们要被缠在这里。

季小峰心里念叨,警察凶巴巴的,这个机器人助警更不待见我们,什么拌饭,辣喉咙眼儿。吃完季小峰气呼呼地把餐具塞过去。

杉杉贴近季小峰耳朵嘀咕一阵子。

"饭菜不错吧,刚吃饱蛮有劲的,嘀咕什么?"相警官一脚踏进门。

"警官,你们的机器人助警态度恶劣,对我们耍横。"季小峰怒气未消。

"不会吧,现在不是挺好的,不要找碴儿,还是想想怎么收场吧。"

"我们该走啦。"杉杉弯腰把一只"金毛"抱来,季小峰抱起另一只。

杉杉说:"把联通机还给我,我让它来,你们不就指望这个。"

相警官把杉杉的联通机向前一推,机器人助警递给杉杉。

杉杉发出"到警局"字样。

付颗粒到达菠萝湾警务大队,菠萝湾警务大队分析研究所对付颗粒进行外部特征、编程和具身认知等方面的测定。

付颗粒记忆存储中的菠萝湾海域航速、距离、两次降速、示意、在海警0079号巡逻艇前的飞跃等数据与661号游艇、海警0079号巡逻艇、海警A9号巡逻机记载数据一致,飞跃时与巡逻艇间距0.2海里,与661号游艇间距3.96海里。

付颗粒身高193厘米,外层套装为钛合金材料,与普通机器人类似,内层机器人在套装中悬空,长度133厘米,材料结构等其他数值无显示,无辐射,具有弯曲折射①。外层套装具身感应类似普通机器人，而内置悬空机器人则无从测定。

　　"金毛，我来啦。"付颗粒提着黑箱子行走如飞地来到杉杉面前。

　　"我还算计着你啥时候能来。"墙屏视频播放结束。杉杉与季小峰抱着"金毛"站起来，走向相警官："该吃晚饭了，警官们辛苦了，我们也该走啦，虚惊一场，给你们增添忙乱，我们真诚地道歉。"

　　相警官做出无奈的动作："隆飞科技大学给我们致函，对你们进行担保，算你们走运。假如造成损失和人员伤亡，你们就没这样显摆的机会了，蛮刁的学生仔，你们两个、机器人付颗粒在我们这里挂账了，以后有新情况，随时找你们，你们要好好配合，清楚了吗？"

　　两人同时回应，分别在电子屏上签名，取回物品，与付颗粒离开菠萝湾警务大队，融入华灯璀璨下的人流中。

　　"小师兄，我的心一会儿下沉一会儿上升。"

　　"净是不长头发的事，我咋觉得头皮生电。"

　　杉杉用手扒拉扒拉季小峰乱糟糟的头发，发现不少银色的："这样子炫酷，招看。"

　　"肚子早咕噜叫啦，刚才根本就没吃好。"

　　两人来到海鲜大排档，点了一些时令海鲜。

　　"杉杉，咱们小小的庆贺庆贺怎样？"

　　"就依小师兄。"

　　季小峰要了两瓶三亚冰啤，与杉杉对饮，付颗粒坐一旁，两只"金毛"各趴一张椅子里。

　　"三个宝贝，到时再奖励你们。"

　　"杉杉，那个数字太跳啦。"

---

① 光线经过强引力场后会弯曲，其经过弱引力场也会弯曲，后者在一般状态下表现不明显。

"我的心就是那时掉到脚丫子里的。那警察说咱俩啥来？"

"谍恋呗。"

"小师兄冤枉啦？"

"有啥冤枉？"

"还没尝尝恋人是啥滋味，不被冤枉咋地？"

"真没往心里搁。"

"来，小师兄，靠近点。"

季小峰挪挪椅子，杉杉突然抱住季小峰的头，把嘴贴上去……

足足十几秒的时间，杉杉松开季小峰："来，小师兄，干！"

季小峰直直愣在那里，面部涨红。街灯光线下，他眯着眼睛看着亭亭玉立、蓝眼翘鼻美唇的混血儿，大脑与心脏一起扑通扑通。

"小师兄，小师兄。"

季小峰口腔干渴，神情迷离，仰起脖子将啤酒往里倾倒。

"小师兄，那两个数据出来了吗？"

"啥，我的心还在坐过山车。"季小峰把酒瓶放下抿抿嘴，"杉杉，这次的数据是……付颗粒航速为……哎呀，我都不知道哪里乱跳啦。"

"小师兄别逗啦。"

季小峰稳稳心神，亢奋的激素用到心算上：付颗粒的感应速度在 100 节以内，实际速度为 109 节，视觉和智能测速感应慢了大约 9 节。

季小峰解释说："菠萝湾海域，付颗粒从 661 号游艇跳入海中与 661 号游艇同向行驶，被海警 0079 号巡逻艇发现时与海警 0079 号巡逻艇相距 91.31 海里。付颗粒用 0.44 小时跑了 47.96 海里，平均时速为 109 海里。巡逻艇用同样时间跑了 43.15 海里，时速为 98 海里。两者之间有个 0.2 海里的实际空隙。661 号游艇航速 100 节跑了 44 海里，与付颗粒拉开 3.96 海里。巡逻艇、我们的 661 号游艇对付颗粒的感应速度比实际慢了大约 9 节，其中包括调整感应速度。"

"喏喏，速度感应误差突破啦。"两人用力击掌。

"杉杉,这个速度感应误差的意味可真丰富。"

"是的小师兄,本来时速很快的飞行物,在观测仪器中却慢许多,那会出现什么情况!"

"前一阵子那个距离感应误差、体态感应误差,再添上这个速度感应误差,那还了得。"

"嘘,小点声。小师兄,连夜把报告赶出来,我还有许多准备工作要做。"

"杉杉,还有那个 0.2 海里的空隙。"

"小师兄,这次差点被当成恐怖分子,是 0.2 救了我们,不然,跳海喂鱼也说不清。"

"我那会儿心脏怦怦跳,都没敢睁眼瞅一下。"

"小师兄,现在睁开眼,好好瞅一下。"

"……还是不好意思。"

"小师兄,你蛮大胆的,拐卖少女。"

"杉杉,我还真不怕吓唬。还有那付颗粒内套中测量不清的机器人,那里面的数据也管用。"

"是管用。付颗粒,可爱的'金毛',我们回酒店了。"

虽然这次"成功"从警察眼皮子底下"逃脱",但等杉杉和季小峰回校后,还是要因为没按规定进行试验导致占用警务资源而接受处罚,不过,这是后话了。

京西中欧隆卫研究基地欧阳伯第实验室内,数台小型机闪烁着蓝光,数个屏幕闪烁着公式和某天眼、信息超级公路、太极城的信息,机器人助研不停地忙碌。

欧阳伯第的双胞胎大儿子欧阳奕奕暑期留在学院,受校方指派,临近午夜与基地联系。

"老爸。"

"奕奕,这都几点啦,何时回来?"

"恐怕一时半会儿回不去。老爸,我们监测到一种特殊的神秘信号,现有系统无法认读,急得我睡不成觉,我们老师让我请教您。”

“我也一直在琢磨,先归到‘绝对零度信号’那个系统里。绝对零度反应状态可不是没有反应,它是一种超出我们现有认读能力的变换信号结构。近期,我的小型机上出现数百组非常微弱的这类信号。”

“我就为这个,仲仲能链接进来吗?”

“我现在试试。”

欧阳仲仲在太空飞船操作间处于失重状态,在空中调出一幅数据图:“老爸、奕哥哥。”

全维动影出现哥儿俩的影像,如果不是背景差异,很难辨识这对 19 岁的双胞胎兄弟。

“仲仲,刚刚又检测到那些神秘信号。”

“老爸我来说,我的具身认知提醒,这个神秘信号来自地面,是近地空间某个点位中继,现在还判断不出头绪。这是我截取的信号乱码。”欧阳仲仲声音洪亮,光头黑脸膛,一对大眼睛和高隆的鼻子衬托着粗犷的脸,与欧阳奕奕略有差异。

“欧阳首席。”一位噙着烟斗、留着胡须的中年人推门进来,看到全维动影审视一番,“欧阳首席的两个公子?”

“是的,这是奕奕,这是仲仲。这是德籍大科学家韦斯坦博士,我们太极城和基地尊他为爱因斯坦传人。”

“伯伯好!”兄弟俩同时挥手打招呼。

“欧阳首席,早听说你有一对双胞胎儿子,像,又不像。哈哈,一眼就能记住这俩孩子,粗黑浓密的长眉毛,挂在一对圆大的黑眼睛上面,很少见。”

“唉,脸黑,嘴大,不好找媳妇。”

“那有什么关系,男子汉嘛。仲仲这是在飞船上吧?”

“是的,伯伯。我在太极城工作,见过您几次,您忙,没顾得上打招呼。我经常出外勤,不常在城内。”

“我知道你。没打断你们聊家常吧?什么时候当爷爷?”韦斯坦又把烟斗噙嘴里。

"哪有这闲心,韦斯坦博士,刚跟他俩聊那个神秘信号。"

"欧阳首席,莱茵城耶伦伽院士也监测到这些信号,我看要加快解析,从生物计算、智能算法、频谱曲率等领域加大强度。我说的是,以'绝对零度信号'概念为坐标系,向四周辐射,寻找抓手。"

"伯伯,您提供了一个重要思路,从四周向'绝对零度信号'回射,多维度、深维度、反维度寻找抓手。"

"反维度?欧阳首席,我看你的两个公子要超越你!"

"韦斯坦博士夸奖啦。"

"欧阳首席,我的伙伴M·泰格,著名德国科学家,原机人世界的偏激主义者,在欧洲被认为是人机融合派。他在莱茵城拥有自己的俱乐部。他邀约50名代表要在近期搞什么促进会,邀请我们两个参加,你看如何?"

"首先感谢M·泰格先生邀约,只是档期调整困难。我已经注意到原机人数量激增,这些与人类原体非同步的原机人,具有极大吸引力,已成为重大的全球现象。"

"我们德国人比较重技术和机理,我首先从科技孪生的角度给予支持,当然没有越过人类设定的道德红线。但是原机人的出现是否影响人类生存发展,更重要的是原机人衍生的一系列问题,我还不十分熟悉。我还是去一趟,顺便就'绝对零度信号'与M·泰格博士和耶伦伽院士深入讨论一次,你看如何?"

"那当然好。"

"我会寻找机会,请你和两个公子一起参与讨论。"

"那就更好了韦斯坦博士。两个小子,你们看韦斯坦博士,这是10多年前在中国网购的几百元花格上衣和牛仔裤,至今还舍不得扔掉,但对朋友大方得很。"

"伯伯,我们这里有著名的烟丝,快递过去孝敬您。"欧阳奕奕握紧拳头把大拇指含进嘴里,学着噙烟斗的动作。

"奕奕,我喜欢中国青年学生,喜欢与中国朋友相处。我发现现在的中国学生与世界接触越来越紧密,是这样的吧?"

"伯伯,我们这里与几十个国家的学生建立合作关系。我有十数位外籍朋友,我们经常合作研究课题。"

"孩子们,超级技术发展越快,带来的危险和威胁也就越大,这需要我们这些科学家合作,也需要青年学者合力破解,我是支持派。"

"伯伯,借机请教个问题,变异信号折射的对象是什么? 或者说,变异信号、'绝对零度信号'对应的对象是什么?"

"欧阳首席,你这个公子才19岁,就给我这个科学家出了一个大题目。我需要时间思考。这个题目我认领下来,成熟后再回复你如何?"

"冒昧啦,伯伯。"

"中国年轻学者考虑问题,已经超越我们这一代啦,我也借机向你请教一个问题如何?"

"伯伯,您太谦虚啦,请您赐教。"

"你可以思考一段时间。你是搞智能算法的,有什么算法能呼应变异信号,呼应信号背后的对象? 超越现有思路,有什么路径?"

"伯伯把我们套进来了,我和奕奕哥一起研究好吗?"欧阳仲仲抢着回应。

"当然当然,加上你老爸也可以,回答出来后,我请你们爷儿仨吃大排档。"

"韦斯坦博士科学家做得大,排场做得小气,呵呵呵。"

欧阳伯第接到紧急指示,收起笑容。

初识太极城

杉杉、季小峰到三亚的第三天午夜,在酒店前与其他旅客乘摆渡车,进入地下通道。

通道两侧为彩色画廊,柔和灯光中,盘古开天、女娲补天、夸父逐日、后羿射日、嫦娥奔月、吴刚伐桂、鲲鹏高飞、天问、太虚幻境、乘槎泛天河（中国古代对于宇宙飞船的想象）、牛郎织女、浑天仪……画满了中国古代与太空有关的传记彩绘，极具艺术品位，体现了人与大地与太空和谐相生的美好幻想与科学创造。

午夜 0 时 45 分，杉杉和季小峰到达三亚地空站地下候飞点，乘客按电子指示牌逐一卡位，缓步移动到垂梯口，8 人一组一个节舱，最上面节舱的 8 名乘客扫描验证首先进入，垂梯上升一个节位，剩下的乘客按分组陆续进入垂梯。

垂梯上升至与圆通舱齐平时停下，舱门开启，乘客进入各自舱位。节舱内为圆形，座位靠舱壁一侧排列，杉杉、季小峰、付颗粒前后相邻。节舱中心部位设置半截圆筒方便台。舱内数个机械臂协助乘客。

"神龙号"飞铁 11 号飞班向上移动至立式圆轨中，播音系统开启："旅客朋友们，欢迎乘坐'神龙号'飞铁，你座位前的屏幕将向你介绍本次飞班的基本情况，如有个性需求，请触摸'我需求'，我们将随时为你提供定向服务。"

季小峰靠前贴近杉杉说："费劲搞到 3 个名额。咱校的那些人还在后面的飞班。"杉杉没有回头，用大拇指关节弯曲表达认可。

1 时 8 分飞铁起飞，感觉不到明显不适，舱内散发微弱光线。

屏幕开启，机器人出现："亲爱的旅客朋友，我叫三亚飞妹，欢迎到中国太极太空城进行科研、文化交流、观光旅游。亲爱的朋友，你们现在乘坐的是隆盛航天科工集团研制的'神龙号'飞铁。初次乘坐的旅客一定好奇这套系统。这个宝贝由 4 部分组成，基座、立式圆轨、圆通舱、牵引系统。圆通舱为磁悬浮、垂直动力，共 9 节，上下 2 节为动力和控制系统，中间 7 节为乘客席，每节容纳 8 人，乘客满员 56 人，携带行李不超过 4 千克。飞程 35786 千米，飞速约每秒 2.2 千米，用时约 4 小时 32 分。连接地基与太空城的立式圆轨为碳纳米复合材料。飞铁系统由磁力均衡系统、AI 调节系统、牵引辅助系统、卫星监控系统、应急救护系统组成。乘坐'神龙号'飞铁更具安全性、便捷性，相比航天飞机和太空飞船节约了大量成本。截至今年 8 月，有 71 个国家和地区的科技集团、轨道空间巨头引进该系统。"

视频伴播"神龙号"飞铁飞行状态景象。

　　三亚飞妹继续介绍："地球赤道附近地域,已有近百个太空飞铁、太空电梯站。三亚地空站约2小时一个飞班,每天10班,最大日承载560人,每连续5个飞班后间隔1个飞班的时间,双向飞动,双圆轨循环,遇有极端天气飞班即时调整,每周一停飞,进行轨道系统维护。"

　　三亚飞妹介绍说："国际货运地空系统的数百个承载舱向中低轨和高轨太空城运送科研、生活等各类物资,每天900到1000吨,但仍存在巨大缺口,太空经济成为一个巨大增长点;为服务太空旅游而正在建设的巨型地空通道将有效缓解太空需求压力。数百个国际知名航天集团与众多太空俱乐部签订巨额合同,为太空城提供日常所需货物。

　　一位游客询问："如何解决地球引力?"

　　三亚飞妹回应："亲爱的朋友,在'我需求'中将为您提供解答,现在请旅客朋友自行安排时间,下次旅行我在这里迎接你们,祝你们有美妙的体验。"

　　杉杉戴上耳麦、护目镜赤脚仰在座位上。

　　季小峰触摸"我需求",屏幕提示戴上耳麦对话交流。

　　季小峰先提问与那位旅客相同的问题,飞铁系统回答："立式轨道内几近真空,载人圆通舱上行飞动时,基本忽略第一宇宙速度;圆通舱依靠引擎内部腔室内跳动的磁力波产生推力。"

　　季小峰接着问:3万多公里的高度,如何解决立式轨道的稳定?

　　飞铁系统回答："临近空间和大气层外沿建有悬浮的超导飞行器碟盘起稳定作用,加装的电磁转向和推进装置与地球和静止轨道上的太极城同步旋转;近地空间建有十数个中继航天站辅助。"

　　季小峰异常兴奋,提出喝水,屏幕显示十数种饮品。季小峰触摸其中的三亚椰汁。

　　节舱机械臂移动过来提示张口,季小峰张开嘴,一股甜味椰汁喷入口中。"这才多大点?"

　　"先生,最大量30克,全程不超过500克,请您谅解。"

"想吃点东西呢。"

"请您触屏。"

节舱内,数个机械臂上上下下曲曲弯弯舞动……

许多光点在近地空间闪亮,太阳光照射下,一个光点慢慢变成圆饼,浅蓝色与褐色相间格外分明,渐行渐近,侧面看像个太空竹筐,那就是太极城。

早上 6 时 6 分,"神龙号"飞铁 11 号飞班准时抵达太极城。

飞铁与太极城底部对接,乘客平直走出圆通舱。"等等!"一声呼喊后,季小峰转头往回走,进入尚未关闭的圆通舱,被机械臂挡住,询问干什么。

着急忙慌中的季小峰示意拿那个。"哪个?""喏,座椅下面那个。""你说的是这个? 喏。"机敏的机械臂夹起一双短靴移动到季小峰面前,季小峰谢过机械臂。

杉杉接过短靴,进入平台垂直乘梯,乘梯从太极城底部升至城中心零点主题花园。

付颗粒与跟人行李箱一同走出电梯,杉杉欲将短靴挂在箱子外侧时,才想起她的小宝贝。

杉杉急忙打开箱子,两只"金毛"从里面蹿出来,围绕杉杉亲热。

"小姐姐、小哥哥,我是太极城机器人导助,需要我协助吗?"

"杉杉,咱们先歇歇脚,填填肚子,然后再开始好吗?"

"听小师兄的。不过,这里有个太空食品基地什么的,要不去看看?"

机器人导助说,就在第一层城区,不太远。

站立在主题花园,四周辽阔,绿植覆裹,不远处河道传出游泳的声响,太阳光线从高高的天窗透进来,经折射弥散到晨练的人们身上,大大小小的悬浮驳车、代步车来来往往。

机器人导助介绍:"小姐姐、小哥哥,我们现在所处位置,是半径 1 千米的主题花园,花园中点,就是太极城第一层城区中心零点,向两端延伸为太极河。城郭主体为圆台,高 8 千米。第一层城区,由内向外共 4 道数千米的圆形建筑群,最外层建筑群高达 800 米,再向上为城郭天窗。我们先到那边 1-1 圆-DA12 号就餐,食品基地就位于-D 道附近。"

季小峰神情亢奋,没想到太极城竟这样大,跟想象的完全不一样。面前的榆树,个头儿矮了点,榕树,竟然被搬到太空来,令人咋舌。

杉杉的目光被一片咖啡树吸住,那上面的咖啡豆,好像在哪儿见过,一时想不起来。

机器人导助解释位置代码:1 指太极城第一层,1 圆指由内向外第一圈,-DA 指城内 8 个方位园区之一,还有 AB、BC、CD,D-A、-A-B、-B-C、-C-D 七个方位园区,与地面上的 8 个方位类似。

"我试试 7-5 圆 BC56 号。7 指太极城第七层城区,5 圆指该层由内向外第五圈层建筑群,BC 指第七个方位园区,56 是 56 号点位。"

"是这样的小哥哥,不复杂。城内有悬浮驳车,我先带你们去太空食品基地,太极城的状况之后再慢慢熟悉。"

"谢谢导助。"季小峰的激情被点燃。

悬浮驳车行驶在太极河右侧,河道两侧郁郁葱葱,弥散的光线铺满太极河,穿戴各色服饰的城民、游客沿曲线河道畅游,有的懒懒地浮在水上,有的踩水打仗,有的拍打河面溅起水花,还有的追来赶去手舞足蹈。

一群孩子身着统一泳装下到太极河,他们像大海里的小鱼穿梭水中,飘荡出轻松欢快的声响。杉杉勾起嘴角。

拐进街区,来到太空食品基地门外,"函和宫"三个镏金魏体字折射着东方爬上来的太阳光。

门建在城郭西南方向-C-D 园区正中刻度线上,颜体"中国太极太空城食品基地"镏金牌匾镶嵌门楼左侧,食品配送车从两旁侧门进进出出,榕树、国槐、茶树沿扇形向两端延伸。

抬头看,第一圈层高 200 米的临街建筑群全部开张,第二、三圈层建筑群从后面冒上来,再向外看,第四圈层建筑群高达 800 米,东方升起的太阳从天窗照进城郭。

站在函和宫前，早已勾起杉杉对亲生父亲的怀念。这是 16 年前，两位父亲倾注 600 天的心血，亲手建设起来的太极城，杉杉心中涌动着从未有过的滋味。

走进一层大厅，综合加工舱有序排列，打印的肉、鱼、虾，各类植物奶与饮品，即食饭菜和长保质期食品自动配送到传输带和自动运输车上。

进入快餐厅，找到卡座，机器人餐助协助要来咖啡和快餐。

杉杉与欧阳仲仲的链接持续数秒时间，影像有些模糊变形。"小哥哥！""杉妹你好！""小哥哥，我好想你。""我也是，上城来了吗？""刚进城。""你先落下脚，我在飞船上执行任务，4 个小时后返回城里。"

季小峰发现杉杉说话声音变调、眼睛朝向墙壁，于是四下打量起来。邻座满满的，没有想象中的全息影像，显得十分静谧，机械臂转动传送食物，抓取餐具。

季小峰沉浸在机器人导助勾勒的城郭中，一个独具魅力的太空城市徐徐展开。

"我也有事，你先忙，我等着你小哥哥。""杉妹，等着我。"

杉杉与欧阳仲仲关闭链接，与季小峰匆匆吃过夹心面包离开餐厅来到二层。

扑面而来的茉莉般的香味牵引着脚步移动，一棵棵深绿色叶片、纯白色花蕊的咖啡树锁住杉杉的目光，她贴上去嗅嗅，整个人被花蕊熏陶。

机器人宝宝欲把串起来的咖啡豆挂在两人脖子上，杉杉本能地躲闪到一边，似曾相识的咖啡豆原来在这里。那是一个温馨浪漫的场景，自己被爸爸抱着，爸爸从行李箱里摸出一串咖啡豆挂到妈妈脖子上，漂亮的妈妈脸上满是笑意。

机器人宝宝请他们品尝太空蓝莓植物奶，那味道鲜美别致，可杉杉如同嚼蜡。

戳到心底软处，一股液体向眼窝涌动，不知道怎样来到的食品基地三层，季小峰"用"亢奋的声响，才把杉杉的思绪拉到孵化舱前。

看到一排培植舱孵化出的扁圆形鸡蛋、鹌鹑蛋，季小峰兴奋得双眼眯成一条缝。

机器人宝宝把蠕动的虫从培植架上取下来放到瓶子里，杉杉的手心似乎在蠕动，接着是整条胳膊蠕动，眼、耳、嘴角也感应起来，像虫爬满全身，杉杉不由得抖动身体。

季小峰拉着杉杉走进食品基地四层的实验室，机器人宝宝说，这里培育合成太空黄油、特种脂肪，合成提取太空食用油、酸甜苦辣调味品，从太空植物、藻类、细胞、细菌中提取水胶体。

杉杉眼前再次浮现画面：米凯迪爸爸从行李箱中摸出几个小瓶，里面是增稠增黏胶体，自己与奕奕、仲仲坐在客厅制作黏稠玩具，刺耳的警笛响起。

杉杉浑浑噩噩来到五层的实验室，一层层、一排排培育箱里生长着细菌肉、细胞肉、植物肉，众多机器人宝宝忙碌着，传输机器人自动识别、分拣、包装。

屏幕显示的生产周期和日均产量，不仅能满足太极城和相邻空间载人航天器的正常需求，还能兼顾飞船远航、存储备用。

季小峰顺手拿起一款太空培育肉仔细察看，这富含氨基酸、脂类、碳水化合物、矿物质和水分的太空肉食，外观、气味与地面普通肉极为相似。

一排加工容器前，有用蘑菇、发酵大米和豌豆蛋白质混合物制作的肉类食物试吃样品，杉杉品尝"虾肉"，但刚吃了一口就连连作呕，机器人宝宝、季小峰显得很着急，杉杉一手捂嘴一手轻轻挥动，表示自己没事。

走进六层的培植间，植物架呈扇形向两侧远远展开，赤橙黄绿青蓝紫可见光映入眼帘，一排排一层层蔬菜水果，株型紧凑，生长强势，植物根系生长在蛭石中，机器人宝宝穿梭其中进行采摘。

机器人宝宝来到杉杉一行人跟前，递上太空甜椒，季小峰直接放到嘴里，味道微甜，清脆爽口。

机器人宝宝采摘一颗颗拳头大的黄色茄子，放到跟人载货车上，水汽包裹的紫色番茄犹似太空玩具，太空洋葱、萝卜、黄瓜、生菜与地球上的没有两样。

接着映入眼帘的是一排金色的太空土豆，机器人宝宝摘下金色的太空土豆放到跟人车上。杉杉似乎听到米凯迪兴奋地叫着"圆果果"。

　　两人乘坐悬浮式代步车来到主粮培植区，小麦吐穗、稻谷饱满、豆类结荚，透过顶层玻璃，早上反射进来的阳光照在植物上形成光照面，一片生机勃勃，与地球种植的主粮没什么差异。

　　杉杉内心掀起波澜，原来不承想，俩爸爸亲手建造的太极城，竟能自给自足，这个地方一定留有他们的足迹。

　　从食品基地出来，季小峰贴近杉杉耳朵嘀咕了一下，杉杉点头。季小峰招呼机器人导助过来。

　　季小峰说："我们有 70 分钟空当，请设计一下如何？"

　　"请问，是 70 分钟后到达冒端平台吗？"

　　"是的。"季小峰回应。

　　悬浮驳车向右沿临街建筑前道行驶，再向右汇入弯曲河道一侧的道路。

　　太极城以这条 9 米宽的河流为界，划为左右弯曲两部分，左半部分浅蓝色，右半部分褐色，河道两侧与街区交叉的道路上，长方轿形、圆饼形、海螺形的悬浮驳车来回流动。

　　机器人导助介绍说，这条河叫太极河，取中国长江的水和生物，在这里复制繁衍。

　　季小峰心中感慨，真没看出来，这得下多大功夫。

　　"河里生长有水草，鱼类是长江的原生品种。太极河的长度，请小姐姐小哥哥琢磨琢磨。"

　　机器人导助解说："太极城各层分为对角相等的 8 个区域，构建 8 条从中心零点辐射到城市边缘的内侧城道，反'S'形河道从中心零点沿小弧线向 A 道延伸约 2 千米到达交汇点后，再沿弧线穿过 AB 区到达 B 道 4 千米处交汇点，继续沿弧线穿过 BC 区到达 C 道 6 千米处交汇点，再继续沿弧线穿过 CD 区到达一层 D 点河道中继点。这是河道的右上部分，左下部分与此对等。太极城第一层底部半径为 8 千米、面积 201.06 平方千米。这为反'S'形河道长度提供一个参考值。"

　　杉杉一行穿过圈层建筑群,到达太极城外环-D点亭台,此点是平道与坡道的共同起点,顺着平道环绕第一层城郭,在此设有太空观赏区。

　　机器人导助选择进入外张角45°的坡道,即城郭外环,左侧是800米高的环形建筑群,右侧是城墙墙壁,阳光从天窗照射或反射到城区。

　　悬浮驳车沿城郭外环弧坡逆时针行驶,左侧建筑群墙壁为包含从古至今世界各地有关宇宙的传说、哲学模型、天文模型、演进年表的巨型画卷,行驶约25千米半个圈层后抵达外环D点亭台。此点比起步-D点高500米。

　　机器人导助解说:"每个点位建有一个彩绘亭台,每层8个,共计64个,选取国内著名亭台风格。小姐姐小哥哥初次来太极城,城内处处蕴含中华优秀传统文化,建筑与自然和谐堪称经典,时间充足时请再仔细观赏。"

　　"亭台下面是太极河一端吧?"

　　机器人导助回应:"是的。这条太极河是太极城的'灵魂'所在,圈层建筑遮挡处下方河段与其他裸露河段完全相同。太极河不仅可以观赏,还承载着太空生命产生与繁衍的实验。"

　　"太极城的显著地标。"季小峰与杉杉对视着说。

　　机器人导助说:"我们加快速度,概略介绍。"

　　悬浮驳车驶出D点亭台沿外环弧坡继续行驶,迎面驶来大型悬浮驳车,游客们纷纷拍摄城郭与太空景色。

　　悬浮驳车迎着太阳行驶到2-D点亭台,此点是两层城郭的接合部,第二层城区内部结构与第一层相似,底部半径扩展为9千米,中心零点悬空同心圆半径2.25千米,只是太极河变为反"S"形城市通道。

　　这一层是太阳系图景环绕墙壁,图画以太阳为中心向两端辐射,大大小小的星球、卫星、标号小行星和陨石、气团天体,星际谜团、外星来客、黄道光、极光,天琴座流星雨盛景、粉红满月、八大行星等距等奇观一线排列,缩略在近60千米的圆弧墙壁上,群星璀璨,气势恢宏。环绕一周,杉杉、季小峰震撼不已,他们不曾想到,竟能在此时此地领略太阳系的壮阔场景。

　　从 3-D 亭台离开第二层城区进入第三层城区,城郭面积按比例不断扩大,阳光从城墙天窗折射下来,覆盖着灰色格调的巨幅宇宙图景,一个接一个的星系、超星系团、巨大黑洞、大尺度纤维状结构,像地球沙粒一样多的恒星、暗物质与电磁辐射弥漫其间,舒展在周长约 62.83 千米、高 800 米的第三层外环墙壁上,浑然天成、气势磅礴,杉杉、季小峰快速游历,心中掀起层层波澜。

　　机器人导助接到信息,操纵悬浮驳车从 4-D 点亭台拐进第四层城区。

　　沿-D 道穿过 4 个圈层的环形建筑群,来到第一圈层苏州风情园,折射的晨辉普照园林,他们下车靠近人群,中国大红“囍”字出现在全息屏上,婚礼进行曲刚好奏响,掌声中一对新人从竹林中缓缓走出来,身穿太空礼服的新郎像是中国青年,身披太空婚纱的新娘像是欧美姑娘。

　　机器人礼助宣布:“太极城第 1000 场婚礼开始。”

　　园中闪烁着激光礼花组成的“囍”字、“福”字、大枣、连理枝、比翼鸟。

　　机器人童男童女献上彩色陨石制作的花束。

　　游客们边看边拍照。

　　机器人礼助提议“太空许愿”。

　　新郎新娘双手握在一起,闭上眼睛。

　　接着机器人礼助提议“比翼双飞”。

　　新郎新娘翩翩而起,新郎新娘一手相牵,另一只胳膊在空中挥舞。

　　“这是咋回事?”

　　机器人导助揶揄:“小哥哥,隐形物操控呗。”

　　“啊,咋忘了这一手。”

　　新郎新娘落回原地,机器人礼助提议“馈赠太空礼物”。

　　新郎新娘事先没这个准备,面面相觑,四下看看游客,显出无奈。

　　游客喊“交换戒指”,有的喊“那不是太空礼物”。

　　季小峰紧紧盯着一对新人,心里想能是啥?

　　游客建议“天籁之音”“牛郎织女”。

新郎新娘相互对视,热烈相拥,紧紧吻在一起,游客呼喊"太空之吻"。

机器人礼助说:"接下来的项目转入室内,馈赠新郎新娘往返太极城—莱茵城城际免费旅游,欢迎游客在太空飞船举行婚礼和纪念活动。"

杉杉一行换乘直梯上行至第五层城区,目视内圈的太空俱乐部、太空酒店,晨辉普照下人头攒动。第四、第五圈层的太空工厂都在 600 米以上高度。

转身,从透明的乘梯窗远眺,"中国太极太空城太空博物馆"的镏金字体在畅和宫左侧柱体上格外显著。

机器人导助说:"里面收藏太空珍宝数万件,把人类的地球视野拓展到太空视野,外环绕墙绘制有人类探索宇宙的辉煌图景。"

穿过 1 米厚层,从第六层城区底部缓缓上升,光线折射到镶嵌在丰和宫左侧的"中国太极太空城医学实验基地"的镏金牌匾。

机器人导助介绍说,第六层城区底部半径增加到 13 千米,城区外环达 81.68 千米,外环绕墙画卷由 10 万个宇宙科幻经典作品组成,中国著名的科幻大作和影视作品位列其中。

"第四层外环绕墙的恢宏画卷应是多重宇宙的构想与推理景象吧?"

机器人导助应声附和季小峰。

直梯升至第七层城区,机器人导助介绍,越向上走,城区的面积、体积随之增加,第七层的第一、二圈层建有 400 个世界经典街区,兼顾居住、旅游等功能。整个城郭外圈层建筑群主要为太极城能量、能源、循环、动力、控制等基地。第七层为太极城管理人员办公居住地。杉杉看看季小峰,欲说什么又吞咽下去。

穿过 1 米厚层的接合部进入第八层城区,这一层与其他七层大为不同,"中国太极太空城航天港"镏金大字镶嵌在养和宫的侧柱上,约 755 立方千米的空间,一层层、一排排、一架架飞船及各种航天器在眼前晃动,飞船进进出出。

直梯继续上行。从直梯出来,机器人导助解说:"我们现在在太极城顶部,太极城 3753.16 立方千米,不包括底端和冒端。"

冒端平台游客密集,杉杉、季小峰借助观测镜向下俯视,太极城为一个太极圆台形状的城郭,第八层城区的顶部半径约为第一层城区底部半径的2倍。

季小峰拍拍脑袋,说:"杉杉,太极城的设计建构极其深奥。太极其实是旋涡、螺旋,约8000年前,伏羲氏精美绝伦的设计,一个圆两条鱼、一条'S'线两个点,蕴藏着宇宙、天地、自然运动之象。在底层看不清楚,从这里看,浅蓝色一条鱼,褐色一条鱼,'S'形河道把城市弯弯曲曲分成两部分。"

"小师兄,那个小半圆像谁的眼睛?好眼熟。"

"这个鱼眼小半圆,可不像我的。"

"小师兄真逗。"

"这个流畅圆润的反'S'形,是个曲线动象,从上面可以看作两个相合的大逗号,两个大逗号中间各有小圆点,这个太空城设计的是两个半圆,两侧你中有我,我中有你。要叫我设计,那鱼眼就用杉杉的,那多好看。"

"小师兄,别打趣我。"

机器人导助说:"小哥哥很内行,那个半圆眼睛的直径从下到上在1—2千米内逐层增加。太极城结构均衡对称,整体构建在一个机构稳定、能量均衡、结构平等的系统上,无摆动、无震动,感觉不到城郭的高速旋转。遇到袭击时,两部分及多部分可以迅速解体,旋转至远地空间躲避,也可以迅速组合。大头与小尾在旋转中具有方向性,有强弱变化,大头为强,小头为弱,能量由小到大、由大到小互变。从上向下俯视,太极城上下、左右、前后构成三维立体的体系。从侧面看,像一个螺旋结构的正在旋转的竹筐。科学家们正在论证太极城与日月之气的交汇状态及其对太极城的影响。"

机器人导助继续解释:"从太空流体力学和地球旋转的角度来看,这是一个旋转的精密结构,太极城的螺旋式外层与内部构造浑然一体,城内布局更有魅力。"

机器人导助此时询问太极河的长度是多少。

杉杉与季小峰面面相觑:"真没来得及琢磨,机器人导助别卖关子啦。"

"小哥哥不像急性子的。"

"琢磨一下,应该是……"

"小师兄,咱们应该想到一起了,2倍。"

"杉杉,是的,半个反'S'形的长度是一个圆的直径,太极河的长度是第一层底部直径的2倍。"

机器人导助予以确认,8个层区的"S"线通道长度,均是该层底部直径的2倍。

"小师兄,这也太神奇啦,如此奇妙的构思,太极城处处充满数、对数、对称。"

"杉杉你看,对称还不呆板嘞,每个园区的具体布局充满灵性。"

机器人导助介绍,太极城共8层64个园区,城内常住人口4.32万,机器人和原机人共6.82万,机器人远多于原机人,流动人口等其他共5.3万;城内建有各类研究机构、太空爱好者俱乐部、太空旅游文化开发机构、太空城际协作机构、星际协作机构,小型街区星罗棋布,随处可见主题公园,每个城区有4至6道圈层建筑或生态群,建有标志性太极风情园、数百个一体式服务站和标志性一体式酒店,函和宫、滑和宫、卞和宫、仁和宫、畅和宫、丰和宫、泰和宫、养和宫大多是太空实验研究生产基地所在地。

"请小姐姐小哥哥有时间慢慢欣赏,第七层外环墙面是太极城名人名器,古今中外的天文学家、航天专家、太空学者、航天英雄与人造航天器都展现在90多千米的环城画卷里。"

"哦,科圣张衡、月球背面环形山命名者,一定在画卷上。"

"是的,小哥哥。中国所有飞天航天员位列名人殿。第八层外圈建筑墙壁由智能系统控制,飞船等航天器在此建造和进出。冒端与底部为太极城对接、感应、观测等区域。太极城在静止轨道定点保持精度由智能系统测量和控制。"

"小师兄,我们预订的酒店在哪里?"

"第七层BC园区长春酒店附近,离这里不太远吧?"

"小姐姐小哥哥,太极城交通极为便利。"

杉杉戴上眼镜盯着平台远方。

"小姐姐小哥哥，预定的 70 分钟时间将到。祝你们在太极城玩得愉快，再见。"

"谢谢，再见。"目送机器人导助离去，"金毛"发出"汪汪汪"的叫声，引来众多游客的奇异目光。

杉杉收到链接，移步离开季小峰。"大盅你好！"

"杉杉你好！现在何处？"

"太极城。"

"停留多久？"

"时间应该不太长？"

"预祝你，原机人杉杉再造极为顺利，将很快与你相会。"

杉杉捂住胸口："这是真的吗？"声音有些颤抖。

"杉杉，相信你自己，这确实是真的，尽管在我手中再造了数以千计的原机人，我仍然为你感到激动。"

"我和我的原机人在别人眼里能区分开吗？"

"到时你就知道啦。"

"大盅，我们什么时间会面？我现在十分迫切。"

"杉杉，还要耐心等待，到时我会通知你。"

"在莱茵城吗？"

"应该是的。"

"我会想办法去，再见大盅。"

"再见杉杉。"

杉杉断掉链接，在原地转圈，赤着脚用力啪嗒着平台地板，一双渐渐深蓝的眼睛的目光触及太极城底部的河道，沿着河道看过去是一个小桥，过一段河道又一个小桥。小桥，幻影中显现京西中欧隆卫研究基地环山抱水中的天然小桥。"喏，喏。"杉杉嘟囔着，腕部联通机链接，嘟、嘟，仅响两下，杉杉拍拍手臂，联通机里传来欧阳伯第的声音："杉杉讲话。"

"咋这么慢,老爸。"

"杉杉你一定有急事,声音一响我就联通,没耽误。"

"老爸,你们那里有熟悉莱茵城M·泰格的俱乐部的人吗?"

"杉杉,慢慢说,咋回事?"

"我要到莱茵城见见M·泰格博士,他约了50名世界各地青年,没名额了,老爸帮帮忙。"

"哈哈。"

"老爸,快点,急死我了。"

"不急,我想想。哎,咋这么巧,就这两天,M·泰格博士邀请我和韦斯坦博士去他那里,我脱不开身,韦斯坦博士与我商量过。他已动身,我请他说说试试。"

"还试啥,你的名额我用了,请韦斯坦伯伯再给加个塞不就得啦。"

"亏你想得出来。见到小哥哥了吗?"

"您就惦记小哥哥,还没哪。"

"不是这样,我和你妈天天念叨你,你妈添了不少银发。杉杉,你离开家,我们没详聊,这里面恐有不少误解。"

"不要,不要说这个啦!"杉杉大脑闪现阁楼幻影:米凯迪和伊蒂贝娅的面部抽搐扭曲的喷像晃动着。杉杉打了个激灵。

欧阳伯第顿一下说:"杉杉,我马上就去太极城,见面再说。你喜欢冒险,但这不像在地面,太空非常危险,不要……"

杉杉没听清欧阳伯第说的什么,匆匆说了一声"老爸再见"就咔嚓断掉链接,单腿跪到平台上。

季小峰一愣急忙跑过来,两只"金毛"蹿到杉杉面前哼唧哼唧,杉杉从幻影中缓缓出来,双手轻抚"金毛",深深吐出一口气,扶着蹲在身边的季小峰站起来。

杉杉极力平复心情,说:"小师兄,咱们往外赶吧。"

"能行吗?"

杉杉点点头。

　　乘坐专用垂梯下到第八层城区的航天港，杉杉二人登上太极飞天 17 号飞船（简称 17 号飞船），滑行至城郭边缘，瞬间弹射出去。

　　飞船逐步加速脱离太极城轨道，向远地空间逃逸。

　　杉杉回望太极城，像个太极圆饼，浅蓝色与褐色相间，侧面看确实像竹筐，慢慢变成小圆环，许多光点在附近空域闪亮。

　　17 号飞船是一款特许型太空飞船，内有微重力，限制续航时间 6 小时，船内装备高倍观测系统、自动控制系统和生态感知系统。

　　杉杉又租赁了太极飞天 C 类凤凰号小型无人飞船（简称凤凰号飞船）在距太极城 700 千米的同一空域旋转。

　　"小师兄，我还想着刚才看到的一幕。"

　　"哪一幕？"

　　"从上面观看太极城。"

　　"现在再去看。"

　　太极城从 17 号飞船频谱中看到的只是小亮点，但高倍观测镜中则显示出个庞然大物。

　　"小姐姐，人工智能功劳最大。"飞船系统传出一个轻快的男声。

　　"喏，飞船小哥怎么讲？"

　　"太极城是个数字三维构件，各系统结构由智能数字组成，精密到零点零零零几。"

　　"喏，有启发，小师兄。"

　　"我在琢磨。"

　　"怎么组装起来的，飞船小哥？"

　　"部件在地面研制后，分为 3600 个数字阵，由航天飞机分批运送，太空机器师搭建平台分段分层组装。奇妙的是，太极城由 32 万个智能机器体建构。太极城是中国古代文明与当代智能文明在太空的融合。"

"不错,各层严丝合缝,原来有这么多智能机器体在里面,有灵性。"季小峰说。

"小哥哥看出名堂啦,太极城拥有具身认知。"

"飞船小哥,说来听听。"杉杉联想到一个重要话题。

"前天的太阳电磁活动异常,太极城具身感应为微辐射,判定数小时即可恢复常态,这与观测系统的分析数据高度吻合。"

"喏,遇有灾难性威胁咋办?"

"小姐姐,太极城可以迅速脱轨逃逸远地空间。"

"咋有这么大的能量系统?"

"太极城本体为可控核聚变能量保障,其他离城航天器通过无线送电或装备其他能量系统。我们限制续航 6 小时是综合成本和人体安全指数确定的往返时限。"

"限制游客的吧?"

"小姐姐,猜到了。"

"杉杉,借助这个动能,或可以实现航天器永动机的设计。"

"飞船小哥,你的语气语调好耳熟。"

"小姐姐,飞天号飞船语音根据游客语言习俗匹配,小姐姐的语言多是北京语系,飞船语音匹配源来自北京语言大学。"

"飞船小哥,有哪些游览项目?"

"一般游客会选择大型太空旅游飞船游览,有出舱体验、参观联合太空站,碰时节参观太空云岛,中长途有体验地月太空站、地火太空站等。你们是自由行。"

"现在目测到的亮点是何太空体?"

"右手方向是绕地轨道的卫星群、太极城、太空站,这个空域的亮点多为游览飞船和太空站,左手方向为中小型太空城和实验飞船等。"

"杉杉,我听说欧阳首席对从地面运送构件组装太空城有不同看法。"

"这个我不太清楚。"

"我从科大科研部得知,欧阳首席正在研发一种量子模拟与生长系统,校方有参与,这是一个具有颠覆性的重大科研项目。"

"这么玄。"

17 号飞船加速向远地空间逃逸。

杉杉的目光仍然被太极城牵引着,她似乎触摸到两个爸爸办公生活的区域,3000 多立方千米的太空城市,这个规模像地球上的一个小型城市。欧阳爸爸为什么反对从地面运送构件,难道从太空取材不成?初始建造太空城市,尚不知从地面运送和从太空取材的难易程度,该如何比对。

杉杉从飞船上再看太极城,此时的太极城已像地球那样成为小小的光点,杉杉把目光收回来,又再次投放出去。

坠落空渊

"小师兄,招呼我们的飞船呗。"

"凤凰号,凤凰号,我是季小峰。"

"小哥哥好! 乐意为你们服务,请指令。"

"能看到我们吗?"

"定位一个极小光点。"

"给你传输数据可认读模态吗?"

"应该可以。"

"17 号飞船,请把咱们的飞船数据传输给凤凰号飞船。"

"好的,小哥哥。"

接到传输的数据信息,凤凰号飞船即时认读:"17 号飞船为双圆形,上部小圆周长约 3.5 米、高 1.6 米,下部大圆周长约 10.5 米、高 2.7 米,前凸部分约长 1 米、宽 0.3 米,灰白颜色。速度每秒 11.2 千米。用俗语表达是一般视星等①,红外线和可见光折射强烈。"

凤凰号飞船背对太极城逃逸向地球空间,与 17 号飞船相距约 300 千米。

"凤凰号,机器人付颗粒移动到你的飞船上。"

"是,小姐姐,我准备接应。"

"付颗粒离船。"

机器人付颗粒从 17 号飞船下部弹出,朝凤凰号飞船偏移。几百秒后,付颗粒进入凤凰号飞船同步轨道面,凤凰号飞船在左前,付颗粒在右后,距离缩短至 20 千米,二者缓缓靠拢,凤凰号飞船从右侧伸出机械臂,付颗粒缓缓钻进机械臂套筒中,机械臂缓缓收缩固定付颗粒,再收缩至船体中。

"小姐姐,付颗粒进入凤凰号飞船,船体与付颗粒调整至常态。"

"加速飞行。"

"是,小姐姐。"

凤凰号飞船不断增加逃逸速度。

17 号飞船增加至以每秒 80 千米的速度飞行。

"这个速度像老牛。"杉杉说。

"杉杉,我觉得挺快。"季小峰回答道。

"飞船小哥,凤凰号的速度是多少? 与我们相距多少?"

"小姐姐,凤凰号每秒 380 千米,在原有距离上与你们拉开 15500 千米。"

"视星等?"

"一般。"飞船小哥回答。

"凤凰号加速。"

"是,小姐姐,在你右前方有数点尘埃。"

---

① 一个天体在多重波长的光里可以非常亮,包括可见光、X 射线、紫外线、红外线、微波、无线电和伽马射线。视星等是描绘一个天体在太空中看起来有多亮的天文学术语。

"知道了。"

"杉杉,我们绕过了一个废弃的太空站。"季小峰说。

"有标识吗?"

"属于太阳城公司,据报道有机器人驻守。"

"喏,可怜的机器人,我的'金毛'可不能这样孤单,是吧?"杉杉把大"金毛"搂在怀里。

小"金毛"在半空哼唧,季小峰指指肩膀,小"金毛"轻轻伏在上面。

凤凰号飞船加速到每秒 580 千米,两船相距 303500 千米,仍在远地空间[1]。

凤凰号飞船逐步提速至每秒 1000 千米极限。

"我不知道在这个速度下是什么感觉?"

"小姐姐,飞船体结构坚固,船体具身认知高度敏锐,受太阳光辐射增强,没什么特别感觉。"

"喏,付颗粒怎样?"

"杉杉,我常态。"

"进入地金空间吗?"

"是的。"

"我左侧约 500 千米飞过太空碎片。"凤凰号飞船发声。

"能辨识吗?"

"已扫描进来。杉杉,我存储了一个金星的故事。"付颗粒说。

"哦?说来听听。"

付颗粒说:"机器人瑞特在太空旅行时描述,人类科学家可能把金星的前世今生搞颠倒了。它感应,金星的未来是重生,而不是地球的过去。金星还在继续进

---

[1]　地球空间指地球引力作用范围,一般为地球海平面以上 93 万千米的空间范围。从地球海平面到以上 35786 千米空间范围(静止轨道)为近地空间,是绝大多数航天器运行的空间;再往上到 93 万千米空间范围为远地空间,超越该范围将脱离地球引力作用,进入星际空间。

化的过程中,若干万年以后,金星有可能成为太阳系中具有生命的星体。它的感觉比较强烈。"

"有什么现象吗？"杉杉问。

"当时,一位女航天员也这样问,瑞特回答:金星具有与地球不同的进化过程,它在燃烧自己,浴火重生、创造生命。生命所需要的条件,在金星炽热的温度中都可以创造出来。要为后人留下这个幻想,千万不要干预这个进化过程。瑞特描述,金星的温度并不算太高,它还会对大气中的化学物质产生'反向反应',这有利于金星的进化和生物的存在、生长。"

"会很漫长吧？"

"那位女航天员被瑞特说动了心,附和着说,金星是永久美丽的化身,那要许多万年吧。瑞特回应,这个进程或许若干万年,也有可能缩短。金星的内部运动和外部运动都在进行过程中,现在被认为是不适合人类生存的空气、水、温度等,是可以变化的,可能要慢一些。最最重要的是金星会创造生命,不太可能是地球的复制品,它创造出来的或许是另外一种形态的生命体,可以幻想、塑造更高智慧的另类生命体。他们曾许下心愿,到时坐星际列车来逛一逛,走走亲戚,串串门。在太空基地伴飞的一位阿伦将军承诺,来金星串门,由他驾驶星际列车。"

"咋感觉这是一对恋人,在把金星比作啥？"

"小峰哥哥推测得是,瑞特形容金星为年轻魁梧、精力充沛的小伙子塔西那冈,那位女航天员认为金星是维纳斯。他们把金星拟人化,暗示永恒永久的爱情与美好未来。"

"喏,引出这样一个典故,我倒感觉瑞特的推测幻想,是想提醒一些什么。"

"杉杉,提醒些啥,说来听听。"

"我倒没想清楚,总感觉有些暗示。物态、生命态,就在我们的邻居金星这里,或许多少年后,会是一个另态。人类不要冷眼相看金星这个表面炽热的小伙子。"

"你说得似乎很有道理,不过,我是看不到这一天了。"

"小师兄别灰心,如果冬眠技术再延长,还有希望。"

"那要看等谁,我还没这么长的打算。"

"小师兄太实在,缺少那些浪漫的符号。"

"呵,我这脑袋可木啦,转不过弯来。"

"小师兄不木,星际列车或许会成为可能吧?"

"杉杉,你说的这个我倒有个想法,还没来得及说给你,我还做过这样的梦哩。咱俩开一列太空高铁,咋说也能载千八百的人,从地球到火星,卸下一批人,又上来一群。紧接着到木星,这个路程也不算长,亲眼看看上面的大红斑,木星站上写着太阳系小霸主。从木星出发,旅客们很激动,要经过多少个天文单位也不管啦,彩色指环出现,游客激动地呼喊,转一圈,转一圈,咱俩就开着太空高铁围绕指环转了一圈;游客还嫌不过瘾,又转了一圈。你还别说,土星的帽子真好看。从土星出来,咱的太空高铁越来越快,远远就看见一个'鸭蛋',旅客都喊'鸭蛋星',非要咱俩在'鸭蛋星'上周游,还没游完就醒啦。我由此受到启发,还真的设计出一款星际列车模型,获得科大奖励。"

"喏,小师兄做梦把我拉进去啦。"

"说出来怪不好意思的。"

"17 号小哥,能看到金星吗?"

"小姐姐,一个大亮点。"

"凤凰号,看到金星状态了吗?"

"飞船观测空距和具身认知触不到 4000 多万千米以外空域,只显示一个大的亮点。"

"两船相距多少?"

"这阵子跑了不少,又拉大啦。"

"6826500 千米。"两艘飞船同时报出间距。

"这下离地球空间老远啦。杉杉,跑了快 3 个钟头,往回走吧。"

"小师兄,光听你们聊了,时间都溜走啦。那好吧。"

"凤凰号、17 号飞船,咱们同时掉头往太极城飞。"

两艘飞船同时掉头,17号飞船每秒100千米,凤凰号飞船每秒1000千米。

机器人付颗粒从凤凰号飞船下部弹出,伸展全身,双手向前,与凤凰号飞船同向追赶17号飞船。

17号飞船上,杉杉、季小峰各抱一只"金毛"紧紧盯着全息屏,凤凰号飞船和付颗粒的光点清晰地显示出来,一上一下,速度相当,数秒过去,付颗粒在空中解裂为多个光点。

付颗粒传输过来的数据认读显现出不同形态、不同颜色、不同体态的机器人,大个儿的与付颗粒内套原形相近,小个儿的好似拳头大小,憨态可掬。

17号飞船高倍观测镜将认读的机器人飞行器锁在屏幕,各飞行器速度相同。

凤凰号飞船观测报告:"机器人飞行器已在本飞船前面,记载速度没有改变。"

杉杉把大"金毛"松开,双手捂住胸口飘到飞船卫生间。

全息屏窗口急速跳动着机器人飞行器的速度、与两艘飞船间的距离。

10分钟后,两艘飞船的间距缩小了54万千米。数个机器人飞行器与17号飞船的间距缩小了88万千米。

杉杉从卫生间飘出来,落在飞船座椅里,大"金毛"从一侧跳上杉杉大腿。

"杉杉,速,速,咋这能跑?"

"小师兄,我看到了,我的心快跳出来了。"

"我也急,闹肚子。"

"小师兄,付颗粒不对头啊。"

"我也觉得不对,咋这样?"

"快,快,叫付颗粒刹车,快刹车。"

"杉杉,我的指令发出去啦。你也发,快着点。"

"小师兄,我也发了啊。"

"啊,快试。17号飞船呼唤付颗粒刹车,快。"

"小哥哥,付颗粒不回应我的信号。"

"喏,凤凰号,凤凰号,呼唤付颗粒刹车。"杉杉提高嗓门儿。

"凤凰号收到,付颗粒不回应我的信号。"

"见鬼,小师兄,苗头不对,付颗粒失控了,这不是原程序,不应该这样,只有我们两个的指令才可以加速,我们没有这样的指令。"

"杉杉,照这样下去就麻烦啦。"

"凤凰号报告,数个付颗粒居于两船中间,没有调整航标的迹象,进入危机状态。"

"我是太极城指控中心,欧阳杉杉,季小峰,17号飞船,听到请回答。"

"太极城,我是欧阳杉杉,目标对信号指令没有回应。"

"你们处于危机状态,杉杉重试,杉杉重试。"

杉杉、季小峰再次发出指令,付颗粒均无回应。

"重试无效,太极城。"

"杉杉,季助教,我是科大指导,我是科大指导,即刻控制付颗粒。"

"科大指导,目标物没有回应。"

此时,欧阳仲仲的信号切入,杉杉描述了两艘飞船的情况与付颗粒解裂、失控、加速的疯狂状态。

"我是太极城,17号飞船,在你空域有不明飞行物,威胁飞行物!"

"那是我的付颗粒!"

"杉杉,它很快会给飞船带来威胁,有办法摧毁吗?"

"不会的,不要伤害它。"

"杉杉,付颗粒失去你的控制,危险飙升,危险飙升!"

"我们可以躲避吗?"

"杉杉,不可以的,17号飞船处于危机状态。"

"付颗粒距我们数百万千米,我再试试,不要伤害它,求求你。"

"付颗粒,付颗粒,我是杉杉,我是杉杉,听到请回答。"

"杉杉,付颗粒不理你的呼叫。"太极城指控中心紧急提示。

"这咋办啊?"

在太空执行任务的欧阳仲仲紧急介入。

"杉妹,付颗粒是否被控?"

"小哥哥,我哪里知道,不能吧?"

"再次收到'绝对零度信号'数据。"

"小哥哥,你说什么?"

"杉妹,一种神秘信号。"

"与这有什么相干?"

"杉杉,季小峰,我是太极城,立即逃离17号飞船。"

"不能啊!"

"这是命令。"

"丢下付颗粒,不能啊。"

"立即脱离,立即脱离。"

"小哥哥救救我。"

杉杉紧紧抱着大"金毛"呼喊着被抛出飞船,全身抖动,急速翻转。"我看不见啦,啊,啊……"

"杉杉(杉妹),杉杉(杉妹),控制,控制翻转。"太极城、欧阳仲仲急速呼叫。

"季小峰,请回答。""季助教,请回答。"

"啊,啊……"杉杉翻转中急速呼吸,面罩内充满气体。

"杉杉,杉杉,停止呼喊。稳定情绪,稳定神智。"

17号飞船上部小圆被削掉,瞬间弹出物体,空域起爆,碎片向周边蔓延,撞击极速飞行的凤凰号飞船、数个付颗粒解裂体,闪光瞬间湮灭在太空。

太极城救援中心即刻启动应急救援行动。

"杉杉,杉杉,季小峰,季小峰,听到请回答,听到请回答。"

"我还活着。"杉杉控制住急速翻转。

"报告方位。"

"我不知道,不知道。"

"杉杉,报告目视,报告目视。"

"看不到,什么也看不到。"

"杉杉冷静,有亮光吗?"

"啊,啊,有,有。"

"杉杉,什么亮光?"

杉杉转动中目视到太阳耀眼光芒,头部左侧是金星转动光点,脚下是地球转动光点。她将这些报告给太极城。

"很好,杉杉,周围还有什么?"

"左手,右手,是右手,北极星,15°,空域,17 号飞船没有啦,飞船零部件,啊,飞船碎片。"

"杉杉,很好,还能看到什么,有飞向你的溅落物吗?"

"光线刺眼,看不清楚。"

"杉杉,稳住呼吸。"

杉杉喘粗气的声音传递出去:"氧量不多了。"

"杉杉,救援飞船正在赶赴出事空间,氧量应该够的。"

"氧气还能……维持多久?"

"杉杉,氧气会够的,我们正急速赶赴。"

"小师兄,小师兄,听到吗?"没有回应。

"太极城,我是杉杉,快,快,呼叫季小峰,救救我小师兄。"

太极城、科大指导、欧阳仲仲轮番呼叫季小峰。

"小师兄,我是杉杉,听到回答我,回答我,说一句话,我不能没有你啊,小师兄,你回答我,快些回答我,你不能把我一个人扔在太空里,小师兄,我一个人害怕,小师兄……"

太空是黑暗的,更没有声音传播,地金空间少有人类踏足,从飞船里甩出来的杉杉陷入巨大的恐惧之中,向何处漂浮不好判定,使用太空服推进系统也支撑不了太久,撞击产生的碎片或许还会来找麻烦,杉杉恳求太极城、科大指导不停地呼叫季小峰。

这片空间实在太辽阔,太极城、科大指导轮番呼叫不见回响,赶来救援的飞船不见踪影,杉杉的处境更加艰难。

"杉杉,杉杉。"突然传来呼叫。

杉杉在朦胧中辨识出小师兄的声音,他还活着。

"小师兄,你在哪里?"

"杉杉,我看见你啦,看见你啦。"

"小师兄,咋看不见你?"

"杉杉,在你的脚下方。"

"喏。"杉杉把大"金毛"系到腰间,翻转过来,"小师兄,看见你了,快过来。"

"杉杉,我现在,还难受着。"

"小师兄,没出息,快过来。"

"杉杉,不可以。"

"有啥不可以。"

"麻烦着。"

"小师兄,什么时候了,还磨叽。"

"说出来丢人。"

"有啥丢人的,大太空。"

"我,我,拉稀。"

"哕,脚丫子从嘴里出来了,快伸手。"

季小峰朝杉杉飞来,两人抓着手紧紧抱在一起。

沉默了很久,季小峰才说:"怕你一人孤单,我咋敢死。"

"小师兄,还哄我呢。"

"差点淹死。"

"太空又不是大海。"

"还不如海里,我会水。"

"呵,翻跟头过瘾。"

"我就怕翻跟头,分不清头和脚。"

"小师兄,你直喘粗气,稳定情绪。"

"还说我呢,看你那腮帮子都是泪。"

这不是担心你吗。杉杉话到嘴边又咽回去,在心里嘟囔。

"分不清头脚、上下,脚乱蹬,这没重力还真不行。"

"小师兄没在科大适应训练过?"

"就练了几回。"

"这是必修课。"

"我就翻跟头不在行,那血都灌到脑袋壳子里,脚丫子在上面倒挺清凉。"

"瞎说,哪有这感觉。小师兄,不对头啊。"

"咋啦?"

"小'金毛'呢?"

"没见着,它不跟你在一起吗?"

"小师兄,小'金毛'不见了,我的小宝贝。"

"我想想,一开始它是跟我在一起,但是,现在能有什么法子。"

"我要回去找。"

杉杉掉头朝出事空域飞,被季小峰拦住:"杉杉,那样不行,太危险。"

"可怜的小'金毛',我不能让它自己留在这里。"

"杉杉,杉杉,听我说,等救援大队来了,让他们想法子。"

"那会来不及的。"

"杉杉,我们要尽快离开,防止被波及。"

"我不走,我要找小'金毛',空空荡荡的太空,小'金毛'会害怕的。"

季小峰用绳子把自己和杉杉系在一起,拖着杉杉飞离出事空域,大"金毛"发出呜呜哀鸣。"小师兄,大'金毛'哭啦,小宝贝还没有离开过我。"

"杉杉,冷静一点,与小'金毛'有法子联系吗?"

"小师兄,我都糊涂啦。"杉杉与小"金毛"链接。

"小师兄,它,它,还活着。"

"在哪儿?"

"好像是出事的那一方空域,那咋办啊?"

"杉杉,小'金毛'只要能躲避太空碎片,那它就还能支撑一阵子。咱们快点飞向太极城方向。"

"小'金毛',你自己要小心,姐姐心疼死啦。"

大"金毛"再次发出呜呜哀鸣。

"杉妹,杉妹,别太激动,耗氧太快。"欧阳仲仲呼喊。

"小哥哥,我的小'金毛'丢啦。"

"杉妹,氧量还有多少?"

"8%。"

"还好,我在北极星左侧 20°方位,你们向这个方位推进,放松,听到了?"

"听到,小哥哥。"

"小师兄,我是仲仲,向我靠拢,向我靠拢。"

"仲仲,我是季小峰,需要多长时间相遇?"

"小师兄,全速赶来需要 30 多分钟。"

"这,这,氧量恐怕不够。"

"你们一定对准方位推进,我随时与你们校准。"

"知道了,仲仲。"

"小师兄,我的氧量只有 7%了。"杉杉说。

"我也跟你差不多。"

"半个小时,我们恐怕等不到仲仲。"

"太极城,太极城,我是季小峰,请回答。"

"季小峰,听到了,请讲。"

"我们在飞船到来之前氧吸光了怎么办?"

"季小峰,我们调集最近的飞船赶赴你们,欧阳仲仲离你们最近。"

"那也不顶事,恐怕等不到那时候。"

"杉杉,季小峰,太极城指控中心已发出国际太空急救求助,还没有更近的飞船在附近,我们正全力想办法。你们校准方位,向欧阳仲仲靠拢,听到了?"

"听到了,太极城。"

"仲仲,这附近有空间站吗?"

"有三个流动太空站,正在联系。"

季小峰长杉杉 4 岁,硕士毕业留在科大担任助教,极有天赋,遇到这种险情他也没辙,可在小师妹面前总要表现得更勇敢,他盘算,现在的氧量被扑腾得消耗过快,越说话氧耗就越快,可怎么也忍耐不住:"杉杉,咋觉得不对头。"

"小师兄,怎么说?"

"你看,飞船限时 6 小时,同时限氧,咱就还有几个氧,咋能撑半个钟头,八成哄咱的。"

"还是听小哥哥的吧。"

"这咋越来越黑?"

"与我们旋转的角度有关,丢了折射物吧?"

"杉杉,咋心里乱扑腾,这不是好兆头。"

"黑暗恐惧症吧,小师兄。"

"我不怕摸黑,别看我个子不高,胆可不小,从小就不怕走夜路,闹啥鬼都吓不住咱。"

"小师兄,这下可一黑到底啦,我对这样的黑特别恐惧。"

"咋这样?"

杉杉心里极度苦闷,把亲生父母中匈结合、离奇遇难,养父母遭难,基地阁楼墙壁的亲生父母喷像向季小峰一一倾诉,面罩里面充满泪雾。

季小峰心底发凉,他感觉杉杉怪可怜的,联想起在太极城太空食品基地,杉杉目光游离、反应异常,原来是杉杉的两位爸爸在太极城工作,触景生情所致,还有抵达城郭第七层,机器人导助介绍太极城工作人员居住地时杉杉欲言又止的样子,原来是她心窝的苦楚一直在发酵。

"小师兄,咋这么多离奇的事缠着我?"

"杉杉,这咋说的,命运?我不信命,我知道没那么简单,就像老家小镇有时闹鬼,净是糊弄人呗。"

"小师兄,氧气不多了。"

"我也是,不要大口喘气。"

"小哥哥到哪里了?"

"仲仲,我是季小峰,你到哪里了?"

"小师兄,我正以极速向你们靠近,还有 11 分钟。"

"氧气快没啦。"

"不要着急,用力说话会消耗更多氧气。"

"不是吧,你压根儿就赶不过来,当我们是小孩子吧?"

"小师兄,不要激动,我这个飞船离你们最近,还有其他救援飞船向你们所在的方位飞驰。"

"仲仲,担心你赶过来时我俩就憋死啦。"

"小哥哥,我们要憋死了吗?"

"杉妹不要激动,会加快耗氧。"

"喏,还在骗我们。"

"没骗你,杉妹,我正极速赶赴,集中精力向我靠拢,向我靠拢!"

"欧阳仲仲,你个骗子,明明知道等不到,还在骗、骗。"

"我一直加速,杉妹,一定要咬牙坚持到我的救援,爸爸、妈妈、哥哥都等着你回去呢。"

"回个鬼头,欧阳仲仲,恨死你了,恨你们全家,都在骗我,蒙我!"

"不是这样的杉妹,你一定误会了。"

"误会,哈哈,我误会你,误会你们全家吗? 我爸妈怎么死的,你知道。你是我的哥哥,我们一起长大,我们在一起十几年,你一定知道,什么秘密都知道,你说,你快说!"

"杉妹,你不要太激动。"

"你不回答我是吗? 你知道我爸妈怎么死的,是你害死的,你说,是不是你?"

"杉妹,不要冤枉我,怎么能是我,也太离谱了。"

"是欧阳伯第害死的,是他,一定是他!"

"杉妹,爸爸不会的,你不要乱猜,这是个难解谜题。"

"喏喏,说到要害处,就推到谜题,你们合伙,蒙我,蒙我 16 年啦,我爸爸、我妈妈,还睁着眼,可怜他们,还等着我,给他们报仇。我不行了,我要见,见我的爸爸、妈妈去了,他们,在太空,等我。我来了,冤死的爸爸,冤死的妈妈,谁替你们,合眼,合眼啊。"

"杉妹不要这样,不要悲戚,上天一定会……还一个公道的说法。"欧阳仲仲哽咽着说。

"杉杉,不要流泪,咱们逃过这一劫,说啥也要弄清楚。"

杉杉、季小峰、大"金毛"穿在一条长带上在黑暗的空域中漂浮,四处是闪烁的亮点,黑暗寂静。

突然失去与杉杉、季小峰的信号联系,欧阳仲仲赶赴出事空域却扑了一场空,飞船观测镜发现此片空域残留物和不明太空体,太极城指控中心应允欧阳仲仲抵近复杂空域,收集残留物等。

"杉杉,季小峰,我是太极城,听到请回答。"

"杉杉,季助教,我是科大指导,你们现在何处?听到请回应,听到请回应。"

杉杉、季小峰沉默,呼叫一直持续着。

"仲仲,我是奕奕,听到回应我。"

"奕哥哥,我是仲仲。嘻,刚让杉妹损一通。"

"出什么事了?"

"奕哥哥,杉妹自驾飞船朝外太空逃逸,两艘飞船出事。"

"杉杉怎样了?"

"事前逃离,我赶来救援,失去联系。"

"我今天有一种不祥的预感,果然应验,杉杉不会有事吧?"

"这片空域很少有飞船。突然失去联系,我想与我们的沟通有关。"

"到底咋回事,杉杉误解你了?"

"何止误解,杉妹异常愤怒,说我、我们一家是骗子,尤其对我恨得刻骨。奕哥哥,我感应异常强烈,可怜的小妹,她心里非常痛苦,对着太空呼喊爸爸妈妈,呐喊得撕心裂肺。她那怒吼把寂寥的太空撕开,各路神仙也能为她的凄惨滴血。我很害怕听到杉妹这样的声音,这声音一直缠绕着我,分贝一会儿弱一会儿强,忽远忽近,一阵子清晰又一阵子模糊,我总感到杉妹处在冥冥之中,呼唤我去救她,她漂浮在茫茫太空中,抓住我的衣服一角,用乞求的眼神看着我,那全部变蓝的眼睛凸出来,生怕有一丝的晃动而松开手。"

"仲仲,你出现幻觉了吧?"

"我宁愿是。我咋这样无能,小妹在我眼前、在我手边溜走了,她被太空吞噬进去,我没能抓住她的手,我松手啦,小妹带着遗憾,一定带着眼泪,满腹冤屈地离开我们,这是我的罪责。"

"仲仲,不要这样,你的情感极度脆弱。小妹怪可怜的。杉杉你在哪里?你把哥哥的心也揪出来带走了。"

"奕哥哥,我不该对杉妹那样解释,激起她埋在心底的仇恨,我感觉得到,她压抑得很,我担心杉妹会崩溃,那我的愧疚就更深了。"

"她一定会情绪失控。在你们失联之前,她还说什么了?"

"她说……"

"说什么,仲仲?"

"她说,氧气没有啦。"

奕奕心里咯噔一下。那不憋死了,杉杉,你不能死,你还憋屈着,你不是还没报仇雪恨吗?就这样离开我们怎么行。"仲仲,有什么法子搜索吗?"

"太极城启动紧急救援,我正在出事空域收集残留物。"

"不会有杉杉吧?"

"我和你一样提心吊胆。"

"快说你的现场感应。"

"感觉一些怪事缠着杉妹,两艘飞船的起爆与杉妹有关联吗?杉妹带着一个机器人付颗粒,付颗粒从她乘坐的 17 号飞船转移到凤凰号飞船,后来那个付颗粒脱离凤凰号飞船自己推进,速度明显快于凤凰号飞船,快多少谁也不知道。两艘飞船留下一些断断续续的数据,太极城指控中心的数据也是两个飞船上传的数据包,这是否与'绝对零度信号'有关联,我不清楚。"

"其间,杉杉没和你联系吗?"

"失联之前,整个救援系统联通,杉妹有个紧张的口吃状态,我还没时间研究她的吃惊状态。"

"你疑虑的是付颗粒快多少?付颗粒的速度令杉杉口吃?解裂也令杉杉口吃?这里面有名堂,应该是速度和解裂本不是杉杉的预设才令她吃惊。杉杉的性格咱俩都熟悉,她对一般预料之外的事情不会有太过的反应,除非极为超常。仲仲,记得小时候我们一家年关遭难,面对那种惨烈的场面,杉杉却出奇的镇静,爸爸妈妈事后曾说,杉杉终能成就大事。人家 5 岁就被称为'光脚神童',14 岁考入科大,这对她都好像稀松平常。这次她的反应似乎是事态大大超出她的预料导致。"

"是这样奕哥哥,我还来不及琢磨,我现在主要收集数据,在数据里面寻找漏洞和关联。"

"仲仲,我预感杉杉的状况非常糟糕。"

"奕哥哥,跟着杉妹的还有一位科大的季助教,他不会搞什么名堂吧？我是说,他的通信系统是链接的,但他不回应,是他先怀疑我对救援的诚意,挑起我与杉妹的太空'冲突'。"

"我不了解这个人,既然他挑动你和杉杉冲突,那一定不是什么好东西。仲仲,你要有防备,我们一家恐怕又被卷入一场更不确定的大难,爸爸妈妈要是知道杉杉下落不明,不知道会有多伤心。"

"奕哥哥,不要告诉爸妈,免得他们担心。"

"仲仲,我想,这事能瞒得住吗？"

"奕哥哥,我把相关数据给你,快点解析。"

"仲仲,我虽参与相关研究,但找不到头绪,陷入迷茫,原来那些东西派不上用场,又感到危险步步逼近,我们俩和爸爸在各自的点位上,好像被牵制住……哎呀,我自己都糊涂啦,不知道在表达什么意思。"

"奕哥哥,我需要处理空域情况,再联。"哥儿俩断开链接。

原机人奇缘

"杉杉,杉杉。"

杉杉敲敲自己头部。

"杉杉,杉杉,听得到吗？"

"我,是,杉杉。"

"好,我是莱茵 R9 号飞船。"

"莱茵……号,我晕……圈啦……氧……没啦……"

"杉杉,杉杉,飞船从你的后方赶来,你们立即调整,向北极星方向漂浮,听到了吗?"

"莱茵号,做梦,还,还是真的?"

"杉杉,少说话,对准北极星。"

杉杉、季小峰随即与大"金毛"一起调整,面对北极星漂浮。

"莱茵号,我对准,北极星。"

"好,快快,你们抓紧合拢,迅速合拢。"

"小师兄,靠拢。"

杉杉急忙收缩长带,把大"金毛"一点点拉向自己,季小峰与杉杉逐步靠近。

"杉杉,我在减速,你们原地漂浮。"

"我的氧,氧没啦,呼吸,困,困,难。"

"杉杉,你不要说话,听我的指令就行。"

"我,我,喘不过,气,气……"

"杉杉,飞船从你们右手飞过,不要着急,还在减速,正在掉头、调整姿态……"

"我,我,吸二,氧,碳……"杉杉断断续续地发声,季小峰咬着牙,右胳膊拦住杉杉,左胳膊拦住大"金毛",莱茵 R9 号飞船从头顶上方擦过向下俯冲,天空倒转,飞船从下向上仰飞。渐渐减速的飞船围着他们旋转。

"向飞船靠近,向飞船靠近。"季小峰裹挟着杉杉靠近飞船,沿着飞船一侧向前推进,接近飞船时,飞船伸出机械臂抓住季小峰向内收缩,季小峰裹着杉杉、大"金毛"滚入飞船,飞船加速背对太阳飞去。

季小峰把杉杉、大"金毛"拖进莱茵 R9 号飞船。季小峰松开大"金毛",漂浮中为杉杉摘下头盔,杉杉闭着眼张开嘴吸气。

季小峰也摘下头盔任头盔在飞船内漂浮,身穿宇航服的"机器人"协助漂浮中的杉杉、季小峰落下,把他们推到座椅上。

"杉杉,杉杉!"季小峰轻轻拍拍杉杉的脸,"杉杉,你这个样子可急死人啦,机器人小哥,这咋办?"

"抱歉小师兄,杉姐的舒张压45、收缩压85,心跳47次,体温28℃。"

"这还抱歉个啥,杉杉,快醒来,才跳四十来下,还算行。体温多少? 28℃,哪见过这温度,是不是太冷了? 你说啊。"

季小峰把杉杉搂在怀里,试图传递体温。季小峰贴近杉杉的鼻子听呼吸的声音。"机器人小哥,怎么办?"

"小师兄,不要着急……"

"光说不着急不着急,你不着急我急,又不关你的事,要人工呼吸? 我试试看。"

季小峰对准杉杉的嘴贴上去用力呼气,杉杉眼睛紧闭,嘴角微微颤动,胸部有了起伏,季小峰把嘴贴近杉杉耳朵轻声呼喊:"杉杉,杉杉,睁开眼睛,努力睁开眼。"

杉杉没有回应,耳朵微微抖动,季小峰把脸贴到杉杉的耳朵上,试图把温度传递进去,瞟见杉杉的嘴角颤抖,用嘴再次贴上去,他感到杉杉的呼吸和心跳正在加快。

"杉杉体温32℃,心跳51次。"季小峰听到飞船播报,把杉杉搂得更紧。

季小峰心里念叨,你咋这样杉杉,快点醒来,那里面太黑你会害怕,你可不能有事。

杉杉在季小峰紧紧搂抱的怀中慢慢睁开眼。"睁眼啦,杉杉睁眼啦。"

泪水从眼窝滚出来,季小峰不知所措,用手蹭几下,哭笑着说:"杉杉,咋说的,躲过这一劫,我愿为你干啥都行,你信不信?"

杉杉点点头把脸贴在季小峰的胸口上。

飞船播报自己为莱茵R9号飞船,为确保救援安全,请杉杉、季小峰切断与外界的一切联系,使用飞船通联系统,杉杉、季小峰予以确认。

杉杉渐渐恢复知觉,看到眼前的一切似乎还在梦境之中。"飞船吗?"

"是飞船,杉杉。"

"这是真的？"

"杉杉，你说啥是真的，飞船吗？飞船是真的。"

"我还活，活着？"

"是真的，这艘飞船赶在欧阳仲仲前面，把咱们给救啦，多亏来的是时候，要不然，还真不知道会出啥岔子。"

杉杉从季小峰怀中起来，揉揉眼睛，理理头发，手扶着座椅，把悬浮的吸水管放到嘴边向口腔喷洒水雾，然后把漂浮的大"金毛"抓住，落在座椅中，杉杉睁大眼抬头看着季小峰。

"小师兄，我们不是闯大祸了吧？"

"这不干咱俩的事。"季小峰用手挠挠鸡窝样的头发，歪着头看着杉杉，"我感觉不对头。"

"小师兄，有啥不对头？"

"我还没弄清这里面的道道。"

"小师兄，这个得待落地后检测数据，用频谱和磁纹分析应该能够找到踪迹。我倒觉得，在逃离17号飞船前的那一大场景需要还原，付颗粒不知道怎么样了，我担心他会湮灭在太空，还有我那小'金毛'。"杉杉哽咽。

"杉杉，那大场景咋复原？17号、凤凰号飞船都炸啦，付颗粒没啦。如果能把那些数据找回来倒还有办法。"

"小师兄，我担心欧阳仲仲他们会把责任推到我们头上。我的头要炸了，这个祸还是闯下了，我真想把耳朵塞上。"

"杉杉，莱茵R9号飞船还挺聪明，让咱们跟外边断链接，让他们嚷嚷去吧。"

"小师兄，我不安的是……你把耳朵凑过来。"

杉杉把付颗粒解裂、两艘飞船意外相撞、欧阳仲仲拖延救援的疑虑道出来，怀疑欧阳仲仲及其身后有什么人监控这次行动，干扰搅乱、窃取数据，或是蓄谋已久另有所图，这才是杉杉心中惴惴不安的真正原因，也是痛恨、仇恨的根源。万幸滑落天宫的瞬间，一只手把他们捞上来。

"杉杉，"季小峰压低嗓门儿对着杉杉的耳朵问，"这个仲仲是你哥哥，你们从小一起长大，你为什么觉得他很怪？"

"小师兄，这个小哥哥，与奕哥哥不太一样。他俩是双胞胎，从小光头到现在，我没见过他们长头发的样子。"

"这还怪有意思的，你从小光脚丫子，他俩十来年光头，你爸妈咋整的？"

"怪事多了去了。"

此时，"机器人"提醒季小峰把屁股清理一下，季小峰脸色变沉，急忙起身飘向飞船清洁室。"机器人"把头盔摘下来，杉杉猛吃一惊，"机器人"用手堵住杉杉的嘴……

怪丢人的，实在忍，忍不住啊，唉。季小峰心里说着从清洁室飘出来，看到眼前这一幕嘴巴张着合不拢，他用力眨巴眨巴眼，又用力咽下口水，双手敲打自己的头，两眼冒金星，又看看眼前，用手掐了一下自己的脸："哎哟娘唉，今天撞鬼了？"

季小峰立马悬停，眼前两个一样高矮、一样胖瘦、一样肤色、一样五官的欧阳杉杉牵着手站在那里微笑着，"小师兄，过来呀。"两个杉杉同时发声。

吓得季小峰漂浮中翻转倒立："是人是鬼？"

"小师兄不怕鬼。"又是同时发声。

"我还真不怕，咋啦，这是闹啥，又不是玩大变活人的魔术。"季小峰给自己说话打气。

他翻转过来，靠近两个杉杉，近前仔细察看，点点头，左看看，摇摇头，右看看，又摇摇头。四只微蓝的眼睛一起转动，季小峰用手在杉杉的眼前晃晃，两个高挺的鼻子用力吸气，季小峰把手收回来，两个"M"形稍长的嘴巴用力紧闭，季小峰向后漂浮一下，斜着身，双手护头，双腿一蹬，向两个杉杉撞过去。两个杉杉向两边闪开，季小峰头脚翻转，两个杉杉向前把季小峰拉到座椅上。

"小师兄，定定神。"其中一个杉杉说。

"有点蒙。"

"小师兄,用心分辨一下,不然,就,就麻烦。"其中一个杉杉说。

"啥麻烦,不信分不出来。"季小峰把座椅转动一下,与两个杉杉面对面。她们头发颜色相同,耳朵大小形状酷似一个模子里刻出来。

"呵,我明白了。"

"明白啥?"

季小峰凑上前,用鼻子嗅嗅这个,又嗅嗅那个,突然抓住一个:"跑不了啦,就是你! 这还真是个奇迹,不是闹着玩的。"

杉杉默认季小峰的认定,然后把再造原机人的过程诉说一遍,心中又勾起对遇难父母的回想。

杉杉的原机人杉杉妮说:"记得小时候,爸爸妈妈对我们三个挺疼爱的,尤其是对我,只是小哥哥不怎么学习就能比奕哥哥学习进度快很多,我那奕哥哥已经够聪明了,在京西,就算在北京也小有名气。可爸妈就不让小哥哥去参加什么比赛,说是不能三个孩子都出风头。小哥哥也对我们的竞赛不感兴趣。我们从小在私立学校学习,奕哥哥十三四岁考入著名高校,小哥哥留在爸爸身边当助理,不久便去了太极城。我们家里有个规定,三个孩子不准上阁楼,可也怪,有天深夜,我发现小哥哥悄悄跑到阁楼上。我悄悄跟过一次,我记得很清楚。直到临来太极城前,我才闯进那个阁楼,看到爸妈遇难那一幕。那一幕现在深刻在我的脑海里。我想不通,为什么小哥哥就可以偷偷上去?"

"就去过那一次吗? "季小峰好奇地探问。

杉杉妮说:"还有一次。记得一天深夜,暴雨哗哗啦啦,我偷偷溜出去,从防火通道爬到楼顶,闪电忽明忽暗,树叶呼啦啦响,响雷好似落到院子里,四处滚动。接连的雷电掠过头顶,我趴下来,蹬住房顶外沿,一步一步挪到自家阁楼边,阁楼与房顶外沿之间是个斜坡,我爬上去,之前我在毛瑟玻璃窗的一个角撬起一个空隙用小砖块顶住,挪开那个小砖块,向阁楼内窥视,里面黑乎乎的,10多个绿点闪烁,没有一点动静,电闪雷鸣中反而能听到自己的心跳声。"

"我都跟着你紧张。"

"雨越下越大,风越刮越紧,一个接一个炸雷在周边滚动,我的上牙与下牙开始打架,两只脚丫子不听使唤,阁楼里面依然墨黑,我心里犯嘀咕,一转眼闪出一个影子,我瞬间闭上眼,憋住气,不远处闪电闪过,我慢慢睁开一只眼,那影子不见了,我甩甩头上的水,两只眼全睁开。哪有什么动静。"

"八成是闪电折射的你的身影。这深更半夜,一个女孩子爬到楼顶,又碰上吓人的雷公电母,折腾个啥劲?"

"我那时没想这么多,一根筋,整个身体不听使唤啦,我想,没准儿今晚白弄一身泥水。我憋住劲,用一只眼向里瞄,你还别说,被我等到了,阁楼里面显现微弱的光线,一个光头!雨水浇得我视线模糊。我两个哥哥都是光头,不知是哪一个。"

"奕奕仲仲分不清?"

"平时他俩就不好分辨,这会儿从阁楼外面更有些吃不准,光头哥哥坐在电脑前,三个屏幕一起闪动,小型机的闪亮频率加快,屏幕上滚动的应该是数字,看不太清楚。一个猛烈闪光,我以为是楼顶外的闪电,哪知是阁楼内的,光头哥哥连带着座椅被抛到背面的墙上。我啊的一声,听到急促的脚步声,阁楼门开,好像是爸爸的身影一闪,阁楼里面微弱的灯光熄灭,连那闪烁的绿点也淹没在漆黑里。"

"八成哥哥出事啦。会不会是雷电造成的?"

"我哪想得了这么多,赶紧把窗子缝隙堵上,离开阁楼,一步一步挪到防火通道,溜回家门口。但我哪敢进门啊。"

"那咋办?一个落汤鸡。"

"我这狼狈相,在门外直打哆嗦,突然一只手在后面抓住我,一只手伸向前面捂住我的嘴,我倒没乱扑腾,转脸你猜咋的,是机器人家助,拽着我从家门露出的一条缝隙中闪进去,悄悄溜进卧室,家助什么也没说,把我的房门轻轻带上。"

"到底咋回事?"

"我冲完澡倒在床上,蒙起被子一夜没合眼。"

"哪个哥哥出事啦?家里没动静?"

"说来也怪,我对这个阁楼更加好奇,幻想着里面究竟是啥模样,在楼顶外面向里看只看到一小块。"

"你不担心哥哥的好歹？"

"我知道，哥哥死定了，我不情愿看这一幕。我的亲生父母从这个阁楼被背出来的影像刻在我的大脑里，我的大脑已经被占满了，再也挤不下哪怕一个这类的场景。"

"那时你多大？"

"10岁吧。两个哥哥11岁。"

"家里出这么大乱子，你还蒙在被子里，要是我早憋不住啦。"

"我估摸着天亮了，就把被子掀开。雷雨不知道什么时候走的，晨曦透过窗帘，卧室里现出微亮，我跳下床，把窗帘一把拉开，太阳躲在山峰后面，没有一丝云彩的蓝天泛着微微红光。我平复一下心情，揉揉眼，走到门口，用力把门打开，客厅竟然没动静，机器人家助在客厅向我打招呼。两个光头走出阳台那边的卧室直接去了餐厅。"

"好像啥事没出？"

"是这样，这件事一直窝在我心里，我猜一定是小哥哥，因为我蹲在餐厅座椅上时，小哥哥问我昨天晚上雷声忒大，有没有受到惊吓。在我们家是不会问这种事的。"

"小哥哥身上没伤疤什么的？"

"这就是小哥哥的谜，我现在有许多疑虑，这次太空遭难，不知道欧阳仲仲掺和了什么。"

"你们家净怪事。看你俩，一个个张嘴，说得一模一样，把我弄得晕头转向。"

"小师兄，杉杉妮像我吧？"

"像一个模子刻的。这个科技孪生再造系统我听说过，这次是真实地刷新了我的认知。喏，刚才不就验了货，不，是现场验证。杉杉妮，这个名字啥意思？还是有个分辨你俩的简易法子好。"

"原机人现在有个默契，普遍采用原体人实名，在名尾加个'妮'，寓意人中俊杰、气宇轩昂、做事果断、事事成就、功利荣达,对女子是爱称,也很适合做男子的名字。小师兄没察觉我们俩的反应有差别吗? 我的原机人要比我快一点。我手上的镯子她没有。嘻,分那么清干吗。"

"还是觉得别扭,先不说这事啦。听说原机人最近很火?"

杉杉妮说:"小师兄,不着急,很快就会让你开眼界。"

"不过我还有件事没弄明白,你咋能这么巧到这里来救我们俩?"

"是这样,杉姐和大盎约定在莱茵城交接,其实在你们到达太极城时,我已在莱茵城。当你们从太极城出来,大盎就安排我乘莱茵 R9 号飞船追赶你们。当你们出事后,我就锁定了你们的方位,绕开撞击空域。还好赶上了,不然,我也见不到我的杉姐。"

"呜,呜,呜。"莱茵 R9 号飞船声控系统发声:"杉杉妮,飞船动力系统出现紊乱,请求紧急停靠。""呜,呜,呜",飞船持续鸣奏。

"莱茵城指控中心,我是莱茵 R9 号飞船,飞船动力系统紊乱,请求紧急停靠,紧急停靠。"杉杉妮发出呼叫。

"我是莱茵城指控中心,允许紧急停靠,报告飞船状态。"

"速度、循环系统处于正常阀值区间,定位系统正常。系统响应减速。"

"太空督察城距你们最近,向他们发出救援信息,立即对接联通。"

"莱茵 R9 号飞船,我是太空督察城,150 秒响应。减速,请你调整角度、姿态。"

"莱茵 R9 号飞船收到,140 秒准备。"

季小峰与杉杉紧紧牵住手。

"110 秒准备,减速,再减速。"

"莱茵 R9 号飞船减速至每秒 10.3 千米。"莱茵 R9 号飞船系统提示。

"再减,刹车,100 秒准备。"

"莱茵 R9 号飞船减速至每秒 9 千米。"

"这速度不可以,眨眼工夫就会越过太空督察城的。"季小峰说。

"莱茵 R9 号飞船明白,每秒 8 千米。"

"那咋行,再减。"

"小师兄,太空急刹车要出事。"杉杉焦急地提醒。

"飞船减速至每秒 6 千米。"莱茵 R9 号飞船播报。

"莱茵 R9 号飞船,再调整角度,减速,延长对接时间 30 秒。"太空督察城发出指令。

"莱茵 R9 号飞船明白。"

莱茵 R9 号飞船处于地球远地空间,减速中绕一个大圈。

"呜呜,呜呜,呜呜",持续鸣笛,莱茵 R9 号飞船急速下降。

"快,快,稳住速度,靠近我。"太空督察城伸出数个机械臂等待。

莱茵 R9 号飞船速度下降到每秒 3.08 千米,与太空督察城相距数千米,莱茵 R9 号飞船调整轨道面渐渐追上太空督察城。

此时,二者几近同步,姿态角完全相同,太空督察城机械臂中数条碳纤丝绳伸出来,把颤抖中的莱茵 R9 号飞船拽进城底部。杉杉、杉杉妮、季小峰、大"金毛"从飞船爬出来。

"算捡条命。"

"小师兄,我不是在做梦吧?"

杉杉、季小峰瘫倒在地板上。

督察车将他们送到太空督察城救护中心,医护人员迅速展开急救。

窥视近地空间

不知过了多长时间,杉杉睁开眼,看到天花板,摆头没看见人。"杉杉,你醒啦?"

"你是谁，我在哪里？"

"我是太空督察城医生，你在急救中心昏迷10多个小时啦。"

"嗯，睡了一觉。"

"杉杉，你的体征指标正常，脸部皮肤轻度冻伤，不过没有大碍，很快就能恢复。"

杉杉跳下床来，光着赤红的脚丫子，问："在哪里清洁？""你的左边。"

杉杉走近清洁室，一位身穿蓝色薄衣、头发黏在一起、脸庞赤红、两腮凹陷、两只浅蓝色大眼、高挺的鼻梁、细长嘴巴、长脖子的姑娘站在镜子对面，"喏喏，是你呗。"杉杉拍拍脸颊。

一会儿，杉杉从清洁室出来，喊："我的伙伴在哪里？"

"杉杉，不要着急，你们在这里得到的是最好的医治和护理。现在你的治疗已完成，你可以离开了，再见！"

"喏，没告诉我哪有出口，真没礼貌。"杉杉迎着墙壁走去，墙壁动影提示杉杉向右，向右走了数步，墙壁开启，杉杉妮身穿同样衣服，赤着脚丫在此等候。

"小师兄、大'金毛'呢？"

"跟我走，杉姐。"

两人迎着墙壁指引的路径，来到一个圆套间，大"金毛"看到杉杉便扑了过来，杉杉蹲下抱起大"金毛"，抬头望见季小峰。

"我不好意思见你们，不知道一觉醒来咋变成这样了。"

杉杉咧咧嘴，没有说话。

"小峰哥哥的冻伤很快就会好，已经没有什么大碍了，你们可以离开了，再见！"太空督察城医生说完切断房间链接。

"看这脸、鼻子、耳朵都涂上膏药了，不让搓揉，说一搓揉，鼻子耳朵就掉了，那多难看。"

"小师兄，没人在乎你的面相，我倒闪出一个想法，不知小师兄可否愿意？"

"杉杉，有啥说来听听。"

　　"小师兄,我的原机人与我相拥的一霎,我感到失衡了,现在我的原机人有多大能量我不清楚,但我想她会比我耐受得多,我们一路磕磕碰碰,不知会出现哪些难以预料的邪事,要不你也来一个,这不需要谁同意。你看咋样?"

　　"我当是啥事,不瞒你说,我曾试过一次,流程都走过了,不过中间学校有事,就撂下了。"

　　"现在试试看?"

　　"来得及吗?"

　　三人一边说一边走出急救中心。

　　杉杉与大盎联系,没有响应。

　　"我这心里扑腾扑腾的,老娘要是看见俩儿子一模一样,那还不魔怔了。"

　　"喏,那还不好应付。"

　　"杉杉,别弄成现在烂鼻子的熊样。"

　　"小师兄,不会的,不过你的原机人个子也不会增高。"

　　杉杉使用腕部联通机再次与大盎联系,季小峰的目光投射到太空督察城外圆内方的城郭,绿植将"米"形街区勾勒得十分清晰,向上数百米有"米"形悬空街区,再向上看不清晰,似乎也是悬空的隔层,这里的督察员大都是机器人,敞篷代步车在街区流动。

　　"嘟嘟"的提示音传来。"杉杉,我是大盎。"

　　"大盎你好。我的朋友想申请原机人,现在行吗?"

　　"嗯,我正忙这个,大家好像都在争抢一个标志性数字。"

　　"5000万?"

　　"恐怕是这样,大家对原机人的需求超出了预期。"

　　"大盎,感谢你的太空搭救,我和朋友正在太空督察城,现在就想办这个事,我们要去莱茵城参加与这事有关的活动,你看能赶上吗?"

　　"杉杉是个率性的女孩子,5000万的标志落户中国哪里?"

　　"大盎你好,我是季小峰,就落我头上呗。"

"季先生，我们早就认识啦。"

"咋可能？不会蒙我吧？"

"季先生与杉杉在一起，刚刚过去的空难我们有过交往。"

"这，这得谢谢你的救命之恩。"

"杉杉在她的原机人程序中申请与你同行，并且在你们身边发现一些未解程序。哦，还有，你曾申请过原机人，只差最后的确认，不过中断了。"

"我想起来了。"

"季先生，你要在太空待多久？"

"这不好说。我希望现在就办，你就捣鼓捣鼓快一点咋样？"

"看不出来，季先生是个急性子。好的，简化程序，你现在链接进来，编号为 ZGHF2079–原机 W5000。"

"我接下来还有事，对此有影响不？"

"不受影响季先生，祝贺你拥有全球第 5000 万号原机人，我们会为你特别制作，再见季先生、杉杉。"

一位督察员迎上来，解释说等莱茵 R9 号飞船修复后就送他们返程。

杉杉、季小峰请督察员帮助打发等待时间，经请示允许他们进入一层观察室。

走进圆筒状观察室，眼前是一面通视瞭望镜，外面漆黑一团，督察员解释说，外面是近地空间轨道网，太空督察城与地球非同步转动，一圈圈一层层一片片一串串大大小小的光点像被检阅一样滑过镜面。

没想到，在这里遇上这么壮观的景象，杉杉心里感慨。

"从太空督察城俯视高轨、中轨、低轨、圆轨及各个角度的航天器，在 36000 千米到 200 千米之间，有千万条有序交错的轨道，每一条轨道有数万个航天器，好似一个庞大厚厚的蜘蛛球网，把地球密实地裹在里面。这个场景非常壮观。"督察员指着镜面闪亮的点状物介绍道。

　　地球外围好似织上一个网,大圆轨串、小圆轨串,大椭圆轨串、小椭圆轨串、外圈轨串、里圈轨串,顺行轨串、逆行轨串,斜行轨串、横行轨串,每条轨就是一串糖葫芦,数不清楚多少串,环串套环串,环层套环层,环面套环面,内环外环互套。

　　"这是人类引以为豪的文明成果,当年一位科技狂人,曾打造星际链接网,竟一次发射数千颗小卫星。看那儿,旋转过来的是欧洲伽利略第 63 个定位星座,往里侧一点是非洲的第 45 个定位星座。南美的,看那颗南美国际集团特别明亮的通信卫星,那个轨道面和上下 6 个圈层竟有 2000 多颗卫星。这个蜘蛛网最外围的数百条同步轨道,每条轨道上有成百上千个卫星星座或太空站,静止轨道上已达 1800 个的最大值,巨大的太空城大都建在这个轨道上。"

　　观察室大型全维动影显示莱茵城城郭慢旋动影,呈环圆–立式圆筒形状;太极城城郭慢旋动影,呈太极–竹筐形状;橄榄太空城城郭慢旋动影,呈松果形状;圣彼得太空城城郭慢旋动影,呈扁圆形状;塞纳河太空城城郭慢旋动影,呈倒锥形状;信浓川太空城城郭慢旋动影,呈椭圆形状;还有孟买太空城、巴厘岛太空城、南极太空城、北极太空城、雄狮太空城……

　　映入镜面的航天器分布不均。靠近同步轨道内侧的每一个角度不同的椭圆轨道面上的航天器时而密集时而稀疏,2 万千米处的数千个轨道面几乎饱和,远地点延伸到 4 万千米外。

　　"只是看着怪热闹,究竟有多少条轨道?"

　　"小峰哥哥,这个我不清楚。"督察员回答。

　　"这么密集的轨道,那太空飞铁,还有太空电梯咋弄?"

　　"看,转过来一个太空城,那下面的太空飞铁像一个流动脐带,从那个脐带两侧溜走许多亮点,这在设计上避开了那纤细得不能再细的一条条纵向轨线。"

　　"那从地面发射航天器咋办?"

　　"这里面大家有个默契,从每一条轨道远地点向外绕。"

　　"中轨空域这么大,不会拥挤吧?"杉杉的目光伸向触及不到的中轨空间。

　　"杉杉,中轨空间有 9000 多万个航天器,78000 多个有标记的太空碎片。"

"咋这么多?"

"进入中轨的航天器,那些年多得喘不过气来,现在每天仅有数十个。"

"太空督察城干啥吃的,咋不管管?"季小峰说。

"小峰哥哥,太空督察城由地球数千个大型科技集团、空间轨道公司、太空巨头、著名科学家和联合国太空管理机构组成,初衷是对地球轨道制定规则,分配轨道和频域,可后一职能被选择利用,前一职能就无从遵循了。"

"强行干预不行吗?"

"就只有太空督察城干着急,地上的那些机构,他们感觉离轨道空间距离远,哪顾得上这些。"

"这哪算远,就在家门口。"

"这个观点是太空督察城的名言。"督察员向季小峰竖起大拇指。

"我乱蒙的。"季小峰挠挠头笑道。

"小师兄,不是蒙,近地空间是地球的家门口,是人类的家门口。"

"还是杉杉鼓励我,家门口可不能设绊子,要不出门还得绕道走,那多麻烦。"

"不过还是有争议。"督察员指着观察镜说。

"争议个啥?"

"有的主张硬性规定,停止向近地空间发射太空器,或者退十进一;有的主张100年内不得发射任何太空器;有的主张填位式发展。"

"咋填位?"

"简单讲就是,你只要这个给得足……"督察员的手指搓了一搓,"就可以挤一挤给个位置。"

"呵呵,还真逗,给我留个位置咋样?"

"哈哈哈!"督察员笑而不语。

杉杉把目光从无际的空域收回来,看着季小峰,一脸认真地说:"小师兄眼界忒短啦。"

"哦?"

"小师兄,在这儿挤有啥劲,你不看看地月之间、地火之间那番热闹,有本事在那些地方开上几条十几条线,将来持股可有的赚。"

"你别说,还真是条路子。"

"杉杉,太空督察城已经制定远地空间开发保护计划,有的科技集团、太空巨头已有大手笔下注,说是为子孙后代留下空间遗产。还有的说,捞上几条线,先去冬眠几十年,等开发好了,搬到远地空间来住,守着地球。"

此时,杉杉收到韦斯坦的信息,说邀请杉杉与同学参加 M·泰格举行的专题会。

"杉杉,我是莱茵 R9 号飞船,在太空督察城底层 90°点位等候你们。"

"小师兄,我们的飞船修好啦,可以走啦。"杉杉赤着脚高兴得跳起来,似有回家的感觉,拉着自己的原机人杉杉妮抱着大"金毛",向飞船走去。

原机人天使

从太空督察城出来,莱茵 R9 号飞船加速,越过数个太空城和太空站,进入静止轨道上的莱茵城。

莱茵城酷似器皿,上部为立式圆筒,下部为环圆形,底部为连接地球的脐带(双道太空飞铁),顶部为伸向太空的巨大稳定轴。

进入莱茵城第一街区,映入眼帘的是一条横贯城内底部的深蓝色河流,冠名莱茵河,河内人头攒动,年轻男女在夕阳光照下嬉耍。

河道一端用德语、法语、英语、汉语标注"天河不是梦"。

俩杉杉脱掉太空服,跳进莱茵河,呼喊着"小师兄快来"。大"金毛"一跃钻进水里,划拉着水,在人缝间寻觅杉杉。

季小峰站立原地，被眼前景色吸引住，脚下蓝色河水不见底，河床一边直立。

身边延伸而去的微缩城堡、酒吧鳞次栉比，狭窄小巷、桁架小楼望不到尽头，楼上楼下鲜花点缀，铺面精细而高雅，地面铺撒细小石子，一些游客提着鞋赤着脚，漫步石子路上；一些游客坐在街边观赏、小憩。

另一边矮树遮阴下的沙滩，装饰伞下不少男女成群结队，远望好似一些雕塑，再向外是望不到边际的碧绿葡萄园，美妙的《罗累莱》不停地奏唱。抬头竟是一色的蓝天，天际与周边浑然一体。

季小峰左右瞧瞧，只剩自己孤单一人，大"金毛"不知什么时候咬住自己的裤腿向河里跑去。

"我会水，金毛。"季小峰褪下太空服，纵身一跃钻进水中，一口气潜游数百米。

大"金毛"在水下拽着季小峰浮出水面，与杉杉会合，不远处是莱茵河中相互背对的"七少女"，棕色雕塑在落日余晖中酷似少女在梳妆打扮，姿态妩媚迷人。

"杉杉，咋看那雕塑有些像你？"

"喏。"杉杉没有答话，脸上不只是水珠。季小峰心底一沉，似乎觉察杉杉的情绪处在波动中。"我们上岸吧。"杉杉说完向莱茵河沙滩方向游去。在一处装饰伞下，他们围坐在长条矮桌前，季小峰点了一些糕点、咖啡。

"小师兄，这可能是我最后一次流泪。"

杉杉妮应和着说："泪崩天河。"

杉杉看着季小峰的脸似乎要说话，但没说出口，把头缓缓偏移后她幡然醒悟：怎么会是莱茵河，这可是欧洲的重要河流。太极莱茵天河相连，血脉流淌难舍情缘；一方拥有东方神韵，一方融入西方圣缘，河流倾诉千般青色，弧线叠加我自成点。太空大地情思相连，母亲河床情边柔软，波涛拍打棕色胴体，波涛抚摸灵性空间，泪珠奔放串成繁星，点点叠加我自还原。

季小峰愣愣地注视着杉杉一双泪汪汪的蓝色眼睛，一帘瀑布挂在咫尺，那泪波映出一个又一个莱茵河少男少女"叠加"在雕塑前，雕塑后方掌起万盏明灯……

过了数分钟,季小峰用力掐一下自己的大腿,蒙眬中回转过来,注视着沉静中的杉杉心里念叨,我不太懂诗歌音律,但会用河水起伏的浪波为你协奏。天河不是梦,是实实在在的存在,那水波旋律与你的泪崩天河应该是合辙的,那水调有细流波浪,瀑布海啸,在家乡水塘里……

"专门听过水。"季小峰不自觉念叨出来。

"哦,小师兄说啥?听水,够有意思。"杉杉把目光移到莱茵河对面。

"杉姐,小师兄有一种东方淳朴的神韵。"

"你别见笑,我懂得啥,我说的都是大实话。"

"喏,是吗?"

"刚才下水前还有阳光,这阵子阳光跑哪里去了?"

"小师兄,我来这里比你们早两天,那个太阳每天在这个莱茵城升降也就一次。"

"这天咋这蓝?不会是人造的吧?"

"小师兄眼力过人。"

"啥过人的,是你点拨我才转过弯来。杉杉,不好意思,咋觉得有些不对头?"

"小师兄说说。"

"怎么那么多双胞胎,不会是……"

"我说小师兄的眼不大,眨巴眨巴地瞟出奇相来啦。"

杉杉妮指着沙滩和水中成双的男男女女说:"这是莱茵城的一个流行现象,男女异性成双结对的却不多见。这些男男或女女,老老或少少,都是原机人与他们的原体人,莱茵城好像是他们的基地,具体我也不清楚。这些人原来大都寄居欧洲,如何到莱茵城的我就不清楚了。"

太阳从莱茵城的一端落下,天空中的星点渐渐露头,光线洒入城底的莱茵河,水面渐渐平静。

杉杉看看时间:"小师兄,我们准备赴会吧。"

"和你们一起去,会遭白眼吧?"

"理这茬没劲,走。"

"怕啥来,走就走。"

杉杉的目光被莱茵河拽住,边走边扭头盯住一个方向,突然两个杉杉撒腿就跑,季小峰愣在原地,俩杉杉跑到河边纵身一跃潜入水中,不一会儿浮出水面,一手划水一手拽住溺水者,季小峰看到此景也冲过去,把溺水者搭上岸来。经过一番抢救,溺水者渐渐苏醒坐起来,打量眼前情景,突然双膝着地,上身趴下,向施救者叩拜,俩杉杉急忙扶起溺水者。

"怎么会溺水?"杉杉的目光停留在溺水者的瞳仁里。

"本来没事的,也是倒霉,双腿抽筋,我被灌进去一桶河水。是谁救了我?"

杉杉点点头示意,这才仔细端详眼前这位留着短发、两只蓝色圆眼、翘鼻子厚嘴唇、中等身高的女少年。"喏,美少女。"

"不敢,我今年 21 岁,来自奥地利,叫麦琪。"

"我是欧阳杉杉,来自中国。"

"谢谢你救了我。"麦琪起身,说要去参加一个重要活动,恰巧与杉杉同路。

莱茵城第一层街区半径约 4 千米,街区内一条轻轨环绕各大道,各大道抵达各小巷小街主要靠步行或各类太空交通工具。外环为上下双道智能轻轨。城中心围绕中轴有两上两下直梯可达各层和城顶。

杉杉、季小峰一行人在小巷的"随意堡"置换行头,随后乘直梯抵达莱茵城第二层街区。

杉杉赤脚踩在粗糙的地面上,抬头望去,一个微缩的莱茵河小镇从脚下铺开。自己还不曾回过母亲的故乡,可是在这里总感觉有母亲的味道。

一驾马车来到跟前,一对孪生车夫拽着缰绳招呼:"女士、先生请上车。"

杉杉抱大"金毛"跳上车与杉杉妮坐前排,季小峰与麦琪坐后排,两匹棕色的小马带着古老的马具,四个简易轮子支撑着简洁精致的车架,棕色车体、柔性坐垫,车速缓慢,杉杉一行这才看清左右两侧许多这样的太空马车在行驶。马蹄踏着石子路面发出嗒嗒、嗒嗒的声响。

"是叫师傅,还是尊称什么?"

"先生,我们是破例让你乘坐轿车,像你这样的男女搭配,城里是待不住的。"

季小峰没料到,刚刚放松的心情竟被这蔑视勾起火来,一股气堵回嗓子眼儿里,气得眉头紧拧,侧着脸,刚想发作却被麦琪按住。

"小师兄,有个办法,你和麦琪配作一对。"

"哪有心思开玩笑。"

"小师兄,较哪门子劲,这是啥地方,别浪费这景色。"

"好吧,听你的。我就想看看这马是机器的还是生物的?"

"好奇的游客,你对生物机器马一定有研究吧,到这里的游客没有对这个问题感兴趣的。"车夫冷冷地回答。

季小峰暗想,可能是这样的吧,穿越"百年历史"的欧洲兴盛街区和繁华小镇的精致组合,一街一道的仿制,把欧洲经典与太空环境精巧地镶嵌在一起,一般游客不会关心是肉马还是机器马,这享受的不只是徒步的替代,还有乘坐太空马车的美妙体验,毕竟只有神话中的各路神仙才能驾驭、享受天车。假如是这样,难怪我会被怼。

马车嗒嗒、嗒嗒不紧不慢地走进一座标识 3 号的小镇,一个醒目的牌子"机器人禁止靠近"映入眼帘。

穿过长长的小巷,马车停下,四人下车礼貌地向车夫致意,季小峰还要问话,那马车却已嗒嗒嗒嗒地载人离去。

绿色草坪铺展开来,一群画眉从地上飞起落到树梢,另一群从树杈子落到裸露的岩石上。

上一个坡,站立坡顶,错落有致的小镇出现在面前,杉杉一路小跑,抬头看到标示"机器人地狱"。

季小峰拧紧眉头,杉杉早看到前面已经出现的关联提示。

绿色的葡萄藤遮盖着三四米宽的小巷,两边仿木建筑的店铺一个挨一个,有画房、古玩房、陨石房,一对对男男或女女往来熙攘,戏弄着路边的什么玩偶。

杉杉、季小峰近前一看,猛然向后躲闪,似有强大电流贯通全身,阵阵恐惧接连袭来。

眼前一具头身分离的机器人,头颅上的眼睛还在转动,嘴巴被粘上,悬在空中。脖子上的腔骨外露,躯体直挺挺落地,看那断裂茬口,好像是被拧断的。分体机器人身上忽闪着"性侵罪犯"字样。

紧挨着的一具机器人固定在支架上被施加强电磁穿射,它面部极端扭曲,躯体猛烈晃动,经受着极端的痛苦。它的躯体忽闪"家暴罪犯"字样。

紧挨着还有一具……咣当,季小峰撞上一个大木桶,趔趄着连带杉杉险些栽倒在地,还没稳住脚,"先生,赔我酒桶",身穿古朴服装的孪生店员向季小峰讨要。

"赔什么?"

"欧阳杉杉、季小峰吧?"一位身穿棕色布衣长褂,手拿烟斗的秃顶男士赶来询问。

"我是杉杉,欧阳杉杉,您是?"

"跟我进来吧。"

杉杉、季小峰处在惊恐中,跟随烟锅男士进入眉鸟酒店后院酷似木质的二层建筑,里面围坐许多人,烟锅男士示意杉杉在角落木墩坐下。

不太大也不规整的小型会堂满满当当,哄笑声还未落地。

一位男青年起身用德语说:"我是来自德国的格蒂,我和我的机器人伴经常干仗,我哪里干得过它。一天它告诉我,要我像它尊重我一样尊重它,有病吧?带它到医院,机器人医生竟指责我虐待机器人伴,说它的病(数据积累)是我长期粗暴对待造成的,要我向机器人伴赔礼道歉、协助治疗,这不翻天啦。回家后,我和机器人伴一直僵着,日子久了,就患上机器人恐惧症,晚上睡觉前得先把卧室门紧紧锁上,生怕它深夜闯进来。真够折磨人的,我再也无法忍受,打算辞掉它。天哪,这可惹来了没完没了的麻烦。机器人公司说我违反合约,责任在我,法院判我赔偿机器人伴的精神损失,在家还要遭机器人伴冷眼相待。我实在待不下去,从家里逃出来,但逃到哪里也生怕机器人追讨,逼得我无路可走。"

"小伙子,莱茵城机器人极少,它们被严格限制活动范围,地球上找不到这样的地方,放开讲吧。"坐在墙屏前的独臂人粗狂地呼喊。

格蒂与他的原机人,个头足有 1 米 80,白中微红的肤色,眼中透出对对方的深情和惺惺相惜。

"也算我幸运,半年前拥有了我的原机人,现在我俩回到家,那机器人小子收敛不少。机器人无处不在、无所不能,人类奈何不了它们,我承认我不行,我周围的朋友也认孬,我不清楚如何对付强悍的机器人强盗。人类在机器人面前摆不成架子,它们不再像对待主人那样对待人类。我总担心有一天它会把我弄死,自己却毫无办法,这才投奔原机人城,原机人的天堂。"

"原机人城?""原机人天堂?"杉杉、季小峰几乎同时惊呼,又互相看了一眼,做出噤声的手势。

一位棕色皮肤的女青年操着英语站起来激动地说:"我是伯明翰医科大学学生罗曼,我和我的原机人一起来到这里,就为躲避机器人的性侵。我真的无法忍受,我的机器人助手染上性癖,偷窥我的隐私,不停地对我性骚扰,特别讨厌。给它讲理,它反讥我,说哪有这样的限制?告到警察局,你猜怎么着,他们不受理。他们把我推出来,说由大学调解。我快疯了,见到机器人就产生性侵恐惧。"

罗曼妮帮罗曼把金色长发捆扎在一侧,露出蓝色碧眼,短衣短裤闪着亮光。

罗曼妮说:"那个机器人流氓开始不听我的警告,侮辱我,蔑视我的存在。有什么好理论的,用实力说话。我们先亮拳头,然后扭打起来,遗憾的是没分出胜负。我还要增强能量,早晚制服那个机器人流氓。有我在不用怕,曼姐。"

"我有一个主张。"脸色暗红分不清男女的长发青年与自己的原机人激动地站起来。

"报上名字。"有人呼喊。

"斯蒂夫,来自澳大利亚,这是我的原机人,他的能量远远超过我,却受到机器人严重歧视。这是什么狗屁逻辑，你们搞不清吧。我的原机人受机器人骚扰、攻击，机器人警察当然不予保护，还强行确认性别，当众羞辱啊。我们十几个同伴找到警察局，要求惩罚机器人警察，可警察局被机器人控制，将我们强行驱离。我的颜面扫地，我的原机人遭受极大伤害。真受不了，向机器人世界进行最最强烈的抗议，收回机器人的权利，快把它们赶出地球。"

独臂人就是 M·泰格："不可能啊，原机人战士们。我是个科学家，有人说我是原机人激进主义者，我当然不在乎。我想听听杉杉同学的声音。"

目光落到正欲起身的杉杉身上。

"我还在平复自己，没想到会是这个样子。我和我的原机人是刚刚在太空遇难时相见的。"杉杉话音未落就被沉闷声音打断。

"是杉杉妮救了我们，不清楚哪里来的缘分。"

"同一生命体，杉杉丫头。"有人呼喊。

"我真的不清楚她能做什么，但她给了我一个真实的童年和少年，从她那里我才知道自己的悲惨身世，知道在我的生命旅程中发生的许多恩恩怨怨。那时，我们全家差一点死在机器人飞车手中，直到今天仍是悬案。我倒没有痛恨机器人世界，那件事纯属一个巧合吧。我为我的童年悲戚，我的原机人为我流泪，我可以向她倾诉心中的怨恨，她也许会记住那些刻骨铭心的恩情，我想这会慢慢传递。我们俩这么快就有了感情，这意味什么，我还一时说不清楚。"

麦琪与麦琪妮挤到杉杉跟前说："朋友们，刚才，来眉鸟酒店前，我在莱茵河溺水，差点就见上帝，是她俩救了我，这是我的救命恩人。"麦琪深深鞠一躬。

麦琪接着说："朋友们，我在奥地利处理案件时经常被人冤枉、被机器人羞辱谩骂。我们在审判中的许多证据和线索，大都由机器人系统提供和佐证，这方面我们差机器人太远，我经常提心吊胆看机器人脸色。我的上帝，机器人被告可以颠倒成原告，无辜的公民在机器人恶作剧中成为罪犯，严重渎职者竟被机器人祖护无罪。最可恨的是一个机器人流氓，玷污一名女大学生，竟提供该女生勾引机器人的'铁证'，法庭最终判它无罪，可怜那位女生落得勾引机器人的骂名。机器人蚕食我们的生活，我无处倾诉。现在我的原机人成为我生命中的依偎，她给我分担痛苦，不然，我无法弥合机器人给我造成的严重创伤。小妹妹，咱们有许多相似经历，结为姐妹吧？有这么多朋友见证。"

"喏，这我可没想到，能行吗？"

"杉杉，没有什么不可的。"烟锅男士在角落呼喊。

"光脚神童，你是中国的光脚神童吧？"有人呼喊。

"杉姐就是。"杉杉妮予以确认。

"都听我说。"一位自称来自中东、披着长发、黑胡须、一袭黑衣的男青年苏格姆与他的原机人站上木凳。他指着自己的腿："看这儿，我是医生，两条腿，假的，机器腿。再看，这两只胳膊。"说着从肩膀上卸下来一只挥舞，"机械制造。"说完又装上。"闭上眼睛，闭上！"杉杉妮来到杉杉面前，捂住杉杉的眼睛。"睁眼看吧，朋友们。"

季小峰睁开眼，一把抱住杉杉，杉杉睁开眼"啊"的一声，眼前是头身分离的恐怖场景。"现在就只有这个头是我的原体，带着仇恨的肉身离我而去。"苏格姆拍拍胸脯，然后把头装到机器躯体上。

"漂亮的光脚丫头，你们没这个痛苦经历，哪知道我们的世代仇恨，我们的敌人——武装机器人战士，屠杀我们的人类同胞。这上哪儿去讨公道？谁能给我们？我的救星原机人来啦，我们更需要成千上万的原机人战士上战场冲锋、报仇，报仇！你懂吗？这就是我的需求。"

会堂出现骚动，原机人激进者与温和派发生激烈争执，火药味渐浓。

杉杉蒙眬的目光掠过眼前人墙，穿越酒店楼房木墙，穿越莱茵城城墙，犹如光柱聚焦在数万千米外的中国北京京西中欧隆卫研究基地那座阁楼，解裂的红色光点落在阁楼内四处散开，那小型机被烤得通红，桌上数台电脑燃起红红火焰，套屋向外渗着红红的颗粒，墙，红墙，火墙，整个墙面在无数火把中熊熊燃烧，烈火中一对青年恋人复活的身躯，喷射出的目光汇聚成酒红的目光球从阁楼蹿出来，穿越太空，蹿到莱茵城，回缩到小镇酒店，回到自己心房，杉杉下意识把胸口捂住。

"原机人战士们,请安静,请我的朋友耶伦伽院士聊聊。"M·泰格挥动独臂。

"我本来没打算来,算是给老朋友 M·泰格一个面子。"墙屏前一位女士说着招招手。

"我这个人历来不受欢迎,喜欢直来直去,没学会溢美之词,他们背地里说我是德国姥姥,我可没那么老。不过,可能要跟你们唱反调。"耶伦伽稍低头,透过眼镜瞅瞅靠近她的原机人。

"我不否认,机器人世界给我们带来不少麻烦,但还没完,人类世界与机器人世界共存、杂居的状态, 我看至少还要几个世纪。人类给自己带来的麻烦还少吗?"听众间发出嘘声。

"你们跑到莱茵城,想躲避机器人那不成了笑话。你们能与机器人抗衡吗?"

"我们能,姥姥。"会堂一片哄笑。

"我看未必。机器人世界这个称呼,可不是我封的,这是写在联合国官方文件上的。人类把机器人抬到联合国,引入我们社会生活的各领域,是咱们自己热衷请机器人替代人类自身做几乎所有的事情, 包括生孩子这样的事人类也懒得做,请机器人生孩子早就流行,不是吗?"会堂一片嘘声。

"是你们一个个热心地虔诚地把机器人请到家里, 使它们作为家里亲密一员。格蒂,我想你家保险柜的密码你可能忘记了,但你的机器人知道,是它替代你交房租、物业费,是它下厨房扫厕所,你已经离不开它。说性侵的那位姑娘,我不知道你的具体情况。我的一个伙计,她洗澡睡觉都要机器人陪伴,这不是什么新鲜事。国际产业联合会的一份年度报告说,全球机器人妈妈已达数百万,机器人奶奶早已突破千万,机器人保姆几乎遍布每个家庭。有多少老年人雇请机器人陪伴,我实在不清楚。现在机器人世界的就业率极高,几乎没有失业者,而人类失业率极高,就业者寥寥无几。我是说,你离开机器人还能干什么,还能干成什么?那位头身分离的小伙子,说出了几十年来的人类隐痛,机器人战士替人类战士上战场,机器人世界早有抱怨,我早就听到这样的声音,机器人战士替人类战士打天下,理所当然管理天下。"

"姥姥,快点闭嘴吧。"

"小子,听姥姥说完。由机器人管理一个个领域一片片区域,我们早习惯了吧。可悲是吗? 现在靠你们几个原机人,就算有几千万,就能改变这种状态,扭转机器人承担的社会角色? 我不相信。你们不要太天真,你们没这个能力、没世界级力量,也没这个胆量。我是不看好你们与强大的机器人争斗,你们连起码的落脚、名分都还没说法。我是不怕原机人世界强大起来吃掉我这个德国姥姥的。"

"姥姥,你也塑个原机人吧?"

"我可不凑这个热闹,还是清静些好。"

"姥姥,你就歇着吧!"

会堂越发嘈杂。

M·泰格挥挥手臂:"原机人战士们,现在请我的好朋友,专门赶来的韦斯坦博士发言。抱歉韦斯坦博士,怠慢您了。"

"我不赞成煽动暴力,那样对原机人的生存发展会造成致命危害。我和M·泰格博士、耶伦伽院士有过一些沟通,但现在我改变主意,愿意与年轻人聊一聊。"

韦斯坦噙着烟斗说:"我吸的激光烟,小小怪癖。"会堂一阵嘘声。

"莱茵城成为原机人城,吸引了全球目光,我这个烟斗人孤零零进来,不入时,受到另眼相看。"会堂再次发出嘘声。

"亲爱的朋友,我是个杂牌科学家,我清楚人类自有意识以来就在设计自己,与自己对话交流,重塑自己的过往,设计自己的未来,无数科学家沉迷其中,现在设计的原机人对近百亿人类来说极富吸引力。我熟识许多阶层名人,我们的M·泰格博士率先投入原机人争取权利的运动中,主张不要打断这个进程,让人类充分享受数字文明,同时抵御机器人给人类带来的威胁。"会堂依旧嘘声不断。

"不要着急朋友们,这几天,我自己折磨自己,思考了一些问题,有几句话不得不说,原机人拥有你的权利义务吗?可以替代你参与社会活动吗?参与到哪个层级? 原机人那生生不息的活力与智慧受到限制吗? 受到哪些限制、如何限制、谁来限制? 不瞒大家伙,我一直处于高度兴奋之中,试图孜孜以求地思考、设想、描绘、构建这样一种状态,这是实实在在难以抗拒的诱惑。对一个凡俗的自然人来说难以抗拒;对有理性有知识的群体来说,再造一个金刚胴体的我,我想终究难以抗拒,没有理由抗拒;对拥有巨额财富的群体,那诱惑力最为强烈,动因不言自明;对科学家呢,再塑一个大牌科学家,就不仅是个人的事了。国际巨星再塑一个原机人,哦,我难以想象那踊跃程度。"

"机器人靠不住,我们需要原机人!"现场发出呼喊。

韦斯坦移动到罗曼和她的原机人中间:"亲爱的朋友,你们想过没有,原机人的出现将打破现有社会架构,对社会文化、社会关系、两性关系、人格标识、社会认知、关系感知等产生重大改变以至重塑,人类原体与原机人的互动也会对社会感知产生根本性影响,在保持生物特性——人的生命存在意义的同时,极大地丰富人的存在形态,极大地拓展社会生活,可也同样会产生新的问题,机器人与原机人世界的矛盾冲突将升级为一种新的更高的形态,人与原机人、原机人与原机人的矛盾冲突也将不可避免。"会堂一阵骚动。

"亲爱的朋友,你们想想,人类社会做好这方面准备了吗?原机人能在国际社会得到普遍认可吗?'机器人靠不住''我们需要原机人'这是你们的宗旨,这个我不反对。但是,你们不要太乐观,我看时机还远远没到。"

"韦斯坦博士,您究竟想表达什么意思?说清楚些。"

"我的朋友,不管你们喜欢不喜欢,你们出现在战场上仍然是人性化的延伸搏杀,仍然给人类带来胜利的喜悦和失败的痛苦,会造成人类群体和原机人群体的双重反应、双重体验。"

"烟鬼,闭嘴。""见你的鬼吧。""滚出去。""滚出莱茵城。""把这个人扔回地球去。"现场一片愤怒,有的摘下墙上的葡萄扔向韦斯坦。

韦斯坦黯然退到一角坐在木墩上。

M·泰格挥动左臂:"原机人战士们,请安静。"

"我没料到会有这么大的场面,你们看看吧。"墙屏出现世界各地原机人群体聚集的宏大场面,有的围拢街头,有的聚集广场,有的站立游行车上,举起标语"机器人不可靠""机器人还我工作岗位""机器人还人类尊严""消灭机器人败类""禁止机器人上战场""我们需要强大的原机人""全世界原机人联合起来""维护原机人就是维护你的未来""原机人就是人类未来"……

墙屏的热烈气氛感染了现场。

杉杉与角落里的韦斯坦目光相接,仿佛传递一种无奈的电波,杉杉此时收到韦斯坦提前离场的招呼。

现场又爆发激烈争吵,季小峰双手捂住耳朵,只见一个个人或原机人张大嘴巴。争吵持续了一段时间,突然安静下来。

"原机人战士们,走出地球,看到浩瀚的宇宙,我们才知道地球的渺小、人类的渺小。人类想要在宇宙中立足、成为强者,就要不断发展科技,但这还远远不够,还要使人类自身足够强大。我们不能找替代物,不能用机器人替代人类支配地球、支配宇宙。"

"原机人战士们,机器人超过人类智力、体力的趋势难以逆转,人类躯体机器化以绝对优势超过人类凡身肉体,人类要防止机器人、机器化的替代支配,就必须要有超过机器人、机器化的强大功能,由人类原体衍生出来的原机人及其群体,是人类强大到超过机器人的目前最佳选择途径,是人类主导机器人、机器化而不被它们控制的呈现形态。来,向全球亮出我们的口号!"

"机器人不可靠!""我们需要原机人!"

苏格姆高声喊道:"请 M·泰格担任'原机人争取运动'国际联合会主席。"会堂一片欢呼。

麦琪激动地跳到木墩上高声大喊:"还有,还有哪,请欧阳杉杉出任原机人天使!"

"我怎么能当这个?不行,不行。"

现场人的目光带着掌声再次聚集到杉杉身上,麦琪跑过来拉住杉杉:"小妹妹,我请求的事你还没答应呢。"杉杉盯着麦琪那纯蓝的眼睛,"我有了一个妹妹!"麦琪扑上去与杉杉热情相拥。

麦琪拽着杉杉和杉杉妮走向墙屏。

"光脚丫头,能行吗?""没准儿是个混血儿。""光脚天使,我的偶像!""看那尊容定成大事。""刚刚惹事的就是这一伙,等着瞧好吧。"杉杉在火辣辣的眼神灼烤中走上漫长的看不到尽头的"人设"大道。

莱茵城眉鸟酒店门前,大家与挑选出的 10 个原机人代表依依惜别,"原机人争取运动"代表应多个国家和地区的强烈邀请,酝酿争取原机人合法权利,由泰格妮领衔。杉杉极力推辞,无奈杉杉妮被拉入其中,与结拜姐妹麦琪妮一同踏上回家的路。

季小峰盯着杉杉、杉杉妮,左顾右盼耷拉着脸,嘴巴紧闭,不大的眼睛反衬出隆起的鼻梁,脸膛儿通红,展现出从未有过的窘迫。

"这是咋的啦?"杉杉侧脸询问。

"没,没什么。"季小峰吞吞吐吐没说出来,眼睛不住地四处张望。

"小师兄丢魂啦?"

"不是的杉杉,我咋觉得,这心里不是滋味。"

"喏喏,不会吧?"

"心里七上八下的。"

"我来啦。"扯着嗓门儿的声音传过来,大家把目光投过去,一位小伙子跳跃着向这里招手。随着他走近,大家渐渐看清是一位个头儿不太高、身穿太极服装的青年。

"这老伙计咋恁面熟?"季小峰身体前倾瞅着来人。

杉杉与杉杉妮乐得拥抱在一起。

这位赤红脸膛儿的来人靠近季小峰:"峰哥,来得不晚吧?"

"嘿,是你?咋这个熊样?"

"峰哥,嫌弃啦不是?"

大伙儿围拢上来,看着季小峰与自己的原机人这样相见,十分有趣。

　　"我这不是着急吗。正好,你跟杉杉妮一块儿去,这我就踏实啦。小峰妮,想着点,记住我。"

　　季小峰与自己的原机人刚相见又匆匆离别,杉杉把大"金毛"交给杉杉妮,小峰妮和杉杉妮加入原机人团队踏上返回地球的旅程。

第三篇

太空落闸

近地空间级联撞击

千艘飞船嘶吼

碎片级联全球

近地空间级联撞击

太极城第七层城区东北方向第一圈层，泰和宫门建在 45°刻度线上，颜体"中国太极太空城市政管理中心"的镏金牌匾镶嵌门楼左侧，榕树、国槐、茶树、咖啡树沿扇形向两端延伸，小型街区散落在宽阔的绿色植被上，东方升起的太阳经折射洒下柔和的光线。

太极城指控中心位于泰和宫第五楼层 128 号，此时手拿烟斗的韦斯坦走进来。

"长长的粗黑眉毛，很容易记住你，欧阳仲仲？"

"是的，韦斯坦伯伯。您看还有谁？"

从一侧走出欧阳伯第，韦斯坦迎上去，两人相拥。

"这么着急，我预感不太妙，会是那个不明信号？"

"你来看这个。"欧阳伯第拉开手臂特种联通机光影，"太强烈了。"

数位高级专家陆续来到太极城指控中心，太极城城管委主任冯德莱院士请大家落座扇形阶梯式圆桌前，迎面是凸体扇形墙屏。

欧阳父子分别戴上面罩。

太极城天眼 5 分钟前发现一个近地天体与近地空间擦肩而过，险些酿成重大灾难，经专家模拟，预感是重大失常现象，遂发出紧急链接。

墙屏出现数十个影像。

"冯院士，我刚准备与你联系。"美国天体研究中心主任兼太空国际高级别专家联席会议轮值主席霍伦博士向大家打招呼。

太空国际高级别专家联席会议（简称联席会议），是由联合国专门机构"国际小行星预警小组"演化而来，用以搜索、监测、防御天外来客，协调各国，保护地球免受小行星、陨石、彗星等天体撞击，为各成员国提供"有潜在危险的太空岩石"的相关信息；若有对地球造成威胁的天体，联席会议与联合国和平利用外层空间委员会（简称外空委）[1]负责协调防御工作。

　　联席会议每周一上午举行例会，从 2050 年 1 月近地天体袭扰地球造成重大灾难以来，已举行常态联席会上千次、特别会议数十次，近百个国家和地区的太空专家以及国际机构高级别专家或官员参加。

　　"霍伦博士、各位专家好，这次我们中国专家提出紧急链接，是有关刚刚掠过的近地天体。"

　　"熬了一夜，刚饮一口伏特加提提神。"俄罗斯宇航局混合研究署主任梅德韦捷院士在屏幕前哈哈酒气。

　　"各位同行，我这脸上还冒着汗珠子。有一个重要信息向同行们通报。不久，抱歉，是刚刚过去的 7 分钟前，我们监测到基本不折射 2079QS 天体，从我们的橄榄太空城身旁擦过去，好悬，抱歉，实在是抱歉，我们仅仅是事后记录下来。这个直径不到 1 米的小天体，上帝知道它是从哪里来的，从南极上空 36800 千米处掠过，我看完这个记录吓出一身汗。2079QS 天体，此前，我们都没注意它的到来。朋友们，它的逃逸速度为每秒 59.35 千米，速度快得惊人，几乎没有折射，麻痹了我们，判定不出从哪里逃逸过来的，远超于我们太阳系原生岩石的典型状态，与橄榄太空城擦肩之后的轨迹简直就是乱闯乱撞。"霍伦指指他面前的光影数据和飞行轨迹图。

　　"处于空间防御走廊，各位朋友，我还以为我的伏特加会被撞碎。今天我值班，我怀疑观天仪出了故障，上帝把它引走了。太空走廊警察睡觉了吧？[2]"

---

① 联合国和平利用外层空间委员会成立于 1959 年，有包括中国在内近百个成员国。根据联合国大会 2006 年第 61/110 号决议，联合国决定设立"灾害管理和应急反应天基信息平台"，总部设在奥地利维也纳，德国波恩和中国北京设立办公室。

② 此处的空间防御走廊是指远地空间走廊防御体系，是本小说中的一处设定。为保护地球和近地空间免受日益增长的威胁，在静止轨道外侧 2 万千米的远地空间设置防御走廊，组建太空走廊警察，提供预警和科学信息，对严重侵扰或可能对近地空间造成重大威胁的天体进行阻截或摧毁。

"各位同行，我不认为这是一次偶然现象，我们的专家感到吃惊的不是2079QS天体从空间防御走廊通过，而是人类，还有数万个高智能机器人、天眼，事前竟没发现和预警，它就这样在我们眼皮子底下溜过去了，我不相信没有事先发现的痕迹记录，太不负责任了。"欧洲太空研究总部轮值首席科学家耶伦伽院士透过眼镜片注视着屏幕前方。

"耶伦伽院士，截止到今天，我们天体中心共发现398712个近地天体（NEO），联席会议29年来，我们事前观测到掠过地球的近地天体6124个，今天这个是我的团队首先发现的，比中国的太极天眼早数百秒吧。"

欧阳仲仲试图纠正霍伦的说法，被欧阳伯第制止。

"各位同行，我认为随时会有小行星撞击地球的可能，我们每周发现近40个新的天体，目前累积127080个。令人十分遗憾十分担忧的是，天体目录并不完整，竟还有80%—83%的天体不在我们的视线和目录之中，这意味着太空来客随时可能造访。我们的空间防御走廊的防御体系和太空走廊警察如此麻木，令我们难以保持信心。"耶伦伽说。

"耶伦伽院士，我不认同这种夸大威胁的逻辑，我们曾进行过数千次有效阻击、拦截，这次冒失鬼进入空间防御走廊，我认为是一次偶然，我给它起的名字叫2079冒失鬼太空体。"

"2079QS小天体不会是喝多了伏特加吧，梅德韦捷院士？"

墙屏影像传来些许窃窃笑声。

"冯院士，我们监测到地金空间飞船失事，情况如何能否介绍一下？"霍伦询问。

"各位同行，3天前，从太极城飞往东南方向的太极飞天17号飞船、凤凰号飞船因故相撞，飞船上的两名中国游客与机器体出事，莱茵R9号飞船赶赴出事空域将两名游客和一个机器体救回，太极号飞船赶到出事空域搜索到遗留物，相关原因正在研判。在此，我们对莱茵R9号飞船及时救援，以及太空督察城出手相救表示真诚感谢。两名游客与一个机器体现在莱茵城参加M·泰格博士组织的活动，不久我们将把他们接来,有关信息我们将及时与太空同行分享。"

"冯院士,据我所知,你们的两位游客名叫欧阳杉杉和季小峰,他们来自中国著名的科技大学,他们是否在进行秘密的太空实验?我们对此很感兴趣。"耶伦伽询问。

"耶伦伽院士,我们和您一样高度重视,我们已成立调查组,相关进展情况会及时通报。"

"我在莱茵城遇到这两个年轻人,那个欧阳杉杉被推举为原机人天使,如果我没猜错的话,这位天使,恐怕是个中匈混血儿。"耶伦伽说。

"请各位高级别专家注意一个极为失常的现象。我们发现不明信号,这在太空原本稀松平常,但恰巧这一个引起我与中国同行持续跟踪,命名为'绝对零度信号',我们用尽各种算法解读,将目前拥有的大型计算机投入进去,仍找不到头绪,这个事一直困扰我。近来,这个信号密集出现,我有一些不祥的预感。"

"韦斯坦博士,我们已注意到,这些信号来自近地空间的某一航天器,我们跟踪了一段时间,不知是否与地磁活动有关。我注意到韦斯坦博士使用算法解读,这有利于破解'绝对零度信号'。"

霍伦停顿一下接着说:"我想,这个信号不像是外星人信号,频谱类似人类或机器人所为,信号方位有些紊乱,似乎借用了反射体,不会给我们带来直面威胁吧?"

"可悲、可悲,一遇特殊天体信号,我们这些科学家总会乱议一通,触及不到实质问题。对基础科学的研究越来越浅薄,坐在太空,才感到掌握的知识少得可怜。我与欧洲演算中心一起模拟,试图比对有史以来接收到的太空信号,至今未发现相似相近的数据形态和符号,我们可能低估了它的威胁。威胁在哪里?作为为地球把门的第一线科学家,应该拿出有信服的判断。"

"耶伦伽院士对我们太刻薄。我们主张升级威胁等级。据我们掌握的近地天体活动状态,现处于一个新活跃期,近10天的太空来客我们做过通报,但发现一个轨迹现象,地球空间内外侧均有我们不掌握的无名天体。"日本太空观测中心总协调长俊博嘉义说。

"我想提醒各位专家,要注意一些不发光、信号微弱的天体对我们构成的威胁。我们曾模拟过不像地球化学成分的陨石。简单说,就是在很远的行星系统深处或银河系厚盘中形成的陨石,不仅速度快,轨道轨迹也不同寻常。"佩戴面罩的欧阳伯第说。

"冯院士,各位同行,今天的临时联席会议就到这里,再见。"。

冯德莱随即指示关掉链接。

欧阳父子摘下面罩对视一眼,仲仲说:"冯院士,太极天眼观测到两个巨大陨石在金星空间外侧发生变轨相撞,数目不详的碎片同时变轨,在地金空间出现不规则轨迹。"

"编号了吗?"冯德莱起身与大家边走边问。

"是的。"

"什么速度?"

"线速约每秒 175 千米。"

"这么高速,可以来找我们麻烦。"韦斯坦手持烟斗。

"正常情况下,速度减缓下来会形成一个新角度轨道,在太阳系围绕太阳旋转。目前这个天体运行轨迹极不确定,这就不好说了。"欧阳伯第说。

"欧阳首席,概率越低的偶发事件,引发相连的不确定性事件的概率越高。"韦斯坦欲要向下说,不料被冯德莱打断:"地球空间的吸引力越来越大,都想过来凑凑热闹。"

走进隔壁监控所,墙屏跟踪全维动影。诸位高级专家一边落座,韦斯坦一边说:"这是一种简单直观的认知方式,请欧阳首席谈谈。"

"简单描述,地球与金星空间,假如引力基本不变,撞击后的初速度大小、磁力强度疏密变化会影响天体的飞行角度轨迹,这个角度对地球空间而言大致有三种形态:一是锐角抛物线,飞向弧度向金星空间倾斜,这不会对我们的地球空间构成威胁;二是平角,飞向弧度与地球空间轨道大致平行,对地球空间构成威胁的程度比较低;三是钝角抛物线,这要看地球处于什么位置。我们曾长期对数千个碰撞天体运行轨迹进行跟踪,出现钝角的天体,无论是以顺时针还是逆时针角度逃逸,进入地球空间的概率都会很高。这个方向天体的飞行角度较易改变,这与受太阳辐射形成的区域磁场有极大关系,极易造成观测的错觉和数据失真。今天这个偶然事件,请注意,是在最近一个天体活跃周期发生的,恰巧,木星以内的行星几乎在一条线上,或许这是一个真正威胁。"

"还有一点,靠近地球空间时受引力和磁场强度双重影响,天体初速度会出现不规则偏角或摇摆,这给采取应急措施带来极大的不确定性。"一位科学家补充说。

"不计其数的空间轨道驭着高速旋转的数以亿计的人造天体,犹如罩在地球身上的密密麻麻的蜘蛛电网,人类尽管在远地空间设置了防御走廊,但难保没有一丁点火星溅落此网……我对联席会议的一些专家和这个走廊不抱充分信心。"欧阳伯第理理稀疏的头发与韦斯坦对视,韦斯坦用烟斗点点似乎表达相同感受。

"运行轨迹有明显变化吗?"冯德莱急切地询问。

"速度未变,处于东南钝角137°地金空间。"

"我们的近地空间承受不起哪怕一小丁点的意外。各位专家,你们可曾留意一个事件,美国的'长期暴露装置'在轨运行5.75年后回收,地面检测到的撞击坑达34000个,其中85%以上是微小碎片撞击形成的,那时的碎片大多在1厘米之内,可就算那样,碰撞的平均速度还达每秒9.1千米,超过第一宇宙速度,峰值达到每秒16千米。多大威力呢,几厘米大小金属碎片的撞击能量,相当于每小时130千米疾驰的小汽车的撞击能量。多么可怕。而今天,近地轨道碎片的碰撞速度、规模、能量、概率,令生活在轨道下面的地球人整天提心吊胆。"

"我和欧阳首席有过无数次的彻夜不眠,我们越来越敏感脆弱。"

"前不久,在甘比尔群岛夜空中闪烁的火球,照亮了这个太平洋天堂的夜空,我和韦斯坦博士计算出,这个直径1米、高速飞行的物体进入大气层燃烧的能量,相当于170吨三硝基甲苯(TNT)炸药。我们真正担心的是这些不同寻常的怪星的偷袭。"

数个天体闯入地球空间,飞行轨迹向地球空间纵深移动,偏角极小,速度不断加快。

"紧急链接联席会议。"

冯德莱与诸位高级专家迅速转场到太极城指控中心会议圆厅,欧阳父子佩戴面罩。

"霍伦博士,各位同行,我们的太极天眼观测到东南约167°、约33.5万千米的远地空间,秒速75千米—90千米的数个混杂天体信号,距离空间防御走廊大约28万千米,仍不见减速和变角入轨迹象,偏角忽大忽小,距我们在同步轨道上的太空城理论值在3111秒内。霍伦博士,各位同行,请看太极天眼实时动影。请各位同行对时。"

2079年8月13日原子时11时10分15秒。

"冯院士,我们观测到这一群'醉星',偏角小于167°,恐怕喝多了伏特加。"耶伦伽透过镜片指着自己的屏幕影像。

"耶伦伽姥姥,我在圣彼得太空城并不寒冷,怎么发现这群醉星瑟瑟发抖,轨迹极不稳定。我这里的偏角小于130°。"梅德韦捷调侃。

"我们不要站在各点说事,我们的阿波罗号观测眼告诉我,偏角98°摇摆,高度27.02万千米,信号抖动。各位同行,接受耶伦伽院士提议,权称'2079醉星群'。冯院士,太极天眼是否观测到分散星体?"霍伦所在背景是敞亮的实验室,他用手擦擦脸,似乎有汗珠。

"霍伦博士,星体散开,偏角缩小,线速度加快,7颗醉星隐约锁定,尚有似是非是信号若干个,我们正在认读。"

"我是个悲观派,冲进空间防御走廊概率急速增加,2079醉星群看样子要闯禁区了。"俊博嘉义指着自己的全息屏说,"请专家们关注弧线时间,数十秒缩小3°偏角,照这个速度和角度飞行,将要逼近走廊,没有走开的意思。"

霍伦急切地打断问:"俊博先生,发现多少醉星?"

"醉态的 7 颗吧,根据信号数据转换模态,编号 2079 醉星群 1 号醉星醉态半径 7.1 米,2 号醉星醉态半径 5.7 米,3 号醉星醉态半径 6.2 米,4 号醉星醉态半径 3.3 米,5 号醉星醉态半径 2.3 米,6 号醉星醉态半径 1.7 米,7 号醉星醉态半径 0.9 米。数个隐晦点无法认读。各位同行,不要忽略隐晦醉星点,我们吃过大亏的。"

数十个太空与地面观测台站报告的 2079 醉星群的关键数据出现重大差异,在线诸多科学家与国际机构官员提出预警或观察的不同意见。

"霍伦博士,各位朋友,对 2079 醉星群的判定,包括角度、大小、速度、距离、不确定性出现较大差异,这要即刻引起警惕,请外空委即刻对这一重大异常事态做出威胁等级预警。"冯德莱声音低沉。

专家们在线争争吵吵,欧阳父子悄声嘀咕起来。欧阳仲仲左小臂特种联通机连接隔壁监控所主机屏:"老爸,信号数据转换和程序测算出现断续,7 颗醉星将发生多大偏角和加速,还不好测算。但有数个视星等很低,亮度隐晦,似是'绝对零度信号'的天体混杂轨迹。"

欧阳伯第脸色铁青,下意识捂住胸口:"俊博嘉义刚才也提醒这种状态。"

"看这里。"欧阳仲仲拉开臂屏光影,天体信号数据转换后呈现动影模态,外层似有气泡包裹,这是什么意思难以认读。

"你的意思是?"

"老爸,无论是否隐晦,真正构成威胁的是醉星模态的极不确定性。"

"现在提供不出有力数据,会被认为故意制造更大恐慌,扰乱国际社会,再观察一下。仲仲,不论发生什么不测,一定保住完整数据,尤其是推测的现象数据,许多谜恐怕与此有纠葛。"

"记住了。杉妹在莱茵城,对爸妈产生许多误解。"

"仲仲,杉杉心里很苦,你是小哥哥,多理解关心她,解开她心中的结。唉,现在还不知道解方在哪里。"

"我对杉妹所做的事陷入极端困惑,这次空难杉妹再次死里逃生,她对我产生不满,我对她也解释不清,我们俩好像冤家相克,不知道什么原因。"

"这正是困扰我的心头之痛,我很担心杉杉的处境,但现在顾不上这事。"

"老爸,是该发出预警的时候啦。"欧阳父子停下嘀咕。

1815 秒,1814 秒,1813 秒,墙屏倒计时一秒秒减少,距离一寸寸缩短,在线联席会议成员和外空委官员极度焦虑,外空委主委与联席会议主要成员国一致商定,发布空间防御走廊 2079 特别紧急第一号预警:

"2079 醉星群可能将不规则闯入空间防御走廊,威胁近地空间。太空督察城代行太空紧急事态处置决断和执行实施权力,各太空城和人造天体协助太空防御行动,同步报告联合国,通报各国、各地区政府及相关国际机构。2079 年 8 月 13 日 11 时 32 分。"

一些国家和地区以及国际机构的太空预警系统发布各类危机警讯,处于高轨的航天器有的加速升轨逃逸。

运行在大椭圆轨道远地点(37000 千米—40000 千米高度)的数颗俄罗斯"闪电"通信卫星迅速脱轨,向远地空间逃逸。

空间防御走廊内外侧的太空舰队、作战平台、军用飞船、军事卫星紧紧锁定醉星目标。

莱茵城收到特别紧急第一号预警,M·泰格等高级别专家紧紧盯住醉星运行轨迹,杉杉、季小峰匆匆来到眉鸟酒店的太空工作室,M·泰格向他们简要描述出现的紧急状态。

2079 醉星群出现不规则的偏角、速度、形态,其中数颗醉星的体态混杂模糊无法认读,比子弹飞速快数十倍的醉星,对空间防御走廊、众多太空城和其他航天器构成直接威胁。

第一号预警发布后,静止轨道最外侧的数十个人造天体实施变轨作业和加速,龙飞船 1090 号率先加速逃逸,抢先冲进空间防御走廊;数十个太空站加速脱离原轨逃逸,跨过空间防御走廊;雄狮太空城加速移动,从极地轨道外侧冲进空间防御走廊。

"泰格博士,那空间防御走廊一会儿不就乱套了。"

"年轻人,我们这些科学家哪个不明白,这不是你我能左右的事,你们来我这里,对你们感兴趣的注意观察,可以与我进行无拘束无限制地交流。"

"谢谢泰格博士。"杉杉赤脚跳到座椅上,"博士,我看偏角与空间防御走廊定能交会,如果不受阻拦,这群怪星会一头栽进轨道里来,不是吗?"

"我的天使,我的心脏要蹦出来啦,看看他们怎样预判。"

1330 秒、1329 秒、1328 秒,2079 醉星群偏角继续缩小, 理论上距人类设置的空间防御走廊有 10 多万千米。

此时,特别紧急第二号预警下达:"数颗编号、隐晦醉星偏角与空间防御走廊交会的概率急剧增高,对此空间和近地空间构成威胁的等级急剧升高,太空督察城授权协调阻击,请近地空间太空城及其他人造天体保持高度警觉和有效秩序,以免造成严重混乱。2079 年 8 月 13 日 11 时 39 分。"

相关国家和地区以及国际机构接到特别紧急第二号预警, 数十个太空城与太空飞铁、太空电梯剥离,圣彼得太空城、莱茵城、太空督察城、太极城、橄榄太空城、南极太空城等陆续加速逃逸,脱离现行轨道涌入空间防御走廊,数十个航天器向远地空间逃逸。位于中轨道的航天器有的向远地点加速,多数向低轨运行。

莱茵城从静止轨道朝西北方向加速逃逸, 在 4.72 万千米空间防御走廊中段附近轨道面运行。

杉杉发现太极城与莱茵城几乎在相近的轨道面, 太极城朝东北方向加速逃逸。信号数据转换动影显示,太极城自旋转更像一个扎紧的空中箩筐。"神龙号"飞铁与太极城脱离后,上行飞铁自动调整为下行。

"泰格博士,你的身体?"杉杉这时才面对面端详眼前这位一只胳膊、一只眼睛,留着络腮胡须的德国著名科学家。

"杉杉看我受伤的眼,因为来不及修复,所以安装智能眼会很容易,但我的原机人这只眼看得很清楚。这是机器人在我身上留下的纪念,也是我痛恨机器人的一个原因,我激进一些,是有考虑的。有时间再跟你们聊。现在看低轨。"

在距地面200千米附近运行的各个国家和各大航天巨头的数万航天器紧急调整轨道,急匆匆进入大气层。

霍伦的影像出现在墙屏:"冯院士,各位朋友,美国太空'纳锆'专用攻击群率先出动,在空间防御走廊以外阻挡这帮醉星。"

数个2079醉星群的醉星轨迹亮点处于约14.5万千米远地空间,距空间防御走廊约9万千米。

墙屏上急速跳动倒计时1000秒,999秒,998秒。

一组蓝色激光从美国航天器射出,瞬间消失在太空,目标物继续飞动,拦截失利。

又一组激光射出,闪动中与一颗醉星骤然相撞,解裂成许许多多微小碎片,辨识认读为5号醉星,飞向模糊。

980秒,979秒,978秒。数组蓝色激光束在数个空间方位闪过,一颗醉星信号骤然逝去,认读击中1号醉星,解裂成数不清的碎片。

"霍伦博士,这下更糟了。"耶伦伽脸色很难看。

"耶伦伽姥姥,我不在意那些碎片,可以慢慢收拾它们,我焦虑的是,怎么会让那数个醉星跑掉了?"

"嘟嘟",提示音响起,特别紧急第三号预警下达:"2079醉星群中2、3、4、6、7号醉星及隐晦醉星继续向空间防御走廊冒进,1号醉星解裂产生的碎片飞行轨迹不明,近地空间进入一级危机状态。2079年8月13日11时50分。"

"一级危机状态,啥意思?"

"小峰先看看这里。"

M·泰格放大影像:高中低及各角度轨道亮点出现极度混乱,603千米圈层逃逸变轨的"新中世纪号"载人飞船与"弥尔号"太空站相撞,太空站三名航天员丧生。

南极太空城的太空飞铁从3.1万千米空域坠落,上下双向运行中的7对飞铁在坠落中断裂,载人舱和载货舱溅落在近地空间,数百名游客被抛撒……

杉杉捂住胸口身体前倾瞪大眼睛:"天哪,这不是真的……"

410 秒,409 秒,408 秒,特别紧急第四号预警接续发布:"2079 醉星群 2、3、4、6、7 号醉星及数颗隐晦醉星接近空间防御走廊,偏角呈现不规则、速度无法准确认读,请载人航天器紧急躲避。全域拦截 5 颗编号醉星和隐晦醉星,采取一切手段阻断陨石、碎片向近地空间靠近。2079 年 8 月 13 日 11 时 55 分。"

近地空间防御飞船、各太空基地和太空城发射平台,向 5 颗编号醉星和数个碎片密集发射激光、粒子束,一道道蓝色、红色、黄色光线从多个方位划过,在空间防御走廊外侧全力阻击。锁定的目标屡屡躲过攻击,数十秒后,竟没击中一颗醉星,阻击再次落空。

耶伦伽对设置紧靠近地空间的空间防御走廊和对醉星实施拦截一直持否定态度,她坚持认为,这样近距离设置阻拦体系对饱和的近地空间没有太大意义。

一些国际同行对耶伦伽的意见不屑一顾,认为在更高更远空间设置防御系统耗资巨大,参与方积极性不高,且在那里太空体引发偶发事件的概率极低。

5 颗编号醉星和数颗隐晦醉星继续向空间防御走廊逼近,局势愈加紧张。

欧阳伯第对拦截落空震撼不已。锁定的醉星为什么再次逃脱?难道是超出人类认读界限的怪星怪客?无论如何也要把它们挡在空间防御走廊外面。

"前置拦截。快!"欧阳伯第情急之下提议。

前置多少?在哪个角度前置?大家只能各自为战盲目出手,同时还要避免伤及进入空间防御走廊及其外侧的航天器。

各空间防御平台有选择地前置,降低攻击高度。一束激光射出,消失在茫茫空间。

一群群激光束形成接续联排,一颗、两颗、三颗,数颗醉星信号从墙屏上骤然消失。

联席会议各成员监测系统几乎同步播报:一颗编号醉星和数颗隐晦醉星闯入空间防御走廊。

此时,空间防御走廊内外陷入极度混乱,刚进入不久的大量航天器与醉星所产生的信号混杂在一起。

一高轨平台发射一束激光,击中一颗正在逃逸升轨的大质量人造卫星。

局面越来越紧张,数十个发射平台再次前置,在4万千米高度的空间圈层再次形成密集激光束、粒子束联排,一颗编号醉星被击中。

186秒,185秒,184秒。

"喏喏,那些陨,碎,石……"

"杉杉,这帮家伙不负责任,大祸降临了。"

181秒!11时59分05秒。比预测时间提前181秒,一颗隐晦醉星闯入静止轨道。

"2079醉星群0号醉星闯入静止轨道,轨道危机,轨道危机!"

"181秒"固定在联席会议墙屏上。

一张张吃惊、变形、紧张的脸与形体固定在墙屏上。

2079醉星群0号醉星固定在墙屏上。

欧阳杉杉赤脚蹲在座椅上瞪大双眼张大嘴巴身体前倾的影像固定在墙屏上。

"杉杉,咋弄成这样子?"

墙屏上发出慌乱的嘈杂声。

0号醉星与静止轨道东经102.8°的美国"太空之路"通信卫星迎头相撞,瞬间数个太阳能板与数不清的天体碎片向轨道面飞溅,形成小小的冲击流。

画面同步显示,美国、加拿大多个城市和地区电视信号中断、宽带通信受阻,街头民众露出吃惊神色。

碎片冲击流沿静止轨道上下圈层加速弥散,"砰砰砰砰",碎片冲击流撞击在轨运行编队、东经120°上的IPSTAR-第五代宽带通信卫星星座,逃逸至此的数十颗编队卫星和激光发射平台被高速飞动的碎片击中,轨道面形成叠加碎片冲击流,以更猛的势能冲扩。

美国"折叠椅"(Jumpseat)星座携6颗电子侦察卫星从大椭圆轨道加速逃逸

升轨,不幸撞上碎片。

上百个天基武器单元编队组成的"天基跨轨"系统,犹如鹰群,在昏暗的光线中闪烁着光亮,试图从碎片流前侧突围升轨,自适应空间轨道系统无法清醒做出判断和姿态调整,陷入碎片网,在 35600 千米圈层,与同步轨道闻讯而动的美国"大酒瓶"(Magnum)侦察卫星星座、俄罗斯"统一空间系统"(EKS)导弹预警卫星星座相撞,一场无法收拾的级联撞击和爆炸在近地空间熊熊燃起。

编队"军事星"系统 4 颗卫星启动反推火箭减慢速度,从同步轨道降轨,在轨道面急速下滑逃离,发现弥散的碎片,因来不及调整被席卷进去。

飞动到椭圆形同步轨道的碎片撞击在轨运行的加拿大 5 号通信卫星,形成的碎片流滚动席卷美国第六层在轨侦察组网卫星。

碎片流沿近地空间数个同步轨道、十数个非同步轨道由西向东、由西南向东北滚滚飞动,规模越来越大,速度越来越快,中国的北斗卫星被裹挟其中,仅仅数十秒巴西组网卫星就被撞击卷入碎片流,俄罗斯数个"闪电号"通信卫星被席卷进去。

"小师兄,这可糟透了。"

"杉杉,这是复合级联现象。"

"小师兄,这,这会一直这样下去吗?"

"杉杉,扩散开了,怎么收拾。"

"杉杉、小伙子,这种状态只有上帝可以遏制。"M·泰格的脸似乎扭曲。

"人类灾难的魔盒还是打开了。"

一位女士的声音碰撞进来,耶伦伽在原机人助手的搀扶下不停地说:"我的小天使,人类在空间的碰撞刚刚开头。"

杉杉从椅子上跳下来迎上去,与耶伦伽亲密相拥。

"我的小天使,还是这么漂亮,一半是我们欧洲的血脉吧?"

杉杉点点头,紧靠耶伦伽坐下。

"耶伦伽姥姥好。"季小峰尊敬地打招呼。

"小伙子,你好。"

"我该闭嘴了。"M·泰格瞅了一眼耶伦伽。

杉杉、季小峰一脸茫然。

"这梦魇你们好好把它收进眼底吧。级联,轨道级联,20多年前,我在联席会议上呼吁:'早知未来,何不今日。'我那时与你一样年轻,他们揶揄我,'回家喂奶去'。凯勒斯先生100年前说的碰撞级联效应,这才多长时间就兑现了,看吧,多少个轨道了?"

"姥姥,这种现象,人类做过模拟吗?"

"真是小天使。人类干了许多正事,但就这件事没这么认真,或许是忌惮吧。"

"那不自欺欺人吗? 这样下去那会……"

"孩子,别性急。这个过程会很长,陪姥姥一起看。"

"我看,姥姥年轻着呢。"

"我不会开心的,小伙子。看看,中国的东方红2号卫星裹进来啦。"耶伦伽指着静止轨道,"快看,那个倾斜同步轨道的卫星,哎呀,给撞上啦。"

数十个高轨道飞动着的形成规模的碎片流,席卷在轨运行的数万个卫星、太空舱、无人飞船,在轨旋转的原有碎片被强大的碎片流裹挟起来,渐成碎片风暴,急速穿越圆形静止轨道和数个椭圆形同步轨道。

卫星覆盖的各大洲城市、乡村、山地、沙漠、森林、海洋像一片片光点渐渐熄灭。

在此轨道面的北斗卫星也没能幸免。

国际星际联盟大星座12颗组网卫星,多个国家和地区的太空城中继站裹入撞击风暴。

标号轨道轰炸器、反卫星卫星和国际有线电视网络运营商的中轨卫星星座卷入交会轨道碎片洪流。

墙屏上显现多个快速移动的光点,莱茵城遥感系统跟踪观测,其中一个图像模糊,似是从同步轨道变轨加速脱离的自动军事卫星(暂编号逃逸A1号),加速下降至 30950 千米高轨后沿轨道飞行。

一个航天器(暂编号逃逸 A2 号)从同步轨道加速逃逸切入 28570 千米椭圆形高轨,在轨运行的南非"沙漠狐"32 号组网卫星在其后数百米,逃逸 A2 号发现后紧急弹跳,"沙漠狐"32 号在下方飞动过去,逃逸 A2 号落轨飞动减速,在轨运行的"沙漠狐"31 号紧随其后目视可见,逃逸 A2 号随即弹跳,被急速飞动的"沙漠狐"31 号从后下方撞击,两颗卫星瞬间消失。

"这个空间面燃起风暴了。"耶伦伽指着说,"跟踪这个。"

此时,在 36000 千米至 25000 千米空间从西向东、从西南向东北、从西北向东南的数千条轨道高速路面上,强大的碎片风暴滚滚而动,在轨运行的数千万人造航天器瞬间爆裂涌入碎片洪流,卷起更大的碎片风暴,这股风暴从多个交会口猛烈地进入 3 万千米以下近地空间轨道,1 万多千米厚度的高轨道布满滚动的碎片碎物尘埃洪流。

千艘飞船嘶吼

太空国际高级别专家联席会议、外空委、太空督察城临时指挥机构、联合国安理会以及相关国际机构官员召开紧急会议。

"我的小天使,这么重大的事件,国际社会才做出反应,又能起多大作用。你们不要出声。"

杉杉转身瞅一眼季小峰,小师兄紧紧闭着嘴,眼里带有悲哀或无助,茶色太极服把脸衬得晦暗。杉杉把脸转向墙屏,数个动影似乎显得有些空旷。本来心中十分压抑,离开京西一路坎坷,刚在莱茵城里稳定下来,怎料会遇到这无法想象的遭遇,难怪小师兄脸色难看,心会拧巴起来。不清楚接下来会发生什么,不知道如何应对，人类，哦不，应该是自己与小师兄，显得如此渺小，像一只蚂蚁，没有人会在意你在哪里、在干什么。这是大自然的力量还是什么，这种灾难哪怕在梦幻里也难有描绘，可是现在却真实地发生在眼前。魔影怎么老缠着自己。

溢出的声音慢慢击打杉杉的耳鼓。

"主席先生，近地空间太空碎片流速度逐步加快，不久会席卷整个轨道，这个阵势恐怕很难逆转。现在万分急迫的，是急救滞留在太空的太空飞铁、太空电梯、太空站里的人员和抛撒出来的不幸生命。"冯德莱在太极城发出急迫呼吁。

"主席先生，我赞成冯院士的建议，各国联手，在轨航天器只要有能力，先救人。"以色列高级别专家附和。

"一切努力都是徒劳，人类在太空风暴面前实在弱小，更何况我们从未经历地球周边的碎片风暴。不会有太多效果的，不要再做无谓的牺牲。"耶伦伽透过眼镜片射出愤怒的目光。

"还能有什么比这更恐怖。当务之急是隐蔽，告知每一位地球人藏到地下，越深越好，要让地球人免受残害。不要认为这是个简单的事，依赖于近地空间的卫星的通信系统已经瘫痪，许多地球人收到躲避信息的速率，与碎片风暴相比，就像中世纪的四轮马车。"英国代表的看法十分消极。

"对地球本身的威胁没那么玄乎吧，不是吗？总不至于攻破上帝赐予的天然屏障——大气层，就是这个大气层护佑着我们，胆敢闯入进来的，不管它是什么，在空中，在落地之前就击毁它。"梅德韦捷似乎比醉星还醉。

"这次空难太突然，我们那些太空专家不清楚瞌睡了多久，为什么不提前阻挡，难道没先兆吗？太不负责任。"英国代表表情严肃地接着说，"我注意看了一个时间，什么2079醉星群提前181秒闯进来，这个'醉客'把百亿地球人都灌倒了吧？"

一些官员、专家铿锵激昂。

"天基武器、太空实验室将引起更大灾难。立即采取措施，防止第二轮波及。"俄罗斯代表提出。

"第二轮，也就是次生级联灾难要全力避免，各国各地区、各国际组织和个人都有义务，要迅速付诸实施，不可侥幸。在大自然势能面前人类太渺小了，万万不可拿人类的现在和未来当儿戏。"中国代表提出。

"大家一起行动，没时间了。各国政府告诫那些还有争端的天雷，不要到头来砸到自己头上。"美国代表意有所指地表态。

"所有太空专家都靠上来，近地空间决不能让核辐射给污染，那样会带来永久性灾难。100多年来的伤痛，在我国国民的心头始终无法抹去。"日本代表急切地表态。

"有太空生物实验室吗？有太空细菌实验室吗？形形色色的实验室有吗？属于谁谁负责，这不仅是次生级联灾难，是要永久毁灭人类。太可怕了。"联合国秘书长无奈地发出长叹。

"没想到近地空间原来这么脏，老底捂不住了。"季小峰贴着杉杉的耳朵嘀咕，杉杉点点头没有回应，在墙屏上看到一个熟悉的面孔，是他，韦斯坦博士正与身边一个人说什么。莫非他们也在太极城？杉杉心弦一动。

"从太空动力学的角度来看，已经形成近地空间碎片风暴，强度多大？势头多猛？我们这些科学家从没计算过，隆卫研究基地正在对发生的现象进行模拟。各位女士、先生，恕我冒犯，我们或许不那么幸运。"韦斯坦用烟斗敲打案桌，灰色长眉毛几乎把眼睛遮挡住。

"情况愈加急迫，没时间充分讨论，安理会立即做出决断，形成决议。"法国代表作为联合国安理会轮值主席主持，联合国安理会和联席会议专家、外空委、太空督察城临时指挥机构一致赞成中美俄等国专家提议，形成2079年联合国安理会第一号特别决议：

"联合国宣布，全球进入特别战时状态，近地空间进入特别战时状态，动员国际社会一切力量紧急救援滞留近地空间人员。各人造航天器拥有方负责或协助撤离、转移、拆卸、分解以至消除各类极具威胁性的人造航天器。一切为了人类生存！一切为了人类后代！"

数百个太空城甩开的太空飞铁、太空电梯,有的轰然坍塌,有的逐层萎缩,有的因在中轨建有中继稳固装置而接续下移。泰格妮带领"原机人争取运动"的10名代表乘坐的"莱茵飞铁78号"被莱茵城甩开后逐层萎缩,行至21000千米空间。"莱茵飞铁78号"接到警讯:碎片流将席卷而来。

危险步步逼近,"莱茵飞铁78号"突然断裂,12节飞箱被抛出,杉杉妮、小峰妮与泰格妮等搭乘的莱茵号飞箱被抛出后在空中翻转。

"快快稳定飞箱!"杉杉妮在翻转中疾呼,大"金毛"跟随翻转。杉杉妮将大"金毛"收紧挂在腰际。

"紧急求助,紧急求助。我是泰格妮。"

"我是莱茵号飞箱自动系统。"

此时,莱茵号飞箱控制住翻转。

泰格妮询问推进系统与链接系统状态。

"莱茵飞铁78号"及各飞箱由位于中轨的伽利略第四代星座导航系统保障再次链接,确定飞箱处于18049千米高度、东经137.6°轨道平面,飞箱推进速度每秒2.63千米。

"泰格妮,系统收到求救信号。"

"哪里求救?"

"东经156.4°,18132千米高度,数个逃逸人。"

"这个……"

"帮,还是走?"

"帮啊,泰格妮,不能扔下。"杉杉妮紧靠着小峰妮、麦琪妮说。

莱茵号飞箱逆行牵动各路神经。

此时,增强的碎片风暴切入21000千米空间上下多角度轨道面,猛烈撞击欧盟伽利略系统、中国北斗系统、美国GPS系统、俄罗斯格洛纳斯系统等数百组导航组网的上万颗卫星和其他航天器,迅速波及数十个国家和地区的中继网卫星、太空城中继平台,波及数量巨大的军事导航、通信、侦察、合成矩阵传输系统,数千万个人造天体级联碰撞,降轨而来的航天器加入撞击洪流。

"碎片风暴逼近,莱茵号飞箱迅速脱离,迅速脱离。"嘈杂信号链接进来。

杉杉妮透过飞箱瞭望镜观测到空间一片混乱,结伴飞行的数十个航天器似从不太遥远的脚下掠过。

一个庞大的人造天体忽闪着红灯,格外耀眼。

"杉杉妮,这个天体似曾相识。"

"怎么可能。"

"这是一个巨型太空实验室,发射升空时没有进入预定轨道,借用咱们的中继卫星提供数据,后来才到达修正后的轨道面,应该有 3 颗备用卫星伴飞。"

"什么实验?"

"这个不清楚,弄啥的都有,技术实验、生物实验,这都不是啥稀罕事。"

"泰格妮,没想到近地空间这么脏。"

"杉杉妮,别想这么多了,各国政府会有安排。我的原体是个科学家,他对此没有好的期待。耶伦伽院士多年前警示过,我们懒得说这事。"泰格妮停顿下来,从观测镜中看到逃逸人呼救。

镜面忽闪着数个手牵手的逃逸人。

飞箱内一阵骚动,有的主张救人,有的极力反对,有的默不出声。

"一群该死的,再喊,先把你们喂天狗!"麦琪妮发出尖厉的呼叫。

"靠近!"泰格妮用低沉的声音吩咐,飞箱加速,向轨道平面移动。仍有原机人发出讥讽。

飞箱急速靠近,箱门开启,麦琪妮看看两侧,轻跨一步飞出去,杉杉妮紧随其后,小峰妮轻步移出飞箱追上去。

"一帮熊蛋,这要是在奥地利,我先把他们揍扁再说。"

"看不出来,麦琪妮胆量不小。我还有些摸不着头。"

"小师兄胆小?"

"不是胆小,这不是头回遇到这档子事,不清楚在空间自己是什么状态。"

"麦琪学过 10 年的中国功夫,维也纳没有不认识她的,我也受到影响。"

"麦琪妮一出面就把所有人镇住了。"杉杉妮与麦琪妮牵着手飞动,加速向逃逸人接近,逃逸人挥舞手臂回应。

莱茵号飞箱围绕逃逸人旋转,杉杉妮加速与逃逸人接近、牵上手,飞动着靠近飞箱,三个逃逸人被拖进去,情急之中,麦琪妮伸手将泰格妮拉出飞箱,将另一个逃逸人推进去,飞箱关闭。

杉杉妮等用拖绳将自己挂在飞箱外侧飞动。

此时,伽利略导航系统全部被摧毁,莱茵号飞箱只有靠自带定位系统维持,试探着向低轨逃逸。

"泰格妮,莱茵号飞箱,连接莱茵城城体接口。"

接到远地空间莱茵城的救援信息,从飞铁中解裂出来的莱茵号飞箱将飞箱自身感应系统链接上去,发现左侧有逃逸舱。

"泰格妮,在我左侧空域有逃逸舱。"

"捕获它,快。"

莱茵号飞箱在空间飞动调转,与逃逸舱迎头飞动一段距离后降低高度,在目测距离中旋转半圈,此时白色逃逸舱"北极 16 号"在前飞动,莱茵号飞箱减速,从侧面靠近,杉杉妮伸手抓住"北极 16 号",接着倒手到"北极 16 号"舱门一侧,舱门识别开启,杉杉妮蜷身进入舱内,其他三人相继蜷身进来。

两个航天器连接加速向低轨圈层逃逸。

近地空间中的碎片近 2 万千米厚,分辨不清运行轨道,残留的极少轨道航天器难以辨识,增强的碎片风暴越过 2 万千米中圆轨道,急速向内席卷。

"1500 千米空间逃逸航天员紧急呼救。"

"1000 千米极轨空间逃逸人呼救。"

各太空点与地面站台发出急迫救援信息,不停传入舱内。

杉杉妮扫视"北极 16 号",里外都是白色。目光穿过舱体,一缕缕云彩向后飞驰。不远方,一个星带闪亮,目光向下移动,闪亮星带向下延续;目光向上移动,闪亮星带向上延伸,一个圆形没有边际的巨大星环罩形成,闪亮星环罩越来越亮,杉杉妮的目光被挡在环罩内。

"杉杉妮,看那边,右手方向。"小峰妮指着舱外。

"像是逃逸人群。"

"没啥说的,靠上去就是。"

"左侧一个太空体,泰格妮。"

"再辨识。"

逃逸舱"北极 16 号"观测系统确认左侧太空体为无人飞船,处于 78°倾角轨道面。

"北极 16 号"与莱茵号飞箱脱离,向右侧飞动,减速,靠近,数十个逃逸人连成一片,杉杉妮等从舱内弹出,靠近逃逸人群,却迅速被裹挟其中。他们分别从缝隙中脱离接触,游动到人群边缘,牵动着人群接近舱体。

突然,逃逸人群发生混乱,逃逸人隔着太空服发出叽里呱啦的吵吵声,拥挤在舱门互不相让。

这下可急坏了杉杉妮,她挥舞双手却无人理睬,反被人群挤到一侧。情况愈加急迫,紧急中杉杉妮向"北极 16 号"传输信息:"脱离人群,摇摆,再靠近。"

"北极 16 号"舱体向外侧移动,杉杉妮等牵手飞动打算重新牵引人群有序靠近,但逃逸人群又拥来,拼命朝舱门挤,数个逃逸人挤进舱内。

"舱体满员。舱体超员,舱体超员。"

杉杉妮用力将扒在舱口的一位逃逸人拽下来,舱门关闭。

"北极 16 号"舱体向左侧的莱茵号飞箱与无人飞船连体靠近,三个航天器连接组成逃逸器群,容纳不下的逃逸人攀爬在连接体上,整体加速降轨向地球低轨圈层飞动。

逃逸人群、逃逸航天器、废弃飞船、低轨卫星星群密密麻麻沿轨道面旋转。

不断增强的碎片风暴向近地空间压缩,中低轨道运行的数百个太空站纷纷向低轨方向逃奔,在轨组网运行的中国虹云卫星群、美国内通信枢纽(星座)采用光通信链路构建的第二层太空传输网络(跟踪高超音速导弹、区域导航、战时管理,有 500—700 颗卫星组网),及轨道上的美国海军导航系统、俄罗斯多用途卫星群,数十个国家和地区的组网卫星群和近地中继站,在多倾角、多轨道、多圈层遭到级联撞击,撞击的残片汇入风暴流,形成更强势能、更大规模、更快速度的空间旋涡和立体圆环,上下弥散[①]。

阳光折射下,碎片圆环发出耀眼的灰斑光亮,与淡蓝色太空连接。渐渐暗淡的圆环眨眨眼,仿佛太阳系新来的一座耀眼璀璨的流动星球。

包裹近地空间的悬空碎片圆环达 2 万多千米,以更猛的势能向地球收紧。

一艘无人飞船捕获数个微型卫星向地球方向加速降轨。

数个太空舱跟跄着沿平面轨道旋转,忽上忽下大幅摇摆。

"泰格妮,莱茵号飞箱导航中断、通信中断。"

"泰格妮,飞船定位系统失去信号。"

"杉杉妮,小峰妮,我们要有所准备,依这速度,在进入大气层之前我们就会被强大的碎片风暴赶上来,现在通信中断,我们即将陷入绝境。这几十人在身边,我们怎能摆脱。"

"刚才嘈杂的信号中,说是飞船来救援,咋看不到一点影子,你看头上脚下飞来飞去的,也没人管咱们的事。"

"小师兄,我什么也看不到。"

[①] 20 世纪 90 年代以来,低轨研究应用历经数次发展热潮,由数千个星座组成的巨型低轨卫星互联网,大都由低成本的微小卫星构成,为非传统航天领域的互联网用户提供宽带互联网服务,有效覆盖边远散地区、海上、空中等用户,像轨道通信系统(ORBCOMM)、全球星系(Global Star)、铱卫星系统、一网系统(One Web)、星链系统(Starlink)、低轨星座(Leo Sat)等。仅在 2013 年国际无线电通信局登记的卫星网络列表中就有 6110 组卫星网络。据 2021 年消息,美国 Space X 公司计划建设的星链系统卫星总量约 5 万颗,覆盖地球任何地点。

"无法链接定位怎么办？"麦琪妮愣头愣脑地说，"这样下去，还不得等死。"

逃逸人群发出阵阵哀叹："裹进去，葬太空。"

"我们要死在这里啦！"

"我女儿等着我回去呢，死在这儿那哪儿成啊。"

"不死有啥招，除非变成纠缠人，从空间闪到地面。"

"还有心开玩笑，变什么鬼厉，纠缠谁，我还找不到主哟，我的命好惨啊。"

逃逸人群再次陷入极度沮丧。

太极城、莱茵城、橄榄太空城和空间防御走廊的军事系统按照太空督察城临时指挥机构特别指令，为近地空间滞留人员、危险航天器和解救力量提供应急通信支援。

身处莱茵城的欧阳杉杉、季小峰、麦琪与近地空间逃逸的原机人搭上链接。

"姥姥，我们恐怕活不成了？"麦琪妮陷入绝望。

"还看不到，不过……"耶伦伽摘下眼镜揉揉眼。

"不过什么，姥姥？"

"不过，我这个姥姥在碎片风暴面前显得这样柔嫩、束手无策、无法还手倒罢了，那些有能力的强悍战器逃之夭夭，更令我心寒。"

"我要是活下来，非把他们告上国际法庭。"麦琪妮愤愤不平。

空间出现一些亮点。

"你们看到什么没有？"耶伦伽急切地询问。

"上下左右，卫星，太空站横蹿。"

"不对，不是，是大片亮点，你们降轨的速度多少？"

"杉杉妮，快说，姥姥问话。"

"大约每秒 4.3 千米。"

"具体高度？"

"大约 1200 千米。"

亮点明显起来。

"莱茵城呼叫救援飞船,莱茵城呼叫救援飞船。"

"太极城呼叫救援飞船。"

"杉杉呼叫救援,杉杉呼叫救援。"

"麦琪呼叫救援,麦琪呼叫救援。"

一个航天器从逃逸器群下方飞动而过。"瞎了眼。"麦琪妮狠狠地怒骂一句。

这个航天器转一个大圈,从人群头部飞动过去,又转一圈,与逃逸器群逐步缩小间距,以色列籍的标志醒目可见。

逃逸器群上的人纷纷挥手呼喊。

这个以色列太空舱渐渐与逃逸器群接近同速下降,一只机械臂伸向外露人群,趴在逃逸器群外侧的数个逃逸人争相抢抓机械臂,机械臂抬高摆动又下降高度,一个逃逸人突然直立起来举着一位少年,被机械臂抓住缩回太空舱。

机械臂又伸出来伸到杉杉妮身旁,杉杉妮挥手极力回绝。

机械臂再次伸向逃逸器群前方外露人群,一个逃逸人突然起跳企图抢抓机械臂,不料失手坠入空域。机械臂转动试图抓住飘落的逃逸人,但快速飞动的太空舱一掠而过。

杉杉妮、小峰妮摘下挂钩向飘落的逃逸人飞动。

以色列太空舱机械臂在逃逸器群上又抓起一人,机械臂收缩的同时太空舱加速降轨而去。

"杉杉妮来不及啦。"

"快回来!"

不停地有人呼喊。

杉杉妮、小峰妮操作身上的推进器调整姿态和速度,向飘落的逃逸人飞动。

飘落的逃逸人距逃逸器群越来越远,麦琪妮从上面追过来:"我加速过去。"

麦琪妮加速追上飘落的逃逸人,杉杉妮与小峰妮接着赶过来,眼看着逃逸器群消失在视线中。

"还有我在。"泰格妮从上方飞动过来，几人用绳子连接起来，一起下降高度。失去逃逸器群，四个原机人与一个飘落的逃逸人再次陷入孤立无援的绝境，碎片风暴正在各交叉轨道肆虐，情况十分危急。

"耶伦伽姥姥，我是杉杉妮，我是杉杉妮，请求救助。"

"我的小天使，不要再盘旋，直线下降，直线，碎片风暴快到了，我试试呼叫救助。"

墙屏上数百艘载人飞船逐渐显露，可杉杉妮五人所在的空域，只有乱飞的航天器。空间暗淡，折射的光线相互交织，温度极低，蓝色地球远远旋转着。

身着普通太空服的杉杉妮一行忍受着寒冷，太空服的自带推进系统速度缓慢，混乱的空间已经没有稳定的轨道面，他们随时会被撞击，就算跌落大气层也难逃命，更何况到不了那个时间，就会被滚滚追来的碎片风暴吞噬。

杉杉妮此时反倒冷静下来，五个人一串乱扑腾，耗费动能不说，也看不到什么希望，不如停止推进，保留能量，绕地球旋转，等待时机。

泰格妮等赞成杉杉妮的想法，大家平静下来。

小峰妮将飘落的逃逸人绑到自己身后，便于飞动控制、为他传递热量，也减少飘落的逃逸人的身体接触太空的面积。

泰格妮在前，杉杉妮、麦琪妮居中，小峰妮押后，倾斜着绕地球旋转。

"飞船来啦。"

"救命船来啦。"

一艘飞船从下方掠过，盘旋一圈减速，又盘旋一圈减速，逐步接近杉杉妮一行后，伸出机械臂，杉杉妮等解开绳钩，先让飘落的逃逸人抓住机械臂进入飞船，然后机械臂再迅速伸出来先后将他们一一拖进飞船。

杉杉妮心神不宁地掀开头罩，眼瞅着狼狈不堪的泰格妮，杉杉妮用手抚慰腰际的大"金毛"，心中一阵酸楚，原机人竟在空间灾难面前毫无缚鸡之力，那些凡身肉体的人类则更难承受。

杉杉妮沿着麦琪妮手的方向看到无人飞船标识"中欧天桥 76 号飞船"："喏，

不是梦吧？"

飞船语音系统传出十分嘈杂的呼唤，说飞船与什么什么链接。

"我是飞船自动系统，原系统链接中断，中继系统中断，太极城信号进来。"

"快回应！"泰格妮摘下头罩说。

"是。我是天桥76号飞船，请引导。"

"天桥76号飞船，我是太极城欧阳仲仲，快快降轨，全速降轨。"

"是，仲仲。"

"下方是航天器密集区。"

"是，仲仲。能给我提供数据传输吗？"

"抱歉天桥76号飞船，现处混沌状态，碎片风暴迅猛弥散。"

"天桥76号飞船检测到。"

中欧天桥76号飞船与太极城链接的同时，船内控制屏不停闪烁红灯，控制舱里数个屏幕显示不同的频谱信息影像。

泰格妮指着混乱的屏面介绍说："这就是仲仲说的密集区。人类上百年来十分迷恋这个层域，形容其为近地黄金空间，从200千米到1200千米，应该说十分宏阔。偌大的空间，名副其实的太空富矿层。这里的空间网络，主要用于传输信息，直接对地，侦察器、探测器、实验器形成矩阵，仅军事卫星星座就10万多个，所以此空间早就采取休克疗法，停止新增。早期的空间站大多建在这个空间圈层。"

"别说这些没用的，碎片风暴在后追杀，前面是天雷场，我们交给飞船吧。"麦琪妮在飞船里来回飘动。

麦琪妮与她的原体一样的直爽。从莱茵城一路下来，遭遇始料不及的空间撞击，原机人尽管在躯体上经受住了空间环境的磨难，但高级感应系统仍然受到猛烈刺激。

"天雷，我喜欢天雷，我要抱一个天雷回家。"猫在飞船一角的飘落的逃逸人，用力撕扯自己的太空服。

麦琪妮协助他摘下头罩，小伙子露出散乱的头发，一双蓝色的眸子，目光呆呆的。小伙子用力扒掉太空服,上身一件花色坎肩,起身划拉着寻找什么。

"老实一点。"麦琪妮粗口呵斥。

"我要天雷,抱天雷回家。"

"八成是疯了。"小峰妮歪着头瞅。

"你疯,你才疯,我要疯雷,我——要——疯——雷!"

"让他镇静。"泰格妮给麦琪妮传递眼色。

"好,你过来,给你疯雷。"麦琪妮轻轻扯着漂浮的小伙子,突然把他摁到座椅上固定起来。

"把我放开,给我天雷,给我疯雷……"疯小伙儿手脚扑腾。

"你静下来,我给你天雷。"

"真的?你给我,给我。"

"你叫什么名字?"

"我叫你妈,我是马克。"

"马克,你是干什么的?"

"妈,我画画供你,咋忘啦?你不能忘,不能忘。"

"马克,乖孩子,妈妈我没忘。"

杉杉妮、麦琪妮眼里浸着泪花。

"我要天雷,我要给你天雷。"

麦琪妮漂浮起来,请求中欧天桥 76 号飞船控制系统伸出机械臂衔一块写字板移动到马克面前,马克抓住写字板在上面画起来。

"喏,可怜的马克,我的感应系统在打架。"杉杉妮抓住麦琪妮的手:"你在发抖?"

"我控制不住,像是两个人在撕扯,一个恐惧一个镇静,不知这是什么反应。哎,让这小子搅得疯疯癫癫的。"

"我也是这样,咋搞的?"

"你们看,许许多多的亮点。"泰格妮指着屏幕。

"泰格妮,天桥76号飞船感应到飞船,数千艘飞船在低轨运行。"

"大批飞船赶来救援,有希望啦。"小峰妮眨巴眨巴眼。

上千艘飞船、大批航天飞机、载人航天站(舱)围绕近地空间,展开空间救援,有的在轨道制动捕获逃逸人、拖拽连体逃逸器群,有的升轨捕获微型载人航天器,有的滑轨躲避碰撞。一组组编队航天器急速下降飞向地球,天雷横七竖八飞动,微型航天器四处穿梭,众多小卫星被同轨母卫星吸附合体,隐晦的天基武器空间分解……低轨道空间极度杂乱。

"天桥76号飞船,我是仲仲,碎片流加快逼近你们,加速摆脱,加速摆脱。"

"天桥76号飞船,我是耶伦伽,你们进入天雷区,极度危险,全力避险,全力避险。"

"天桥76号飞船收到,天桥76号飞船收到。"

中欧天桥76号飞船再次加速。

马克草草画就一幅彩图招呼大家来看。画中一个女孩探出镂空的球壳向外张望,眼里满含乞求,黑云中一位凌乱不堪的小伙儿向球壳伸出一只手,另一只手捂在怀里,露出朝外的半个镜面。黑云下好似天河,寥寥数笔的枯草长在天河两侧,天河下面一层厚厚的褐色卷浪。

小峰妮瞥一眼彩图:"杉杉妮,我看不懂,啥意思?"

"马克心中凄惨吧?说不上表达的什么。"

"马克,你是哪里人?"麦琪妮盯着马克的脸。

"把天雷运到波兰,送给我妈妈。再给我画。"马克又画起来。

"快升!"中欧天桥76号飞船急速拔高,一个微型椭圆航天器从下方滚动而去,险些蹭底,杉杉妮与麦琪妮脸色大变。

中欧天桥76号飞船急速压下船头,径直向低轨飞动,一颗硕大的军事卫星沿轨道从左侧环绕飞行,险些与飞船船尾相撞。

急速颠簸中,杉杉妮与麦琪妮抱在一起,四肢张开漂浮的小峰妮头部触碰船体又反弹回来。

马克的写字板滑落一边,马克手脚舞动着要疯雷,飞船机械臂调整姿势,将写字板移到马克胸前。座椅上泰格妮两手交叉放置大腿根,闭上眼一言不发。

小峰妮头脚颠倒,用手抓住扶手稳住后,移动到飞船控制面板前对飞船说:"我不会摆弄你,你能把眼擦亮吧,这一惊一乍的,还不如个疯子呢。"

"疯雷好,疯雷好,疯雷……"马克呼喊着又埋头作画。

"碎片风暴追赶上来啦!"中欧天桥76号飞船闪烁着红灯播报。

"把红灯关掉,这光晦气。"小峰妮敲打着控制面板。"是,关掉警示灯。"

"睁大眼,就是死也得看清楚。"

飞船自动系统没有回应小峰妮的吼叫。

相拥在一起的杉杉妮与麦琪妮四目相接,麦琪妮说:"杉杉妮,我们难逃大劫,只是我心中不甘,你救了我的麦琪,我生命中刻下你救命的恩德,我们命悬一线,我的麦琪也在懊悔,怎遭遇这样的悲惨命运。上帝啊,留给我们相聚的日子太短了。这,这才几个小时啊,还不到一天的日子,我和我的麦琪竟遭遇两次劫难,难道这是报应?"

"我的杉姐说过不再流泪,我只是悲哀、心痛,我的头像是戴了金箍般一圈一圈缩紧,极度痛苦,难以形容的哀痛。等死的滋味如此折磨我,我没有能力,我们都没能力阻止接下来发生的事,杉姐在莱茵城眼睁睁地看着我一步步滑向深渊却抓不住我的手,无助无奈撕裂我的神经。我,我们姐妹纵有吞天的抱负,纵有无限怨恨,也无处施展、无处伸张,我感应到我的杉姐极度心痛。"

"杉杉妮。"麦琪妮抹一把脸颊,"我不知道杉杉有满腹哀怨,但我的麦琪一定想办法为你和杉杉讨回来,冤鬼,上帝不会收你的,到时你的鬼影只能在空域游荡,冰冷的空间多遭罪呀。"

"我和我的杉姐不知道有没有鬼魂,我只是受不住这等死的滋味,要不我们一起帮帮'天桥'吧,像小师兄说的,看清楚咋死的。"

蓝色地球被碎片包裹,近3万千米厚的碎片五颜六色,似乎在旋转,难以辨识轨迹,在太阳光的折射中光波闪烁、光线扭曲、光晕奇幻、光环暗淡,不时出现光爆,碎片还在相互撞击、挤压、冲扩。

急速弥散的碎片风暴沿低轨空间一点一点向里吞噬，数万个绕轨运行的人造天体在包裹地球的大圆环内被撞击,有的冲锋在前,好似激流飞溅;有的在后涌动,犹似势头衰弱。无数段弧线风暴气势凶猛,有的从天而降犹如播撒冰刀,有的横飞横扫逆行逆撞,有的簇拥航天器撞向航天器。有的航天器撞击碎片,有的碎片撞击碎片。多角度、多轨道、多弧线的级联撞击,将急速乱溅的残片和乱闯的小型天体,簇拥到气势汹涌的风暴旋涡里。

一颗巨大的太空炸弹降轨击中一艘巨型飞船，顿时碎片四处飞溅，火光四射,空中抛撒着残肢断臂、孤头断身,炸弹和飞船的残片像着魔般纷纷追赶周边的太空体。

"空天分尸,太空暴尸,够阴森的。"小峰妮把头罩重新戴好,杉杉妮、麦琪妮也做同样动作。杉杉妮将大"金毛"的系绳钩在腰际。

他们估算,以飞船现行速度,即便进入大气层,也会被速度更快更猛的碎片风暴吞噬。

麦琪妮回头瞥一眼马克,看他那专注劲头,不禁一阵心紧。麦琪妮松开杉杉妮漂浮过来,看到马克一幅彩画完成,画中一上一下两个天河峡谷吸附数个小船,中间隔着不大的星空。

麦琪妮摇摇头,好似不懂画作的意思。

机械臂把马克的画作传给飞船的每个人,麦琪妮急忙给马克松开固定扣,帮他穿好太空服。

泰格妮解开系带闭眼安坐。

杉杉妮与小峰妮看不明白画作的意思,通过芯际链接传给杉杉、季小峰。

中欧天桥 76 号飞船躲避着横冲直撞的太空体继续向大气层靠近,屏幕显示左右上下有多艘飞船和航天飞机,大和国际飞船公司、河床太空轨道公司、太空隧道旅游公司、星球国际跨轨公司的标识晃动着斑驳陆离的光线,有的飞船外面裸露着逃逸人,有的船舱敞开,有的挂带成串小卫星,有的拖带大型航天器。

　　一抹彩带从左至右划过，中欧天桥 76 号飞船解读为空间气象武器泄露。一颗趔趔趄趄飞动的太空体在中欧天桥 76 号飞船的目视中自爆，向空域喷发密集的蓝色短光。

　　中欧天桥 76 号飞船闯入厚厚云团，船体剧烈抖动，屏幕黑屏，强大的电磁干扰让飞船发出吱吱声响，夹杂着语音播报说碎片风暴逼近低轨空间，驱赶着大批飞船、各类航天器进入大气层。

　　霎时，飞船嘶叫、爆炸轰鸣、雷声阵阵，飞船淹没在狼烟滚滚、火光爆起、撕裂声震、火龙蹿腾的云山、云海、云雾、云火之中……

碎片级联全球

　　杉杉与麦琪紧紧相拥在一起，眼睛瞪得又大又圆，目光渐渐向外发射，好似穿透莱茵城，穿透巨厚的碎片空间，穿透硝烟四起的云海。

　　莱茵城眉鸟酒店的太空工作室一片死寂，M·泰格揉着鼻梁，面容沧桑，看不出眼睛是睁着还是闭上。

　　耶伦伽架起眼镜，在计算机前不停地扫描下载着什么。

　　季小峰揉搓凌乱的头发，直挺挺躺在地板上，两眼直直地望着房顶。

　　"姥姥，我们的原机人死啦，我的梦全毁啦，天哪，这是什么世道？"麦琪忍不住号啕大哭。

　　杉杉抱着麦琪，没有松手也没有劝慰。

　　"我要疯啦杉杉，我的头要炸啦。麦琪妮搅我的脑仁，她可不想死，她拽着我做伴，她找我，向我招手，杉杉。麦琪妮好可怜，她飘来了，拽我的手，挠我的心，我的心被撕裂了。听，听，她跟我说话，说她不想死，她不知道死后到哪里去。可怜的麦琪妮,她被光圈缠住腿拖向空中,她呼喊着,双手扑腾着向我求助。妈呀,我可怜的麦琪妮。"

杉杉的脸颊沾上鼻涕、泪水、唾液。"麦琪,这事还没有最终结果呢,快冷静下来,不要这样。死就死呗,还能咋的。"

杉杉用力推开麦琪:"小师兄,快起来,还没轮着你放弃。"

季小峰从地上蹿起来,抖抖身,盯着杉杉,拉起她走出工作室。

"杉杉,乱套啦,我们该咋办?"

"小师兄,我的头麻麻的,心一阵阵抖动,我忍受不了麦琪的样子。"

"不光麦琪吧,那个马克不也疯了,疯就对了。"季小峰下意识看看腕部联通机,"杉杉,我们与地面失去联系,接收不到地面信息。"

杉杉试探链接几个号码都没有反应,所有网络中断。"糟糕,我们与地面真隔开了不成?"

"我不敢想,杉杉,咱咋回校?"

"还想着回校,这下回家也难啦!"

"老娘还等着我回家看她,说好过几天赶回去,这成啥啦,她还不担心死。"

"用视频吧。"

"杉杉,你也昏啦,网都断啦还视频?"

"瞧我这昏头昏脑,只要不死就有办法不是,小师兄?"

"杉杉,我们这是活着还是在另一个世界?"

"说话颠三倒四的,看着我的眼睛。"

季小峰与杉杉四目对视,百感交集,五味杂陈,眼眶充盈着泪花相拥在一起。

"杉杉,我的脑袋嗡嗡响,咋有幻觉?"季小峰在杉杉耳边嘀咕。

"我也有,只是吱吱作响,莫非?"

"莫非啥?"

"莫非,我的杉杉妮在向我求救?"

"那咋会?我的小峰妮咋不求救?"

"不是嗡嗡响吗？得看看咋回事，走。"杉杉拉着季小峰回到太空工作室。

耶伦伽摘下眼镜揉揉眼："年轻人，活着不一定轻松，哪像泰格博士这样安静。"

M·泰格安坐一旁，两手交叉放在大腿上，双目微闭，不言不语。麦琪蜷缩在角落里头伏在膝盖上。

"什么感应，我的小天使？"

杉杉赤脚跳到座椅上："姥姥，我的脑袋吱吱响，但没有不舒服的感觉。"

"我的也可劲嗡嗡响，弄得怪心烦。"

"你们俩神经太紧张，心理作怪吧？"

"姥姥，是紧张，不过没啥作怪的。"

"我也是，现在没啥怕的。"

"这场碎片风暴以惊人速度弥漫整个近地空间，完全超出想象，但还没完，它会继续折磨我们，我收集的混乱信息说不准有什么用。先不说这个，你们没有试试摆脱吱吱作响的困扰？"

"咋试，脑机连接？"

杉杉、季小峰戴上头盔，分别与太空工作室高级 AI 小型连体计算机（简称高级 AI 连体机）链接，屏幕分别显示脑电波波动曲线，呈多曲线多波幅节律，解码系统没有给出语音、运动以及环境图像。

"抱歉，正在寻找对应关系。"高级 AI 连体机发出语音。

脑电波通过 AI 解码系统转换为正常人脑电活动–还原人体活动技术已很成熟，脑电波是一些自发的有节律的神经电活动，其有一定的频率变动范围，AI 解码系统按编码序列记录将其进行解码后，便可转换为语音、运动、环境或其他图像。

杉杉、季小峰的专业领域涉及这些技术，而此时，高级 AI 连体机读不出两人的脑电波信号。

"受强电磁袭扰或其他异常扰动，是解码遇到的一个特例。我只清楚这个，我的小天使。"

季小峰此时的想法,被高级 AI 连体机解码出来:

我是说,付颗粒有时候显示出是异类,它的频率范围超过 80 赫兹是常事,有一次把它与一台解读机连接,发出吱吱的响声,哎哎,与这个有点类似,上百赫兹恐怕也打不住。

高级 AI 连体机屏幕同步显示出带雪花的动影图像:

付颗粒在科大实验室与一台机器链接,季小峰身穿白色大褂,双手捂住耳朵。

"连体机,试读脑电波高频率大波幅的对应解码。"耶伦伽提示。

"是,姥姥。"

"脑电波非常态对应关系,是 AI 解码升级应对异常状态的需要,杉杉、小峰,哦,你们的原机人传递的脑电波信号,可能是同频,但不是简单对应的脑电波。"

"姥姥的意思是,我的杉杉妮与我连接产生的脑电波,我没有转换,但已存在我的脑电波中,在高级 AI 连体机中还不能直接解码读出?"

"应该是这个解释。杉杉妮传递给你的应是同频的脑电波信号,哪怕是在 80 赫兹的大波幅,高级 AI 连体机也应该能自如地解码读出,现在就看高级 AI 连体机能不能、有多快编程出来。"

"姥姥,我脑子里嗡嗡响,是我那小峰妮还在?"

"现在不好说是什么脑电波在连接你,但至少是一种可能。"

"高级 AI 连体机快点运算,说不定我那家伙还在,只有你能帮上忙。"

高级 AI 连体机读出人类原体与原机人脑电波"同频共振"的频率、波幅及其区别,同一时间只允许一方脑电波信号释放解读,人类原体的脑电波信号为正常人频率、波幅,原机人通过人类原体释放的脑电波信号为高频、大波幅。而此时杉杉、季小峰释放的脑电波信号为中继信号,尚不能确定是他们的原机人"同频共振"的信号。

耶伦伽提醒高级 AI 连体机反向验证,杉杉与季小峰向他们的原机人发出信息,问他们在哪里,是否还活着。

杉杉妮、小峰妮回应的吱吱、嗡嗡的高频、大波幅信号,经杉杉、季小峰传递给高级 AI 连体机。

"我的小天使,他们有可能,有可能还在。"耶伦伽的反向试探验证了杉杉妮和小峰妮的生存可能。

杉杉用手贴贴耶伦伽的脸颊,又一阵心悸,心想……此时高级 AI 连体机解码读出杉杉脑电波信号为:

杉杉妮在哪里,莫不是在云山火海里面熬煎?还是飞船已经失事,这是残留下来的反射回音?如果她还活着怎么没有脑电波"同频共振"信号?不停地吱吱作响让人费解,高级 AI 连体机难以解码的频率波幅,究竟是什么名堂?这才是煎熬,心怦怦乱跳,连体机不要记录我的想法,干你的正事。

杉杉有些气恼,把头盔摘下来,冲着高级 AI 连体机吼叫:"好好解码不成吗,净记些无聊的。"

"我的天!""我的天!"

高级 AI 连体机屏幕上解码读出两个同频不同幅的声音。

杉杉急忙把头盔戴上,视觉、声觉、触觉等脑电波全部被高级 AI 连体机解码读出。

　　中欧天桥 76 号飞船跌跌撞撞冲出大气层,船尾着火,接着一股气爆,飞船解裂,船体飞溅,几个大块物体弹到空中,麦琪妮急速坠落。

麦琪听到高级 AI 连体机发出的声响,从地上站起来抓起一个头盔戴到头上。

　　麦琪妮靠近四肢张开的一个人,马克,是马克,他一手抓着飞船机械臂。麦琪妮紧紧抓住马克的手,马克挣扎着试图甩开。

　　泰格妮一只手张开,头部向下。

　　"杉杉妮,我在这里。"小峰妮坠落着呼喊,"杉杉妮,咋这样?"

　　杉杉妮仅剩上半身,小峰妮全身着火,追上来用胳膊挽住她,大"金毛"紧紧跟随着。

　　灰白的天空弥漫着坠落的燃烧物、航天器残肢断片、碎片、人体残肢,间杂着幸存的人类、原机人、机器人、微型生物体,混浊的雨滴落到地面,高山、大海、森林、沙漠、冰川、城镇被坠落物、混浊雨覆盖。

　　处在混浊颗粒雨和坠落杂物中的杉杉妮、小峰妮落到被坠落物覆盖的茫茫大海上。

　　小峰妮一手挽住杉杉妮,一手抓住水上漂浮物,大脑有些空白。

　　大"金毛"哼唧哼唧扒拉着水面漂浮物来到杉杉妮身旁。

　　麦琪妮拽着马克重重地坠落水中, 一会儿从稠密的漂浮物中露出头来。马克似乎失去知觉,麦琪妮一只手舞动发出呼救。

　　杉杉妮催促小峰妮急速前去解救。

　　小峰妮扒拉开漂浮物快速游动到马克身旁,将他搭上背,与杉杉妮会合一处。

　　麦琪妮失去一条小腿,一只手掌与腕部仅有三分之一是相连的。

　　"小峰妮,发发狠劲,斩断它。"

　　"能行吗?"

麦琪妮没等小峰妮动手,捞起一块漂浮物在连接处划动,麦琪妮体验着强烈刺激。

"麦琪妮,不要这样。"小峰妮摇晃着靠近,捞起漂浮的太空碎片作为夹板固定麦琪妮的手腕,接着从自己太空服上扯下一条衣料捆扎起来。

远处一艘游轮长长地鸣笛。

小峰妮搭着马克,麦琪妮拖着只剩上半身的杉杉妮,与大"金毛"一起,扒拉着漂浮物吃力地向游轮游动,过了许久,终于渐渐靠近游轮,不承想游轮挤得满满当当。

小峰妮、麦琪妮在游轮下面不停地呼喊求救。

游轮播报:"已经超员,严重超员,请你们迅速远离,迅速远离。"

他们不停呼喊,过了许久,落下两个救生圈,游轮吼着长笛驶离。

"这咋办?"

小峰妮给杉杉妮和马克套上救生圈,举目四望,海浪吹拂着一片片杂物。一块大个头儿漂浮物晃悠过来,小峰妮伸手试试,慢慢爬上去用力晃晃,感觉还行,于是把杉杉妮、马克拖到漂浮物上,大"金毛"哼唧哼唧爬,小峰妮伸手将大"金毛"、麦琪妮拉上来。

马克躺在漂浮物上慢慢睁开眼盯着天空,眼里一片空白。

杉杉妮半个身子"蹲"在漂浮物上,目光直视前方遥不可及的边际,海面上的漂浮物、天上稀稀拉拉的坠落物把海天连在一起。这是一幅怎样的图景,海洋换了颜色一片狼藉,天空变换脸色散落颗粒,岂不是在抽泣。天空抽泣,何曾见过这样的抽泣,是谁在折磨?又在折磨谁啊?

眼前的大海似乎更加痛苦,它胸膛里塞满了太空垃圾,自己与这狼藉又多么般配啊,任你想也想不到,一个刚刚面世的原机人竟落得半截残身,在大海上飘零,谁在惩罚谁?

杉杉妮渐渐平复下来:"原想落下来会好些,没想到比飞船里还惨。泰格妮掉哪儿去了?"

"天哪,早把他丢脑后啦。"麦琪妮试图从摇晃的漂浮物上起身,却又歪倒。

小峰妮蹲着向四周寻觅,成片的大海漂浮物上下摇摆,远处有晃动光点,游轮远去的背影朦朦胧胧,他一阵抽搐。自己不正是被抛离的孤零零的弃儿吗?谁人抚慰谁人牵挂谁人心疼,只有晃荡污浊的海水溅在身上,飘落的颗粒雨洒在脸上,刺骨的海风扎进断臂骨肉上,摇摆不定的漂浮物驮着麻木的脚,刺骨的冰冷从下至上蹿腾到达脑仁儿,嗐,这是干啥,能有啥用。

"泰格妮,泰——格——妮——!你在哪里?"小峰妮使劲吼叫,试图唤起大海的回应,吼起水面晃荡的漂浮物,震荡着那越来越寂寥、空旷、凄惨的海域。

"可怜的泰格妮,没准儿被裹在飞船里,还是在空间被什么拽住?"麦琪妮呆呆地嘀咕着。

"小师兄,小师兄。"

小峰妮听到呼唤声向海上寻觅。

"小师兄,我在这里。"

"嗐,耳朵听岔啦。"小峰妮急忙蹲下,"杉杉妮,怎么了?"

麦琪妮听到呼唤急忙趴下朝杉杉妮靠近。

"天快黑了,马克撑不下去,我们能撑多久还很难说,说不准会憋死在这里,快想办法求救才是。"

"空荡荡的海上,上哪儿寻求救助,那个游轮眼睁睁地把咱们撂下不管,哪有这样的,越想越生气。"

"小师兄,不能等,境况越来越恶劣。"

"可怜的杉杉妮,天要黑下来了,这,这咋办?"麦琪妮爬到杉杉妮跟前。

"我没疯,我肚子饿,我冷,我哆嗦,我想我妈,我妈在那里等着我,妈,我来啦。"

马克从摇摇晃晃的漂浮物上站起来,欲向海里走。小峰妮摇晃着从一侧拽着他,马克不理睬,执意要向海里走。

麦琪妮猛然起来,朝马克的小腿一踹,马克双腿一软跪到漂浮物上,麦琪妮说:"再不听话,把你扔到海里喂鲨鱼,你就见不到你妈啦。"

"我想我妈,我听话,你是我妈。"

"对,我是你妈。你不听话,我不要你啦。"

"我听话,妈。"

"听妈的话,坐下。"

马克端坐在漂浮物上随海浪摇晃。

"小师兄,马克神经受到强烈刺激,又饿又冷,撑不住的。"

海域渐渐黑下来,漂浮物随着海浪起伏,目视距离内有闪动的光点和移动的光线。海域异常寂静,只听见漂浮物之间随海浪波动的撞击声,偶尔传来十分遥远十分微弱的鸣笛,好似那遥远的希望。那鸣笛声渐渐拖长、渐弱渐细,只留下孤寂、冷漠、凄凉、恐惧,又一次等死,竟是大难后的极度绝望。

"杉杉妮,没法与外界联系,通信断了,网络塌了,定不了位,咱都喂了鲨鱼也没人听到响。"

"小师兄说得是,我的神经系统咕咕作响。"

"失去下半身的反应呗。"

"小师兄,海浪越来越大,我们的声音传递不出去,真的要葬身大海不成? 我不死心,我——不——甘——心——"

"我——不——甘——心——"杉杉妮一行深陷夜幕大海的画面,强烈刺激着耶伦伽众人,麦琪泪流满面。

"没想到空间级联灾难首先波及网络、定位、导航,竟然一下子就造成这么大困境。现在上哪儿去找救援力量,就是有也找不到杉杉妮他们。眼睁睁地看着另一个自己死去,真是悲哀。我很难体会这是什么滋味。"

"姥姥,您这是把我们的痛苦当作玩笑吗? 我们不该是这场灾难的牺牲品,我们这个年龄不该经受这灾难,这是你们前辈种下的恶果,现在却强塞进我们嘴里,您应感到羞愧、自责,你们应向下一代负罪,真是的。"杉杉赤脚盘坐甩动着散乱的长发,两只眼睛格外蓝,边说边喷唾沫星。

耶伦伽摘下眼镜用手抹抹脸上的唾沫,看着季小峰吃惊的样子,突然说:"骂得好,痛快!"

"我们老家形容这是锯条割肉,心头疼还在后头。姥姥,杉杉不是冲您来的,我那伙计掉了一只胳膊,我说我的脑袋咋一个劲儿嗡嗡响,那是疼在心头的脑电波,再高级的人工智能解起码来也费劲。"

"小伙子,发起牢骚来一套一套的,冲我嚷嚷能解决啥事? 没出息的,还是科大高才生,枉费了这顶帽子。"

没承想,耶伦伽被羞辱逼到墙角本能触底反弹,竟然像一股强大电流瞬间释放,杉杉、季小峰被通身电击。

杉杉跳下来摘下头盔,示意季小峰也摘下头盔,两人跑出太空工作室。

"小师兄,我想到一个词——借水行船。"杉杉与季小峰嘀咕一阵子后返回,把 M·泰格唤醒。

"谢谢姥姥的电击,把我们两个激醒啦,祸到临头发牢骚只能耽误事不是。"

"你想说什么,獠牙的小天使。"

"喏喏,面相难看,现在急迫的还是救人,救一个算一个,原机人也是人,一样有生存权,不过先不说这个。既然原机人与他(她)的原体可以一对一勾连,那么原机人所在遇险地点就可以通过释放的脑电波信号传递给高级 AI 连体机,连体机解码传递给位居高轨的定位导航航天器,再由定位导航航天器传递给救援部队,或许还有一丝丝希望。"

"哎呀,再说一遍。"

杉杉又清晰地描述一遍。

耶伦伽吃惊地看着杉杉,杉杉那蓝色目光分明连起一条穿越数万千米的微弱之线,在全球陷入极度混乱之际,这条微弱之线或许能拯救无数生灵,或许能减轻不知哪个时代的负罪感。"泰格博士您感觉如何？"

"加以完善，不过，凭我们几个这条线还连不起来。"

"咋说，博士？"季小峰抓起太极服擦擦脸。

"不要着急。姥姥，您能不能请求联席会议，由他们请求联合国安理会？我想他们也在着急，如果与他们的想法接近，或许能试试。"

"我算服了折磨人的杉杉。我们两个共同发起。"耶伦伽紧急呼叫太空国际高级别专家联席会议轮值主席霍伦博士和中国科学家冯德莱院士，经他们沟通协调，墙屏上很快显现联合国安理会、联合国数十个成员国代表、太空国际高级别专家联席会议、外空委、太空督察城临时指挥机构和相关国际组织官员的动影。

联合国安理会轮值主席法国代表伊居·米勒桑主持讨论由耶伦伽、M·泰格联名提出的全球大灾难紧急救人议案，耶伦伽遂介绍议案的提出者为中国隆飞科技大学的欧阳杉杉、季小峰，会议即刻邀请他俩在线列席会议。

杉杉听到信息，慌乱地理理头发，捂住胸口。

"主席先生，各位代表，这位是中国隆飞科技大学助教季小峰。"季小峰站立着点点头，耶伦伽在下面拽了一下，季小峰端坐下来。

"这位是中国隆飞科技大学学生欧阳杉杉，就是她指责我们数代人在近地空间犯下的过错，激发了解救议案，尽管是应急措施。"

欧阳杉杉站立着，右手捂着胸口微微弯腰致意，身穿暗花格太极服的镜头定格在墙屏上。

伊居·米勒桑请杉杉说明议案，杉杉侧头看了耶伦伽一眼："大胆说吗？"

"我想补充一点，自然人、原机人、机器人、高级 AI 连体机都可作为中继。是人是伙伴都要救。不知道合不合适说这些？"

墙屏上多个动影交头议论，杉杉停下深深喘一口气。听到继续的提示，杉杉接着说："我的提案的核心是，由中继传递给指定的高轨控制系统，反向锁定被救对象。"

耶伦伽具体阐释技术支撑和连接节点。

太空国际高级别专家从技术层面予以支持，也有成员对原机人作为中继存在技术上的疑虑，难以相信其会与高级 AI 连体机、极为有限的通信导航系统、远隔数万千米的地面救援系统连接为通畅的链条。

联合国人权组织代表发言斥责杉杉的议案荒唐，认为原机人是不被国际组织和各国政府认可的存在，科技上存在重大缺陷和争议，人文上一片空白，法理上存在重大争议和漏洞，尽管大灾难降临，如果联合国只顾眼前草率做出决议，接下来将会带来无法预料的人文灾难和法理污点，将给人类自身缠上枷锁。

有的代表直言担心，一旦"弄拙成巧"，让原机人表现出可行，那就不是眼前他们这些专家可以左右的事情了，那将由原机人来研究如何办，这个势头远比机器人给人类社会带来的不确定性大成百上千倍。

杉杉被眼前一幕搞得一脸蒙，刚才的心颤抖、手发抖反而渐渐平复下来。她看着墙屏上的动影琢磨，这些老爷们儿说的啥，一套一套的，他们好像不着急，人还在夜幕大海里飘摇着呢，这都啥节骨眼儿还有心思磨叽。"喏……"杉杉欲表达却被季小峰猛力一拽坐下来。

"现在不是纠缠细枝末节的时候，杉杉同学的初衷、应急举措，大概应予认可。这个节骨眼儿上要救人却找不到，失踪的、失联的，主要特征失去信息、无法取得联系，他们在翘首等待我们救援，我们要通过一切途径、一切手段、一切方式寻找、搭救落难的人们，联合国与各国政府正在帮助他们，要让他们听到这个信息，保存希望，支撑下来，等待我们的救援。"俄罗斯代表发言后，朝杉杉的影像竖起大拇指。

"'8·13'空间大灾难突然降临，我们要先抓住眼下最迫切的全球大救援行动，放下争议，只要能把人从危难中解救出来，可以尝试一切必要的途径。我们认为，联合国应该承担起这个责任，调集一切必要力量救人。"

中国代表发言后，安理会其他成员国相继表态，有的代表提出分区域由主权国家组织实施和协同；有的代表提出原机人这一名称作为个例，仅限于大灾难救援行动，对与此无关的活动不发生勾连；有的代表提出基于通信导航系统遭遇的灾难性毁灭,现存有限力量要互通信息通力协作;有的代表提出动员机器人力量参与;有的代表提出隐去"原机人"名称,替代为生命迹象体、施救体,以免引起后续连锁效应;有的提出运用军事力量和专业团队,组成"联合国大灾难特别救援部队",简称为"国际特救队",集中全球有生力量投入救援……

杉杉越听越着急,现在等待救援的生命命悬一线,这办事机构忒啰唆。

伊居·米勒桑主持形成决议:"2079 年联合国安理会第二号特别决议,组成联合国大灾难特别救援部队(简称国际特救队,后缀国家和地区的代称),协同组织一切必要力量紧急救援'8·13'空间大灾难遇险人员、生物机器体,代号'杉杉行动'。成立联合国应对大灾难秘书处。一切为了人类生存! 一切为了人类后代! "

"杉杉行动"即刻展开,国际特救队中国分队、德国分队与高轨定位系统链接,接着与莱茵城高级 AI 连体机链接,再与杉杉、季小峰、麦琪、M·泰格链接,最后链接到他们的原机人。

杉杉绷着脸,眼里露出痛苦,墙屏放大杉杉妮在夜幕大海中晃荡的影像。

海浪扑打着起起伏伏的漂浮物和承载物,海水飞溅,漂浮物相互撞击,颗粒雨淅淅沥沥下个不停,跪下的马克张着嘴呼喊着什么但没有声响。

小峰妮仰脸看着天空,感应系统提示,零点过了。救援队咋还不来?

"黑乎乎的,没准儿让鲨鱼先给吞了。"麦琪妮蹲在杉杉妮一旁搂着大"金毛","能喂鲨鱼也算一种结局呗。"

漆黑的天空连着大海,漂浮物在眼前犹如黑幕,带着乖戾声响的海浪毫无节奏地拍打、撞击、飞溅,潮汐犹在愤怒发泄,似乎在抗议天外之物侵犯宁静的海屋,搅乱海屋的忙碌节奏,把人气喧嚣从海屋赶走,塞进陌生物种生僻质材,罩在海屋身上的波网被扯得七零八落,海屋下面遮藏的宝贝快要憋不住,海豚鲨鱼纷纷露出脸来瞧个究竟。一束光线从水下淋着海水跃出海面格外耀眼,似乎要穿透厚实的夜幕。

趴在漂浮物上陷入绝境心有不甘的杉杉妮射出黑色目光,似乎要与耀眼的光线触碰,没料想那束光线瞬间滑落下去,瞬间一丝希望湮灭在渺茫中,周边再次陷入漆黑,那希望也陷入漆黑。

"哇呀!"尖厉的叫声似要划破黑幕,"不要啊水鬼!"麦琪妮被光柱照耀。"不要慌乱,我们是国际特救队。"浮上来的"水鬼"(海上机器人水兵),把他们相继拖入潜艇。

"杉杉行动"迅速在全球展开,国际特救队各国分队与太空督察城密切合作,协调仅存的太空通信导航系统,通过高轨道面的各类航天器、高级 AI 连体机与原机人圈定被救对象,全球军事、海事、民间等组成浩浩荡荡的救助大军,救助地面、海上的遇难人员。

联合国应对大灾难秘书处发布第一号通告:"近地空间级联灾难波及大气层内人类生存空间,穿过大气层的没有烧尽的碎片落到空中、地面和海上,直接损毁地表暴露物和空中飞行器、海上游动物,地面行驶的汽车、火车及军事运输工具,直接损毁通信网络、导航定位、广播电视系统,直接损毁城市交通网、海上运输网、空中飞行网、国际通信网等,迅速波及与人类生产、生活、生存密切相连,与近地空间科技和文明成果密切相连的一切领域,线上承载的文明成果几乎丧失殆尽,人类面临空前困境,远地空间数十万人员与地球隔绝,他们的状况牵动全球,地球空间出现极为恶劣的人道主义危机! 2079 年 8 月 14 日 5 时 23 分。"

第四篇

救援空间难民

空间危机爆发

凌空跋涉

轨道圈层重重拦阻

空间危机爆发

莱茵城眉鸟酒店太空工作室收到危机警讯：莱茵城现有自然人 58783 人，原机人 37671 个，机器人 2905 个（台），宠物 1204 只，城内动力能源可供长期使用，循环系统处于正常状态，食物可维持数月，饮用水可维持十数天，医疗资源紧缺，零配件补给中断，电子消费迟缓，通信资源紧俏，日常网络终止，莱茵河封闭，太空城际流动和外太空活动冻结。

季小峰揉揉眼，伸伸腰，顺手活动一下手臂，弓腿抬腿，深深呼吸，直立起来，看到耶伦伽伏在桌案上，M·泰格在一旁打坐。

季小峰轻轻走出工作室，溜达到楼台外侧，抬眼看到太阳从自己左肩方向透过城窗，莱茵城小镇一片安详，大道小巷马车、智能单车时有往来，眉鸟酒店前的机器人罪犯还在经受折磨，门庭有客人用餐，季小峰突然感到饥肠辘辘。

季小峰的目光透过莱茵城城窗，来到碎片钩织的网状球体外围，一堵厚厚的流体外壳竟达数万千米，自己的家园被结结实实裹在里面，这外壳犹如篱笆、丝网，犹如数万千米厚的城墙横亘在面前，阻断自己与家园的连接，隔断回家的路。

季小峰使劲思考，怎样才能穿透这碎片球壳流体（简称球壳流体）闸门抵达家乡。这是什么样的闸门，自己在科大的无数数字列阵中不曾模拟过这样的阵势，进行无数算法排列也难以勾勒出这样的模型，曾经设想过的冒险刺激的奇葩绝境，与数万千米的闸门相比太逊色，这可称得上地球，或者太空第一闸门。

茫茫太空有无限可能，却难以寻觅相似的球壳流体闸门，这不是上天安排，也难归咎于宇宙天体。自己曾梦想着飞游数千个天体，它们展露的各种样貌，曾让自己激动、亢奋、震撼，但不曾有发自内心深处的胆战。

今天,地球身披厚重的球壳流体,向太空向宇宙抖动,试图表达自身的不自在,试图抖掉罩在身上的层层罗网,试图抖掉压在身上的层层负重。可哪知,这铁幕赖上这个有生灵烟火的球体,试图与之勾肩搭背,在哪里应验了天河,就把自己甩在天河一端,那一端或许永远跨不过去;在哪里应验了闸门,就把自己撂在闸门一边,这闸门或许永远禁闭,永无开启的一日,除非具有宇宙能量,让球壳流体自然熔化,流入宇宙天河。

季小峰拽拽自己的耳朵,拍拍脑门儿,用手狠狠地在腮帮子上掐了一把。"我的娘,这可咋办?"

"还能咋办?我以为是个梦,小师兄,这道无情的球壳流体闸门,会永久地把地球扣在里面,把我们与家园永久隔开,事情就这样发生了,信不信都在眼前。"不知什么时候,杉杉赤着脚丫子靠着季小峰。

他俩走向小镇外侧的葡萄醋栗园,不知是季节、品种的缘故,还是莱茵城环境适宜,绿色橙色的葡萄成串,间杂着一串串蓝莓色的葡萄粒,透出这个太空城高级的生态循环系统。

杉杉摘下一颗扔嘴里,示意季小峰可以吃,季小峰也顺手摘一颗闻一闻,然后吃下去。

莱茵城种植的葡萄免费提供给住城人员和游客,葡萄生长不分时节,每80天一个周期,葡萄枝叶可以制作饮料或食品。

与葡萄园连接的一块醋栗园中,生长着像灯笼果样子的醋栗,欧洲人喜欢它的维生素 C 含量,中国人喜欢它的喜庆颜色,与葡萄园接壤的数十平方米范围,是葡萄与醋栗嫁接的混合品种,莱茵城给它起名为葡萄醋栗,又称葡萄鹅莓。

说明板上写到,本品由中国的沙巴珍珠葡萄和德国的醋栗嫁接而成,每96天一个生长周期,在温度适宜状态下周期性循环生长,可制作葡萄醋栗果酱,富含人体需要的氨基酸和多种矿物质,是莱茵城自生植物名片。

"杉杉,莱茵城发布的危机警讯听到了吗?"

"和预想的没多少差别,看这葡萄醋栗园,不知能维持多久。"

"杉杉,咱们会不会永远回不了家？"

"小师兄,这,这还需要验证吗？我们这种情况会持续很久很久,我无法接受这种与家园隔绝的状态,我的第二个家,我日夜思念的妈妈的家乡,我还没有去过。怎么能这样？"

"我也这样想,这咋办,像连成片的云山无处下手。"

"小师兄,我嗅到那个警讯里散发的味道,人造太空城与地球隔开,能维持多久？"

"这我没计算,莱茵城的生态循环系统十分先进。我琢磨,与地球断开、掐断与地球连接的脐带能维持多久,他们理论上会有说法。杉杉,注意到没有,警讯中提到水,说能维持十数天,这可是不祥预兆,这不是闹着玩的,接下来出事就会出在这里。"

"小师兄,科技这么先进,地球人会想办法,与地球隔断的'太空人'也会想法子。但解决起来不会容易。小师兄,我们真成了太空流浪儿,哪里是个家？"

"没想到,'流浪儿'这个词会落到咱们头上。杉杉,咱不能在这儿等死,看看有啥法子,试一试,仲仲他们一定很着急。奕奕在下面,只是联系不方便,还得借他们的渠道。"

"奕奕？奕哥哥他们一定会是另一种急法。"

"杉杉,你们两个在这里,找得我好苦。"麦琪出现在葡萄醋栗园。

"麦琪姐,招呼一下不就得啦。"杉杉晃晃腕部。

"不知道发什么神经,我的电子手环又罢工了。"

"光顾着葡萄醋栗的事,居然连这点联系也掐断了。"

"只有泰格博士和耶伦伽姥姥享有国际高级别专家特殊资格,在特许时段享有地空链接。莱茵城的日用网络全部中断。快走,一个重要活动要你们露脸。"

杉杉、季小峰与麦琪匆匆折返。

纽约联合国大厦一层"联合国应对大灾难秘书处"的牌匾赫然在目。

　　眼熟的联合国安理会会议现场，15个安理会成员国代表个个神色凝重，列席会议的国际组织代表、著名科学家、太空专家、太空商业巨头抵达会场，在线代表的实时视频画面显示在墙屏上。

　　"我这个轮值主席会被浓重写在历史的长页上。经应对大灾难秘书处提议，安理会成员国、各国家和地区代表和相关国际组织慎重评估，认为地球空间进入特殊危机时期。我宣布开启特殊危机时代。我们举行的安理会特别会议，是在这个判断定位下举行的第一次会议，先进行第一项，审议'杉杉行动'报告。请欧阳杉杉同学、季小峰助教列席相关议题。"联合国安理会轮值主席法国代表伊居·米勒桑声音低沉地说。

　　杉杉与季小峰的影像出现在墙屏上。

　　"主席先生，各位代表，受秘书处委托，现将'杉杉行动'初步情况报告如下。在各国政府、太空公司踊跃参与和太空督察城临时指挥机构协调下，国际特救队131个分队参与特别救援行动，其中38个非政府分队参与，共救获人类170032人、生物机器体169772个、机器人70305个（台），'杉杉行动'取得重大成果，生物机器体作为特定危机时段专项传输通道，对救援紧急落难人员发挥了独特作用，'杉杉行动'基本结束。杉杉同学可做出补充。"联合国应对大灾难秘书处高级专员莫科夫报告。

　　"主席与各位高官，我和我的伙伴是这次'杉杉行动'的受益者，当时我的原机人落到碎片漂浮的大海上，因通用定位系统中断遇到危机，我和季助教首先想到救援我们自己的另一个她（他），没想到惠及数十万人。这要感谢你们做出的决断，把我们数十万人从死亡的悬崖上拽了回来。"

　　"你就是前不久被推举出来的所谓的'原机人天使'吗？"英国代表询问。

　　"就是她，大使先生。"莫科夫回应。

　　"我不相信什么天使。对生物机器体，我们正组织专家评估，对它的作用，我认为不要估计过高，我们并不认为它拥有合法性，至少在目前阶段，我们之所以赞同'杉杉行动'，是为了紧急挽救我们数十万人类同胞的生命。"英国代表发言。

　　"至少在大灾难面前它展现了伦理上的状态,我们还没认真思考所谓生物机器体与人类社会的关系,这带有巨大的不确定性,但至少让我们成功应对救援太空落难人员这一关。现在还不是讨论这个问题的时机。"日本代表发言。

　　"'杉杉行动'基本结束,这个结论我们积极认可。关于原机人的话题,我想在接下来的议题中还会涉及,但现在我们应该将主要精力放在最紧迫的事情上。"中国代表发言。

　　各国代表以口头方式审议通过秘书处关于"杉杉行动"的报告。

　　接下来进行第二项议题。

　　"主席先生,各位代表,受秘书处委托,现将'8·13'空间大灾难初步情况报告如下:死亡失踪 3782391 人;损毁在轨航天器约 3.823 亿件;级联损毁网络用户终端近 330 亿(含人类个体终端和社会运行终端);级联损毁商船约 34300 艘、高速列车 29173 辆、无人汽车 6735 万辆,全球通信、广播电视网络陷入瘫痪,国际社会正常运行系统陷入瘫痪。最紧迫的是,45000 千米—60000 千米的地球空间,有 798711 人被困,所谓原机人 342009 个,机器人约 48 万个(台)。初步评估,被困的近 80 万人的日常生活,仅能正常维持 20 天左右,严重的空间难民危机出现,这是摆在联合国和国际社会面前最为急迫的任务。"

　　中国与美国代表提议为大灾难死难人员举行哀悼仪式,得到一致赞同,于是全体起立为死难人员致哀。接下来,联合国安理会做出决议,全球、太空各地下半旗,为死难人员哀悼 3 天。

　　会议一致认同太空出现严重的难民危机,这是有史以来第一次出现地球和太空双重人道主义危机,而滞留在太空的人类及其伙伴的生命更牵动国际社会,牵动各国政府,牵动近百万个家庭,触及百亿人类的神经。救援太空难民成为首要的国际任务。

　　如何救援 80 万太空难民和其他生命体,各国代表与专家一筹莫展。

　　"我们太空督察城,所储能源可维持数年,但人员生计储备严重不足,食物再生系统仅能维持 1 年左右,维持性医疗资源有限。水资源匮乏,再生水资源极为有限,现已开始配额供应水量,急需研发水替代品。急需提供水、医疗、食物、服装等生活物资,急需提供通信资源,急需整合太空力量应对新地球体对航天器的威胁、应对大灾难次生级联灾难威胁。"

太空督察城城管委主委楼谱顿稍停一会儿继续说:"现在生存是个急迫问题,空间严重危机迹象已经显露,滞留的太空难民普遍感到失去希望、失去信心、失去生存下去的勇气,悲哀情绪开始蔓延。我们对此没有说服的理由,哪怕是哄骗的理由也拿不出来。"

"我们尼罗太空城医疗物资短缺、水短缺、食物短缺、机器人短缺,生物机器体数量不多,城市运转困难,太空城际互补物资中断,城市生态循环系统出现故障正在维修,通信资源匮乏。管理人员与科技员工出现恐惧状态,普通城民陷入恐慌。"

"这些现象,我们亚马逊太空城都存在,令我们十分担忧的是,那些科学家严重失常,他们的悲观情绪像太空瘟疫般急速传播,住城民众情绪激动,在我们城管委大厦外面聚集哭诉,强烈请求返回地球家园。我们十分挠头,无言回应。请求联合国,请求地球家园的亲人们,快快伸出手,救救我们这些漂流在太空的孤儿,恳求让我们尽快回到家乡。"

"大堡礁太空城的状况令人十分忧虑,机器人系统出现异常,我们正组织科学家分析,4个太空实验室的数据被机器人篡改,机器人系统出现反常数据信息传播。我们既有外患,更面临内忧,城内住民被恐惧情绪笼罩。"澳大利亚代表发言。

"据我们观察,从近地空间逃逸到远地空间的数十个卫星失常,尚不知那些逃逸的太空武器是否在有效控制中。驻月球、火星人员和驻地月、地火空间站人员的补给将成为大难题。远地空间运行的载人航天器中的航天员会出现预料之中的太空病,需要纳入统筹考虑。"国际宇航组织代表发言说。

霍伦说:"我认为,太空大灾难涉及两个层面,就是现在球壳流体闸门把地球与太空隔开的两端。我和冯德莱院士、梅德韦捷院士、欧阳伯第院士、耶伦伽院士、M·泰格博士、韦斯坦博士等一批科学家与近百万空间难民在一端,亟待救援,这里维持不了多久,我和冯院士进行了沟通,需要进一步评估论证,但现在办法不多。另一端是我们的家园,大灾难带来的影响将是深刻的、深远的,我们的人造航天器还没从依赖地球供给生存的时代苏醒过来,我们从上面看地球,犹如被罩在一个囚笼里。我和冯院士合作编制了一个短视频。请观看。"

视频中,一个自转的银灰球体围绕太阳旋转,月球在银灰球体的右侧下端,周边闪耀着星星点点。接下来银灰球体被渐渐拉近,球体反射太阳光线呈现出斑驳陆离的光点,被碎片严密包裹的地球显现在大家面前。受地球引力影响,碎片球壳流体成不规则分布,密度尚待计算。

初步观测,靠地面越近碎片密度越大,球壳流体主要为大灾难产生的航天器碎片和残留的在轨运行的小微航天器。混轨运转的航天器中有天基武器、实验设备、智能机器体、生物实验品、化学实验品,残片最大直径约 47 米,质量需进一步评估测算。由于球壳流体结构还在进一步演变,尚不能投放探测设备。

画面中,地球蓝整体被覆盖,仅有星星点点从碎片缝隙间或穿透,整体外表呈银灰色。阳光照射面反射出斑驳陆离的点或片状,远照射面呈银色、浅蓝色等变换的弧形晕环。

霍伦插话:"这是我们这一代人的悲哀,蓝色地球从我们手里湮没,后代人会诅咒我们。"

视频继续播放。沿球壳流体向里观测,因大型航天器大都逃离到远地空间,所以距地球 33000 千米以上的近地空间碎片间隔比较大,混轨的碎片和遗留航天器不时发生碰撞。静止轨道面飞动的碎片密度比较小,其他同步轨道面的碎片密度比静止轨道面大,分布极不均匀,有成群成片的,有零星飞动的,速度不均,初步判断碎片在近地空间的存在状态还没最终固定下来。近地空间的物质形态没有观测到明显变化,地月之间的引力没受到明显影响。联席会议与外空委将协调力量,继续关注球壳流体变化,为救援太空、打通以至清除球壳流体提供科学依据。

播放结束后,冯德莱说:"霍伦博士、欧阳伯第首席与我们的同行共同提出'碎片球壳流体'概念。从地面以上 200 千米—35890 千米为新形成的球壳流体层。现在需要从上下两端继续向这个球壳流体内部进行观测,掌握碎片的具体分布、密度、速度、飞行轨迹,减少大灾难对人类造成的损失。3万多千米的球壳流体横亘在我们中间,将带来从未有过的极限灾难。危机呈现状态将很难逆转,动员一切力量救援太空难民刻不容缓。"

伊居·米勒桑敲打案桌,现场安静下来,他问:"耶伦伽院士与杉杉同学有没有要说的？"

"主席先生,冯院士提出动员一切救援力量,我想,他们已有初步考虑,我们在莱茵城的几位伙伴请求,由你们组织无论什么救援队伍,向我们孤悬太空的难民及伙伴紧急运送急需物品,这事关我们的生存。这是一个极其紧迫、极其险恶的征途,我历来是个反派,现在更不抱太大奢望,我会尽一个地球人的责任。不要扯皮了,请主席先生、各位代表尽快做出决定,具体行动我们再仔细推敲。"耶伦伽示意身旁的杉杉。

杉杉说:"把水先送上来,还有药品,其他可以再生利用,要快。发动原机人、机器人探索球壳流体。不然,太空病流行起来更麻烦。"

联合国安理会一致通过2079年第三号特别决议:由联合国大灾难特别救援部队(后缀国家和地区的代称),协同组织一切必要力量紧急救援滞留太空难民、生物机器体,代号"球壳流体行动"。联合国应对大灾难秘书处协调处置。一切为了人类生存！一切为了人类后代！

第三项,会议审议"8·13"空间大灾难调查程序。

莫科夫报告:"这次大灾难突如其来,将给人类带来永久性伤痛,对人类和地球空间将产生永久性影响,我们甚为悲哀。查明这次大灾难的成因是人类度过这次空前危机、避免新危机的关键一环。秘书处受理众多国际机构、国际专家、跨国公司的致函,建议启动大灾难调查程序,组成在秘书处协调下的国际高级别专家调查组,调查与此次大灾难有关的全部成因和相关问题。请求授权对涉事主体、个人、机器系统采取必要检测和限制措施。"

英国代表发言:"我们的高级别专家注意到一个细节,在联席会议发布的2079醉星群0号醉星到达静止轨道的时间上出现重大误差,181秒,0号醉星提前 181 秒到达,上帝派遣的不速之客竟然提前与'太空之路'星座接吻,这是什么缘故?是上帝推了醉星一把,使这个醉汉加快脚步,投入近地怀抱吗?这恐怕隐藏着什么秘密,定会是这次大灾难的导火线。"

"我不否认 0 号醉星首先撞击我们的'太空之路',那个 181 秒也格外醒目,我从一个科学家的角度提醒各位,现在救援被困太空的难民是头等重要之事,调查大灾难成因固然重要,但不可设置前提,那只会加重大灾难的程度,何况大灾难的导火索又何止 2079 醉星群?"霍伦发言。

冯德莱说:"我们支持组成国际高级别专家调查组,我赞成霍伦博士的意见,不要设置前提,我再提议,不要妄加猜测,不要牵强附会。调查与救援可协调进行并以救援为主。我想提醒的是,这次大灾难在没有得到真正令人信服的结论之前,不可轻言,更何况空间灾难超出以往所有灾难,无一近似、无一参照、无一比对,我们将步履维艰,难以描摹将来会是什么结局,这也是许多人失去信心的理由。在人类共同面临危难的时刻,请把心思用正,多从科技、数据论证的层面说话。"

耶伦伽说:"我们在莱茵城记录了一些撞击数据,这仅为科学解读空间大灾难提供参考,我赞成冯院士的建议,以救援被困人员为主,逐步寻找大灾难成因。"

安理会形成 2079 年第四号特别决议:在联合国安理会领导下,组成国际高级别专家调查组,调查"8·13"空间大灾难具体成因,由联合国应对大灾难秘书处协调,应与救援太空和全球自救行动相统一。

进入第四项议题,联合国应对大灾难秘书处综合各国代表、国际组织负责人和国际各界人士提出的数千项全球行动项目,主要围绕清除近地空间太空垃圾、打开近地空间通道,涉及太空替代产品、各国与各地区自救、联合应对"深度复合级联损害"①,形成 2079 年第五号特别决议,国际社会进入特别艰难的危机时期。

欧洲航天局代表在线提出开辟近地空间通道建议:早在 2025 年,该局与"清

---

① 太空科技发展失序将形成级联灾难,摧毁人类在近地空间建立的现代文明成果,进而波及地球,在人类生存发展的重要领域造成深度复合级联损害。

洁太空"公司合作发射了"清洁太空一号"卫星,当时的近地空间垃圾主要是航天发射的抛弃物、火箭末子级、火箭爆炸物、废弃航天器,以及航天器解体产生的碎片等。随着空间高速公路的激增和失控管制,垃圾超量衍生,国际社会与各国航天机构相继推出用近地空间激光器分解垃圾、喷射气体阻碍垃圾运行、电子缆绳捕捉垃圾等措施,可这些措施远远滞后于垃圾滋生速度。之后研发了空间柔性飞网捕获系统、飞船运载垃圾系统、空间督察系统,对缓解在轨航天器拥堵和减少碰撞概率发挥了一定作用,这些空间技术和设备可派上用场。

梅德韦捷说:"理论上讲,这些太空垃圾最终会进入大气层分解,但我们需要等待多少年? 400 千米高空的需要 20 年,800 千米高空的需要 200 年,1000 千米高空的需要 1000 年,1200 千米的需要 2000 年,36000 千米高空的需要多少年? 那要等到我的伏特咖成为古董之后,我测算至少 5 万年。时间是最无情的,我们哪禁得起这么长时间的折磨。我们的航天公司曾采用空间激光器对空间垃圾进行激光烧蚀,太空垃圾熔化为无害的等离子体,在减少太空垃圾数量的同时,防止增加更微小的太空垃圾流云。我建议此种方法应迅速扩大规模投入使用。"

应对此次形成的近地空间全域性碎片球壳流体,现有手段明显力不从心,科学家们建议将现有手段集成,先为救援太空提供一定支撑,然后再综合研判,形成大规模全系统的集成威力。

联合国安理会吸纳各国航天局和科学家的建议作为第五号特别决议附件,由各国政府和国际救援力量参照,联合国应对大灾难秘书处负责具体协调。

凌空跋涉

杉杉妮等被国际特救队中国分队救下,转移到中国三岛基地(简称三岛基地），迅速进行肢体修复与治疗。

"杉杉妮，快看谁来了？"

忽听有人招呼，杉杉妮从房间出来，抬眼愣了一下。

"杉杉？真的是杉杉吗？"

"奕哥哥？"

欧阳奕奕有些迟疑地来到杉杉妮身边，反复打量，眼前之"人"与杉杉小妹就像孪生。

在杉杉妮的记忆中，奕奕身材高大，粗黑长眉，非常聪明。

"没什么异常吧，奕哥哥？"

欧阳奕奕抓住杉杉妮的双臂仔细打量，一会儿摇头，一会儿点头，左看看右瞧瞧，说："你真是杉杉的原机人？"

"是我，奕哥哥，我的下身刚刚修复，在我记忆中留下深深的伤痕。这次大灾难能够幸存下来，是杉姐在莱茵城想到'搭桥过河'的主意，加上咱们中国分队及时出手，我们几个，主要是马克，才能产生奇迹。"

听着杉杉妮说话，欧阳奕奕泪花在眼里打转："听到你们被救的消息，上级领导急忙安排我赶来，走，咱们到屋里说话。"

这是三岛基地一处特别的楼房，杉杉妮等被解救后住进这栋白色圆形的楼内进行修复治疗，周围是花园，窗外能听到海水拍打岸堤的声响。杉杉妮按动控制钮，窗户关闭。

纯蓝色墙壁上没有任何装饰物，靠墙的桌上放置数台计算机，屏幕闪烁雪花，桌前一排座椅。杉杉妮拉着奕奕坐下。

"妈妈特别想念杉杉，从她离家那一刻起，妈妈常常以泪洗面，现在眼睛还模模糊糊。"

杉杉妮盯住墙壁，对奕奕的话没做回应。

"杉杉的亲生父母在我们家里遇难，至今是个谜团。这件事缠绕我们家16年了，基地曾提出换房子，爸爸妈妈都不同意，我想，他们是要讨个最终的说法的。"

欧阳奕奕看着杉杉妮的侧面,头发还是那样蓬松,眼睛比原先更蓝,鼻梁高挺,嘴巴紧闭着,一幅活脱脱的混血美女图,与杉杉酷似,不禁心中一动。

"记得妈妈在家最疼杉杉,宠得无法形容,至今我还记得清清楚楚。"

欧阳奕奕抬头看着天花板,声音像从压迫的喉咙里挤出来:"你可能还不知道,杉杉这次离家后,可怜的妈妈变成另外一个样,每天下班后在阳台上等待太阳从西山落下去,可太阳又不听使唤,偏偏赶上八月的长天,落得特别晚,太阳落下去,天空还微微发亮,妈妈等呀等,终于等到天黑下来。妈妈让我给她指认,天上哪个是杉杉所在的星体。我不愿糊弄,给妈妈指认东南方位一颗不太显眼的星体,那是中国的太极城,妈妈把这颗星刻入脑海,面对它悄悄说话,说的什么我从未听到过,妈妈对着天空说话的时候,也不许别人打扰。

"妈妈就这样从天黑到天亮,困极了就睡在阳台,日复一日。一天下大雨,乌云密布,根本看不到太极城亮体,妈妈等呀等,执意面对东南天空,突然一个闪电撕裂乌云划破天空,妈妈心中的那颗亮星出现的一刹那,妈妈高兴地呼喊起来,喊家助一起来看,说是杉杉能听到自己的声音,说杉杉每天在等待妈妈陪她说话,杉杉才18岁,一个人在太空会想家,想哥哥,想爸爸妈妈,会很寂寞,不陪杉杉,杉杉会噘嘴、会伤心。妈妈说她不愿看到杉杉伤心,那样会像刺一样扎自己的心。

"一天晚上,天阴沉沉的,妈妈独坐在阳台盯着东南方的天空,可乌云没有感应到妈妈的辛酸期盼,妈妈不停地念叨:'杉杉看不到妈妈会伤心,杉杉流泪,妈妈的心也流泪。'妈妈一阵阵针刺般的心痛,直到天亮,也没看到她心中的那颗星。紧接着第二天晚上,妈妈早早就在阳台等待,西北风吹着口哨,从山口呼啸着掠过京西基地,一阵又一阵,直刮得枝叶舞动、飞沙走石、楼体摇晃、天地翻转,狂风推着赖着不走的乌云一点一点向前移动,狂风一阵强过一阵,乌云汹涌翻腾;狂风一波强过一波,那乌云前腾后翻;狂风一阵紧接一阵,那乌云终于抵挡不住,像失落的缰绳飕飕向东南方向流窜。天空渐渐放亮,伴随着吹哨的风声,一轮明月挂在天空,照亮妈妈祈盼的凄凉太极城。妈妈捂住自己的胸口,对着亮星念叨。"

欧阳奕奕说到这里看杉杉妮仍然盯住蓝色墙壁,便探头看杉杉妮正脸,看到杉杉妮的眼睛清澈明亮,似目光穿透墙壁射向大海射向远方。杉杉妮如此平静是奕奕没想到的,半年多前兄妹相见,杉杉还是那个活泼好动的少女,如今却变得少言寡语,是原机人的缘故,还是受大灾难刺激,或是仲仲说的什么心结?

奕奕心头一颤:"在听我说话吗?"杉杉妮轻轻点头,眨巴一下眼,继续盯着墙壁。

欧阳奕奕的脸上挂满泪花,磕磕绊绊地叙说:"天近凌晨,家助一直在妈妈身后,顺着妈妈遥望的方向看到那颗亮星,凄然泪下。妈妈突然说,她要到天上去,要随爸爸去太极城寻找女儿杉杉。没承想,爸爸、仲仲、杉杉,都被阻隔在万里太空,这让妈妈一个人在家怎不痛断肝肠。妈妈,好苦好苦的妈妈,现在也不知她老人家怎样了,通信断了,网络断了,看不到她那祈盼憔悴的身影,也听不到她变得凄凉的呻吟,得不到她的一点音信。我好心痛,我恨不得现在就飞过去见妈妈,她一定孤零零地在那阳台遥望东南方向的天空,一定在心痛,我多想回到妈妈的怀里,为她揉揉干枯的眼睛,为她哪怕减轻一点点的心焦、心碎。"

杉杉妮链接不到在哪里有过这一幕,是现在的妈妈,还是已经仙逝的伊蒂贝娅妈妈在牵挂着自己?过往或许是这样子,但自己的亲生父母死在他们家里这究竟是为什么?那个阁楼就是这场悲剧的见证,这里面真有说不清的原因?可为什么还留存鲜明的喷像?我那冤屈的父母正值青春年华,却不明不白地离开人世,为什么欧阳一家人要隐瞒自己,为什么没查明原因?雪瑞莱妈妈是在用宠爱补偿欠下的愧疚吗?难道是用阁楼和喷像来敷衍自己这个柔弱的孤儿?难道要把自己困在他们家,永远掩盖下去不成?

这个欧阳奕奕不会是他们的说客吧?这么多年他们生活在那里,难道他们就能心安理得?他们是不会受到折磨的吧,与他们生活在一起10多年怎不见他们流露出悲伤痛苦?自己的血海沉冤怎会一笔勾销,可现在偏偏赶上太空落闸。我倒要看看那欧阳奕奕是真面孔还是假面具。

杉杉妮突然转过脸正欲说话,却被一阵敲门声拦住。

小峰妮、麦琪妮推门进来。

杉杉妮向欧阳奕奕介绍他们。

"小师兄,杉杉曾提到你。"欧阳奕奕拉小峰妮坐到自己一侧,"没想到在这儿遇见你。"

麦琪妮坐到杉杉妮一侧。

"爸爸、弟弟、妹妹被阻隔在太空,我心里很凄凉,空落落的。今天早上,上级突然通知我说,你们从飞船上跌落下来,被解救到此,让我赶过来。"欧阳奕奕向小峰妮、麦琪妮解释着自己来这儿的原因。

"奕哥哥,我们被营救到这里后,得到了很好的修复。现在急需救援被困在数万千米之外的杉姐和小师兄,他们那里的状况正在急剧恶化。"

"杉杉妮,你们坠落过程中英勇救人的壮举,得到国际社会高度赞誉,不过现在传播受阻,很难形成舆论氛围。"

"奕哥哥,你急着来见我,想必与下一步的救援有关系吧?"

"我正是为这个而来,你们感觉如何?"

"没啥事,看,这只胳膊恢复原样了。"麦琪妮说着甩了甩胳膊。

"奕哥哥,我的下半身已经修复,只是大脑受了一些刺激。有救援太空的具体方案吗?"

"领导让我转达,这次救援太空是全球行动,可以单独组织实施,也可多方联合,联合国应对大灾难秘书处在全球范围内协调,中国政府和军队已宣布迅速投入救援太空行动。现在都在商议方案。我急忙赶过来,就是想商量一下具体实施办法,现在各种数据和征兆显示,笼罩在地球身上的球壳流体远比想象的复杂得多,你们是目睹者和灾难亲历者,如何从地球出发救援太空,国际社会都在想办法,我的眉毛直往下掉,也没想出个辙。"

"小型灵便、能自我控制的,或许可以尝试。"小峰妮说。

"那个球壳流体是密集,但不板结,呈球形网格状,只有到跟前才能看清楚哪里有空隙。可以亲身试试。"杉杉妮抱起大"金毛"。

"没经历过,本来整个轨道面就很神秘,现在更危险了。"

"都啥时候了,管那么多还能成什么事。"麦琪妮回给奕奕一个轻蔑的眼神。

"奕哥哥,三岛基地控制室提醒,启动操作台,观看一个直播。"

"那快点。"

"8·13"空间大灾难后,航天发射全部中断,为太空城服务的全球航天系统瘫痪,地面探测系统则全部启动,紧急搜寻近地空间碎片状态,绘制笼罩在地球之上的球壳流体动态图。可飞动的碎片仍在不断撞击形成新的碎片,各轨道圈层飞动的碎片不断蹿腾,球壳流体动态图难以绘就,给人类救援太空不断增添障碍。

众多国际组织和高级别科学家评估后认为,太空落闸后,难以出现太空奇迹,笼罩在地球之上的球壳流体因受地球引力影响不会自行散去;人类已有的太空垃圾清理技术十分单薄,在庞大的碎片面前只能望洋兴叹;幻想用宇宙之手拯救地球极不现实,人类还没发现像升维降维的技术那样能使地球逃脱、生命逃逸的技术;消极坐等,不仅会使滞留太空的上百万难民及同伴丧失性命,还会使拯救地球摆脱球壳流体更加无望,极易引发社会动荡、文明倒退、自相残杀;而摆脱碎片的笼罩难以看到希望,只有小心翼翼地试探。

全球地基雷达观测系统、太空观测台、高能粒子观测站、电离层观测网以及大大小小的"天眼",竟出现各类叠加现象,数不清的流动碎片垃圾把"天眼"搞得眼花缭乱。失去空间眼睛的状态下,贸然采取什么行动都顶着极大风险。

北纬45°36′、东经63°24′的拜科努尔航天中心,位于哈萨克斯坦西南部克孜勒奥尔达州的一片半荒漠地区。

拜科努尔的原意是"富裕之地","Y"形体系的发射场区南北长75千米,东西长90千米。人类第一颗人造卫星、第一艘载人飞船"东方1号"、第一个空间站"礼炮1号"在这里发射。世界航天第一人尤里·加加林从这里出发进入太空。基地矗立着加加林纪念碑。

八月下旬的拜科努尔,草地开始枯黄,成群的双峰骆驼成为发射场外的一道风景线,俄罗斯第一位机器人航天员费奥多尔的塑像成为这里的地标。太空博物馆里陈列着加加林睡觉的小屋和苏联的"小鸟号"航天飞机。

此时,一辆航天员乘坐的轿车行驶在前往中央发射区的路上,不时有清水从车上喷洒出来。

电脑给出一个有趣的知识链接:1961 年 4 月 12 日,加加林从小屋乘车前往发射台,由于距离较远,行驶途中加加林要求停车方便,在一棵树也没有的大草原上,没有任何遮挡物,加加林只能冲着车轮方便,从此,这成为每一个从拜科努尔航天中心进入太空的航天员起飞前的必要仪式,一直延续到今天。今天这个程序暗示着升空搭载物并非人类。

"点火!"

"点火!"

大灾难过后的第一次公开发射吸引着世界目光,腾空而起的 "中俄救援号 2079-1"轻型火箭喷射着火焰飞向空中。

太空发射已有百余年的历史,而这一次却承载着不同寻常的使命,人类第一次与太空隔断,为纪念此次发射,中俄航天机构与联合国应对大灾难秘书处和国际同行协商取名为"寻天路行动"。

这款新型火箭是紧急研制而成,长 12 米,起飞重量不到 1 吨。发射时助推级和芯级同时点火。

"中俄救援号 2079-1"轻型火箭飞行到 180 千米时,4 个小型助推级发动机完成使命,与芯级脱离,装备智能敏感器的芯级继续向上攀升,升至 210 千米高度,芯级与运载器分离,此时运载器打开,上千个"麋鹿号"微型太空机器人自带动力进入倾角 55°左右的近地低轨道(球壳流体边缘),发射取得成功。

"麋鹿号"微型太空机器人(简称"麋鹿号"微型机器人)从这个高度向上对碎片分布、运行状态进行探测,与其他从高轨道圈层向下的探测结合,为救援太空探路,这是此次行动起名为"寻天路行动"的缘由。

"麋鹿号"微型机器人为拥有完整躯干、手脚和头部的类人形感应体,重量30千克—40千克,体长50厘米—70厘米不等,壳体里安装有热传感器、声传感器、触觉传感器、气味传感器,以及实时数据微处理器和电源控制器,腿脚部为太空核动力系统,具有自主控制和机动能力,中心神经系统进行数据处理和转换并实时向地面、海上和空中远距离监控系统传输图像和数据。壳体为高强度镀金骨架,外面为柔性的高强度耐火织物灰色航天服,主要功能为太空探测,由中俄联手紧急打印而成。

"小师兄,这次发射有点奇怪,没看出来吗?"

"可能与控制速度和入轨有关。奕奕,这个角度空域中的碎片比较稀疏,微型机器人从这个高度向上自行蹿升,察看情势,是个空当,不过……"小峰妮到嘴边的话又咽回肚里琢磨。

"麋鹿号"微型机器人飞行在大气稀薄的近地轨道上,这里的碎片已不稀薄,一群"麋鹿号"微型机器人加速变轨升轨,眼见着碎片垃圾渐渐多起来,但相互之间的距离有大有小,有密集成群结伴飞行的,有单个飘摇没头没脑的,"麋鹿号"微型机器人穿行在碎片中间,分辨成像极高,流畅地传输近距离的碎片垃圾运行数据和标识。

一群金属碎片以每秒13千米的速度从轨道面飞奔而来,"麋鹿号"微型机器人紧急躲避,实时传输图像显示为一颗卫星解裂的残体。部分"麋鹿号"微型机器人跟随在残体后面飞行,部分"麋鹿号"微型机器人向上攀爬,碎片群渐渐增多,形成复杂混乱的运行轨迹。

"麋鹿号"微型机器人进入低轨实施探测的初步行动,极大地激发了各国的探测发射,美国、日本、加拿大、印度、以色列、巴西、南非、欧盟等国家和国际组织以及国际航天巨头纷纷跟进,向太空发射各类探测器,实时观测球壳流体内碎片的分布和飞行轨迹。

科学家们发现,浩瀚的近地空间,球壳流体内的碎片不计其数,这些旋转的碎片犹如物质内部的分子、原子不停地运动、不停地变化、不停地撞击,其飞行轨迹还没有形成规律。

人类派遣太空机器人或其他探测器的数量，一时或相当长时间内都难以满足流动变化的约300万亿立方千米的探测需求,空间难民及其同伴将没有这么长的时间等待。网络系统的损毁直接影响太空机器人的联动、数据链接,单个或小群太空机器人发送并处理的碎片图像和数据,在近地空间的一个层面内也是支离破碎的,机器人网络、信息接收处理网络处于瘫痪状态,只有极少量军事卫星和进行全球协调的单项重大行动可以拼成临时网络,像太空机器人探测庞大的近地空间,即便是在大灾难前网络正常运作的状态下也极其困难,常规思路或不着边际的方案,难以解决太空越来越急迫的危机。

小峰妮吞咽下去琢磨的担忧,就是"麋鹿号"微型机器人"寻天路行动"遭遇的困境。

危机进入第十三天,太极城、莱茵城、太空督察城、圣彼得太空城、橄榄太空城等纷纷发布危机加重警讯。

莱茵城发布第三次限水通告,城内莱茵河水量急剧减少,水和空气转化系统达到莱茵城维持生存基线以下。水荒危机来临,直接威胁到莱茵城的生活和维系。

莱茵城城民和暂住者每天凭太空证领取的供应水量由500克减少到400克,洗涤脏物一律禁止使用水。莱茵城的植物渐渐发蔫,空气湿度明显降低。

莱茵河是莱茵城最重要的水源,大灾难后,莱茵城派大量原机人警察把守,严防一切偷水者,但不时有人忍耐不住以身试法,被劝返。

为争夺供水器里面的水, 城民们吵得不可开交。自动饮水器前挤满许多城民,前面的城民抱着饮水器直接喝起来,其实里面不会流出水,可后面的城民仍然一个接一个地靠上去,乞求或许有一滴水滴出来。

一群城民趴伏在葡萄醋栗园中,脸部用叶子埋起来,试图吸吮里面的湿气。

一个卷发的欧洲小女孩,脖子上挂着金色项链,右手拿着牛肉干,左手拿着奶酪,躺在地上张着干裂的嘴,两眼直直地望着上方,等待水的降临。四周站立一群拿着空瓶的无助城民,竟没一滴水落下。这是一幅揪心的画面,被莱茵城记者拍下发回地球,引起轰动。

发病的人群急剧上升,而太空医生束手无策,太空城缺水开始威胁到空间难民的健康。

从地面向太空运水的一切通道被阻断,大多太空城从大气层中直接转化水的渠道也被斩断,滞留太空的难民及其同伴失去了一切水源。

水!水!缺水成为空间难民的最大威胁。

国际高级别专家调查组受联合国应对大灾难秘书处委托召开救援行动特别论证会议,邀请杉杉、季小峰列席。

霍伦黄发稀疏,浅蓝色眼睛陷进深深的眼窝,发紫的嘴唇像涂抹了紫色口红,嘴角布满血泡:"亲爱的同伴,级联撞击还在继续,美国橄榄基地向球壳流体投放了数百个探测器,对救援行动只是个参照,球壳流体还在流动。"

韦斯坦嘴里噙着烟斗,两鬓越发的长,中间越发的亮,眼睛盯着自己的计算机,两手不停地忙活:"这样下去,用不了多久就会出大问题,欧阳首席你看呢?"

欧阳伯第扶一扶镜框,双眼布满血丝,用手连续拍拍似要打哈欠的嘴巴,胡须已有两三厘米。他从操作台前仰起脸:"呵,我们顾虑是不是太多了,真的没有更多的选择了。我和冯院士、韦斯坦博士连续几十个小时运算,各种可能的救援办法都涉了,'麋鹿号'微型机器人已经显示出独特能力,但寻路不会出现奇迹,只有抓紧派遣连同原机人在内的非常规救援力量,别无其他更好选择。"

"杉杉,那是你欧阳爸爸,他好像没看到你。"

杉杉赤着脚丫子,蹲在莱茵城太空工作室的椅子上,调整自己的影像位置。花格太极服皱皱巴巴,脸庞像刀削了一块,尖下巴大嘴角更加明显,干裂的嘴唇衬托着高挺的鼻梁,两只蓝色眼睛向里凹陷,头发黏在一起。"我要说几句可以吗?"

欧阳伯第听到一个熟悉的声音,困意中猛然一个激灵,他晃晃悠悠的影像出现墙屏上,他问:"杉杉,杉杉是你吗?"

"是我,爸爸,我是杉杉。"

"杉杉,我的孩子。"欧阳伯第带着嘶哑的声腔。

"我,我在莱茵城,我好着呢爸爸,不用担心我。只是……"

"只是什么杉杉?"

"只是,水,莱茵城的水眼看着一点一滴减少,我都能算出来还有多少滴。耶伦伽姥姥把她的定量水匀给我,现在脱水者每分每秒地增加,储存的冰块开始启用。"

耶伦伽插话说:"人类极度脱水会死亡。极少量城民申请'冬眠',我和同伴商议,在城外挂试验舱,为迫切的少量志愿者试验性'冬眠',不过代价太大了,风险极高。主要是缺水,食物、药物可以在太空城生产,维持一段时间。从地球补水,这是目前唯一的也很渺茫的希望。"

"杉杉,你有什么建议给我们?"霍伦盯着赤脚的杉杉,凹陷的眼睛似乎在闪光。

"哪有什么好建议,不能从月球、火星取水取冰吗?"

"杉杉同学,在你提出这个疑问之前,我们做过多次论证,月球上几乎没有可供提取的水源,尤其对我们上百万人类的长期用水需求来说,月球不具备这个条件。火星上倒有,但距离遥远,关键是我们需求量太大,太空开采和运输工具一时生产不出来,通信导航力量十分薄弱,那里的气候环境十分恶劣,而太空难民又等不起,这令我们这些科学家十分尴尬。"霍伦直直地盯着杉杉。

"太空中就没有其他水源吗?"

"可爱的杉杉同学,我十分确定地回答你,有,我们需要时间。可消耗水的时间在加快,我们只好与太空时间商榷商榷。"

"那就用笨法子呗,让我那个原机人伙伴冒冒险,各位大科学家指点着,总要蹚蹚这个天大的雷阵。毕竟尝过一次滋味了,就算撞进球壳流体,也比干耗着强,哪怕闯不出什么名堂,也能为后继者留下标识。"杉杉言犹未尽,接着说,"太空给我留一块墓地就行。""还有我的,我陪着杉杉。"季小峰插话进来。

执行这种从未经历、情况极其不明、形势极为严峻、人类别无他法、举世翘首瞩目的冒险行动,原机人能行吗? 一些高级别专家纷纷表达深深地忧虑。

"杉杉,有把握吗?"欧阳伯第忽起恻隐之心。

"欧阳首席,这让孩子们怎么回答。"韦斯坦截过话题,"我觉得杉杉他们的精神鼓舞了我,说实在的,我们不要在这里浪费时间,他们自己的原机人伙伴或许比我们更智勇,这也是大灾难把原机人这个群体推向台前、命里该显露他们身手的机会吧。"

"我们从技术和空间环境上给他们提供最大限度的数据支撑,网罗一切新数据、新图像、新资料,陪伴他们度过最艰难的历程,我们这帮人也要撑着。说不定,撑过去就是另外一番太空。"霍伦做了总结性发言。

"九霄号"空天飞机前,身着太空服的杉杉妮注视着自己的哥哥,心绪杂乱,爱恨情仇五味杂陈,一时无语。

欧阳奕奕抓住杉杉妮的双臂,眼中噙着泪花:"妈妈听说,听说你再去太空冒险,便在那个阳台安装了固定床和太空望远镜,妈妈的头发花白啦,脸上皱纹像网线。你知道妈妈40多岁,还是个医生,但就是放心不下,她没让我转告什么,只是说,她的心始终在你这里,她会时时刻刻陪伴你牵挂你,不管你吃什么苦、历什么险、遭什么难、受什么罪,不管你是哪一个杉杉,都是她的亲女儿,都是她的心肝、她的生命,是她唯一的希望。妈妈给我说,杉杉哪怕有一丝丝的希望,一丁点的机会,那就是她的祈愿。妈妈说她等你回家,等你回到她的怀抱,你一定记住啦。"

杉杉妮把目光从晶莹的泪珠里抽出来,飞速投向京西那个绿荫中的15号楼六层阳台,两只干枯的眼睛把自己的目光接住,目光里慢慢浸染灰白银丝,有一股劲要将自己的目光一点一点向里拽,向里收紧,再拽再收紧,凹陷的眼窝开始充血,全身的气力涌到眼窝这里帮忙,拉扯着输送深情、输送母爱、输送血脉的目光线,挣啊挣,拽啊拽,只可惜,两只眼窝终于支撑不住,还是让这目光线从她的心灵窗口慢慢溜走,渐渐消失在遥远的天际。

小峰妮在机舱门口招手呼喊。

杉杉与欧阳奕奕自小一起长大，相互之间十分亲密，只是大学以后聚少离多,但感情依旧深厚,每次分开时的相拥总是难以忘怀的美好留念,成为兄妹之间情感的体味。

杉杉妮与杉杉拥有相同的记忆和情感体验,上次拥别还是数月前寒假结束即将返校时。杉杉妮清晰记得这个 1 米 80 的强壮体格的别样感觉,当时奕奕的脸颊热辣辣的,胸脯明显起伏,两个臂膀像钢箍把自己圈在里面动弹不得。而这次,在这种场合这种时机这种状态下的相拥,杉杉妮与欧阳奕奕还是久久不愿分开,杉杉妮隔着太空服就能感觉到奕奕的胸脯出现震荡。

叫喊声穿过空天飞机的轰鸣传到杉杉妮的耳膜,杉杉妮极力挣脱奕奕的铁臂钢箍渐渐向后退步,机械吊臂将杉杉妮抓住升高移至机舱口,杉杉妮没有回头径直走进去,机舱关闭。

由中国牵头组成的国际救援太空先遣队(简称先遣队),向阻隔在遥远太空处于极端危机中的难民及同伴驰援。

"九霄号"空天飞机从三岛基地紧急起飞。该机与普通飞机没什么明显差别,只是机身较短,重量不到 5 吨,最大载荷不超过 4 吨,没有窗口,无人驾驶,机动性强,最大速度为音速的 23.3 倍,垂直升降。

"九霄号"空天飞机飞行数分钟后抵达 213 千米高、倾角 53.7°的近地空间,向后抛撒载荷。物体抛撒后,"九霄号"空天飞机返回。

"我是杉杉妮,我是杉杉妮,听到请回应。"

"杉杉妮,我是小峰妮,在你正后方。"

"被'九霄'抛入太空,我有点找不到北。"

"你是麦琪妮,向我校准。"

"不听使唤,该死的控制器。"

"麦琪妮,全身放松,松开控制器,进入自动操控系统。"

麦琪妮在空气稀薄的近地低空翻腾数圈后环绕。

先遣队由 20 个原机人战士组成,杉杉妮担任队长,小峰妮、麦琪妮担任副队长,队员每人自身体重约 50 千克,负重 50 千克,大"金毛"随杉杉妮行动。

从国际众多原机人志愿者中迅速选拔出的 20 名成员,在自愿前提下进行特别装备,大腿根部以下部分替换成两支动力系统,队员之间实施芯级链接,与三岛基地控制中心和太空城智能链接。

临行前基地领导反复告诫,这次行动在人类历史上没有任何先例,大灾难形成的球壳流体情况不明,被阻隔在远地空间的太空城危机加重,这是在上百万人类及同伴陷入极端困境状态下的一次冒险,时间紧迫、险情加深,自然人已无法亲自救援,需由原机人战士独立行动。国际社会高度瞩目,那 0.5 亿拥有原机人的人类与自己的原机人被寄予极大期望,这是原机人证明自己能力究竟有多大,与人类的情感有多密切的严峻考验,先遣行动成败与否,对原机人群体如何存在、发展将产生深刻影响。

"我是 4 号队员,已跟上。"

"我是 5 号队员,已跟上。"

"我是 6 号队员,向下坠落,杉杉妮,我向下坠落。"

"6 号,松开手动,系统会自主处置。"

"不好意思,我真像个狗熊,我来啦,我是 6 号我上来啦。"

"我是 7 号队员,我开始加速升高。"

"7 号,不可加速过快,保持在 53.7°倾角 213 千米轨道面。"

"明白。"

"我是 8 号队员,咱加速上去不就得啦,磨叽个啥劲。"

"8 号,我是小峰妮,我从近地空间经历过一遭,很快就会有情况,基地给咱们定的规矩咋说的,听指挥,听杉杉妮的指挥,不可含糊。"

"我是 19 号队员,已跟上。"其他队员沿轨道面绕地球旋转。

"各位队员,先遣队分三个分队,各分队按'2'字形错落编排,一、二分队各 6

名队员,三分队 8 名,队员之间距离、高度可视情况调整,以便于行动和躲避为宜。各分队相隔 500 米,一分队我为指挥长,二分队麦琪妮为指挥长,三分队小峰妮为指挥长。编队开始。"

杉杉妮飞动在先遣队最前面,大"金毛"固定在杉杉妮背包上面与杉杉妮芯级链接,形成先遣队控制枢纽。

"各位队员,早一秒抵达太空城,就能早一秒拯救我们的亲人同胞,见机穿梭,不许脱队擅自行动,明白吗?"

19 名队员整齐回应。

"加速,升轨至 300 千米。重复一遍,升轨至 300 千米。"

各分队刚刚加速,就出现了突发情况。"报告队长,我是 20 号队员,三分队后侧发现碎片群,上部发现零星碎片。"

"加速摆脱,穿越零星碎片。"杉杉妮发出指令。

"明白。"全体队员回应。

低轨道面上的碎片,环绕速度约为第一宇宙速度,原机人战士在不加速状态下,与碎片环绕速度相当,加速就可摆脱碎片飞行轨迹。

三三两两、大大小小的碎片在轨道面漫游,原机人战士穿梭在它们中间。

近距离观察这些碎片,竟是遭到碰撞后的飞船和卫星的残留物,块头大的像卡车,太阳面板、小飞轮、扭曲的天线、蓄电池、计算机、磁力柜、各类仪器等夹杂其间,最怵头最具威胁的是那些星星点点的小东西,像感应开关之类,原机人战士有时到眼前才感知到这些数厘米大小的空间杀手。若碰巧在眼前游动,则不时会有原机人战士顺手擒住小碎片塞进口袋。

原机人战士与流动碎片物体同向飞动、全维感知、流畅穿梭、首尾照应,最大概率地借助地球提供的势能,以与碎片物体大致相同的速度环绕,躲避碎片物体,逐渐提升高度。

仅过数十秒钟,升至 320 千米高度时,先遣队警笛尖厉,三个分队被截成数段,轨道面上方布满碎片垃圾,停止加速的先遣队队员穿梭在密度极大的垃圾间隙中。

"队长,我是小峰妮,向上通道被阻拦,我建议降低高度,寻觅垃圾稀疏空间,降到 295 千米圈层,从那里环绕,再寻机行动。"

"可行,小师兄。全体队员都有,减速下降,抵达 295 千米圈层。"

"明白,队长。"原机人战士减速下降到 295 千米,三个分队恢复队形列阵。

"保持队形,适度加速。"杉杉妮发出指令。

三个分队沿新轨道面圈层加速环绕。

杉杉妮飞行在编队前面。在观测镜受到极大限制、直接升轨受阻状态下,先遣队只好采取边环绕边升轨的策略。

"加强监视,二分队升高 10 米,三分队降低 10 米。"

"二分队明白,升高 10 米,全域监视。"

"三分队明白,降低 10 米,全域监视。"

编队即刻调整队形。

"圈层前方,发现微小碎片物体。"4 号队员报告。

杉杉妮带一分队向下俯冲,越过碎片物体,又回到原有圈层面。

"紧急制动,紧急制动。"杉杉妮发现前方大片微型碎片云,发出紧急指令。

全体原机人战士即刻制动回应,不料,这个紧急制动出现重大意外。

20 个原机人战士在圈层面就地向后翻滚,在无云无雾无阻力的真空中群体大幅后空翻,一个个四仰八叉;数秒后,翻滚幅度渐小,速度渐慢,原来的向后空翻腾却渐渐向前平面旋转。

大"金毛"紧紧搂住杉杉妮的脖子,杉杉妮翻滚中接近并排的 3 号队员,大"金毛"伸出前爪将 3 号队员一推,没想到,3 号队员竟向一侧翻滚着加速离去,杉杉妮控制住翻滚加速追赶,眼看 3 号队员就要撞上碎片物体,杉杉妮伸手一拽,遏制住 3 号队员的飞速冲力。

麦琪妮翻滚着叫喊:"太空翻转啦,摇晃啦。"

小峰妮在第三分队前方控制住翻滚:"队长,快下达指令,自动调整方位,迅速整理编队。"

"全体队员,瞄向大'金毛'调整方位,各分队规整。二、三分队视情况调整间距和角速度。"杉杉妮下达指令后,向 3 号队员致歉,向全体队员致歉,险些酿成空间自残。

三岛基地控制中心大厅笼罩着紧张气氛。这里全程控制跟踪先遣队的救援行动,欧阳奕奕记下刚才这个惊险场面。

控制中心的科学家汪明说:"尚不知先遣队的加速度是多少,在几乎真空的绕轨圈层里,紧急刹车的实验数据还不多。我想,先遣队正以非常快的速度向前冲。这就好比冲浪,冲浪板的速度越大,后空翻转的幅度、高度就越大,转速就越快。在我们日常生活中,一辆高速行驶的列车紧急制动,瞬间,车身将在原地向上蹿腾,由于空气阻力和地球引力,列车或许不会向前翻滚,但会造成列车倾覆。原机人战士体态紧凑,高速飞行中紧急制动向后翻滚或许是这个机理。"

"不断向前移动着的后空翻,我在长安大戏院看过武生表演过这样的动作。"欧阳奕奕在屏幕前回看刚才的画面。

汪明接着说:"是不是可以把大'金毛'的推力引起的加速比作推动秋千,推动过程是增加能量的过程,推力越大,秋千荡得越快越远。额外推力使 3 号队员脱离飞行轨道面,在翻滚中向一侧加速荡去,这个推力瞬间多大,荡去的速度多少,现在难以判定,不过这是一个危险动作,也是大'金毛'保护杉杉妮的自主反应。"

"没这个敏捷反应,杉杉妮与 3 号队员都要遭殃。"欧阳奕奕为此辩护。

"杉杉妮,我是奕奕。'麋鹿号'微型机器人传来局部图像数据,请随时判断处置。"

"好的,奕哥哥。"

"队长,快看,咱们飞动到一片地球风暴的上方空域。"

传感器观测到,先遣队飞动轨道面下方似乎出现雷雨风暴,一阵阵雷电将黑压压的云层撕裂,暗红的"岩浆"迅速向撕裂的云沟漫延,一道道闪电发出炫目的亮光将云海捅破,鳞爪般的银白光形从太空伸向大海,一浪浪叠加风暴卷起,恨不得将地球连根拔起。远处天际浮光掠影,血红色磁力线在绿色云海中翻腾跳跃,似蓬莱仙境亦真亦幻,一幅扭曲的空间景象。

接着这一切急速变幻,无数的旋涡形成,一个个旋涡里装满炽热的"岩浆",旋涡上方气流旋转,不同旋转方向的旋涡之间渐渐融合,形成数个天大的旋海,旋海里炽热的"岩浆"、色彩斑斓的旋风,上下翻腾的风柱、云柱、光柱交织在一起,接力似的向先遣队波及。①

汪明等专家分析,是否是地球风暴引发的瞬间电磁风暴向近地空间挤压,瞬间改变空间区域电磁强度,冲击到先遣队。

"这风暴能把太空碎片卷走就好啦。"队员中冒出这一句。"不知什么原因,我的大脑吱吱作响,好像肌体出现毛孔,一丝丝向里挤压什么,身躯有一种涌动。"麦琪妮呼喊着通过芯级链接传递给队友,并输送到三岛基地控制中心和太空城。

欧阳伯第的声音传递进来:"地球风暴形成的电磁流或带电粒子难以直接波及你们,至于电子脉冲,我粗略推算,也不会太强。这种电磁级联效应还没有数据支撑。其他队员有何反应?"

队员们回应后,加速升轨。

先遣队还在近地空间低轨圈层飞动,从调整点环绕地球数千千米,在渐渐升高纬度的同时空间高度逐步攀升,而恰恰这个圈层是碎片垃圾密集空域,先遣队与大大小小、疏疏密密、品种丰富的垃圾周旋。

小峰妮报告:"低轨空间形成一个'太空垃圾博物馆',原来寂寥的近地空间喧嚣起来,愣头愣脑的航天器还在不停地蹿腾、相撞、变轨,并不是所有航天器都

---

① 文中所描绘的是一种混合红闪,是重要的空间光学现象,是伴随着雷暴发生的大尺度、弱亮光、基本为红色的闪状光束,出现高度为 50—90 千米,常伴随暗红气辉扩展到 90 千米以上的模糊结构,全球发生率约为每分钟数次。

在级联灾难中毁灭,一定数量的微型航天器夹杂在碎片垃圾中间继续沿设定轨道运转,不清楚哪些国家和空间巨头还在使用。"

被逼无奈的原机人战士,依附在同速同向旋转的各类垃圾上方,抵达中纬度约 700 千米圈层。

小峰妮骑上一个无名航天器。原机人战士有坐太阳板上观光的,有在卫星发动机上仰面看天的,有倚在舱门上显摆的,还有抱着碎片不撒手的。

"麦琪妮,你抱的什么?"并排的 8 号队员询问。

"不清楚,我一直闭着眼睛。"

"睁开眼看看。"

"看啥,黑漆漆的有啥好看的,难道送给我一个男友不成。"

"没准儿还真是。"

麦琪妮睁开眼:"我的天,鬼吧?"

硬邦邦的男性躯体,麦琪妮下意识松开手,又轻轻拽住。

"撞上天鬼啦?"小峰妮在后方喊道。

"小师兄,他还睁着眼看我。"

"哟,在太空撞衫啦,是男是女?"

"小伙子,比马克帅多啦。"

"天哪,咋让你给抱上啦?"

"我也不清楚,我的传感系统感应到一个飞动物体,我就抱住了,哪知道是这样。"

"啥模样?"

"双眼直勾勾地盯着我,心里有点毛。"

"身上有没有标记?"

麦琪妮伸手摸摸躯体面罩,用手晃晃不见反应,太空服和躯体没有破损,左臂略有弯曲,两条腿有些岔开,整个形体保持健壮挺拔的姿态。轻轻移动,躯体后面没什么特别,又转过来,轻轻一提,躯体向上漂浮,弯曲的左手袖口处镶嵌着名字、国籍和电子芯片。"匈牙利人,约翰·格里。小师兄、杉杉妮,我该怎么办?可怜的约翰。"

"约翰好可怜。哪遇到过这闹心事,我也不知道咋办好。"

"这片空间又多一个幽灵陪伴我们游荡。"麦琪妮闭上眼睛祈祷。

"请控制中心给个意见吧。"杉杉妮的声音传递到地面、太空城,一时竟沉默无语。

"太空落闸伤害多少无辜生命,现在还难以计算,可以肯定的是数字还会不断增加,让他们在天堂安息吧!"莫科夫的提议传到三岛基地控制中心、太空城和先遣队,麦琪妮又抱着约翰在轨道面旋转。

麦琪妮将约翰向后传,后面的 9 号队员牵着约翰飞动一段距离,旋转中继续向后推。

"你不敢看约翰的眼睛?"盯着约翰的麦琪妮带着埋怨的声音在芯级链接通道传递,9 号队员保持沉默。

11 号队员接到约翰,在冰冻的太空面罩上一个额头相吻,接着向后传递。

小峰妮将约翰搂住, 将近 2 米的约翰躯体比小峰妮长出一头多。"咋不敢看呢,有啥说头,我看看。娘哎,咋像活着似的。约翰,你可别吓我,我还没见过死人,你要活着,就眨巴眨巴眼,千万别伸舌头哈,钻进脑袋里出不来会做噩梦的。"小峰妮闭上眼睛,慢慢睁开,不见约翰有什么动静,心里一阵抽搐,用手在约翰的面罩前晃动也不见反应,于是与约翰紧紧搂抱一阵后向后传递。

后面的 15 号、17 号、19 号队员相继与约翰拥别, 最后传给并排的 20 号俄罗斯队员彼得妮。

彼得妮转动角度,说:"杉杉妮,约翰好像是冻死的。前几天我从太空城返回地面时遇到大灾难,也被抛到冰冷的空间,幸亏你那个'杉杉行动',我与我的原体感应连接发出呼救信息,得到中国分队救援。我们一起的几个太空助工没能回到地面,恐怕也是这个下场。只可惜,没携带烈酒,说不定那时灌一通,能撑到救援队赶来。好兄弟约翰,后会有期啊。"

约翰被从后向前依次拥别传递过来，杉杉妮一手接住，同时发出指令，离开700千米圈层升轨逃逸。

杉杉妮牵住约翰，犹如见到故乡亲人一般，无论如何也没想到，在这寂寥的太空，在大灾难现场，竟是这个样子相遇，这不会是上天有意捉弄自己这个中匈混血儿，还标注了国籍匈牙利，怎能这样戳弄滴血破碎的心。

杉杉妮仔细打量，这模样似曾在哪儿见过，透过面罩依然清楚地看到约翰安详的神态，脸上没有一点痛苦的表情，没有一丝扭曲的面容，清澈的眼睛依然有神，瞳仁里有一些带亮点的空间，或许是辽阔太空的暮色景象永久留在这个瞳孔里。匈牙利男儿脸庞成熟，隆起的鼻梁比一般男子要高，厚厚的嘴巴自然合拢，一尊天然冰雕塑像，一个天真无邪的青年同胞，这哪是死去的尊荣。

杉杉妮大脑急速翻腾。是否将约翰带走，如何带，会给先遣队带来麻烦吗？到太空来干什么，不就是救人吗，冻僵的人不也是要救的吗，怎么就判定约翰死了呢？约翰不一定死了，只是冻僵，现在的医术有没有能力使他复活还不知道。如果真的死了，岂不拖累了先遣队的行动；但如果还没死……

杉杉妮把头贴在约翰头上。怎么办？难道就这样把约翰抛弃？一旦松手，那可就真的抛弃了，不会再有这样的运气撞上这尊冰雕。"小师兄啊，这可咋办？"

"杉杉妮，我感应到你的为难，心慈一把不会太难。"

"小师兄，不论约翰情况如何，我想带他试一试，是死是活那是科学家和约翰的事，你看成不？"

"杉杉妮，我还在这懊悔。你赶快上来，用绳子把他拴在后面不就得啦。"3号队员从附近靠拢过来，用绳子把约翰套住，拴在自己腰间，随杉杉妮加速升轨。在几乎真空的环境中，3号队员增加几十千克的负荷似乎没什么大影响。

先遣队编队在碎片垃圾飞动的空间不停地穿行。

太极城、莱茵城、橄榄太空城等数十个太空城相继发出状况恶化通报，生存环境急剧转差，死人数量逐渐增加，不少人挣扎在死亡线上，要求"冬眠"的城民躺着排队等待,一些太空城为抢夺水发生暴乱,一些游客到城民住所抢夺生活物资,湿润的植物被抢夺一空。

美国原机人、机器人战士混合编组的突击队从美国本土乘空天飞机抵达低轨。

俄罗斯救援太空突击队从北极升空。

数十个突击队陆续出发进入近地空间。全球大救援太空行动相继展开。太空督察城整合有限的太空通信资源,向各突击队提供保障。

数十个国家、地区政府和商业巨头,向80—100千米的临近空间投放数十万个传输气球和探空仪器,以解燃眉之急,全球一些大城市相继临时恢复电视广播的收视收听,一些城市急速开工生产电缆。早已在市场脱销的固定拨号电话成为紧俏货,临时开张发送电报的商业网点火热起来,一些大型跨国公司干脆自己架设天线,花大价钱雇用电传手和手动电键手,研发密码本,相互之间传递信息。

纽约、华盛顿、北京、上海、香港、东京、莫斯科、伦敦、巴黎、柏林等数十个特大城市高层建筑和高地上方支起一口口"大锅"(很久之前使用的接收信号的固定设备),嘀嘀嗒嗒的电波划破天空传递无线信号,人们早已贴身带着的柔性手机、电子手环、电子头带、电子纽扣、增强现实眼镜或隐形眼镜、腕部或臂部联通机等承载全息图、元宇宙、全维动影或光影的日常通信网络用品,大都成为废品,丢弃物随处可见,不少地方堆成山包。

"加速升高圈层,三个分队在目视距离内可自主调整速度和角度。"杉杉妮发出指令。

先遣队与碎片垃圾"猫捉老鼠",在空隙夹缝摆动穿梭。大"金毛"发出尖厉的鸣笛声。

"出啥事啦?"杉杉妮急促询问。

20号队员彼得妮报告,身后不远的轨道面上,3颗疑似太空炸弹的东西排列成阵,以每秒约6.7千米的速度环绕而来。

三角列阵的太空炸弹越来越近,在空间级联撞击的乱象中,仍然一副威武威严的架势,大摇大摆,目空一切地飞行在自己的领地。

先遣队不知所措。

从未见过如此气势汹汹的列阵炸弹,这可怎么办? 杉杉妮大脑飞速转动。

"杉杉妮,看清楚了,有骷髅图案。"

"喏诺,小师兄,没准儿是核家伙。"

三岛基地控制中心与太空城同时监测到,3颗太空核炸弹悠哉地环绕在轨道面上,炸弹体上似乎看不到所属国家和地区标识。

小峰妮、彼得妮闪离到一侧不远的圈层,仔细查看这些令人毛骨悚然的恐怖杀手。

"没见过这些吓人的家伙。"小峰妮嘀咕着。

"还能没听说过?"彼得妮显得颇有经验。

"那应该是太阳能板,在下落时起平衡作用。"汪明指着屏幕上折射着蓝色光束的数个翅膀,"利用航天器投放的核炸弹一般没这个,尾翼起控制平衡作用。"

3颗炸弹是同一种型制,好似捆绑式的四小一大。

"乖乖,这是玩命的家伙。中间修长的好似核钻弹,我给它贴个标签,权叫核榔头吧。"彼得妮说。

汪明有些迟疑地解释:"这种混合核炸体,我和我的团队未曾见识过,从外观推测,4颗捆绑的核炸弹,每颗当量相当于几万至数百万吨 TNT 炸药的威力,根据摧毁目标要求可形成空中爆炸、地面爆炸和地表下爆炸。形象一点说,其中一颗核炸弹就可毁灭一个大城市,4颗同时落到一个特大城市,那这个特大城市就会夷为平地。当年美国在日本投掷的原子弹每颗还不到2吨。中间那个尖头的疑似核钻弹,还看不太清楚,估摸着长有一米五六,这是一种改进型核钻弹,弹身缩短,但对钢筋混凝土目标的钻地深度不可小觑。战时,对核心目标的打击它完全可以派上用场。对地下指控中心、地下战略工事等的破坏相当大,估摸着也会有5吨TNT炸药当量,你别急,这对深埋目标的破坏效果相当于 100 万—300 万吨 TNT

炸药当量的地面核爆炸。我推测,这款新式混合弹的打击精度非常高,对地下深埋和加固目标的摧毁效果会十分明显。如果在近地空间被撞击,那将不可想象,这么说吧,将给这个圈层造成永久性放射性污染,人类将永远生活在核辐射的威胁之下,这十分恐怖,我这不是有意渲染。抱歉各位。"

"人类天真地生活在地球上,殊不知,头上面时刻悬着核武器。可悲啊,罗伯特·奥本海默①要知道今天是这个样子也会懊悔吧。"韦斯坦在案桌上敲打心爱的烟斗。

欧阳伯第感慨:"游动在近地轨道圈层,人类塑造的美好文明与邪恶丑陋一览无余。人类打造一个高级文明社会需要花费上千年上万年,糟蹋起来却容易得多。人类顺顺当当地生存下去变得越来越艰难,哪怕你不信。"

欧阳奕奕大声吼起来:"属于谁的,快来认领! 这个天雷早晚惹出事来!"

杉杉妮平复下来,她让队员们升高圈层,在核榔头上方数百米圈层环绕。

"物主现在不会出来认领,我看留在这个圈层是个巨大隐患,听听霍伦博士的意见如何?"韦斯坦呼叫霍伦,但他恰巧不在线上。

莫科夫提议,想办法摸清核榔头的情况,速度要快,不要耽误先遣队的救援行动。

欧阳伯第听到莫科夫的声音,上下牙齿不听使唤地颤个不停。

欧阳奕奕咆哮起来:"谁家的核榔头快出来认领! 这都什么时候了,还不当回事,让先遣队咋办啊? 我要到国际法庭告他们,让全世界人们看看,杉杉妮怎么对付啊!"

欧阳奕奕撕心裂肺的吼叫,震撼着联网的地面、太空,穿透到观看直播的人们。

耶伦伽说:"这个中国青年吼出一个横亘在我们面前的巨雷,别说杉杉妮他们

---

① 罗伯特·奥本海默(1904 年 4 月 22 日—1967 年 2 月 18 日),男,著名美籍犹太裔物理学家、曼哈顿计划领导者,1945 年 7 月主导制造出世界上第一颗原子弹,被誉为"原子弹之父"。

几个,就是核弹专家在现场也不容易解决。留在空间显然不妥。收回来?空间圈层的碎片阻拦着它们,难以顺利回到地面。自废?自废倒是个办法,可谁来实施,我想,这已经公诸于世,不会有哪家认领自毁。可时间又太急促,不能这样拖拉。这可难住我们这些鞭长莫及的伙计。最难的是杉杉妮他们,手头也没工具,接触就意味着粉身碎骨。我从来就不赞成搞一些怜悯的动作,让未来记住这个丑恶不就得了。这是管不来的事,至少杉杉妮他们管不来。"

梅德韦捷打着哈欠说:"我已经几十个小时没合眼了,没有我的'伙伴'伏特加帮忙,一辆大吊车也难把我的眼皮吊起来。说到哪里了?这由先遣队看着办吧,这些个空间核弹,我见过,不过可不是我们的。那玩意儿不好惹,看那油光发亮的外壳,密实着呢。想看看里面,那可不容易,这里面的程序相当复杂。"

莫科夫询问先遣队怎样看待。

杉杉妮听着这些科学家的议论着实伤脑筋,她没有立即回应,而是发出指令,让麦琪妮代理队长,带先遣队加速升高圈层逃逸,小峰妮、彼得妮留下。

麦琪妮还想争执留下来,被杉杉妮呵斥,遂带 16 名队员加速攀爬,离开核椰头圈层。

杉杉妮嘱咐 3 号队员,注意身后约翰。

剩下的杉杉妮三人组调整姿态、速度,渐渐靠近三颗核椰头。大"金毛"提示可以靠近,杉杉妮等试探着再接近。

三人组从三个不同角度接近目标物。

旋转着的杉杉妮试图触摸,又缩回手来。

"老爸、奕哥哥,我的大脑一片空白,没有一丁点这方面的知识存储,只有原子弹留下的恐惧印象,不会出事吧?"

"咋不会啊,乱捣鼓那还不完蛋了,就算做梦也不会抱个核炸弹啊。"欧阳奕奕不停地发牢骚。

看来也没什么好办法,黏在身上甩不掉,也躲不过去,杉杉妮等三人相互呼应着接近这三个环绕的可怕家伙,恐惧一阵阵袭来,一旦发生意外,不管空间是个什么样子,三个原机人恐怕连粉末也剩不下。

小峰妮接近右侧一颗,伸出的手有些颤抖,哆嗦着触摸一下太阳板,平复一下心绪,提起心力抓住,弹体有些向下坠落。小峰妮试探着使用自己的推进器,带着核榔头环绕。

杉杉妮在前方,彼得妮在左侧分别抓住核榔头。

三人分别把绳带套在核榔头弹体上,绳带渐渐收紧。

僵硬的气氛几乎窒息,生怕一丁点响动就会惊醒那沉睡的核"王爷"。

全球许多城市广场、商场的超大屏幕锁定这一幕,不少民众停下脚步静静地注视着三人的一举一动。

众多科学家心中明白,这样下去不会有什么好结果,但阻拦的责任又承担不起,这不仅关乎现有的百亿地球人,还牵扯子孙后代的生存安全,不解决这个隐患,这幽灵会时时刻刻纠缠着,不知哪天就把近地空间捅出窟窿。

汪明哀叹一声,连续清理嗓子,磕磕绊绊地说:"杉杉妮,你们看得应该比我清楚,捆绑的是核弹无疑。"

杉杉妮颤颤巍巍地用手摸着油亮油亮的粗短弹体上的骷髅。

"是这个,很密实、精致的弹体。骷髅上面的圆头是头部,按常规,里面装有解保和引信系统、一些电子设备,还有碰撞减震设备。中体,对,是你指的这个部位,爆炸装置安装在里面。再往下是后体,里面安装有电源、点火装置、备用引信、起爆器。"汪明根据杉杉妮传回来的实时画面解说。

杉杉妮指着尾翼,汪明说:"这是尾段,按理说安装有减速设备、降落伞等。现在关键是难以撬开。"

杉杉妮三人从口袋里掏出锋利的太空碎片晃动着,汪明念叨着:"这恐怕不行。别说撬不开,就是撬开也不知耗费多少钟头,这中间还会冒出许多不确定的事端。"

"你是说会泄漏吧,汪总?"

"这个哦,核炸弹,核泄漏,在拆解过程中只是听说过,没有被证实的确切消息。

按理说,有这个概率。只是……"

"哎呀,这咋能行?"欧阳奕奕不停吼叫。

"奕奕要冷静。这样下去不是办法,他们无法下手。杉杉妮,你听到我说话吗?"

"听到,老爸。"

"有什么办法能扫视核弹结构吗?"

"晤诺,我还有点蒙,心里怯。我试试看。"

杉杉妮背上的大"金毛"终于派上用场。跟随杉杉、季小峰一路颠沛流离的两只"金毛",上次在地金空间小"金毛"失散,大"金毛"离开莱茵城返回地面时遭遇大灾难,这次大"金毛"又随先遣队行动。

大"金毛"两只眼睛渐渐变红,扫视眼下的核榔头并发出声音:"我可以透过弹体扫视内部结构,其他功能主人还没给我注入。"传出来女童声。

"'金毛'宝宝,看到什么啦?"杉杉妮急切地询问。

"主人,汪明漏掉一个装置。"

"哪个?"

"主人,捆绑的核炸弹各有动力系统,安装在尾部。"

"中间核钻弹有哪些特殊结构?"

"主人,该弹为2060年制造,头部安装有量子红外寻的系统,中间核战斗部加长,尾部有微型计算机点火和控制系统,三部分由精密材料组合而成,由电子系统和计算机系统控制。"

"地面系统可以操控自废吗?"

"主人,我不清楚。"

"弹体在工作状态吗?"

"主人,静默状态。"

"有办法控制吗?"

"主人,点火、引信和电子设备失灵,可以让弹体自废。"

三岛基地控制中心与太空城的众多专家和指控人员陷入困境。

怎么办？极为敏感的核榔头,黏住全世界的目光。3颗核榔头的威力,远远超过当年美国在日本投掷原子弹的数十倍当量,若撂下不管,继续悬在人类的头上,这些现场的科学家和指挥官不可能有这个胆量下这个决心,全世界的普通民众也决不接受这个现实。

但靠杉杉妮三人根本无法处置,周围碎片垃圾造成的空间环境更不允许现场处置。再派地面专业人员上来,就是忽略碎片,能否再碰到它们？何时何处碰到？会不会这期间就出现极有可能的碰撞？这已经没有假如,没有选择余地,关键是没有解决方案。

轨道圈层重重拦阻

杉杉在莱茵城几乎要疯掉。耶伦伽的意见不是没道理,尽管有些偏执,可自己的心里就是放不下,于是赤脚站在地上与耶伦伽大吵起来。

"戗戗能顶什么,管不来就撂下,干你能干的事,你还真是天使啊,我还真不信,那个大'金毛'充其量是个量子探测器,能穿透弹体看到里面,但没本事把里面的电子设备废掉,要是那样,你就可以充当地球天使。"

"这不是砸手里了吗。前面麦琪妮与约翰'相遇',杉杉妮看能有一丝希望,就带上了。可这三个恐怖的家伙,听起来就竖汗毛。"

"呵,想找事,难道也把三个骷髅带上不成？"

"谁愿揽这档子事。"

"我看僵在这里不是回事,有它不多,没它不少。"季小峰在一旁看她俩吵个没完,插话想打断她们,没想到杉杉抬起脚丫子一跺:"捎上又咋的。"

没想到这五个字不经意溜出来，可这节骨眼儿上……杉杉自己不由得拍拍张开的嘴巴，难以置信地倒抽一口凉气。

耶伦伽翻起白眼。

季小峰霍地蹿起来，杉杉把手放到季小峰肩膀上，胸腔咚咚震荡。

中俄美欧专家组和指挥官协商出一个应对方案，紧急征求联合国应对大灾难秘书处和部分在线国际高级别专家意见。

莫科夫在联合国总部办公室露出影像："本来应由中国三岛基地的指挥官或专家组出面宣布，他们推荐我来说，我代表联合国应对大灾难秘书处，当然会对安理会负责。近地空间偶遇的 3 颗核榔头，给救援太空行动和人类生存环境构成极大威胁，滞留轨道或就地处置均不妥当，返回地球已无可能。中国的欧阳杉杉同学提出携带 3 颗核榔头脱离近地空间的想法，经紧急协商，综合各种复杂因素，迫于无奈，只有冒险采纳携弹脱离轨道圈层这个极为冒险的方案。"

靠在小师兄肩头的杉杉极为平静，似乎连呼吸的波纹都躲得远远的，杉杉感应到与杉杉妮好似一个大脑支配，一根神经波动，无论谁抱住骷髅另一个都通身战栗。

莫科夫发布的信息惊爆全球，莱茵城却出奇的沉静。

欧阳杉杉、季小峰用心灵陪伴自己的原机人，从 700 千米圈层出发，与核榔头相伴着向遥远的球壳流体纵深艰难跋涉。

莫科夫向杉杉妮他们呼喊："我知道，你们神貌平静的原机人战士，心中波澜涌动，在寂寥的太空与骷髅为伴甚为孤独，但你们不是孤军作战，有我们大家全程陪伴，有全世界的人们陪伴，时时在你们耳边，你们一定不会感到孤独。孩子们，愿运气护佑你们，出发吧。"

杉杉妮三人组呈"一"字形逐步加速，轻轻推动核榔头在圈层面倾斜着向外逃逸。零距离审视核榔头整体，外层 4 颗捆绑的核炸弹呈墨绿色，密实的外层油滋滋的，专家介绍的 4 部分结构，在外形上几乎分辨不出来。弹体 1 米多长，直径却有五六十厘米,单个质量充其量也不过百公斤。中间核钻弹的颜色略浅一些,弹头尖细,弹身被 4 颗核炸弹遮挡,标识有钻地图案。

近地空间真不寂寞,杉杉妮三人组刚到 1400 千米圈层,大"金毛"便发出警报声,与核榔头相伴的三人再次收紧。碎片飞舞,纷纷乱乱遮瞒眼前空间,杉杉妮等测定闯不过去,即刻转头沿圈层面环绕。

杉杉妮探测到身后残肢断臂七零八落、晃晃荡荡的败象,想起杉杉少年时第一次参观圆明园西洋楼的画面。那些无法烧毁的石头与断壁残垣,在杉杉心中划下刀印。那是一个极冷的日子,不知咋的,杉杉心头却一直冒汗,好似每一个石缝都探出一双眼睛,每一段每一层断壁都张开毛孔向外喷血,每一个牌楼都张开一张嘴。今天的眼前,从繁星璀璨、无上荣耀,跌落成荒凉芜秽的景象,空间慢慢浸染血红,顺着天大的旋涡翻转,搅动着天大的磨盘翻转。杉杉妮一阵阵抖动使身后的核榔头也跟着抖动。

大"金毛"感应到剧烈波动,提示主人该变轨了。

杉杉妮三人组索性把核榔头固定在腰际,控制推进器加速逃逸眼前的圈层,跳到俄罗斯"天箭""信使"卫星残体的上方疾驰而去。

麦琪妮带领先遣队艰难穿行,到达约 13000 千米圈层时,原机人战士普遍感应到身躯变化,一些队员形容躯体好似无数毛孔张开,丝丝的东西向里浸入,先遣队顿时陷入莫名恐惧。

三岛基地控制中心与太空城极度紧张,莫非空间雷区在这里冒出来了?

牵着约翰躯体的 3 号队员吉荀妮来自韩国, 其原体人在美国航天大学研究过"磁层物理",了解近地空间状态:"报告队长,我们可能进入范艾伦辐射带,这个高度应是内外带之间的缝隙,美国科学家进行过验证,我也在大学专门研究过,一般对航天器不会有明显影响。不过,对我们先遣队有什么影响,大灾难状态下是个什么状态,那就不清楚了。"

收到吉荀妮的报告,欧阳伯第、韦斯坦等与汪明紧急商议给出建议:躲避碎片垃圾,加速冲出辐射带,要迅速。

麦琪妮带领队员用 300 多秒抵达约 15000 千米圈层,每秒 5 点多千米的逃逸速度。

"麦琪妮报告,我们穿越的辐射带已明显收缩,仅在 13000 千米上下的空间圈层有明显刺激,这不应是空间天气中的常见现象,具体发生了什么不得而知。"

"好幸运,不曾预料的现象。"欧阳伯第感慨,"3 号队员,那状态能描述一下吗?"

"专家,我没携带专门仪器,但我们一定会受到影响,好在你们的建议管用,加速逃逸。那圈层,我判断是条不曾熟悉的辐射带,带电粒子不过中等强度,如果滞留在这个圈层较长时间,我们先遣队这些防护镀层肯定不行,飞船、卫星也顶不住。"

杉杉妮三人组根据大"金毛"扫视的核榔头内部结构状态和飞速变化,与先遣队这次跋涉近地空间使用的"速度算法",设想出一个冒险举动,向太极城的欧阳仲仲急速传递,得到支持后,欧阳仲仲将修正后的方案即刻当面报告欧阳伯第。

"3 号队员提供的情况很重要,能再详细说说吗?"欧阳伯第再次发出询问。

"还说啥,再说就没边了。"

"按你说的时间,我是考虑,在那个圈层滞留多长时间会对你们造成损毁,会顶不住?"

"这位专家有意思,等我调整一下姿势。"吉荀妮减速调整姿态跟随先遣队,"这位专家,我估摸着 10 分钟 8 分钟吧,就算能抗住那带电粒子至少也会把电子器件给弄晕乎。"

"谢谢 3 号队员的宝贵意见。"欧阳伯第的一番询问,把韦斯坦搞得云里雾里,欧阳伯第有些呆滞的眼睛还是盯住韦斯坦那干嚼着的烟斗,"我知道你犯嘀咕,这是一个稍纵即逝的机会,既然已经冒了风险,那就干脆在刀锋上舞剑,你看如何?"

欧阳伯第迅速取得韦斯坦的支持,急速与中国三岛基地和俄罗斯、美国、欧盟专家协商,在没有明确反对意见的情况下,这一方案的指令由中国三岛基地控制中心下达。

杉杉妮三人组携带核榔头呈"一"字形穿梭,即将进入辐射带。

"杉杉妮,让大'金毛'扫视核弹内部有无变化。"

"是。"

大"金毛"对身边的核家伙逐个扫描,没发现变化,仍在静默状态。

"杉杉妮三人组请注意,穿越辐射带时,将核榔头从身上松绑,抵达 13000 千米圈层时,错落放飞。注意错落放飞。听到请回答。"三岛基地控制中心发出指令。

"这是干什么? 把核榔头放走吗?"彼得妮疑惑地发问。

"照令执行。"

"是,遵令。"三人组即刻回应。

"注意躲避碎片垃圾,加速逃逸。"

"是,明白。"

三人组小角度斜面加速向左上方飞动,此时,杉杉妮在前,小峰妮在右,彼得妮在左,三人形成三角形面,先后抵达设定圈层,将核榔头解套放飞,然后加速脱离辐射圈层。

这是一个极为冒险、科技含量极高的轨道变换动作,搞不好,就会丢失 3 颗极度危险、世人密切关注的核榔头。杉杉妮三人组极度小心,与众多科学家通力协作,放大胆子在刀尖上舞一把。欧阳伯第头上冒出汗珠。

这个圈层周长大约 12 万千米,3 颗核榔头沿 13000 千米辐射圈层面环绕,杉杉妮三人组跨过辐射带,在 14000 多千米圈层适度加速与核榔头同向同步环绕。

3 颗核榔头的环绕圈层碎片垃圾比较稀少,可能与人造航天器为躲避辐射本身就很少在这一圈层运行有关。究竟这个辐射带在跨过北纬 70°后密度多大尚不得知。

杉杉妮从 1 万多千米高空向下观看跋涉而来的空间, 球壳流体与人类以往在近地空间活动的轨迹大相径庭,数不清看不透的垃圾圈层,极像俄罗斯套娃,不同的是层层为碎片流体且环绕。空间大灾难发生之前，人类从太空可以直接看到蓝色地球，"球壳体"仅有地球引力形成的气流扰动和星星点点的航天器。可现在眼前这个流动的碎片球壳体，有数不尽的圈层，巨大的计算机列阵也难以模拟这大量的球壳流体垃圾，里面有一层层腰带圆样的流动垃圾圈层、左右大斜挂小斜挂的流动垃圾圈层、密密麻麻南北绕行的流动垃圾圈层、瘦长的流动垃圾圈层。

这些球壳流体圈层断断续续，疏密极不均匀，有的成群结队，有的单个放飞，有的接连数千米横跨数十个轨道面，有的纵横斜错流动组合。光线像刚入夜的半个北京城的灯光秀，一半旋转流动在大街小巷、楼宇高塔，一半却在阳光下飞流入夜。杉杉妮心头越发沉重，飞流的圈层像是把整个心剧烈搅拌。

杉杉妮三人组感应到突然闪烁的光带，她们环绕到高纬度，闪烁光带逐渐显现，黄绿相间的光带渐成形状，大"金毛"传输这条光带距地面约 600 千米。

"小师兄，是极光吧？"

"我看像，居然能碰见通天的极光[①]，梦幻似的。"

数条带状极光从北极上空约 90 千米空域起，长达四五百千米，是极为罕见的景象。光带弧线自然，受磁力强弱分布状态影响，3 条巨大光带自下而上略有倾斜，数条卷曲光带在外层缠绕，光带头部数千米呈弥散状，数十条细长的红蓝浅黄光环将巨大光带圈在里面。

闪电改变风暴上方大气层中的电磁环境时所形成的"鬼怪闪光"和"精灵闪电"，导致上层大气中的氮分子发出短暂的光辉，尽管每次是短促的几毫秒，但氮分子连续发出的紫外光波长，杉杉妮三人组从太空服里向下观测却是连贯的。

罕见极光是否与近地空间大灾难有瓜葛，3 颗核榔头环绕的辐射带与这次大灾难是否有关联尚不得知，日地之间各区域介质耦合作用以及激变，或许会造成

---

① 曙暮气辉现象，在日出前和日落后，太阳天顶角在 90°—110°之间时的光辐射，由太阳紫外线辐射激发大气分子、原子而产生的共振发光散射现象，可在地球任何地区上空观测到，极光与气辉相伴出现，高度可达 100 千米以上。

极端天象,只是未采集充分数据解析,但这千载难逢的奇观景象足以展示大自然的无穷魅力。

杉杉妮可不这样认为,目睹天象奇观,她的心再次拧成疙瘩。难以预测、瞬间变化、突如其来的危险、威胁、恐惧总是打乱安适自如的生活,导致不得不神经紧张、拼命应对,强力按压不时发颤的心。近地空间是自己梦中向往、可以放飞心灵的神仙圣地,没想到竟会变成如此拥挤、浮躁、市侩、喧嚣、扰动、脏乱的农贸市场,脏乱甚过废品仓库。

"麋鹿号"微型机器人传输的图像和数据显示,在各圈层都有未公诸于世的肮脏航天器,不知有多少太空实验室在大灾难中被摧毁,泄漏出来的是何物,可以穷尽常人的想象。没承想这让自己这个青葱女孩目睹,脏了眼睛不说,竟也肮脏了梦想。如果有可能,这一段凌空跋涉、空间大灾难,最好把近地空间的肮脏景象从人们的头脑中过滤、从人类记忆中清空、从原机人的印记中抹掉。

"杉杉妮三人组,可以收回了。"

三岛基地控制中心发出指令,3颗核榔头在轨环绕七八分钟,已达北纬80°东经170°。

"明白。"杉杉妮三人组从上向下加速降轨,进入13000千米轨道圈层,渐渐靠近擒住3颗核榔头。

大"金毛"从杉杉妮背上跃出,接近核榔头扫描,然后等待右侧的小峰妮和他擒住的核榔头过来,接近后扫描一阵子,之后又转头追赶彼得妮。

大"金毛"与杉杉妮窃窃私语。

静候的各路人马、世界各地屏住呼吸。

"还是请莫科夫先生给个授权令吧。"杉杉妮终于开口。

"这没什么吧,至今没有认领的物主,在救援太空难民的特殊时期,全权由你们公布一切有必要的事项和涉及的技术,是这样的吧?"

三岛基地控制中心即刻表示授权包括先遣队使用的技术和必要事项在内的

发布权。

杉杉妮三人组调整编队进入高轨圈层。

"挑明说吧,3颗核榔头的表面每平方厘米、每秒钟可能受到能量高于20兆的电子伏重离子3000多次的猛烈轰击。通俗点说,每个核榔头至少遭受了140万次的轰击,电子设备、计算机系统受到严重扰乱,引信系统、点火系统和控制系统基本瘫痪。这是刚刚采取以毒攻毒的冒险举动,借用强辐射区域高能带电粒子较长时间穿过核榔头弹体,试图扰乱或烧毁弹内器件的结果,可以这样说,基本达到意图。不过,没想到一个意外。"

"什么意外?"

"啥情况?"疑问、担心顿时塞满链接通道。

"快说,杉杉妮。"

"先报个状态,核榔头装备人工智能系统,这是之前料到的,这个系统有两大明显特征,第一是自适应空间轨道系统。核榔头是低轨环绕的航天器,那个轨道离地面比较近,环绕速度大约每秒7.3千米吧。一般进入目标轨道的航天器,减速即刻坠落。核榔头装配的人工智能系统,在非任务状态下,可根据近地空间环境的变化,变换飞行轨迹、变速变轨。这次跟随我们一路跋涉,3颗核榔头一直根据高度、角度、线速度自我调整,以适应不同高度圈层运行。3颗核榔头随着离地心越来越远,速度越来越慢,环绕在13000千米辐射带以大约每秒4.5千米的速度自如飞行,自适应空间轨道系统发挥了作用。"

汪明介绍:"随着太空活动尤其近地空间巨量航天器的研发布设,靠地面人工控制或空间中继控制调节的成本与效率远不能适应空间环境的需求,于是在卫星、太空实验室、空天飞机、太空飞船、太空舱(站)、太空城、太空列车、空间武器等航天器和航天员身上装置各类型自动适应系统,自动辨识太阳大气、行星际空间、磁层、电离层和中高层大气等日地空间五个区域介质相互耦合作用的变化及影响,不断采集航天器、航天员本身的工作状态等动态参数,自动调整自身的特性和功能到达最佳状态,包括轨道变换、姿态调整、角度变化、速度调适、规避逃离等非预知的变化。"

　　三岛基地控制中心解释了一个重要现象,近地空间 190 千米—280 千米左右的碎片相对稀少,一个主要原因是,这个区域部分航天器在碎片风暴到来之前已由地面人工或自适应空间轨道系统操控逃离。在这个位置之上的低轨航天器就没这么幸运了,由于那里航天器过于密集,加之老式航天器内缺少自适应空间轨道系统,于是在大灾难中形成级联效应,一些变轨的航天器在新轨道不幸遭难。8000千米—20000 千米中轨区域碎片相对稀疏,装有自适应空间轨道系统的新式航天器向高轨或低轨两个方向逃逸是个主要因素。可以推测,在高轨尤其同步轨道圈层的航天器,包括绝大部分太空城成功逃离,自适应空间轨道系统应该功不可没。

　　联合国秘书处常驻记者提问:"先遣队是否拥有自适应空间轨道系统? 观测到三人组的行动有些迟疑,是什么原因? 他们能在空间连续执行任务多长时间?"

　　杉杉妮没有即刻回答提问,与小峰妮、彼得妮"一"字排列准备进入极轨圈层。收到"麋鹿号"微型机器人的探测信息,数百个极轨被堵塞,数千个中高轨圈层中碎片流动。

　　麦琪妮带先遣队在高轨圈层艰难穿梭。

　　于是,杉杉妮三人组沿先头部队蹚过的大体线路,降低纬度,倾斜着继续向左上穿行。

　　在喘息之际,杉杉妮照应过来回话:"我们 20 个原机人战士,在中国三岛基地安装了自适应空间轨道系统,现在看,尽管圈圈有坎,我们的辨识和反应能力还算可以吧。请不要把我们想得太完美、什么都能干,我们原机人战士行动起来很生硬,有些动作很笨。上太空前,一些系统是经过选择安装上的。我不清楚能不能到达太空城,我们选择穿行线路时,主要想避开碎片流体,一旦陷入里面,就别指望有谁能救我们。"

　　就在此时,麦琪妮等 17 个先遣队原机人战士穿行到碎片密集圈层,"麋鹿号"微型机器人传输信号,在 24000 千米圈层,发现数个失控跌落的太空武器。麦琪妮他们捕获航天器残片作为太空盾牌,以防动能武器袭击。

　　这个举动提示了杉杉妮三人组,他们穿行在碎片中间,也捕获一些航天器残片作为遮挡。

　　欧阳伯第犹疑着询问:"杉杉妮,你说的还有个特征,让我一直提着心。"

　　"哦,我把这个给撂啦。是这样的,大'金毛'扫视核榔头,发现弹体内部的人工智能系统有空间运行修复功能,这次集中猛烈轰击,导致内部系统紊乱,这会不会使核榔头中的人工智能系统也出现紊乱,存在新的不确定性?我不是空间轨道专家,更不懂核弹,可能有些表述不确切、不专业。"

　　"这恰恰是我最担心的,原来你们坐在火山口上,现在这个火山逐步复活,究竟需要多长时间,以什么样的方式复活,还不好预测。"

　　又是一个难以预测的隐患。杉杉妮心里想。哪想到按下葫芦浮起瓢,冒险把核骷髅折腾一番,刚让人们稍稍宽心喘口气,却又把隐患撩拨起来,哪知道那些"钻心虫"在里面咋蠕动,究竟会闹出什么动静,现在只有加快向外冲,顾不得许多了。

　　三人组调整编队,缩短间距,扔掉手中残片,索性骑在核榔头弹体上,借用核榔头动力,掌控方向,冲进上方的碎片密集区域。

　　验证了先前预判, 由于航天器自适应空间轨道系统的作用, 大灾难降临期间,许多中轨的航天器向高轨逃窜,原先运行的所谓轨道已经消失,垃圾碎片形成新的自由式圈层。

　　三人组在两群垃圾中间匆匆穿行过去,仅仅数秒又被上面垃圾阻挡。环绕一段,前右方出现空当,三人组紧挨着飞越过去,径直向上拔高。右方与上方圈层均被阻断,已无退路,三人组急速向左逆圈飞行。

　　逆飞数秒,左上方显露空隙,小峰妮率先加速升高,彼得妮紧跟上,不料,一些微小碎片流云飞来挡住杉杉妮。

　　小峰妮与彼得妮升高后即刻调整,顺飞向右上方,杉杉妮躲过碎片流云后即刻跃升追赶。

　　三人组沿右上方超越数个碎片垃圾横道阻拦, 却进入一个无路可走的封闭圈层,只得跟在碎片垃圾后面平轨环绕。

他们运行的轨迹,不仅自己晕圈,就连三岛基地、太空城的专家也感到怵头,只有欧阳奕奕、欧阳仲仲在超级计算机上为他们画图。

进入高轨圈层越来越艰难,骑着定时炸弹不说,碎片垃圾有意设置障碍,层层围堵,圈圈难越,困在死局里难以逃脱,哪怕一丁点撞击也会重蹈其他航天器噩运。

冲出近地空间或许要持续很长时间,杉杉妮回避的记者提出的问题却被小峰妮触碰:"杉杉妮,这样下去,动力消耗会把咱们带不出去,3颗核榔头把咱们拖累啦。"

"小师兄,彼得妮,集中精力向外突围,借用废弃物。"

这个空间区域尽管不小,但上下左右前后布满从西向东环绕地球旋转的微小碎片群,三人组被关进巨型空间隧道中,右上方的碎片群呈叠加状态,速度明显比中轨的低,三人组控制速度与碎片群同速同向环绕。

突然,一个无名飞行物落到小峰妮肩上,小峰妮霎时一个激灵:"我撞墙啦!"

"不要嚷嚷。"

"我的娘,吓死啦,你咋会说话?"

"我是'麋鹿号'微型机器人1016,与你一样,是近地空间战士。"

"你咋在这里?"

"从拜科努尔航天发射场上来的,执行'寻天路行动',幸好遇见你们。"

"叫我小峰妮,我们从中国三岛基地上来,一路跋涉,现在被困到这里。"

"我们隶属上海航天科技。"

"太好啦。我们三人组'一'字排列,中间彼得妮,后面杉杉妮队长。咋出去?"

"骑的什么玩意儿?"

"别提了,空间核榔头。"

"哎呀。"

"别理它。咋出去,有路吗?"

"我的传感器高度灵敏,其他本事没有。刚从上面穿行下来,这个空间隧道前方有个数百米缺口,通向右上方,然后急转向右,通向左上方。过这一段再说。"

"谢谢小弟1016。"

"我带你们。小心,你那家伙一碰,我们就别想回家啦。"

小峰妮环绕加速到右上方叠加碎片群处环绕飞行,逐步靠近前方碎片群尾部,发现一个数十米的缺口,小峰妮控制核榔头越过去,显出叠加的碎片墙,小峰妮一边环绕圈层飞行,与碎片墙保持距离,一边向上移动。数秒后,碎片墙上方右侧出现空当,小峰妮急速右转逆行,再加速向左上方穿行,抵达碎片流体稀疏的圈层空域。

杉杉妮、彼得妮骑着核榔头紧随其后,三人组在"麋鹿号"微型机器人1016引导下,继续穿越近地空间迷宫。

数十个从不同方向抵达近地空间的国际救援太空突击队犹如穿山越岭,艰难跋涉。

麦琪妮带领先遣队部分成员,试图在23000千米圈层进入一个远地点,没有成功,迂回至极轨圈层冒险升高。

"杉杉妮,我是太极城冯德莱,我们在静止轨道上方的空间防御走廊,派遣数艘无人飞船接应你们,请与我们对接。"

"冯院士,到时会的。"

接着又传来南极太空城、莱茵城、太空督察城等数十个对接信息,杉杉妮保持沉默。

杉杉妮、小峰妮担忧的事露出端倪,能否支撑到目的地,只有靠运气了。

"我们现在穿越的好似空间迷阵,现在转向右上方平行轨道。"

三人组按"麋鹿号"微型机器人1016的导引穿行。

"小峰妮,右手一群异样垃圾。""麋鹿号"微型机器人1016提示。

大"金毛"扫视异样垃圾的信息传递给三人组。

杉杉妮提示靠近一些，三人组骑着核榔头接近似乎飘游长达数十米的垃圾群，杉杉妮一阵眩晕，闭上眼睛。

三岛基地控制中心与太空城的跟踪人员异常紧张，纷纷询问出了啥事。

彼得妮粗声粗气地说："碎尸群。"

一条长近百米，横面不匀的碎尸群，在他们自己形成的轨道面穿行。"麋鹿号"微型机器人 1016 介绍，这些碎尸与其他碎片垃圾都出现缓缓沉降。

一个孤零零的圆头，断口像被劈开一样整齐，骨筋皮肉清晰，太空头罩裹住整个头颅；带着太空服的半拉子手臂，从腰部劈开的两条大腿，状态畸形古怪，数不清的尸骨碎片布满长长的轨道面。

"杉杉妮队长，我是太极城冯德莱，大灾难来临前，42 名游客乘太空飞铁返回地球，途中遭遇级联撞击，全部遇难。82 岁的丹麦著名画家在太极城作画长达数月，准备返回地球后在世界各地办巡回画展，他的遇难令人扼腕；来自瑞典歌剧舞剧院的一男一女两位小演员，还不满 10 岁，为排练一幕太空舞剧竟夭折化为悲剧；挪威一对新婚青年，他们刚刚举行了太空婚礼，谁能想到竟成葬礼；阿姆斯特丹市长应我之邀到太极城庆贺 50 寿诞，生日变成忌日，我愧对老朋友，这到哪里偿还这条命债；更悲惨的是，来自中国的一对情侣学者，他们用描写芬兰的著述作为垫资体验太空城，谁料到，竟成空间'冰葬'的实验品。我们一直沉浸在忐忑不安与悲痛之中，记住这悲惨一幕，为他们祈祷吧！"冯德莱的脸上形成明显的泪沟。

小峰妮在前面顾不得回应，穿越几个碎片流缺口，听到杉杉妮声音异常："小师兄，情况不妙。"

"咋啦？"

"我怀疑核榔头有动静。"

"不会有事吧？"

"我哪知道这个。"

"啥动静？"

"好像膨胀的感觉。"

"快让大'金毛'趴下看看。"

大"金毛"扫视核榔头内部，状态如前，毁坏的电子设备和计算机系统处于瘫痪状态，但频谱有变化，得不出数据参数对应和比对。

杉杉妮感觉越来越明显。她尽力冷静下来。莫非是那个撩拨起来的隐患发作了？还是别的什么？彼得妮也出现类似感觉。

突然，大"金毛"发出凄厉的警报声，杉杉妮询问也没得到明确回应，膨胀的感觉越发强烈："小师兄，我要骑不住啦。"

"杉杉妮，我也有感觉啦，这都啥时候啦，还跟咱们过不去。"

"彼得妮，你怎样？"杉杉妮看到彼得妮收拢腿部，"核榔头在伸腰吧？"

"杉杉妮，我的传感器收到核榔头无名频谱，膨胀越来越厉害，把我的胯快撑裂啦。"

"喏，不好。"

"出什么事了，杉杉妮？"欧阳伯第一直没合眼，眼睛直勾勾地跟随杉杉妮的一举一动。

杉杉妮描述现在的状态，韦斯坦在一旁睁开眼用烟斗敲敲头："这不是梦话吧？"

"韦斯坦博士快醒醒，核榔头出现膨胀。"

"梦话吧，已经瘫痪的核榔头能膨胀个什么，难道还有'细菌复活'不成。"

"你可别不信，说不定就是复活的人工智能系统，不知道要干啥。"

"别着急欧阳首席，看看再下结论，上帝啊，咋啥糗事都让他们赶上。"

杉杉妮骑不住核榔头弹身，大"金毛"窥视到弹体内蠕动的微型机器人，是这些"钻心虫"在修复核弹功能，不明频谱或许是蠕动带动弹体变化发出的。

"杉杉妮，保持平面环绕，以防不测。"欧阳伯第发出提示。

"收到，老爸。"杉杉妮三人组选择碎片流夹道平面环绕旋转。

核榔头 4 颗核炸弹捆绑在核钻弹身上，弹体骷髅在阳光折射下越发刺眼。

杉杉妮按着弹体听不到什么声响，一颗核炸弹试探着脱离母弹，大"金毛"提示一个弹体分离。"糟糕！"杉杉妮急忙伸手抓住脱离母弹的核炸弹。"快拴住它！"不知谁传过来急促呼喊，杉杉妮用胳臂夹住核炸弹，腾出手用绳子套在上面，哪知又一个从母弹上蹦出来。

杉杉妮牵住一个急忙抓住另一个，索性两个套在一起，绳子恰好勒住骷髅图案，杉杉妮顾不得多想，将套绳一端系在腰间，向里收缩，让两颗核炸弹紧贴后背。

感应系统提示核榔头母弹有动静，杉杉妮眼瞅着第三颗核炸弹从母弹上慢慢脱离，游动到母弹下方，于是双手接住脱离母体的小家伙，从腰间再次拔出绳子将其套住，等待着最后一个从母弹脱离。微型机器人一直在里面蠕动，可久久不见动静。难产啦？杉杉妮心里嘀咕。

彼得妮有近地空间的历练，一路过来，心理早已强大，在一颗核炸弹脱开母弹时，马上抓过来夹在胳肢窝里，第二颗久久不见动静，似乎被彼得妮的粗鲁给拿住了。

此时，小峰妮把套绳系在母弹上腾出双手，一颗核炸弹在母弹上似离非离，小峰妮用手触碰，小家伙又安静下来，小峰妮用力按压，不料，小家伙弹离母体，小峰妮霎时一闪，"麋鹿号"微型机器人 1016 敏捷感应跳离小峰妮肩头。

小峰妮扑上去欲抓急速飞动的核炸弹，没料到核炸弹弹离母弹的速度极快，小峰妮带着母弹追赶会出危险，又担心母弹再次分离，稍一犹豫，核炸弹瞬间逃逸，即刻就会酿成祸端前功尽弃。

万分危急时刻，大"金毛"从杉杉妮背上跃出，加速向跌落的核炸弹追赶。

这一刻攥紧所有人的心。

核炸弹似乎被束缚得太久了，脱离母弹来到空旷的自由空间，竟不顾圈层十分险恶的环境状态，悠扬着螺旋式跌落。大"金毛"加速追赶，慢慢缩小与核炸弹的间距。

大"金毛"全维扫描核炸弹，检测到内部毁损部位并未恢复，从母弹弹离或许是一个独立的控制系统。

核炸弹螺旋跌落中躲过一粒垃圾。

"'金毛',同旋。"杉杉妮急迫呼喊。

左斜上方的大"金毛",与左斜下方螺旋旋转的核炸弹对应旋转,姿态角渐渐一致,转速渐渐一致,大"金毛"向核炸弹慢慢接近,不料,核炸弹改为平面环绕,此处犹似刚才上来的空间圈层,但碎片的流动状态出现重大改变,圈层平面环绕的前端是叠加的碎片墙,上方是碎片流云,照核炸弹眼前的恒速还可有喘息,如要发癫,顷刻就会闪崩。

此刻大"金毛"感应到杉杉妮的急切心情,前方核炸弹弹头在前,弹尾朝向大"金毛",大"金毛"再次推进,小角度倾斜旋转与目标渐渐接近,转速高度一致,姿态角高度一致,大"金毛"的左爪高度稳定,靠近,再靠近,抓住!大"金毛"抓住核炸弹的尾翼,向下飞行,绕了一圈,再向右上方穿行。

杉杉妮的心被切成两半,一半给了大"金毛",犹如嗓子眼儿卡住心瓣拽住了核炸弹,把几乎坠落深渊的核炸弹拖上来。另一半也在嗓子眼儿里堵着,核榔头身上的前三个核炸弹呱呱落地,第四个却迟迟没动静,四胞胎生下三个,剩下一个憋在里面,怎叫杉杉妮的心不悬着。

杉杉妮索性将核炸弹又捆绑到母体上,小峰妮、彼得妮模仿做了捆绑。

"麋鹿号"微型机器人 1016 导引三人组向右上方穿行,大"金毛"按杉杉妮提示追上就近的彼得妮。

麦琪妮欲将先遣队交给 3 号队员临时负责,自己去接应杉杉妮,三岛基地与太空城保持沉默,杉杉妮果断制止,让麦琪妮尽快把队员带出,安顿好约翰。

麦琪妮带领的先遣队与"麋鹿号"微型机器人 1103、687 相遇,它们在低纬度新圈层向远地空间突围。

三岛基地控制中心与太极城、莱茵城众多专家顾不得舒展攥紧的心,紧急分析商议,原同步轨道圈层内的航天器大都逃离,堆积在新形成圈层中的碎片垃圾大多是从下方轨道移动至此的级联撞击残体,密度相当大,杉杉妮三人组冲出来的概率相当小,先期穿越过来的部分"麋鹿号"微型机器人,大多单个飞行,有的是攀爬在碎片上层层越轨,剑锋穿引,突破层层阻拦,抵达远地空间,成为探测眼下空间状态的适宜战器。

杉杉妮三人组背负载荷还有解裂的核榔头,直接穿越越来越厚的球壳流体是不可想象的难度。建议杉杉妮三人组和"麋鹿号"微型机器人1016在平行或倾斜圈层尽快寻找缺口,冲出近地空间的篱笆。

杉杉妮没有回应,而是立即调整编队,小峰妮与"麋鹿号"微型机器人1016加速向左上方飞行,彼得妮和大"金毛"、杉杉妮紧紧咬住跟进。上方与两侧的碎片嗖嗖嗖向后流动,逆飞的三人组在夹道中寻找出路,瞬间左上方闪出缺口,小峰妮跃上去直接拔高,两人在后跟进,相互间距仅有十来米。

30000千米上下的空间圈层,确实像预判的那样,碎片密集,小碎片尤其多。

杉杉妮他们发现一个现象,目前的碎片飞速尽管比较快,但与正常状态下碎片环绕速度相比没有太大变化,与大灾难发生撞击时的瞬速状态相比减缓许多,他们与碎片平行环绕时,处于相对静止态,这对此后探测和解决球壳流体对地球的阻隔,具有重要价值。

"麋鹿号"微型机器人1016导引着杉杉妮一行急速穿梭,麦琪妮那边终于传来振奋人心的消息,他们从南纬38°附近39300千米高度冲出近地空间,数十艘无人飞船争相抢夺先遣队队员,这反而成为一个难题。三岛基地控制中心请联合国应对大灾难秘书处协调处置。

麦琪妮那条线路对三人组来说已经错过,小峰妮不顾一切在高轨圈层顺行、逆行、上行、迂回、螺旋转动,抵达34800千米圈层高度。放慢飞速的三人组等待瞬间时机。

"麋鹿号"微型机器人1016窥测到上方约有180米—235米厚的碎片云层,该层几乎没有明显的空隙,若继续跟随碎片流平行环绕,则需要一个较长时间段,三人组的动力系统已经发出不足的提示,3颗核榔头的状态极度危险, 而盲动冲撞将毁于一旦,造成弥天大错。

没等眨巴眼的工夫,小峰妮沿球壳流体顶层要冲出去,只可惜,碎片间隔太小,没给留下机会。

这个圈层是高轨航天器冲撞的重灾区域,不仅大块头的残体布满空间圈层,还有令人不安的微小碎片密密麻麻,三人组跟随碎片平行环绕,时间一秒一秒飞逝,三岛基地控制中心停止呼喊,数十个太空城屏住呼吸,欧阳伯第与欧阳奕奕隔空对视着血红的眼。

只见三个闪影跃升到一个大块残体上,踮脚瞬间,消失在近地空间碎片缝隙中。

第五篇

末日煎熬

葡萄醋栗园圈禁

不对等契约宣言

空间法庭审判

葡萄醋栗园圈禁

撞上了?! 这一刻全球窒息。该来的躲不过,空间灾难级联加重的厄运终难逃脱,一路颠簸千辛万苦,无数地球人熬断肝肠,不仅救援太空受挫,三颗,应该是十五颗核榔头将瞬间成为灰烬, 可以想象的日本长崎广岛残像在人类头顶爆裂,犹如又一次世界末日揉搓人们已经碎裂的心。许多民众目瞪口呆,下意识捂住耳朵趴到地上,有的撕心裂肺对天长吼……

画面显示杉杉妮三人组与碎片叠加,通过监控传感系统跟踪的轨道半长轴、偏心率、倾角、升交点赤经、近地点幅角和过近地点时刻等参数,判定以当时三人组的姿态应是与斜面飞驰的碎片群相撞。

三岛基地控制中心呼叫杉杉妮,没有回应。

太极城呼叫杉杉妮,没有回应。

数以万计的民众呼喊杉杉妮的名字。

数以万计的民众为杉杉妮三人组祈祷。

人们等待空间灾难的再次降临。

人们木然地等待噩运到来。

但是,三人组的逃逸轨迹并没有留下相撞痕迹,并且现在仍在逃逸蹿升! 但逃逸速度、逃逸形态难以测定,逃逸轨迹与传感信号存在点差与混杂。

太极城、莱茵城、三岛基地控制中心的监控系统突然爆出人们欢呼雀跃的混杂场景,健壮的欧阳奕奕抱着汪明原地打转,欧阳伯第与韦斯坦相拥无语,冷面的耶伦伽做出"OK"手势,霍伦双手比画一个"心"形,梅德韦捷举起手中的伏特加示意,仰起脖子咕咚咕咚向里倒。

　　杉杉妮三人组在几无可能的情况下成功携带核榔头冲出球壳流体，全球民众从极度失望沮丧中回过神来，目光锁定三人组，锁定核榔头，相拥在一起欢呼雀跃，许多广场街道瞬间变成人们宣泄情绪的海洋，讯息播报声被一浪接一浪的呼喊跳跃淹没。长久压抑的情感一时间全部喷发，人们毫不遮掩内心流露的期待，泪水理解人们此刻的情愫，带着奔放肆意喷洒，好似喷洒出祭奠露水、祭奠礼花，喷洒出告慰空间英灵的香槟。

　　杉杉妮三人组没感应到席卷全球的声浪，他们冲出碎片阻截，摆脱球壳流体的笼罩与威胁，明显感到一片空旷，没有拥挤的飞船接应，只有闪烁的惨淡星光。

　　"杉杉妮，我是太极号无人飞船，请在圈层平行环绕，收到请回答。"

　　"太极号飞船，我是杉杉妮，我们在空间防御走廊内侧轨道面飞行。"

　　"杉杉妮，我们监测到你的飞行轨迹，请你对接太极城导航系统。"

　　"杉杉妮，我是莱茵号无人飞船，请你对接莱茵城导航系统，收到请回答，收到请回答。"

　　"莱茵号飞船，收到，我是杉杉妮。"

　　"彼得妮，收到请回答。"

　　"我是彼得妮。"

　　"请与圣彼得号无人飞船对接，我们在你前上方圈层。"

　　三艘飞船接应，杉杉妮三人组一时陷入为难。

　　"杉杉妮，橄榄号无人飞船接近你们，请与我们对接，收到请回答。"

　　杉杉妮迟疑了一下，征求三岛基地控制中心意见，得到回复"从便，将核榔头抛到尽可能远的太空"。

　　太极号无人飞船先行赶到，三人组将核榔头卸载到该船上，太极号飞船开足马力飞向远地空间。

　　莱茵号无人飞船停泊，杉杉妮三人进入船舱并向圣彼得号无人飞船和橄榄号无人飞船致谢。

亿人瞩目、热切期待的场面即将呈现,杉杉妮三人组踏上莱茵城,国际救援太空先遣队 17 个原机人成员在麦琪妮带领下列队迎接,久别重逢的原机人战士相拥在一起。

麦琪、耶伦伽、M·泰格站在一旁。

原机人助工将杉杉妮三人的背包卸下来欲离开,被记者拦住。

站立在封闭的莱茵河旁,趴在地上的人们艰难地向这里伸出手,周围站立数十个原机人警察。

杉杉妮艰难地卸掉太空服,露出里面穿着的浅绿色太极服,赤着脚,脸上及身上布满穿孔与疤痕。

队员们相互协助卸掉太空服,每个人身上都布满大大小小的孔眼与撞痕。4 号队员丢掉一条腿;5 号队员被削掉半张脸;麦琪妮一只小臂断掉;11 号队员双腿被斩断跪在地上;14 号队员脸部被削平;小峰妮胸部被穿孔,能伸过一个拳头;18 号队员两只臂膀悬荡着;彼得妮 1 米 90 的个头儿,腹部被穿透;大"金毛"全身像筛子;"麋鹿号"微型机器人 1016 身上全是麻麻点点。一张全家福传遍全球,人们心痛得无言相对。

背包在记者镜头前打开,里面是缀满孔眼的白色冰块,浸透着原机人战士和无数救援人员日日夜夜的心血,承载着希冀曙光与大义博爱。

为了它,20 个原机人战士历经艰险,凌空跋涉,百折不挠;为了它,太空地面携手抗"敌",在空间搏杀,人们百般揪心倾尽牵挂。

记者镜头收进抱着千疮百孔的冰块的 20 名狼狈不堪的原机人战士,影像即刻传遍天地之间。

细心的记者发现,现场没有鲜花掌声、没有鼓乐鸣奏、没有围观民众,麦琪、耶伦伽、M·泰格被拦在远远的地方,就在此时,原机人警察闯过来,不由分说,强行将杉杉妮、小峰妮、彼得妮及大"金毛"带走。这一幕定格。

这一幕刷爆全球!

这一凄惨场面令全球惊愕！

三岛基地控制中心从震惊中回过神来,愤怒质问:"为什么? 谁干的? "

太极城指控中心厉声质问:"为什么? 为什么? "

无数民众对天长吼,天怒人怨,却没人出来回应。

杉杉妮、小峰妮、彼得妮被带到莱茵城眉鸟酒店后面的葡萄醋栗藤架下,欧阳杉杉、季小峰刚刚在此圈禁,被限制活动范围、阻断芯级链接,周边十数个原机人警察监视。

历尽磨难却如此相见的杉杉、季小峰与自己的原机人同胞和彼得妮紧紧相拥在一起。

"把我们关在天牢,还有没有天理了! 老子不干,找他们算账! "彼得妮的胸腔起伏着,掏空的腹部刺刺啦啦。

"彼得妮,我们都还没来得及喘口气,咋这样对待我们? "季小峰双手揉搓,看着自己的原机人同伴无一受到慰问,一脸蒙,胸中似海浪翻卷。千辛万苦救援太空却换来如此悲凉的下场,季小峰胸中那翻卷的海浪犹似冰水从头顶浇灌。

杉杉与杉杉妮相拥,四目相对,心头涌起无限惆怅。这该从何说起,如孪生的两姐妹相处短暂时光就已经神貌融合,却极为不幸处处历险,无数次挣扎在生死边缘,自己刚过 18 岁却犹如历经百年,一幕幕惊险哪曾想过,自己的原机人数万千米跋涉不曾气馁,在本该相见的喜悦时刻自己却身陷囹圄连及"同命"的原机人,谁在无情地捉弄,怎么会落到如此境地。

杉杉抬头看不到天空,莱茵城的隔层镀金板挡住目光,身边的葡萄醋栗藤枝条低垂,空气干燥得令嗓子喷火,大"金毛"趴在地上像要死去,狼狈不堪的自己与千疮百孔的原机人竟无立锥之地。

约翰! 此时,杉杉与杉杉妮同时感应到那个冻僵的约翰。

一阵脚步声打断杉杉杂乱的思绪。

是麦琪,杉杉从杉杉妮肩头处看到麦琪一路小跑朝这里奔来,两个原机人警察在她身后。眼尖的小峰妮喊出声来:"小麋鹿!"

没料想,"麋鹿号"微型机器人1016前来辞行,杉杉、季小峰的眼角溢出泪花。

杉杉双手抱起"麋鹿号"微型机器人1016贴在脸上,一股心酸涌上来,眼睛的闸门被猛力戳开,泪水似洪水倾泻而出,她叫着:"我的宝贝。"微型机器人战士尚且知道抚慰受伤的心灵,人哪,天哪,这是怎样颠倒的时空,难道是救援之过?历尽千辛万苦凌空跋涉却换来太空囚禁的酸楚,冒死救难却换来自己落难的窘迫,众目睽睽之下的世人英雄却沦落成满腹屈辱的阶下囚。杉杉眼眶里已经干枯,只能将泪水倾泻心中,荡起层层涟漪。

杉杉妮与杉杉同步感应,只是泪水向胸腔倒灌。

原机人警察请杉杉妮、小峰妮、彼得妮、大"金毛"和"麋鹿号"微型机器人1016一起离开。

杉杉用力护着大"金毛",双方僵持不下,一个原机人警察似与上级沟通了一阵子后,撂下大"金毛"。

麦琪走上前拥抱杉杉,就势用力握握杉杉的手,依依不舍地挥手离开。

太阳西下,莱茵城笼罩在暗淡光线中,往日的辉煌浮光掠影般消失了,没有雷电风雨,没有人声沸腾,音乐声响不知躲到哪里去了,杉杉总觉得这个时候缺少点什么,心里空落落的,不曾在意的、无法称量的人气,此时却成了稀有之物,只剩孤形只影。

"杉杉。"

杉杉感到一样东西牵住自己,抬起手来看,原来是季小峰的手。

"杉杉,我起过誓,由我陪伴你,怕个啥。"

当啷,死寂的葡萄醋栗园竟出现罕见的声响,季小峰弯腰从地上捡起,对着微弱的光线端详一番,用鼻子闻闻,无味。"冰。"季小峰脱口而出。不过几十克的冰块,季小峰用舌头舔舔,然后送到杉杉嘴里。一股凉气沁入杉杉的喉咙唤醒了知觉,杉杉将冰块吐出来塞给季小峰,季小峰把头躲到一边,杉杉硬塞进季小峰的嘴里。

　　季小峰拉着杉杉就地坐在葡萄醋栗藤架边，莱茵城的温度仍保持在适宜程度，只是空气干燥。嗓子眼儿刚被湿润了一下，冰水的凉气浸透全身，两人相互依偎望着远处，不见日月星光。

　　"杉杉，这个冰块是麦琪塞给你的吧？"

　　"小师兄，我没留意。"

　　"见她拥抱你那会儿，往你手里使劲，我以为在干啥。"

　　"这也难得，她可是律师，有头脑。"

　　"你救过她的命，这个节骨眼儿，塞个小冰块也算够意思。"

　　"小师兄，怎么说呢？"

　　"这个女律师怪机灵，她的那个原机人跟她别提多像了，这个代理队长，眼看要扶正。"

　　"小师兄，啥时候了还计较这个。"

　　"不是小心眼，听说是她非要列队搞个仪式，连莱茵城的小头头都没露面，场面怪难看的，众人面前，把咱们三个原机人同胞押起来，丢人现眼。"

　　"小师兄，或许麦琪是想让全球人看看咱们的样子，显示显示一路艰辛的凄惨景象，别多想，丢了的面子也没法找回来。"

　　"杉杉，你说说这是搞的什么名堂？"

　　"小师兄，我们恐怕摊上事啦。"

　　"可不是，要不咋这样弄咱。"

　　"可我想不明白，我们的原机人背着生命之水上来，仅这一条，就为救援太空立下大功，更别提那些令人胆战心惊的核榔头。难道有比这更大的事摊到咱们头上？这可不是开玩笑的事。"

　　"越想越不愿想，可这脑袋瓜不听使唤，这些想法使劲往外冒，咋感觉屎盆子扣头上，这会儿接不上气，肠子抽筋。"

　　大"金毛"卧在杉杉脚边，微弱光晕下，身躯上的孔眼渐渐合拢，狗毛却遮盖不住麻麻点点的皮层。

杉杉看看周围一片凄凉,只有小师兄和眼下奄奄一息的大"金毛",一股一股哀怨不停往上涌。她想到欧阳奕奕,在三岛基地控制中心的奕哥哥怎么一下子哑巴了,吃星摘月的胆量跑哪儿去了?自己落到如此田地他不会不知道,可怎么不想法子联系?

那个小哥哥欧阳仲仲多年来没见过面,本来是去太极城寻找他却阴差阳错遇到后面这些事。怪里怪气的欧阳仲仲,对自己就没什么笑脸,虽然从小到大很少跟他争吵,但他却像个冷面机器,现在也不知在干啥。

杉杉想到欧阳爸爸心底一颤。空间跋涉欧阳爸爸全程陪伴,一向沉默寡言的他似乎很着急,不会是还债吧。可怜的雪瑞莱妈妈,一定会在那个基地的楼房里守着电视注视着天空。想到这里杉杉通身透凉,穿过脚丫子冰到地面。

杉杉甩甩脑袋。"妈妈说她等你回家,等你回到怀抱,一定记住啦。"这是谁呼喊的声音? 是奕哥哥在凌空跋涉登机前的嘱咐,是那位中年就满头银发的母亲的呐喊。虽然想象不到母亲的眼神和如今的面容,但她一定会在那个不大的阳台前数着星星,陪被圈禁的女儿煎熬,她会知道小女儿今天的处境吗? 她是基地医生,基地同事会传给她,机器人家助会传话,那不糟透啦,瘦骨嶙峋的妈妈再也禁不起打击,妈妈那双炯炯有神的眼睛不知现在变成什么样啦?

杉杉想起 12 岁生日的时候, 妈妈在烛光下曾经说过:"我的心窝不算太大,何时何地都把小女儿装在里面。"生日宴过后,杉杉立刻把这句话记在电脑上,但不知妈妈是何寓意。现在妈妈一定剜心地疼,但她那双眼睛始终充满光亮,无论家里遇到什么灾难,从没见这双眼睛有过悲戚哀怨,无论遭遇什么困境,这双眼睛从没闪过一丝的灰心沮丧。

杉杉想起妈妈最愿做的一件事。打小自己就喜欢赤脚,妈妈一天到晚用肚子捂着自己粉嫩的小脚丫;如果在外面弄脏了,总是妈妈亲手擦洗后再暖到怀里;等长大了,从外面回到家,妈妈总是说:"如果不嫌弃妈妈,就让妈妈来暖这两只永远长不大的小脚丫。"直到前不久最后一次回家,妈妈天天把自己的脚丫子放到怀里,脸上洋溢着幸福。

此时,杉杉感觉脚下有些异样,好似无数小虫在脚丫里面蠕动、摩擦皮肤、搓揉筋骨、刺激经络,发热的"蠕虫"渐渐向上涌动,蹿到小腿膝盖,再到大腿,好似繁衍出更多发热"蠕虫"沿着周身骨骼经络向上蹿升,搅动血液充盈活力。

杉杉从蒙眬中渐渐清醒,开始梳理自来太空城经历的一幕幕。莫不是有什么差池没有觉察?众目睽睽之下做这勾当,无论是谁做,总要有个天大的理由。这就怪了去了,自己、小师兄能有什么事,两个原机人同胞能有什么事,喏,大"金毛"能有什么事。是不是错怪了奕哥哥、小哥哥与欧阳爸爸?先不论这个,他们和三岛基地、太极城、莱茵城可以出来给自己与小师兄辩护,那个烟斗伯伯可以出来说话,还有联席会议的那个高级别专家,他出来说话不更有分量,谁还有更大的胆子越过这些人,在大灾难救援的当口,搅浑一池水。

杉杉没把自己的心思告诉相依的小师兄,可一转念,还是没法说服自己。把自己和小师兄圈禁,这些人肯定知道,一定是他们无力阻挡吧,还是有什么把柄真的攥在别人手里?那事情可就严重啦。杉杉的心又像一颗秤砣坠落。一个念头爬上来:他们把自己的原机人同胞带去搞什么名堂?刚才这短暂的会面,莫非是要监听我们之间传递什么不成?

东方晨曦在莱茵城的转动中露出来,杉杉倒在季小峰的腿上眯着眼睛。

三岛基地控制中心、太极城紧急向莱茵城管委会应急中心询问,没有得到回复。

地面向近地空间派遣大量救援突击队,遭遇许多危机事件,各太空城和远地空间有限的通信导航资源大都投入救援一线协助处置,冲出球壳流体后的资源分配陷入极度混乱,太空督察城临时指挥机构、各太空城的通信线路严重堵塞。

三岛基地通过中国外交部紧急咨询联合国应对大灾难秘书处,得到的回复为不知情。

太极城被授权组成专门小组,冯德莱担任组长,欧阳伯第、韦斯坦与两名工作人员参与,他们欲派人前往莱茵城探望,协助处理甄别"杉杉事件"。

　　欧阳伯第凹陷的眼眶好似要收回放在上面的眼珠，缺乏水汽的面部七梁八沟，灰白的头发粘在耳朵、脖颈上，银灰胡须遮住嘴巴两侧，韦斯坦用手戳戳，没料到欧阳伯第竟向一旁倒去，坐在另一侧的冯德莱急忙扶住，劝欧阳伯第小憩一会儿，欧阳伯第轻轻摆头坐正身体。

　　冯德莱搓揉一下干涩的眼睛，白皙的面庞增添无数褶皱。"欧阳首席，你闭会儿眼听我们说，你要说话也闭着。"欧阳伯第点下头。

　　"现在是毫无头绪，空间信息通道被挤得满满的，派人交涉莱茵城，莱茵城不回应，不清楚欧阳杉杉、季小峰与他们的原机人是什么样子。我国政府和三岛基地通过各种途径进行交涉，现在关键信息聚焦在国际空间法庭和圈禁地莱茵城。"

　　韦斯坦沉吟一会儿，用烟斗敲敲桌案，说："据我的判断，他们还不至于把杉杉、小峰怎么着。"

　　"说说看。"

　　"杉杉、小峰和他们的原机人同胞受到的打击最大，想想当时的境况，不夸张地说全球瞩目。刚冲出天顶，就摔到深渊，这一摔真的很疼，不过我推测，他们俩不会只顾得疼吧？"

　　"你是说，杉杉、小峰也会摔清醒，琢磨怎么回事？"

　　"想想他俩的状态，那不是一般的小青年，能三番五次在国际上露脸，权当他们有两把刷子。欧阳首席不要太过担心。"

　　欧阳伯第点一下头。

　　"国际空间法庭这次越过联合国，在全球遭遇严重危机这样的敏感节点上下手，我琢磨，他们似乎有一些超出我们预料的证据，不会与大灾难无牵连。他们不会顾及中国的反应，更不会理会国际舆论。我没直接与这个机构打过交道，冯院士，记得半年多前，这个法庭处理美国一家空间集团赔偿案，白宫出面也被他们挡回去。并不是说他们在理，而是他们傲视天下的做派，这方面我比较担忧。"

　　"他们能有什么与大灾难有牵连的证据，何来的证据，被碎石撞晕了吧。"

　　"先不要上火，不管什么证据，我推测，这是一个要理出头绪的东西，最后站出来说话的是这个。"

欧阳伯第再次点下头。

韦斯坦语速越来越慢，此时，机器人餐助送来水和食物，每人 60 克水，一份压缩菜饼，一把肉粒，十来个干水果粒。

"眼下搬冰运水，是全球第一急务。"韦斯坦指指送来的水说道。他伸手端起自己的一份水舔舔，又舔舔干裂的嘴唇。

"这也是交涉困难的原因，我担心'杉杉事件'被拖延甚至淹没。"

"冯院士，从莱茵城方面考虑，我不认为他们会出多大难题，毕竟我们跟他们还是空间友好城。限制杉杉、小峰，不排除是国际空间法庭自己强行干的。"

"他们有这个权利吗？"

"冯院士，国际空间事端裁决协议上有一个含糊条款，'其他有必要采取的措施'，限制杉杉他们的行动，就可以在这个地方找到注释。"韦斯坦又舔舔手上端的水，"事端的行为主体，既可是人，也可是物、技术。"

"引起空间事端的一切存在形态。"欧阳伯第闭眼说。

"欧阳首席，韦斯坦博士，我们被授权与国际空间法庭交涉，首先要确保欧阳杉杉、季小峰与他们的原机人同胞，还有彼得妮以及大'金毛'的安全，争取他们的合法权益。这一点，不论在地面，还是在太空，都是我们首先要确保的，在目前大灾难特别时期，那就特事特做，再次以最强烈的态度公开申明这一点。"

欧阳伯第与韦斯坦同时颔首。

冯德莱交代邹秘书即刻办理。

"我们不能坐以待毙，妄等国际空间法庭出示所谓的证据扣到杉杉头上，在这场人类罕见的大灾难面前，一切均有可能违背逻辑、颠倒表里，韦斯坦博士提醒的是，最后站出来说话的是推不倒的铁证。我们力争抢在法庭前面，掌握主动权，不然就会陷入他们设计的节奏，事倍功半不说，我们对大灾难负的责任恐怕就会因此颠倒个个儿。"

"戳到要害。到头来，我们落个大灾难元凶，那不成历史罪人、地球罪人、宇宙罪人。"欧阳伯第突然睁开眼,发狠地蹦出声来。

"不会出现这种情况吧,把引起大灾难的罪责加到杉杉头上,把我们牵连进来,怎么能想得出来。我们静下来好好模拟。我们对太空了解掌握得很有限,控制太空就更谈不上,这可不是'降维'就能把近地空间变成平面那样的魔幻,不过欧阳首席倒提醒了我,'杉杉事件'确实不简单,我们用常态思维应对恐怕不行,这样,我和欧阳首席推演推演。"韦斯坦说道。

邹秘书匆匆进来报告,国际空间法庭回话"不便告知"。

"我就说他们傲慢,四个字就把我们挡回来,真真岂有此理!"

"冯院士,不要上火,莱茵城有我一个朋友 M·泰格,前不久我们还见过面。我想办法与他联系,打听一下杉杉的下落。"

"也只好这样,我们从头梳理一下。邹秘书,请欧阳仲仲过来。"

太阳爬上高杆透进莱茵城,葡萄醋栗藤架下的杉杉、季小峰还在昏睡,麦琪跟一个原机人警察走过来。"杉杉,醒来。""小师兄醒来。"麦琪边走边喊。

季小峰揉揉眼,看到杉杉趴在自己腿上安然地睡着,没有叫她。

"杉杉醒来。"麦琪躬身推搡一下杉杉。

杉杉睁开惺忪的眼睛:"唔,什么时候啦?"

"快吃点东西。"

原机人警察递给杉杉、季小峰每人一个小冰块、一个硬面包、一块奶酪。

杉杉望着食物,没有伸手。

麦琪接过食物靠近杉杉:"傻妹子,还是要吃的,坚持住才有说法。"麦琪把食物硬塞到杉杉手里,转身就走,走了几步回过头说:"快点吃,饿瘦了母亲心疼。"

"硬面包奶酪,这胃天天装西餐。"

"小师兄,面包给你。"两人推来推去,季小峰拗不过,顺手接过来,用力掰开再给杉杉递过去。

又多出一个小冰块,季小峰抓住杉杉的手塞进去,杉杉让给季小峰,两双手来来回回,最后杉杉用力咬开一块硬塞到季小峰嘴里。

两人盘腿坐到地上吃东西,用力咽时好似用棒槌往嗓子眼儿里捅,好在硬面包添加了食盐。

"麦琪算有良心,冰块按人头分配,不知她从哪里弄来的。"

杉杉没有回应,一点一点啃嚼,回味麦琪刚才转身撂下的那句话,应该是她事先斟酌过的,"快点吃",有什么狂风骤雨,到这步境地啦?"母亲心疼",难道是,是……杉杉转身看看季小峰,见他两眼望着麦琪走远的那条路,问:"小师兄,味道咋样?"

季小峰使劲吞咽,咳咳嗓子:"有味,咸味。"

"咋迷糊啦?"

"我清醒着。"

"我这脚丫子,你试试。"杉杉抬起脚丫子贴在季小峰的小腿上,"暖气,我明白'母亲心疼'的意思了。"

脚步声由远而近,远处的人影慢慢进入视线,杉杉与季小峰咬了一阵耳朵直到来人横在面前。"你们是欧阳杉杉、季小峰对吗?"

"知道咋还问?"季小峰怒怼回去。

"我是国际空间法庭大法官,叫我亨利好了,这位是威廉大法官,他们是书记员和法庭警察。"

两位大法官与书记员坐到跟人椅上,前面铺上一块"绿色毡",法庭警察立在身后。

书记员出示国际空间法庭证件。

"知道为什么把你们圈禁吗?"亨利问道。

"应该问你们,为啥把我们关起来?啥叫圈禁,凭啥圈禁?"

"季先生,圈禁你们的原因,我想你们自己应该清楚,圈禁是个临时措施,空间大灾难刚发生,我们依据国际空间事端裁决协议'其他有必要采取的措施',限制你们的行动和对外联系,保障你们的基本权利。这是强制性的,你们应该明白,希望得到你们的配合。"

杉杉与季小峰沉默无语。

"对你们执意把'金毛'暂留身边,我们没强制,希望你们理解。"

两人继续沉默。

"你们各拥有一个原机人,名叫杉杉妮、小峰妮,对吧?"

"咋恁啰唆?"

"嗯,回答是或不是,先生。你们面前拥有一个机器人'金毛'对吧?"

杉杉就势把大"金毛"搂在怀中。

"我们不看你们什么背景、什么身份、什么功劳,我们针对的是,对近地空间构成重大威胁和事端的行为主体,进行补充调查取证。"

"那干我们啥事?"

"你表达的意思是,你们无事?"

"本来就没事,你们弄错了吧,法官先生。"

"女士,先生,我们收到大量证据,指控你们与这次空间大灾难有牵连。"

杉杉、季小峰尽管有一些心理准备,但听到与这次空间大灾难有牵连的指控时,还是不敢相信自己的耳朵,两人惊愕地相互注视,感到对方轻轻抖动。

"再重复一遍,我们掌握大量证据,空间大灾难与你们有关。"

"法官先生,请出示证据让我们看看。"

"嗯。你们何时从何地到达近地空间什么地方?"

杉杉与季小峰保持沉默。

"到太极城干什么来了?"

两人沉默。

"在地金空间进行的什么试验?"

两人沉默。

"试验吗?"亨利的问话还没完,威廉似乎有意打断,"两个在校生吧?搞试验是寻常事,只要对地球空间不构成威胁。你们应该好好回忆一下试验的过程和结果与这次空间大灾难的联系,这是全球人都在关注的头等大事,你们不要心存侥幸,如果我们不掌握大量证据,怎么能在全球面前对你们采取圈禁,又怎样向全球交代? 想清楚了,我们再来交换意见。"

亨利、威廉等离开葡萄醋栗园。

望着他们的背影,杉杉突然记起一个数字,那是 0 号醉星撞击静止轨道航天器的时间误差,不觉一颤,难道这与自己和小师兄有什么牵连? 这可是天塌地陷的事,怎么能与自己粘连上? 这里面好似有蹊跷。杉杉放下大"金毛",目光又被大"金毛"缠住。"金毛",小"金毛"。

杉杉的目光从大"金毛"的千疮百孔中穿过,仿佛触及在地金空间失散的小"金毛"和付颗粒,勾勒出那次出事的现场空域和从飞船弹出那一刹那的影像。

杉杉用力睁着眼睛放大放亮目光,试图将那一刹那影像锁定,分辨出两个"金毛"的形状。影像并没有按目光所愿,渐行渐远,虚化在遥远的空域。

杉杉似乎很清醒。小"金毛"和付颗粒后来究竟怎样了? 欧阳仲仲赶过去发生了什么?这方面的信息不仅没有,就连自己提取的数据也刚刚由大"金毛"转化。杉杉双手插到头发里用力揉搓,脑子里乱成一团。

此时,亨利、威廉审问杉杉妮被杉杉同步感应。季小峰此时也同步感应。

"小师兄,有什么破绽? "

"咋觉得,他俩挺有底气,这不邪门啦。别看那个威廉,话说得轻飘飘的,那才叫句句戳心,他说'你自己掂量',我看是威胁咱俩。"

"小师兄,没想到小'金毛'、付颗粒吗? "

"它们能干啥事? 你这一提,我倒挺想它们。"季小峰一出口又觉不妥,小"金毛"与付颗粒是杉杉的心肝宝贝,那次空难失散,像挖了杉杉心肝,提起这事,杉杉一定带着心痛。没把它俩照看好,季小峰心里一直懊悔,再看眼前的大"金毛",历经千辛万苦,不知有多少惊险感应。杉杉不会轻易触境感慨,难道是它俩惹的事? 那可糟啦,冤有头债有主,这咋说得清。"老娘哎,不会是它俩闯的祸吧? "

"小师兄,哪有这个可能,还没糊涂到那份儿上。不过……"

"不过什么？"

"这个'绿色毡'。"

"应是个监视的玩意儿。"季小峰起身靠近"绿色毡"，什么新材料说不上，他在科大时接触过类似的，多介质新材料用于监听监视的传导应该不成问题，传导距离也不会太远，莱茵城任意一个旮旯儿均可以收到监视信号。

"我们没什么可遮遮掩掩的，他们倒在暗处。说出来也不怕他们监听，本来就没什么呗。"

"杉杉，我也这么想，不过……"

"你又不过什么？"

季小峰与杉杉咬起耳朵，杉杉不停地嗯，喏，嗯嗯……

时下的阳光异常强烈，大灾难后莱茵城全城凋敝，在太空经济的强力助推下蓬勃发展起来的莱茵城曾经异常繁荣。莱茵城融合中东欧文化精粹和智能生物科技，一条莱茵河为全城注入生气，4 个环形圈层形成阶梯式格局，内螺旋自然流畅，旋转产生的人工重力相当于地球重力。环形圈层 11240 个模块，约 180 万立方千米，可容纳 8 万多人和数万原机人、机器人，融空间生态、实验体验、文化娱乐、酒店餐饮、健身居住、集市购物于一体，向全球开放，与在地球洲际旅游度假没太大区别。

空间研发与空间城际旅游等空间产业拉动了太空经济的持续强劲发展，高度商业化近地空间经济与地球经济融合，其规模和经济总量超过原有地球经济数十倍。近地空间基本基础设施建设日益繁荣的 50 年，彻底改变了人类的地球思维，由地球空间思维向太空思维迈进，在此基础上延伸至远地空间的建设，以及外太空项目的研发，强烈激发人类探索拓展的动力，脚步越来越快。

但遗憾的是在法律方面有模糊地带。地球空间（约 93 万千米）是一个空旷的无实体的空域，不像月球和太阳系其他星体。随着人类探索步伐的加快，一些太空法规陆续制定，主要对天体归属权、天体资源开发利用权、天体永久性设施使用权等领域做出约定,可对无实体的空间没有做出太多规范,恰恰这个巨大的无天体空间拥有无穷尽的在未来上千年内可视可触可用的珍贵资源,仅仅近地空间轨道使用权就使地球空间竞争异常激烈。

数小时过去,国际空间法庭将大"金毛"强行带离,杉杉与季小峰的处境逐渐恶化,芯级链接仍被阻断,失去一切对外联系,只有麦琪偶尔探望,总是打着暗语,偷偷摸摸塞一点冰块,这在患难时极为难得,两人渐渐地竟期盼麦琪的突然到来。

麦琪随原机人警察来去匆匆,滞留在葡萄醋栗园的时间极为短暂,传递的信息模模糊糊,偷偷送来的小冰块尽管少之又少,此中情义两人却铭刻在心。最要命的是信息闭塞,既无处倾诉冤情,又难以了解"家中"消息,大"金毛"被带离不是一个好征兆,两人急于见到麦琪这唯一的亲人。

麦琪随原机人警察送食物成为固定动作。响声从远处传来,杉杉与季小峰坐在地上仰头张望,听脚步声判断出是麦琪,两人有些激动,竟站立起来迎接她的到来。

原机人警察把食物递过来,季小峰无心查看,无非还是小冰块、硬面包或大列巴、奶酪,今天竟多一块牛肉干与干果粒。

杉杉与麦琪四目相望,有许多话竟不知怎么说,一种强烈的欲望向上蹿腾,却不知咋的又急速向下退去。杉杉并不畏惧面前的原机人警察和那个"绿色毡",而是千言万语一时难以开口。

麦琪与往常一样,在即将离开时走近杉杉,与杉杉紧紧相拥额头相贴。"杉杉,这脸也该按压按压保养保养,不然成老太婆啦。"说完恋恋不舍地离去。

望着麦琪渐渐远去的身影,杉杉滋生出一种复杂的情愫,不是惆怅更不是失落,是患难之情吗?可心里空落落的,自莱茵河搭救麦琪以来她俩形同姐妹,两人的原机人同胞一下一上跋涉近地空间,历尽劫难;自己落到今天这步田地,她始终不离不弃,送上生命源泉,传递心灵温暖。杉杉两手拿着食物,感觉脸上不舒服。

"小师兄,看看我的脸咋啦?"

"我瞧瞧,好着呢,比原来瘦多了。"

"你相面呢,别磨蹭。你再帮我仔细看看。"

"这葡萄醋栗园还有蚊虫爬,过敏吧? 咋咋……"

"喏,别动。"

"哦,说不定是太空反应。"

"我看你的耳朵。"杉杉贴着季小峰嘀咕,季小峰不停地"嗯啊,啊嗯"。"肚子瘪啦。"两人就地坐下吃午餐。

杉杉额头有一小片肉色的东西,不注意看看不出来,是刚才与麦琪碰头时粘上的。

杉杉一边吃东西,一边用手搓揉,肉皮没有反应。究竟是什么东西粘在头上? 有什么机关不成? 杉杉想到麦琪嘀咕了什么,又按压按压脸,啥意思?

杉杉一只手在额头上轻轻按压,大脑中似乎一个声音释放进来:

　　　　杉杉,我是耶伦伽,请麦琪带去这个柔性脑波存储器,再次开启或关闭用右手食指按压。我和太极城急需你们的空间试验参数,以正冤情。

杉杉右手食指按压关闭存储器,嘴里啃着硬面包转头示意季小峰靠过来,杉杉简洁叙说后,季小峰又贴上杉杉耳朵嘀嘀咕咕一阵子,两人既兴奋又犹疑。

杉杉灰色的脸涌上一点血色,蓝蓝的瞳仁折射出的目光欲将莱茵城与太极城连接起来。

杉杉心里一阵轻松。终于传来太极城亲人的关爱,尽管信息量极少,但说明太极城和地面的家人都没有撂下他们不管,而是急切地寻找证据。耶伦伽姥姥尽管对参与救援太空有看法,但也加入解救自己的阵营,麦琪从中传递。他们都在想法子,这下总算有了希望,有了坚持下去的勇气。

杉杉拍拍脑袋。要什么参数? 难道空间大灾难与自己的那个试验果真搅和到一起啦? 这下糟啦,这哪儿说得清楚。耶伦伽姥姥也认为自己和小师兄蒙冤? 这还是第一次提起。

季小峰也在挠头。要试验参数干什么？提供给家里人、耶伦伽姥姥还算说得过去，给麦琪也行，不巧落到别人手里那不成了把柄。不提供也不成，家里人要参数为救自己、给自己洗清冤案，没有不给的理由。翻来覆去，季小峰转身贴上杉杉的耳朵嘀嘀咕咕一阵子，然后两人动动嘴角，杉杉右手食指按压柔性脑波存储器传输脑电波。

麦琪表面沉稳但内心怦怦乱跳，再次从葡萄醋栗园回到眉鸟酒店太空工作室时，即刻将柔性脑波存储器从额头上揭下来交给耶伦伽。

M·泰格在一旁没理会此事。

耶伦伽与助手将存储器放到感应板上，用指纹开启后，传感仪器将脑电波转化成计算机编码信号，"128 秒"及长长的负数联组信息显示出来。

耶伦伽让助手把柔性脑波存储器贴到她自己的额头上，左手食指轻轻按压，存储器释放杉杉的声音。

> 耶伦伽姥姥和太极城，我们急切盼望与你们重逢，参数如下……

耶伦伽听不清什么数据，思考一段时间后，让助手揭下存储器放到感应器上，杉杉脑电波转化的计算机编码信号及显示模式仍然没变，"麦琪在路途中间遇到什么情况"的脑电波转化为语言信息显示在机屏上。

麦琪紧张地回应来去没有什么异常，与往常一样见到杉杉，取回存储器即刻到达这里。耶伦伽没再说什么，将杉杉的信息打包传给太极城。

韦斯坦收到耶伦伽传来的加密信息，急忙与欧阳伯第、冯德莱解读，得知杉杉、季小峰圈禁在莱茵城果然与空间大灾难起因有牵连，国际空间法庭直接上手，他们深感事态严重。

解读杉杉提供的参数,三位科学家极为惊讶,竟然只有"128 秒"和其他负数联组,不知是何意。

欧阳伯第立刻将秒数和负数联组在太极城超级计算机上运算,仍然一无所获,随向京西中欧隆卫研究基地求助。

不对等契约宣言

救援太空行动异常迟缓,原机人为主力的救援力量遭遇重大损伤,杉杉、季小峰的原机人和其他突击队的惨状,在数万民众和原机人群体中产生强烈震撼。

一种舆论悄然传开,机器人在智力、体力上超过人类已经被证实,它们在许多领域替代人类,在救援太空行动中显示出强大能量。而与人类孪生的原机人如今乘势而起,空间大灾难起始,M·泰格原机人团队在近地空间就显示出超过人类本体的能量,与机器人抗衡的状态引起极大关注,使原机人群体从地下浮上台面。在救援人类方面,原机人与人类本体拥有相同的同情、怜悯、悲痛等情感,表现出原机人兼具人类与智能机器的高度统一性、缜密性、灵活性和复杂情感,并逐步被国际社会默认,至少在空间大灾难持续过程中,急需原机人群体力量参与空间救援或空间清障、重建。

杉杉、季小峰与自己的原机人的遭遇激起原机人群体的强烈反应,世界各地形成人类本体携带原机人声援杉杉与原机人的浪潮,救援太空行动几乎停滞。

一个原机人警察走进眉鸟酒店太空工作室, 描述莱茵河聚集大批城民和滞留游客,莱茵城管委会紧急商议请 M·泰格出面。

耶伦伽把眼镜框向下拉拉,瞅着 M·泰格说:"该你登场啦!"

M·泰格的光头长出寸发,凹陷的深蓝色眼睛透出逼人的光亮,大鼻子大嘴巴大耳朵，尽管只有一只臂膀，但站立起来，1米80以上的身躯仍显得健壮精神。他操着一口德语回应耶伦伽："你不同意我的主张，尽管保留。"之后便跟随原机人警察走出眉鸟酒店，坐上敞篷智能马车赶赴莱茵河。

8米宽十数千米长的莱茵河铺上盖板，人们渐渐围拢到M·泰格乘坐的敞篷智能马车周围。

一位黑肤色原机人发表演讲："原机人同胞为解救太空人类难民，已有3249人失踪或死去，永远留在了原机人地狱，数十万原机人战士严重伤残，牵连数十万人类原体同胞同时遭到伤害，这个数字每分钟每秒钟都在增加，近地空间这个天大雷池，时时刻刻都有我们原机人战士在里面受难。至今，国际社会还在忽视我们原机人同胞的存在，对我们原机人战士浴血奋战视而不见，我们好痛好心酸，原机人在滴血。他们把原机人当作现代'科技奴隶'，极尽压榨，我们原机人同胞遭到极端歧视，连起码的社会属性都得不到认可，更不要说尊严。再看看机器人，它们有名分、有归属，处处受到推崇，可我们却被另眼相待，这不公平。我们要求立刻释放原机人杉杉、原机人季小峰，还我'原机人天使'！"

话音未落，上万只手挥动，人群发出阵阵呐喊。

"原机人同胞们，我们要站起来、挺起胸膛，争取名分、争取尊严、争取属于我们的权利，让我们有立足之地，不能让大灾难把我们埋葬。我们不当'科技奴隶'，不当'人类奴隶'，不当'机器人奴隶'。站起来吧同胞们，为我们的权利奋斗！"

现场发出更长更猛的吼声。

压抑在原机人心底的阀门被打开，莱茵河两岸的咆哮声、连绵起伏的愤怒声欲将河床掀起，冲破城顶。

M·泰格站在敞篷智能马车上，眼睛无神，他预想挥动的左臂刚刚抬起又垂落下来，他不知道如何平复人们的巨大怨愤，不清楚究竟要引导人们到哪里去，更不清楚接下来该怎么办。他原来的行动计划被突如其来的空间大灾难冲得无影无踪，他为此沉默了许久，直到杉杉、季小峰的原机人同胞历尽艰辛回到莱茵城，原本以为证明原机人的最佳时机到来，向全球展示抵达时的惨景，人类自身做不到的事能由自己的原机人同胞替代完成,这本应成为人类的骄傲,却不料横出"杉杉事件",接下来原机人救援太空的意愿受到极大影响。原想激进争取原机人同胞权利,那份激情现在被空间大灾难的巨大碎片洪流席卷而去,运动中断,接下来究竟该何去何从,在莱茵城能搞出什么名堂,这位独臂科学家陷入无比孤寂的境地,眼前的场面好似梦幻。

场面越来越乱,M·泰格在敞篷智能马车上抬头一看,即刻愣住。莱茵城各圈层聚集了几乎全城城民和游客难民,上下互动,环形城郭回荡的巨大声波把人们湮没其中,M·泰格内心咯咯噔噔,这声浪已由不得自己停在原地。

苏格姆冲出人群跳到敞篷智能马车上:"同胞们,发出我们声音的机会到了,为原机人制定国际保护公约,召开联合国大会决议确定原机人群体的合法权益,维护原机人就是维护人类未来。"

彼得妮拨开人群冲上来站到智能马车上,脱掉上衣,千疮百孔的身躯展露出来,卷起人们更大声浪,呼吁全球原机人同胞罢工、罢运。

太空督察城在线联合莱茵城、太极城、橄榄太空城等向联合国应对大灾难秘书处转各国政府和地区发出的红色求救公告:"滞留远地空间难民每天仅分配不到 300 克饮用水,即便这样,每天也要从地面运送到远地空间 200 吨—250 吨冰,一旦运送迟缓或停顿,那代价就是难民在干渴中一个一个被撂倒直至死去。请不惜一切代价救援空间难民,救救地球同胞。"

联合国应对大灾难秘书处回应:"原机人正在各地罢工罢运,征召原机人战士的行动遭到冷落,机器人救援大军的热情急剧下滑,热火朝天的救援行动冷清下来,请大家一起想办法。"

地处莱茵城第二圈层第 116 区块的商务楼群 A88 号别墅为莱茵城市政厅,全城躁动早已惊醒莱茵城管委会主委格格雷,眼看全城将失控,他紧急召集莱茵城管委会研究应对措施。

格格雷邀请 M·泰格、耶伦伽、彼得妮、苏格姆等紧急赴会商议。

格格雷说:"我已了解原机人的诉求,救援空间难民的行动一旦停顿下来是个什么结果,你们想过没有? 这里有你们自己的人类同胞,或是原机人同胞,我们这个城是滞留空间难民最多的一个,每天需要 24、25 吨冰块,一旦停下来,聚集在莱茵河两岸的同胞就要一片一片倒下,这个后果由谁来负?"

"什么狗熊逻辑,渴死病死的难民找你们算账,还能算到熊爷头上? "彼得妮怒气冲冲,大声咆哮。

"你是原机人吧,与杉杉妮一起携核榔头冲出球壳流体的英雄。你们排除天雷,人类永远铭记你们的名字。"

"得了吧,我不相信你们的甜言蜜语,我不需要那熊屁的什么英雄称号。"

"彼得妮,同胞们,现在是即刻恢复救援行动的时候,有关原机人的问题,不是我这个主委能拿捏住的。"

苏格姆把诉求重申一遍:"主委先生,我们的诉求你不理睬,你就是人类公敌,是原机人死对头,没什么好商量的。"说完就从椅子上"噌"的一声站起来,被 M·泰格制止。

格格雷扫视坐在桌前的管委,有擦眼的、盯墙的、低头的、仰头的,他重重地哀叹一声:"我亲爱的同胞,莱茵城 9 万多难民挣扎在垂死线上,我这个主委能掌管得住太空城,却掌管不了 9 万多难民的生命,他们属于人类大家庭,是你们的同胞。大灾难突如其来,我们没有回天之力,没有神奇力量,我们只能靠现有科技维持全城运转,减少大灾难带来的损伤。"

"原机人为莱茵城做出重大牺牲,主委不会只耍嘴皮子吧。"苏格姆粗暴地打断格格雷的讲话。

"可不行啊同胞们,我们缺水太多了,9 万多张嘴时时刻刻要水,我们的太空城要保持基本的湿度,需要氢气氧气的转化,我们必须从地面,从地球母亲那里汲取水分。你们看到了,开始几天,每天有人倒下,这是我们莱茵城十数年从未发生过的。同胞们,替我想想看,在我手里,在我的眼皮底下死人,这不戳我的心吗?我虔诚地向上帝祷告。接下来几天,每过一个钟头就有人气断身绝,每过一个钟头就戳我一次心,我一个接一个向上帝祷告。现在,就是现在,几分钟就有人撒手而去,我的心不停地被戳,已经戳成蜂窝了,我要连续不停地祈祷,乞求上帝宽恕,乞求逝者饶恕。"已近中年的格格雷,饱满的额头上布满皱褶,赤红眼睛流下的泪液与高大鼻子流出的液体在嘴巴和下颚汇合。

耶伦伽直勾勾地望着格格雷,脑子里却在想另一件事情。临来时太极城韦斯坦博士发来信息,沉默一时的"绝对零度信号"再次出现,因空间电波传输状态出现变化,所以信号清晰度受到影响,但波长波形与已存信号极为相似,这个信号极不寻常。

听到格格雷沙哑的抽泣,耶伦伽嘴角抽搐几下:"这样折腾没什么效果,我看不出你们原机人能捞到什么权利。不过从科技角度看,这是'科技孪生'在人类身上的实践,人类怎么接受你我不抱什么希望,机器人也不能容忍你们,我说就凭人类对机器人的癖好、欲望这一点,也会排斥你们原机人。"

M·泰格沉甸甸的心似乎被格格雷与耶伦伽又放上一块巨石,呼吸越发短促,眼睛开始模糊,他看到两个蓝色眼睛在空中游动,似是杉杉的;两个小点的黑眼珠直扑眼眶,不记得在哪里见过;数十个眼珠在房间旋转,似乎发出"吼吼"的响动;眼珠越来越多,似从莱茵河河床的尸体上挣脱出来,穿透墙壁,向房间里聚集。眼睛旋涡在头上飞转,旋涡越来越大越积越厚,从地面到房顶挤得满满当当,缓缓旋转的眼睛渐渐融合成巨大眼球,把所有人吞噬进去。

"哦呵。"M·泰格发出声响把自己从蒙眬中惊醒,他甩甩头,发现大家的目光都射向他,"给我一口水。"

原机人助工递上一个有刻度的透明瓷管,水位30毫升,M·泰格拿起来往舌头上浇一滴,在嘴里回转:"死去的人的眼睛都在这个屋里面,认可吧,人类生存高于一切。"说完起身离开座位,蹒跚着向外走去。耶伦伽等人也起身离开。

莱茵城随即发布特别公告:凡本城注册的原机人享有人类本体同等城籍权、生存权、名誉权,即刻生效。

特别公告旋即传播,迅速传到远地空间的各太空城和地面数千万原机人,个别站点逐渐恢复救援太空行动。

葡萄醋栗园增添了几个原机人警察,亨利、威廉与书记员坐在跟人椅上,国际空间法庭对杉杉、季小峰的调查询问正在进行。

"杉杉小姐,我们都要对人类的生存安全负责,这次空间级联大灾难不但摧毁了人类在近地空间的几乎所有成果,而且险些深度波及地面,那是我们生存的唯一家园,造成的损失无法计算,造成的影响无法估量。太空经济遭到毁灭性摧残,人类迈向太空的步伐被一个无法逾越的球壳流体阻挡,而挡在外面的空间难民将近百万,他们时刻在挣扎。你们两个的安危当然重要,彻底破解这次空间级联大灾难的起因,更牵动全球神经。"

"查清原因那是当然的,我和杉杉没这个能耐。"

"可我们面临巨大压力,你们两个也同样富有责任心,这是我们相同相近的方面。国际空间法庭从未审理过这种案件,我们五名大法官一致意见,争取你们的积极配合,请你们相信法庭和我们的法官,绝不会冤枉一个无辜的人和你们的同胞,对你采取的圈禁就是一种宽松措施。但法庭不会放过任何一个试图逃避制裁的肇事人及其同伙,不管他们具有多么复杂的背景,显得多么无辜。"

"法官先生,你们想干啥已经啰唆过啦,平白无故地说我们有罪,凭啥啊?先说我们有罪,再让我们找证据,哪有这样办案的?没犯法没犯罪,凭啥把我们圈在这个鬼地方,还宽松措施,圈圈你们试试。还说我们显得无辜,我们是真无辜,是被你们冤枉的,是受害者。气死我啦,我们的原机人受尽空间灾难折磨,现在还要再受你们折磨,受够啦。快放我们出去,我们宁愿碰死在救援的空间,也不让你们瞎折腾,哪遇到过这事,真是的。"

"不要焦躁季先生,据我们了解你不是表演系的,在我们面前演戏你还不老到。据我们掌握的信息和空间各观测站对这次级联灾难的初步分析推测,你们有直接牵连。"

"咋恁肯定,把证据摆出来我们听听。"

"嘴够硬的。128秒的时间误差,你们如何解释?一连串你们自己编制的密码如何解释?我们有足够耐心跟你们泡一泡。"亨利挪动一下屁股,看看周围的葡萄醋栗藤架皱皱眉头。

亨利有意抛出仨数字,若无其事地观察杉杉和季小峰的反应。

"128",听到这个没有任何含义的数字不亚于空间核榔头在两人心中起爆。盘腿而坐的杉杉有些摇晃,一旁的季小峰有意靠紧杉杉,欲张口的杉杉又把话吞咽下去。

莱茵城大约30个小时才有一次日出日落,暮色降临比在地面慢很多,刚才就西挂的太阳现在还在原地,莱茵城的光照散射到荒凉的葡萄醋栗园,眼前的大法官似乎露出獠牙,随时准备吞噬蹄下的猎物。

杉杉并没有对法官畏惧,而是心被电击,并吱吱啦啦由心底向外辐射,神经被电磁级联,好似六腑爆裂七窍射波。

亨利拍拍大腿,发出的声响犹如雷暴,把杉杉、季小峰拉回葡萄醋栗园。

季小峰挪动一下盘着的腿,眼睛在亨利与威廉身上来回转悠。这哪是泡,这是有意折磨。季小峰没有上过法庭,也不知如何与法官沟通,仅仅是跟杉杉与警察打过几次交道。季小峰既担心引发大灾难的帽子扣到头上,更担心引起杉杉坐立不安的那个数字。一种恐惧从葡萄醋栗园四周袭来,压迫得季小峰喘不过气。

气氛太紧张了。季小峰暗暗用力拧一把大腿,紧闭一下眼,大脑似乎开始运转。耗下去不是办法,杉杉咋能撑得住,赶紧把绷紧的弦松下来,过后再想法子。

季小峰用力咳咳,慢吞吞地说:"让我们想想。对啦,把大'金毛'还给我们,看它记得啥。法官先生,我俩是冤枉的,你们不会冤枉无辜之人吧?"

季小峰的肩膀轻碰杉杉。

"给我们一点时间梳理梳理,法官先生,请你们解释才是最重要的。把大'金毛'还给我,我不能没有它。"

亨利与威廉交换意见后说:"给你们时间考虑,要尽快。现在原机人闹得很凶,为安全起见我们增添了警力,你们不要试图借用这股力量,那样会使状态更糟。什么金毛银毛给你们。"说完起身离去。

望着他们离去的背影和周边晃动的警察,杉杉产生一种从未有过的恐惧。她扶着季小峰艰难地站起来,挪动挪动脚丫子,挎着季小峰的胳膊缓缓移步到葡萄醋栗藤架支柱旁。对面应是莱茵城城边,光线散淡,没了行人响动陷入死寂一般。亨利所说的原机人闹事,在这里听不到什么声响。

季小峰看着杉杉脸上煞白、脸颊瘦削、嘴唇发紫,心中隐隐作痛,却再也忍不住:"有贼。"

杉杉抬起无力的手放到季小峰嘴边。

季小峰压低嗓门儿,几乎贴着杉杉的脸嘀咕着说:"我的心怦怦乱跳,总比死寂要强吧。"

"小师兄,啥倒霉事,咋都摊我们头上?"

"杉杉,记得老家常说,虱子多了不怕咬。怕也不行,那不成孬种。"

杉杉压低嗓门儿哆哆嗦嗦地说:"小师兄,谁把咱们出卖啦?"

"刚才看你晃悠,就估摸是因为这事,怪瘆人的。"

由麦琪传递给耶伦伽和太极城的第一次信息中的"128 秒",是两人有意设计的无多少含义的数字,考虑到 0 号醉星撞击静止轨道航天器有一个定格数字会引起科学家注意,便以此为撞击起因的研究抛出一个似有关联的数字,不料想被迅速攥到国际空间法庭手里。定是哪个环节出了岔子,谁会捅出去?两人感到越来越危险,附近看不到的地方时刻有眼睛在窥视他们。

"不会是太极城吧?"

"扯不上,你爸爸哥哥在那里,打死都不会出卖咱俩,尽管把心放肚里。"

"那还有谁,耶伦伽姥姥?"

"那个姥姥阴阳怪气,啥都看不上眼,不是她才怪。"

"一个大科学家,怎么能干出卖灵魂的勾当。算我走眼,看她那镜片后面的眼神,咋想都是阴险的,几次救援太空行动她都在那里泼冷水,显得她有主见。"

"杉杉,我摸不准她的脾性,照我的性子也会忍不住扇她,出卖咱俩有啥便宜可占?"

"小师兄,这可不是便宜的事,她有野心,把空间大灾难的案子先破了,一下子成为地球名人,那还得了。"

"这个坏水娘儿们,拉咱俩垫背,不得好死。"

"小师兄,要不麦琪来了,提醒她一下,别上耶伦伽的圈套。"

"麦琪是你救的,推举你当天使,跟咱们原机人同胞吃了不少苦头,这个节骨眼儿,偷偷给咱送这送那,该,该给她说一声。"

"这里到处是监控、警察,咋提醒?"

"按按脑门儿。"

联合国应对大灾难秘书处发布特别公告并回应太空红色求救:

一、空间大灾难给全球各区域、各领域带来的级联灾难难以统计,数十年销声匿迹的犯罪行为在全球死灰复燃,抢劫银行、货币黑市、走私物品、倒卖大宗商品极为猖獗,地海空严重交通事故直线蹿升。国际经济在一片繁荣景象掩盖下急速倒退,人们的生产生活质量急剧下降,全球各大城市无一例外出现排长队现象,机场码头车站排队购票、实体商店人满为患、影院剧院一票难求,盗窃行为陡然上升。一些城市生活出现颠倒现象,许多人患上焦虑症。车速越来越慢,行走越来越多;通信越来越慢,流言越传越快;宅家越来越少,户外越来越喧嚣。低档经济迅速兴旺,效益越来越差,社会效率低下成为重要特征。生产过程、流通环节、信息传输、社会运转由快转慢,还将长期持续。本秘书处紧急呼吁国际社会,加快经济社会结构调整以适应空间大灾难过渡时期的状态,减少全球震荡。

二、资源与需求急剧失衡,矛盾急剧恶化。数十年停止生产的商品成为爆发点,因抢夺资源与奇缺商品引发的国家和地区争端急剧增加,数十个沉寂已久的交战区域重新燃起战火,20世纪前使用的机械化武器装备重登战场,与救援太空的行动极不协调。本秘书处紧急呼吁国际社会,停止一切战争行动,遏制一切挑衅行为。

三、地面派出的大批机器人、原机人战士救援队,每天将上百吨冰、药物、急需部件运送到远地空间各太空城和太空站,却远远不能满足需求。空间难民聚集密集的太空城陷入循环困难;救援力量的组织越来越难;专用机器人生产的数量和质量受到极大制约;专用传感系统和自适应空间轨道系统的生产受精密科技限制,还未全球共享;原机人的再造处于隐晦状态,虽然一些国家和地区默认原机人的存在,并仿照莱茵太空城给予原机人一定权利,但远不够诉求,一些激进"原机人争取运动"分子趁机滋事,反而把局面搅得更乱。本秘书处紧急呼吁,人类生存高于一切! 救援空间难民是第一要务!

特别公告后附联合国应对大灾难秘书处高级专员莫科夫的访谈视频。

记者:如何评价原机人在大灾难中的作用?

莫科夫:伴随救援太空全程,人类与原机人、机器人携手并肩共渡难关,原机人群体付出巨大牺牲,这个牺牲也包含他们的人类原体。

记者:是替人类赴汤蹈火吗?

莫科夫:我个人认为是这样的,见证还在进行中。

记者:原机人超过人类本体又保持生物特性,可以这样认为吗?

莫科夫:我不是生物学家,原机人体能超过人类个体已经成为不争事实,具体到智能状态,我不好下什么结论,但原机人表现出的智慧、辨识能力、敏感性和灵活性可以得到肯定。

记者:原机人有涉人类伦理的禁区吗?

莫科夫:你的提问极为敏感。我们还没形成统一意见。

记者:原机人在哪些方面容易让人忌惮人类伦理?

莫科夫：呵，又是难以回答又无法回避的问题。我个人认为，原机人不是克隆人，这一点应该理清。克隆人与人类原体存在生理代差，在伦理上不被人类接受，克隆人会使人类变异也是忌惮的一个原因。原机人不存在这个问题，其与人类原体的生物期同步，不繁衍后代，随个体老化逐步衰亡，个体之外不存在交叉变异的担忧，只是人类能量延伸的一个载体存在形态。不知道我说清楚没有。

记者：清楚明白。原机人与机器人有根本区别吗？

莫科夫：就在今天早上，我和欧阳伯第、韦斯坦两位科学家进行了探讨，他们认为，从最低限度说起，原机人与机器人具有根本差异，简单说，机器人模仿人，原机人模仿机器，两者具有属性的根本区别。

记者：原机人是人类本体的延伸，仍然具有人类生物属性；机器人是智能科技的延伸，仍然拥有机器的属性，无论智能程度多高。可以这样理解吗？

莫科夫：你对原机人与机器人属性的研究超过我本人。

记者：原机人的出现，是为防范机器人、人的机器化主宰人类吗？

莫科夫：这个问题太敏感，也太狭隘，尤其在空间大灾难时期，这个问题经由时间的检验可以看得更清楚。

记者：你不认为，两者属性的辨析有利于人们化解争论吗？

莫科夫：有没有直接关联我们尚待观察。

记者：国际社会能在多大程度接受原机人？我发现联合国应对大灾难秘书处特别公告和联合国发起的一系列救援行动中均使用了原机人名称，是否意味着对原机人存在的认可？

莫科夫：名称的使用、实际运用是应对空间大灾难中的特别现象，我相信国际社会不会对这个问题还有争议。

记者：原机人应该享有哪些权利？你对"争取运动"提出的诉求有何看法？

莫科夫：我们没有多少时间再耽误，空间难民的状况一步步恶化，面临的困境不仅我们这一代人解决不完，我惴惴不安地估计会延续到下一代。我们没有多少筹码供选择,每分钟就有至少一个空间难民因缺水倒下,他们带着对太空的美好期待登上来,在空间大灾难中幸存下来,却因我们送不上水魂断天涯。每时每刻我和我的伙伴都在这种痛苦折磨中煎熬。我是说,人类放下虚伪,生命尊严就立起来了。我劝大家别把功夫耗在这上面。

记者:您如何看待"杉杉事件"?这件事不仅牵动世人的眼球、关系原机人,更牵扯到空间大灾难的真正元凶,这对救援行动和今后人类在空间的生存、发展至关重要。

莫科夫:大灾难面前总有伤痕累累的惨状,更让人揪心的是这场空间大灾难是如何出现的。国际社会还在调查,请不要用善良和情绪来与理智对撞,我不清楚究竟是什么原因,也不清楚究竟多么复杂。我对欧阳杉杉这个漂亮英勇的赤脚女孩,表达深深的敬意和歉意,她的影像在我心中时刻闪动,她的处境让我和我的伙伴受尽煎熬。我现在才知道,阻隔在太空的竟有欧阳伯第父女,我为他们的不幸遭遇,为近百万空间难民的不幸落难而伤心。谢谢记者,希望恐怕真正掌握在人类自己手中。

十数个原机人救援队执意选择莱茵城卸载,冰块、医药霎时堆积起来,城民、滞留难民和原机人、机器人参与进来,冰块处理系统一时出现拥堵,原机人救援队一一受到热情接待,莱茵河两岸出现一圈圈、一片片围聚起来的人群,久违的笑声从这里飘向城郭。

莱茵城管委会借势宣布:在莱茵城注册的原机人与人类一样受到尊重,凡到达莱茵城的参与救援的无论自然人、原机人、机器人将永远铭刻在莱茵城城墙上,受到永久的过往通免待遇。

聚集在莱茵河两岸的原机人强烈要求原机人享有人类的一切权利和尊严。

葡萄醋栗园没有风声响动、没有枝叶摇晃、没有人来人往,相互依偎的杉杉、季小峰只能依稀看到警察远远的背影、枝杈映到地面的折影。"吼哼吼哼"的声响穿过葡萄醋栗园,继而又传来震耳欲聋的呼喊声,犹如隔世之音在梦境。

他们不知道城内发生了什么,仅剩下麦琪这唯一的联络渠道。夜幕降临不久,他们期盼着什么,却又怕见到什么。

季小峰唯恐杉杉再受到任何伤害,却也无力、无奈,不过现在他脑子里想的似乎要复杂得多。身为"杉杉事件"当事人,抛出的数字和负数联组是自己和杉杉商议过的,本想传递给"家里人",却不想被国际空间法庭攥到手中。这不是疏忽,也不像帮助解救自己与杉杉,这一定是有意所为,那不就说明身边有贼。是谁?究竟想干什么? 挠破脑门儿也理不出个线头来。

"杉杉,咱们这样干耗着,家里也着急,估摸着有人比我们还急,要不你看这样咋样……"季小峰对着杉杉的耳朵嘀咕起来。

一阵急促的脚步声由远而近,杉杉戳戳季小峰,一个熟悉的身影渐渐清晰,两人艰难地站立起来,来人已到眼前。

麦琪的脸上带着喜悦,连身上好像都是欢喜,急着赶路的喘息声在死寂的葡萄醋栗园传播开来,酷似天籁之音,杉杉、季小峰被感染。

"杉杉、小师兄快坐下,看我带什么来啦? "

麦琪将半瓶液体递给杉杉:"傻了? 是水。"

杉杉喝一口含到嘴里把瓶子递给季小峰。

"还有这个。"一把牛肉粒放到杉杉手里,从指缝漏掉几颗滚落地上,季小峰急忙蹲下,一颗一颗捡起来,在身上蹭蹭放进嘴里。

"小师兄,真馋啦。"

季小峰咂巴嘴摇摇头。

"给,女人用品,杉杉的。"

杉杉把牛肉粒给季小峰,接过麦琪递过的小包。

"这还有吃的,我告诉你们,法庭对你们的圈禁放松了一点,我这才能过来多待一会儿。"

"咋回事?"季小峰急切询问。

"是这样的,你们可能听到了城内的声响,大批原机人救援队拥到莱茵城,水多了,这才偷偷拿来半瓶。"

"法庭为啥对我们放松?"

"原机人闹事呗。闹得很凶,听说闹到联合国啦,咱们的原机人在地面罢运,这下人类傻眼啦。不过太空城热闹啦,认可原机人的,带上来的物品卸载给他们。几个太空城跟得快,拿到了,反应慢的,那还不就倒霉啦,啥没捞着。你说逗不逗。"

杉杉、季小峰咧咧嘴。

麦琪处于兴奋状态:"看我说到哪里了。哦,原机人那个'争取运动'提出许多诉求,先不展开说啦,他们要求释放你们俩,好像你们那面也在施加压力,这才有了放松一点的机会。我来的时候,耶伦伽姥姥、泰格博士也没说什么,只是盯着我拿的东西。"

杉杉专心倾听麦琪说话。

"我带的东西他们也进行了扫描,我知道他们,喏。"麦琪朝"绿色毡"努努嘴,"好妹妹,会好起来的。"麦琪靠近杉杉用力在她额头上摩擦,杉杉配合着,一会儿两人分开来。

一阵响动传来,大"金毛"回来啦。

杉杉把大"金毛"抱住,紧紧贴在脸上,大"金毛"发出"呜呜"哀鸣,散射的光线下,眼眶折射晶莹的亮光。

麦琪把话头引向季小峰。

杉杉读懂麦琪的意思,搂着大"金毛"缓慢抬手按压额头。

　　　杉杉,机会不多了,我和你家里人十分着急,数字与负数联组需要解读,提供具体方式路径。耶伦伽。

看着麦琪与季小峰攀谈,杉杉陷入极度困惑中,反复咀嚼耶伦伽的话。什么机会不多了?是说自己和季小峰的机会不多了,还是他们反驳法庭的机会不多了?家里人着急在情理,耶伦伽着急为哪般? 想必另有图谋。解读数字与负数联组,提供哪门子路径? 杉杉不经意动动嘴角,亲一下大"金毛",抬手按压额头。

麦琪把目光转向杉杉,四目相对,麦琪会意,站起来按住盘坐地上的杉杉,弯腰将额头贴到杉杉额头上,转身离开葡萄醋栗园。

韦斯坦收到传递的数字和长长的负数联组,再次陷入困境。

"这是搪塞我们的参数,还是什么?"欧阳伯第端着下巴沉吟。

"高级别专家正从不同角度研析撞击过程,国际空间法庭也组织专家解读,他们几次接触杉杉、季小峰和那个'金毛',我想,法庭的速度会快一些,一旦他们研析出什么结果,我们将陷入极大被动。"冯德莱说。

"算法,特别算法,应沿这个思路试一试。"欧阳伯第说,"欧阳仲仲该登场了。"

M·泰格在莱茵河一侧租用了一处娱乐场地,与助手忙碌地应酬全球各地原机人救援队成员,接收地面原机人有关权益的诉求。

日出后不久,莱茵河中央区域聚集许多原机人,在河中心忙忙碌碌。

过了一段时间,一群原机人邀请M·泰格,M·泰格听完来意,与来人一起走到河中心区域,抬头望见"七少女"左侧矗立一个物体。

此时,莱茵城管委会主委格格雷与众管委一同到达现场。

格格雷与M·泰格共同揭幕。绿纱轻轻飘向城郭,一座凌空塑像矗立,千疮百孔的欧阳杉杉给人们带来强烈震撼,那逼真的形象蕴含十分复杂的内涵,在此处矗立也表达复杂的意蕴。

揭幕没人讲话,也没有掌声,格格雷请M·泰格等一起到市政厅。

"大灾难突然降临,我们成为空间孤儿,与地球母亲遥遥相望,原机人成为连接空间孤儿与大地母亲的脐带。可怜的杉杉还在圈禁,我们莱茵城用这种方式支持她,杉杉塑像是这次大灾难的永久记忆,是原机人艰难兴起的时代符号,是我们这座太空城市的自豪标记,是原机人与人类的赤脚天使。她是中国青年的骄傲,是欧洲青年的偶像。"

格格雷端起桌前的透明水杯舔了舔接着说:"遗憾的是,我仅见过杉杉的影像,她正在经受另一场精神大灾难,我们莱茵城没能力阻止对杉杉的圈禁,我们把你们的请愿、把原机人的呼喊转达给国际空间法庭,恳请他们对杉杉、季小峰提供宽松一些的环境。我知道,'杉杉事件'牵动全球原机人的心,影响对原机人权益保护的认可,我和我的管委们下定决心,还是由莱茵城带头,或许有助于对杉杉的解禁。让历史去评判吧。"

耶伦伽把眼镜推到额头,露出红肿的眼眶,说:"我们的主委很会借势,你认为造这个势就能救杉杉吗? 简直太天真了,我不反对塑个什么像,我也喜欢杉杉那个率直的女孩子,恕我直言,你们帮不了什么忙,我把头发熬白不少,也还陷在泥沼里。"

"争取原机人的权利,就是通过杉杉把原机人凝聚起来。现在全球原机人成片成片聚焦起来,这是一股多大的力量,我们这面的声势越大,对于解救杉杉就越有帮助。耶伦伽姥姥,这是全体原机人的声音,你没听到吗? "

麦琪第一次当众顶撞耶伦伽:"我每次去看望杉杉,脸上强装轻松,其实我心里十分紧张,我总担心杉杉精神崩溃,承受不起这样的打击。要是我,早就疯了。"

"你是早就疯了,靠情绪化救不了杉杉。最后希望在哪里,我也说不清楚。谢谢主委,以后这些事不要再找我了。"耶伦伽起身离开市政厅。

"疯子看谁都是疯子,我的原机人也被她当作疯子啦。"麦琪怒气冲冲地坐下。

"格格雷主委,摆在面前的选择,是给原机人正名。我们、你们没有多少回旋空间,不然就会再次中断救援太空行动,使空间难民陷入绝境,使数代科学家的担心变为现实。人类在生存面前没有假如,我们在机器人面前处于劣势,人类输不起,适者生存定律不会有第二次机会,好在我们有了原机人,这是上天赐予,是人类的自我救赎。"

"M·泰格博士,请您谈谈接下来怎么做。"

"原机人是人类存在形态的延伸,本质是人;机器人是机器形态的高度类人化,本质是机器。给原机人自由,完整的自由,彻底的自由!'争取运动'的最终目标就是实现原机人自由,与人类本体一样的彻底自由。"

城管委与麦琪、彼得妮等击桌以示赞同。

"尊敬的主委,我们无法回头,人类最终要靠人类自身拯救,靠人类自身发展繁衍,除非我们在宇宙找到相同的生命体,否则,我们就要保持延续人类独有的生物生命特征,在地球、在太阳系、在我们触及的宇宙空间享有人类独有的支配权,绝不能让机器人支配人类。发表《原机人宣言》,向全世界阐释原机人产生发展的自然性、可行性;阐释原机人与人类的关系,享有的自由、权利、责任和义务;阐释原机人与机器人的关系,为捍卫人类的生存发展尊严和不受异类威胁而奋斗!"

"我被你的激情所俘虏,我将在莱茵城支持你们完成《原机人宣言》的发布,这与在莱茵河上树立杉杉塑像意义相同,与人类自身安全发展繁衍的追求完全吻合。要快,救援太空、挽救近地空间的行动也会由此形成燎原之势,M·泰格博士,把全球……"

此时,会议室门开启,耶伦伽站在门口。"抱歉打断你们的热烈气氛,我是不适应这个场合的。我是说,泰格博士给我说过那个《原机人宣言》,我从科技机理上不反对,但那个宣言会引起震荡,我看不比这次大灾难引起的震荡小哪儿去。你们还是小心点好。我知道,你们讨厌我。"说完耶伦伽转身蹒跚着走去。

莱茵河两岸围观杉杉塑像的城民席地而坐,不知是因为莱茵城还是人们喜好,仔细打量,千疮百孔的杉杉,远看竟似有一张完好的面孔,浅绿色太极服、微抬的后脚丫子把飘逸的人儿衬托得富有朝气、奔向希望;近看那眸子里竟有细密的穿孔,脚丫上的孔眼比穴位还要密集。人们拥挤在一起,争相观看、拍摄杉杉塑像底座,上面新刻上一段不长的文字。

一位莱茵城记者终于挤到前面，把摄像笔伸向底座，上面不停地滚动着汉语、德语、英语、法语、俄语、日语、阿拉伯语、匈牙利语等语种。

此时，莱茵城各圈层的墙屏开启，这是空间大灾难后首次亮屏。杉杉塑像在上面缓缓旋转，杉杉妮深海断肢、与先遣队救援约翰、趴伏航天器残体、携带核榔头冲出球壳流体的一幕幕影像闪烁。

屏幕上出现格格雷与莱茵城管委会管委和 M·泰格等人严肃的影像。

"亲爱的同胞，这是一个历史性时刻，是人类遭遇前所未有大灾难的关键时刻，是我们艰难跋涉的起步时刻。我们经历上百年探索，经受救援太空艰难历程，我们勇敢地向莱茵城、向全体空间难民、向全球同胞庄严宣告《原机人宣言》。"格格雷说完看向 M·泰格。

"亲爱的同胞，发布这个宣言最有资格的是欧阳杉杉和她的原机人，欧阳杉杉是原机人天使。可惜杉杉深陷囹圄，我在这里替她发布宣言：原机人融人类与智能机器功能于一体，属于人类的一部分，属于人类唯一个体，是人类生物属性的超级延伸、人类存在形态的科学演化、人类合乎伦理的科技孪生，享有人类原体权益或未来其他专属权益，捍卫人类生命和永续繁衍！"

那位记者指着底部文字高喊："原机人百字宣言！"

莱茵河两岸即刻沸腾，全城沸腾。

杉杉、季小峰在凄凉的葡萄醋栗园牵着手仰望墙屏。这一刻杉杉、季小峰竟不知是喜是悲。两人向城墙一侧移步，大"金毛"摇着尾巴跟在后面，原机人警察竟没有阻拦。

"小师兄，我不知道是活着还是离开了人间，好像梦境。"

"杉杉，我也蒙。"

"小师兄，我忽然有个不祥的感觉，说不清咋的，心里更不踏实。"

"发布原机人什么宣言是迟早的事，把你塑到莱茵河上，这没想到。"

"人在这儿圈着，那边搞什么塑像，让我心里不好受。"

"或许他们有他们的说法，或许……"

"或许啥小师兄，咋这么磨叽？"

"杉杉，咱干脆坐这里。"两人坐到地上，大"金毛"趴在杉杉的脚边。

"不是磨叽，我这心里七上八下乱打鼓。杉杉，你看，法庭把咱们关这里，城里搞啥事和咱没关系。这么长时间啦，家里人也没想出啥法子救咱俩，还有那个'贼'盯着咱，咱们的大'金毛'也给撸了，希望在哪里实难看到。"

"确实走进死胡同。不是莱茵城安慰咱们吧？"

"杉杉，见不到家里人，叫人心里发毛。有冤没处诉，没人听咱的，咱成了冤大头、窝囊废。"

"小师兄，最遗憾的，是我还没替爸爸妈妈申冤。我妈妈遇难时，比我现在大不了多少。我曾有一个愿望，申冤之后，到我妈妈的家乡匈牙利，亲吻多瑙河附近的山丹丹小镇。"

"听起来咋像中国名？"

"你还别说，就是咱中国人给起的。小镇离布达佩斯不远。听欧阳爸爸说，有一次他和韦斯坦博士专门去过，那里从19世纪至今，依旧保留着小作坊小工艺，油画雕塑啊，还有木刻漆器，江浙一带的刺绣编织那里也有，我们家里挂着的一长串蜜蜡，就是小镇有名的工艺品。我现在才搞明白，我的外祖父是个手工艺匠人，外祖母和舅舅开一个小商店，店里挂着的是爸爸妈妈和我的照片。我们那个小镇坐落在丘陵地带，你说也巧，多瑙河流经此地拐了一个弯，就像母亲张开双臂，将小镇揽入她温暖的怀抱，期盼远游的儿女回到母亲膝下。"

"这是真的啊，现在听起来怪辛酸的。"

"就是憾事呗。京西还有天天数星星的雪瑞莱妈妈，不知她老人家怎样了，她要看到莱茵河的塑像会是啥反应？我刚才打盹儿时梦到她。小师兄，我说过不再流泪，可又控制不住。"

"杉杉，尽情地流吧。"

"我梦到妈妈的双眼看不见我了，她颤颤巍巍扶着栏杆，头发花白，不停地数星星,嘴里含混不清。我在身后喊她她也不回头,我用手在她眼前晃动也没有一点反应,我侧过头看,她不理我。我用手扶着她的肩膀,妈呀,硬邦邦的骨架子。我蹲下身掀开她的裤脚,这哪是妈妈的腿,就剩骨头挂着肉皮啦。我站起来,妈妈好像感应到响声,慢慢转过身来,吓得我捂住双眼,从指缝里看见妈妈全身的肉已经脱落,五脏六腑露出来,心脏怦、怦、怦地跳,上面竟有模模糊糊的东西,我用力瞅,小师兄,那是两个字,杉杉。妈妈呀——"杉杉再也控制不住倒在季小峰的怀里。

季小峰用手揽着杉杉,双眼模糊,穿过泪幕注视巨大墙屏转动着杉杉塑像和杉杉妮空间跋涉的影像,再低头看看瘦得皮包骨头的杉杉,无法隐忍心中的悲怆,把头垂落在杉杉的头上,大"金毛"抱着杉杉脚丫子发出凄惨哀鸣……

不知过了多久,巨大墙屏暗淡下来,来回晃动的原机人警察背对杉杉、季小峰坐在地上,葡萄醋栗园有些失重,大"金毛"发出汪汪叫声,两人相互揩拭眼泪,大"金毛"叫个不停,杉杉来回抚摸大"金毛"试图安慰,大"金毛"对着远处猛烈狂吠。他们警觉起来,预感到出了什么事,看到警察背影一时猜不出究竟。两人搀扶着起来,没看到什么异常,大"金毛"却不消停。

杉杉有些摇晃,季小峰急忙上来搀扶,自己脚下却像踩棉花。

"小师兄,有些晃悠,走走。"

两人攥紧了手,一步一步往前走,大"金毛"尾随在后,坐在地上的原机人警察没理会。他们再往前走了几步,几乎到了原机人警察围坐的圈边还没见反应。两人用力攥着手,向圈外一步一步走,没受到阻拦。两人反而停下脚步,回头看着仍然坐在地上的原机人警察,有些诧异,怎么不管了? 到底咋回事?

杉杉一个念头闪动,拉季小峰蹲下耳语一阵,大"金毛"甩着尾巴,杉杉又贴上"金毛"。而后,杉杉、季小峰在原机人警察侧边不远的地方坐下,大"金毛"自己溜溜达达向眉鸟酒店方向走去。

杉杉捂住心口,生怕心会从里面蹦出来,直到大"金毛"消失在视野中。

执勤的机器人罢工,莱茵城不大的市政厅各类人群不断向里拥入。主委格格雷与管委脸色凝重,M·泰格等人被挤到案桌一侧, 墙屏上出现数个人物影像,吵吵嚷嚷极为混乱,局面似乎失控。

国际机器人联合会秘书长小野和国际空间机器人协会执行理事粟嘉傲在线上多次呼吁安静,直到格格雷连续猛击案桌,现场才渐渐平息。

"格格雷先生,你们在不恰当的时机,发布一个极其荒谬的宣言,我不认可你们出于救助人类的动机,而是另有所图。大灾难够乱了,你们出来再搅一把,打破持续100多年的制约平衡,能不出事吗?"现场机器人为小野的发言欢呼喝彩。

"小野秘书长罔顾事实,曲解我们的初衷。正是你们的表态,才导致莱茵城机器人罢工。在这极端困难时刻,你们不顾数万难民的生命安危,极不负责、极为随意。"

"格格雷先生,在原机人还未得到全球普遍认可状态下,你们就抛出这个宣言,人类本身还没有做好足够的准备。怎样接受原机人,在多大程度上接受,尚难统一。这且不说,《原机人宣言》对机器人世界构成严重威胁,构成直接挑战。莱茵城机器人罢工只是个前兆。"粟嘉傲口气中带有强烈暗示。

"粟嘉傲先生,没有谁对机器人世界构成威胁,夸大其词吧。请您立即呼吁莱茵城的机器人停止罢工。全城失重明显,生态循环系统受到影响,似有下坠征兆,不能再恶化啦。"

"格格雷先生,诞生于100多年前的机器人三定律你不会不清楚吧?核心是机器人服从人类给予它的命令,不得伤害人类或对遭受危险的人类个体袖手旁观。现在,你们把原机人作为人类的一部分,这不但对三大定律构成挑战,而且为机器人世界硬塞一个新主人,势必引发机器人与原机人的矛盾。"小野不断加重语气,现场机器人再次喝彩。

M·泰格早料到,机器人在人类社会生活结构中深深扎根,改弦易张极为艰难。"小野先生有意挑拨原机人与机器人的矛盾,不顾科学事实和救援太空的严峻局面,我看你才是另有所图。"现场原机人掌声助威。

"大灾难中,原机人与人类并肩作战,同生死共命运,任何假设、妄议、贬损,在空间跋涉面前被击得粉碎,人类最终要靠自身拯救、繁衍和图强。机器人罢工就是对人类的威胁,是对空间难民的残忍蹂躏,如不立即停止,我将向全体空间难民状告、向联合国状告、向全人类状告,把你们一同押上历史审判台。"格格雷话音未落就被雷鸣般的掌声喝彩声淹没。

"小野先生,粟嘉傲先生。"格格雷挥挥手接着说,"原机人杉杉、原机人季小峰、原机人彼得携带核榔头在近地空间甘愿粉身碎骨,为人类排除永久隐患,那一幕牵动全球人的心,我料想,你们一定会被这历史铭记的时刻所震撼。三个原机人落在莱茵城,我们检查他们身上的撞痕与孔眼竟达数万个,矗立在莱茵河上的杉杉塑像,就是照杉杉妮塑就的,杉杉妮全身多达34207个疤痕孔眼,我们全部做了标注,这就是原机人为人类进献的入门大礼。太空闸门把我们与地球无情地隔开,跨越这道门槛的希望在我们的原机人身上,至少在目前是这样。我相信,我也祈祷,人类与原机人将高度融合,人类与机器人将高度信赖,原机人与机器人将高度协同,为战胜大灾难、还地球安宁携手同行。"

"格格雷先生,原机人在大灾难中异军突起,但机器人也做出巨大牺牲,数百万全球机器人直接奋战救援一线,送到莱茵城的冰块、医药材料也有机器人救援队的功劳。现在跋涉在近地空间的救援大军,大部分是机器人战士,请你不要忘记机器人对人类、对地球、对空间难民的恩情。我们与机器人相处100多年,其间,人类的每一个重大进步,哪一个离开了我们机器人。就连你们的莱茵城,也是千千万万机器人的身骨搭建起来的。机器人缺席,你这个主委一刻也坐不稳。"粟嘉傲再次得意起来,原机人与机器人爆发激烈争吵。

市政厅剧烈颤抖,案桌上的物品来回滑动,警笛长鸣,莱茵城酷似大地震,全城摇晃,好似解裂的征兆。

"莱茵城即将倾覆,这将是机器人在人类面前犯下的不可饶恕的罪行,将激起全人类义愤,将唤起全球的再次觉醒,你们将成为机器人刽子手被钉在耻辱柱上,你们不想想,就此全球上亿机器人的性命,将葬送在你们手里。呵呵,呵呵,呵呵呵,我们付出10万人类、原机人、机器人的性命,而你们将葬送整个机器人世界。"格格雷闭上双眼。

此时,联合国应对大灾难秘书处高级专员莫科夫等国际要员紧急介入,强烈呼吁即刻停止对莱茵城的威胁,否则将以战争罪严惩一切肇事者。

强大压力下,莱茵城的震荡渐渐和缓。

粟嘉傲与小野空地沟通,提出对原机人加以约束,以实现原机人与机器人之间的均衡,将强烈激化的矛盾先从峰谷上落下来,得到格格雷、M·泰格响应,数方展开激烈争论,来回拉锯,最终形成原机人六条契约。

原机人契约

第一,人类原体与自己的原机人享有同等权利尊严,有区分实名制,一方受到伤害时等同另一方受伤害,双方均具有自卫权利。第二,原机人不得无辜伤害他人,当遇威胁时,与原体和他人协助避险。第三,人类与原机人的高级情感具有同等价值。第四,人类原体与自己的原机人负有同等法律和道德责任义务。第五,原机人不得生息繁衍,与人类个体处于相同生物期。第六,原机人与机器人均为人类整体利益服务。

契约界定了人类原体与原机人的关系和社会地位,与《原机人宣言》一起明确了原机人作为人类的一部分所承担的角色。在大灾难极端状态下,人类与原机人和机器人各方存在不同认知,尤其对于原机人与机器人的关系存在巨大分歧,契约故而搁置这个问题,商议另择时机补订。

莱茵城即刻发布原机人契约,两个国际机器人机构无奈,默认契约,莱茵城机器人渐次恢复工作,机器人世界却出现不同声音……

空间法庭审判

　　欧阳仲仲到达太极城是在该城正式运作后不久。京西中欧隆卫研究基地作为太极城的地面科研支撑,担负着繁重的日常保障任务。欧阳伯第年轻时就成为基地首席专家,后兼任太极城首席科学家,由于多次遭到无名袭击,曾在一个时期在太极城隐去真实姓名和面目,欧阳仲仲作为"特殊"人才,早年来到这里时一直隐藏自己的真实身份。

　　"杉杉事件"发生后,太极城临危受命组成应对组,欧阳仲仲与父亲欧阳伯第等科学家一起展开相关研究。仲仲与杉杉曾在一起生活,这次杉杉似乎因赌气离开家,到太极城向仲仲求助,不巧兄妹未曾谋面,便在杉杉空间遇难时造成新的创伤。

　　欧阳仲仲曾获取杉杉、季小峰刚到太极城时租赁无人飞船进行付颗粒试验的零散数据,大灾难发生时,0号醉星与近地空间航天器碰撞时闪现的状态,与杉杉实验的状态有些相似,杉杉妮从球壳流体天顶冲出时再现这一状态,这让国际空间检察厅抓住了把柄,如果提供不出确凿证据排除杉杉实验的状态,将两人推定为空间大灾难罪犯的趋势就难以扭转,原机人世界无论怎样拥戴他们,他们的下场也不会好。现在,这个进程明显加快,灾难随时会落到他俩头上。

　　欧阳仲仲看到身边的欧阳伯第头发脱落、两眼凹陷,胡须越来越长、穿着极其随意,心里产生剧烈震撼。

　　欧阳仲仲知道,爸爸在为杉杉揪心,太极城长达30小时才迎来一次日落日出,爸爸早已没有规律,困极了就伏案而睡,醒来就工作,饿了随手抓几颗牛肉粒啃点压缩馒头舔舔水,赶巧了会有一些牛肉泥、果酱,他像一个永动机,始终有一股激情在支撑,仲仲深知其中缘由。

　　此时,从不明方向再次传来数字符号和负数联组,欧阳父子分别存储后,在计算机上逐项辨析,与前几次的负数联组比对。几次的信息量都不多,但规模、形态、结构上还是存在差异。

"仲仲,这么少的数据,集中在频域的一小块时空域,好在有一部分负数联组似乎比前几次数据多一些,但还是相当乱。"

"欧阳首席,还在这里泡着呢,我可是倒头睡了几个小时。"韦斯坦揉着眼坐下来。

"过来一组信息,我们两个比对发现一些异样,还没理出头绪。让仲仲把几次类似信号,包括我们长期跟踪的那个'绝对零度信号'一并梳理。"欧阳伯第指着屏幕,"这里还没有像样的参数,主要是不得要领,总在外围转悠。"

欧阳仲仲发现一个重要现象,相关信号数据量比现有计算机模拟和太空观测系统接收的数据量明显要少,在两个系统中无法读出,0 号醉星撞击的信号与其他几个信号的特征也有异样。

欧阳伯第说:"我们可能陷入误区,走进模态死胡同,就如在梦里面转圈,总也转不出来。"

"似有'傅里叶变换'中的一些状态。"

欧阳仲仲提出的傅里叶变换,欧阳伯第与韦斯坦这两位大家一直没有提起,主要是眼前掌握的数据状态在现有系统中无法读出,就不是这个变换的特征,而是一种古怪的算法、编程和模态,这个将导致人类认读系统与实物状态出现差异,表现为在视觉上的差异,在速度、结构、方位、功能上的差异,在空间又涉及重力、微重力与无重力的差异,犹如杉杉与季小峰在地面所做的一系列实验,这个实验在空间是个什么状态,现无资料记载和前辈科学预测。导致空间大灾难这样险些摧毁地球、毁灭人类的宇宙级事件,无论如何也不能与杉杉他们的实验和救援行动挂钩。

欧阳仲仲早就明白父亲的心结,无论"杉杉事件"的结局如何,父亲都不会让大灾难与杉妹有一丝牵连,他不相信杉妹会有这么大的能耐,更不相信杉妹具有这样的动机,怀揣摧毁人类的仇恨。

仲仲知道杉杉对亲生父母莫名死在欧阳家中存芥蒂甚至怨恨,但不至于波及家庭以外甚至社会,更不会把仇恨带到太空进行极端报复。父亲的心里恐有更深的考虑。早年家中连遭不幸,尚不知何人因何事制造祸端,在他那胸中始终燃烧的火焰,影响着兄妹和全家在极端困境中不丧失希望。这个火焰从来没有被浇灭,哪怕遇到人类数千年从未有过的空间大灾难。现在机会的大门越来越窄,就像太空闸门落下,燃烧的火苗奄奄一息。父亲现在的工作强度远远超过生理极限,但他永不放弃,有一股强大的精神力量支撑着他。欧阳仲仲欲劝父亲的念头多次打消。

"仲仲,穷尽与我们有关的一切线索和可能,尤其刚刚收到的负数联组,在算法和变换领域里组合模拟。我始终相信唯物辩证法。联系,我们已经掌握的信息一定会存在某种联系,否定之否定后还是联系的,这个逻辑不会变,变的是如何联系,谁和谁联系。0 号醉星是个关键点,在我们几乎所有系统中出现了 181 秒的误差,为什么?直面这个问题,就要在我们掌握的信息中一点一点抽丝剥茧。我不相信这次大灾难是非物质的力量搞鬼,信息、频谱都是存在的物质形态,变换的信息、算法、编程、模态也是物质形态。"

"我赞成欧阳首席的唯物辩证,现在这个物质形态发生了变换,在我们现有的感知系统中变换了,这一点在三个主要场景中全部得到验证。再往下,就是速度,给我们感知造成误差的是速度,速度的变换。一个关键点是,181 秒的感知速度误差,就是说,0 号醉星的速度要比我们感知的快 181 秒;反过来,我们的感知系统,比移动目标慢 181 秒。我们现有的感知系统被这个目标欺骗了。在我们眼里它比较慢而实际它很快,我们认为它在数千千米之外,实际上它到了眼前。我是说感觉到了眼前,尽管在远地空间这点距离不算啥。"

"韦斯坦博士这个分析已多次,今天不同的是,我们对变换的目标有个较为清晰的判定,是物态,是一种信号物态,是变换了的信号物态,是以古怪算法编程模态并且变换了的信号物态,它给我们现有系统制造了盲区,制造了感应误差,制造了认读混乱,把我们阻挡在信号堡垒的外面。我想沿这个路径研究,总能有一种算法和编程能钻入信号堡垒,无论它多么复杂。我知道时间不多了,莱茵城发生的原机人与机器人争论,会给我们的认读破解带来更大的难度,我们只有分分秒秒都用上,别的没什么好办法。"

"欧阳首席,你把欧阳仲仲的身世跟我简要聊聊,或许能对我们认读破解有启发。"

"韦斯坦博士怎么对我的仲仲感兴趣? 不过到这个节骨眼儿上,也只好与老朋友说说。说来话长啊,那是 2060 年 1 月 12 日……"

巴掌大的雪片从午夜洒到清晨,坐落京西的中欧隆卫研究基地淹没在白色雪幔中,从六层眺望,眼瞅着雪片蹿过一层楼窗。

墙壁布钟嘀嘀嗒嗒从没像这样挠人,欧阳伯第瞭一眼,7 点,斜披着外套不停搓手,沿着客厅折来返去。

穿过落地阳台,欧阳伯第的目光落进灰暗晨色中,院落眨巴眨巴着迷茫光点,灰蒙蒙分不清天地边际。正赶上没风的日子,这雪是赖着不走了,厚着脸皮使劲飘洒,压根儿没有消停的意思。

欧阳伯第收回无奈的目光,隐隐听到卧房飘来抓心的哼唧声。

欧阳伯第叹口气没吭声,从阳台边折回来,把披着的上衣扔到沙发里,抬头一瞅,7 点 15 分。

雪瑞莱预产期来临,太极城高级联络官米凯迪别提多上心了,隔三岔五溜来瞧瞧,上着班也蹭空打听。昨天上午米凯迪小两口儿执意到家来,说好陪雪瑞莱一起去医院,搞什么全程体验,这不,指针不听使唤,嘀嘀嗒嗒眼看时间要到了。

欧阳伯第急切踱步心里念叨,额头渗出细密汗珠。再次靠近阳台,玻璃外侧沾上斑斑雪块,巴掌似的雪片尽情飞舞,哪管你情愿不情愿。望不到尽头的雪台渐渐增高,地面出行甭指望了,不知空环能不能试试。欧阳伯第吼叫家庭飞车车助,询问空环状态。

车助回应等级管制。

欧阳伯第摘下眼镜在身上胡乱蹭蹭又戴上,用力闭眼又猛然圆睁,暗红血丝爬上眼球。

雪瑞莱挺着大肚子缓缓移到客厅,欧阳伯第转身赶忙跑过去搀扶,雪瑞莱伸手抹抹欧阳伯第额头的汗珠。

欧阳伯第瞥一眼墙壁,7点40分,心想米凯迪会准时到达,那驴脾气决不在乎什么天气。

欧阳伯第抹一把脸上的汗水往腰窝一蹭,猛然起身冲到阳台,外面银亮闪闪,巴掌大的雪片形成雪帘。欧阳伯第急忙传唤车助。

楼体外侧墙壁与阳台连接处发出嘶嘶声响,一个骨架从墙壁慢慢向外隆起、伸展,逐步撑开,一辆椭圆形家庭飞车与阳台对接。

欧阳伯第一手搀扶雪瑞莱,一手提着黑箱子进入飞车,人还没站稳就催促车助快走。

正在此时,米凯迪小两口儿乘滑车刚好到达楼下,冲着空中呼喊,欧阳伯第瞅见他们,催促车助快快飞离。

飞车掠过基地院落上空。

米凯迪小两口儿在雪台上启动滑车追赶,不停地向上招手。

车助加速,把米凯迪小两口儿远远甩在后面。

飞车沿基地东侧隆卫大道低空飞行,空域茫茫,雪片扑打着车体。

京城构建完备的低空网格式飞道、环城飞道。第一级低空飞道,距地面60米,限速每秒200千米—210千米;第二级低空飞道,距地面110米,限速每秒250千米—260千米;第三级低空飞道,距地面160米,限速每秒300千米—310千米;第四级低空飞道,距地面210米,限速每秒400千米。城际飞道限速每秒900千米。

遭遇极端天气,空环飞道临时管控,经米凯迪协调,空警介入导航。

骤起的西北风一阵紧过一阵,雪片扑打着飞车,车体剧烈颠簸,雪瑞莱与欧阳伯第采取延缓措施,仍不起作用。

雪瑞莱脸色苍白，汗珠从脸颊流淌到脖颈。她双眼紧闭，牙关咬紧，使劲攥住欧阳伯第的手，发出阵阵呼喊。

欧阳伯第松开雪瑞莱，打开黑色精致皮箱，取出消毒用具，跪在车厢里，把雪瑞莱的裤子褪掉……

哇哇哇一阵啼哭，一个婴儿诞生在暴风雪飞车中，欧阳伯第亲手接下婴儿。不多时，又一"婴儿"呱呱坠地，两个婴儿发出长长啼哭。

欧阳伯第将两个婴儿包裹起来，放到雪瑞莱身旁，又为雪瑞莱整理……

在空警的协助下，飞车到达温泉小镇欧阳伯第一个朋友的医院。

3天后的傍晚，欧阳伯第一家四口返回基地。刚进家门，米凯迪小两口儿就兴致勃勃赶来，捧着鲜花，提一个棕色篓子。他们不知道是双胞胎，只备了一份礼物。

米凯迪异常兴奋，带来欧阳伯第任基地首席专家兼太极城首席科学家的消息，执意为两个孩子起名，大的叫奕奕，老二叫仲仲，说将来自己有了小宝宝，依次顺着叫杉杉。

仲仲实际是奕奕同步的原机人，真实身份只有极少人知道。米凯迪小两口儿出事后，米杉杉改为欧阳杉杉，兄妹三个在一起生活了一段时间，但杉杉并不知情。

欧阳伯第也清楚家中接二连三出事，一定与仲仲从事破解特异信号模态有某种关联。

听完欧阳伯第叙述，韦斯坦受到震动，两人从新的角度切入演算。

麦琪再次来到葡萄醋栗园，亢奋地向杉杉、季小峰讲述莱茵城发生的事，发现两人的回应没有自己预料得热情回应，大"金毛"也不在他俩身边。"杉杉，'金毛'哪儿去啦？"

"我也不知道，好长一阵子的城郭摇晃，把我俩晃晕啦，狗东西跑哪儿去撒欢了吧。"

"杉杉,我看耶伦伽姥姥天天耷拉着脑袋,家里人也没说有什么进展,只是说时间不多了,现在能不能抢在法庭前面拿到证据驳倒他们,已经不抱多大希望,一旦法庭定罪,很难驳回。再说,压根儿也找不到驳倒法庭的证据,这就惨啦。大灾难期间,法庭宣判也很难按程序进行,家里人不在场也可以把你们定罪。我的天,咋这么倒霉。这是我从姥姥那里抢来的果冻,快点吃掉。"

"谢谢姐姐。"杉杉接过来,"麦琪姐姐,我们一起经历那么多事,现在只有你是我俩最亲近最信赖的朋友, 我们被圈禁在这里, 无法与其他人接触, 你说咋办? "

"我也想不出什么好法子,听说家里人要来看望,被法庭回绝。刚开始圈禁时,他们准备安排一名机器人助警,泰格博士极力反对,这才给了我机会。我只能跑跑腿,不能接触城内人,急死人啦。"

"麦琪,跑跑莱茵城管不管用? 我们不能这样等死,好在咱们原机人为莱茵城做过贡献。"季小峰急切地说。

"我倒见过格格雷主委,他现在那个忙啊。救援太空扩大阵势,如何清除球壳流体的事也在论证,见他都很难,别说求他说情啦。"

大"金毛"穿过葡萄醋栗藤架朝杉杉扑来,伸出舌头胡舔一通。

"你这死狗还知道回来。"杉杉轻轻拍打大"金毛"屁股。

大"金毛"尾巴摇摆,不停地哼哼唧唧。

"狗性难改。"

"回来就好,让我来瞧瞧。"说完,麦琪凑近杉杉,两人一个额头吻。

杉杉启动柔性脑波存储器。

杉杉,据我们得到的信息,不时正式开庭。你提供的数据一团糟乱,明确数字似与碰撞有关。急需钥匙。十万火急。我不抱太大希望,一切恐有上帝裁决。我有我的见解。

　　杉杉按压额头,陷入极端矛盾。耶伦伽急需什么钥匙,她抢着揭开大灾难之谜吗?麦琪,自己莱茵河救过的小姐姐一腔热情,危难之时助自己一臂之力。到底是谁将信息泄露给法庭?大"金毛"?它已经被彻底复制、监控?只可惜自己在葡萄醋栗园无力对它清洗。

　　想到这里杉杉一阵眩晕,她咬牙坐直,再次按压额头,把思考与存储的信息传递到柔性脑波存储器中,主动与麦琪额头吻别。

　　杉杉把头贴紧大"金毛",看着麦琪离开的身影,大脑一片空白,柔性脑波存储器似乎将大脑中的思维脑波全部抽空,搬走所有想法,挪动所有感应,现在空荡荡的,就像一个大写的"0",渐渐演化成大大小小的"0",由大及小的"0",直到那"0"遥远到缩为一个点。

　　这个点透出一丝丝光,目光穿过去,竟是一个由小及大的瞳仁,清澈的瞳仁构成目光黑洞,目光黑洞里的圆自动旋转,飘洒出来的有残缺的圆,有巨大无比的圆,有颗粒星点,即便颗粒星点仍有残缺不全的。渐渐地残缺不全的颗粒星点与个头不等的圆聚集在目光黑洞的一片片区域旋转,那些健全的个头不一的圆慢慢失去活力。

　　残缺不全的圆渐渐跳跃演化为虚段,这些虚段按一定顺序排列起来,形成一条条大大小小的虚化曲线,沿着目光黑洞折返,穿过刚才那一丝丝光点,急速穿过由小及大的"0"抵达抽空的脑波空间,渐渐占据一点一点、一块一块位置,而后又冲出去抵达那个目光黑洞,新形成的虚化曲线再次折返。

　　杉杉猛然睁开眼,从目光黑洞里逃出来,搂抱着大"金毛"吐出一口气,大"金毛"收到杉杉的脑电波信息,再次逃离葡萄醋栗园。

　　欧阳仲仲再次收到无名信号,他感应应该是个浅显提示,与他反复推算的极为相似,残缺的圆,或者说残缺的"0",在仲仲的运算逻辑里就是非"0",这个非"0"构成变异信号的主体部分。

一辆敞篷警察马车在葡萄醋栗园前急速停下,跳下两个原机人警察,冲过警戒,跑到欧阳杉杉、季小峰面前,其中一个趔趄着出示电子提审公文。

杉杉用手理理杂乱的头发,季小峰帮杉杉整理上衣衣领,从头发上摘掉几片枯叶,两人对视一番牵着手,夹在警察中间离开葡萄醋栗园,乘上马车,驶出眉鸟酒店拐向眉鸟大街。

不料,数不清的原机人挤满大街两侧,挥舞虚拟手臂呼喊:"杉杉无罪!""杉杉冤枉!""原机人挺你!""杉杉永远是原机人天使!""天使无罪!"

数百个原机人与马车同步移动,一名男青年不停地呼喊:"杉杉我爱你!""我爱你杉杉!"强打精神的难民,勉强伸出手挥动。

拐过眉鸟大街上行到莱茵城第二圈层多瑙大街,黑压压的原机人群占满街道。

马车拉着温和的警笛,在拥挤亢奋的原机人群的缝隙中艰难地移动,临街商店、酒馆、画苑挤满原机人,警车粘满吉祥符,杉杉、季小峰头上套着一摞纸花环、丝花环、布花环,智能大马推搡着原机人群直到第二圈层第 114 区块商务楼群 A96 号别墅门前。

十数个原机人警察列在两侧,马车穿过去,警察立刻合拢形成人墙。

杉杉、季小峰从警车上慢慢下来,回过头,人墙外席地而坐的难民无力地摆摆手,大多用眼神向这里张望,杉杉的心一紧,想说什么又在嘴里回嚼。

杉杉、季小峰把头上的花环拿下来放到警车上,抬头看到醒目的莱茵城法庭门匾,庭堂两侧各站一个原机人警察。

警察押解两人进入庭堂,穿过不长的连排椅过道,进入被告席。

庭堂极为安静,杉杉平复激动的心情,目光触及正面墙屏悬挂的银色背景庭徽,"中英文国际空间法庭"字样呈弧形居庭徽上方,一把利剑一杆秤交叉居中,太阳系八大行星居庭徽中下方,周边散置无数星光。

杉杉移动目光,庭堂圆顶是莱茵河流域神话传说彩绘,庭堂四周为等距立式彩窗与褐红光面墙壁,地上是浅蓝地板。

杉杉目光转向身后,数十个座位的连排椅上稀稀拉拉坐着几名记者,麦琪、耶伦伽、M·泰格、彼得妮在自己身后不远座位上朝自己挥手。

杉杉惊讶的目光与彼得妮相撞,那杉杉妮怎样? 立在身旁的警察解释,国际空间法庭借用莱茵城法庭庭堂临时布设四块幕屏,把杉杉的目光就此折断。

此时, 身穿银色庭徽图案法袍的三名大法官就座审判台, 法庭警察位列两侧,临时布设的四块幕屏悬挂在庭堂两侧前方墙壁,公讼席就座国际空间检察官与机器人助理检察官,欧阳杉杉怀抱大"金毛"和季小峰就座被告席。

亨利担任审判长,威廉、顾楚楚大法官端坐两边。

"国际空间法庭今天依法公开审理国际空间检察厅提起公诉的被告人欧阳杉杉、季小峰蓄意制造'8·13'空间大灾难一案。原告、辩护人、证人与国际调查组因现有条件限制,以视频形式参与庭审。这起案件极为特殊,被告可在庭审和辩论过程中,对原告、公诉方提供的证据、证人证言等提出质疑、为自己辩护,或申请法庭裁决。本法庭为国际空间终审法庭,三名大法官中两名赞成的裁决,被告人还可申请再审;三名大法官同时赞成的裁决,即为最终裁决……"

"请检察官宣读起诉书。"

检察官代表国际空间检察厅向法庭就欧阳杉杉、季小峰蓄意制造"8·13"空间大灾难提起诉讼,指证两人蓄意制造宇宙级空间级联灾难,导致28.9932万人伤亡,数十万人失踪,数十万机器人、原机人伤亡,近地空间100多年的文明成果全部丧失,造成人类赖以生存的近地空间永久性灾难,造成地球环境的永久性灾难,造成人类生存发展的永久性灾难,造成的经济损失为宇宙级量,造成的精神损伤为宇宙级别,指证欧阳杉杉、季小峰犯故意摧毁近地空间罪。

杉杉与季小峰四目对视,眼神复杂。

旁听席上发出一阵嘘声。

检察官请机器人助检进一步陈述欧阳杉杉、季小峰的犯罪事实。

"我抗议!"旁听席上发出的吼声在庭堂回荡。

"请站立回话,说明理由。"

"我是莱茵城科学家 M·泰格,国际空间法庭不能违背机器人定律,机器人状告人类不能被允许。状告原机人也违背《原机人契约》精神,请法官裁定。"

机器人助检欲发作被身旁检察官制止。

人数不多的庭堂,出现嘈杂声音。

三位大法官商议后决定采纳 M·泰格的建议,仍由人类检察官陈述。

国际空间检察厅检察官继续站立起来陈述:

综合原告、国际高级别专家调查组、国际空间检察厅搜集的电磁波谱、引力波和声波探测数据,对探测信号的幅度、相位、极化等信息进行处理,认定被告主要犯罪事实如下:

原子钟时间 2079 年 8 月 12 日 13 时 12 分 51 秒始,欧阳杉杉、季小峰携带试验设备在地全空间进行目标器试验,发生小型级联撞击事件。据欧阳杉杉自带量子探测器记载,撞击物与目标物之间的距离、位置、速度和加速度,出现与原告和公诉方探测数据差异(具体参数略)。

8 月 13 日,造成空间大灾难的 2079 醉星群 0 号醉星信号的幅度、相位、极化等变换的距离、位置、速度和加速度与 8 月 12 日欧阳杉杉试验现象极为近似(具体参数略),感应误差 181 秒,与"SHSH 模态"几乎吻合。

8 月 28 日 1 时 3 分 25 秒始,原机人杉杉、原机人季小峰、原机人彼得携带 3 颗核榔头冲出球壳流体天顶时,使用类似技术变换,各太空探测系统均认读三个原机人与环绕碎片群交会。原机人杉杉自带量子探测器显示,与环绕碎片群出现 0.89 秒时差,角速度和加速度均与各太空探测系统不同,从信号认读判定,当时三个原机人与撞击物相距约 4 千米,撞击物环绕速度约每秒 3.77 千米,三个原机人的逃逸速度至少每秒 5.3 千米,成功躲过撞击。

在全球注视下再次印证,8 月 28 日欧阳杉杉与其原机人使用的技术,与 8 月 13 日 0 号醉星撞击近地空间造成级联灾难属于相同技术变换(具体参数略），181秒的感应误差就是这种模态的具体应用，这起大灾难的典型特征为感应视觉误差，太空探测系统被欺骗，构成欧阳杉杉、季小峰为主要嫌疑人的罪证要件。

"请问检察官，原告是谁？"杉杉提问。
"俞木世界。"
"能当面对质吗？"
"大灾难期间，不便当面。"

检察官继续陈述：

欧阳杉杉长期从事"SHSH模态"研究，早在5岁时就显露在物态算法方面的天赋，获得"光脚神童"称号。其桀骜不驯的性格，使其在实验中多次将昂贵设备损毁，逼迫中国养父母多次变卖家产。

欧阳杉杉与季小峰在中国境内制造多起神秘交通事故，最近一次在中国三亚的海湾进行试验时造成海湾停业，被警方拘留，与这次空间"SHSH模态"试验衔接。

一系列试验使"SHSH模态"趋于成熟，欧阳杉杉具备制造空间大灾难独有的"SHSH模态"科技能力。

欧阳杉杉为中匈混血孤儿，其亲生父母在中欧隆卫研究基地和太极城工作，16年前无辜死在该基地欧阳伯第家中，一直成为悬案，欧阳杉杉对中国养父母长期记恨在心，曾多次发誓为亲生父母报仇。

欧阳杉杉怀有复仇的强烈动机，在实验中善于冒险，多次险些丧命。善于冒险和怀有复仇之心的欧阳杉杉具有制造"8·13"空间大灾难的动机。

以上信息原告"俞木世界"和欧阳杉杉的大"金毛"生物机器狗均有记载。

　　依此判定，欧阳杉杉具有自制物态技术的可能和实施此技术的主观动机，再次印证"8·13"空间大灾难主要嫌疑人身份；季小峰作为欧阳杉杉唯一助手和"SHSH模态"项目主要管理人，为助推"8·13"空间大灾难主要嫌疑人。

　　起诉书宣读完毕，现场一片沉寂。

　　杉杉双眼微合、嘴唇微闭、脸色凝重，心底却急速翻腾，撞到嗓子眼儿的咆哮紧紧关在口腔里。起诉书如此详细地陈述自己从事多年的"SHSH模态"研究实验，竟把雪瑞莱妈妈支撑自己冒险实验的家事在国际空间法庭上扭曲，把亲生父母无辜丧生的悬案暴露在太空公堂，把自己曾一时怀恨的意念抖搂出来，把实验遭遇从一个颠倒的角度认读，那些参数真伪一时难以分辨。杉杉在心里问自己，是谁这么熟悉我？连自己都忘掉的往事还替自己想着，跟踪10多年了吧，真有耐心，编织的偌大的帽子怎么戴呀，这法庭也会……

　　季小峰则是从未有过的战栗，上下牙打架，从头到脚贯通冷气，神经通道净是冰碴子，血管被一块块冰疙瘩堵塞，大脑壳子散射冻僵的冰豆子，眼前的法官、检察官、警察竟也成一尊尊冰雕。季小峰狠狠搓脸拽头发，身体却怎么也不听使唤。转身看到杉杉的目光，一丝温暖气息渐渐注入，脑壳里的冰颗粒渐渐变小变细，脑波像水车似的转动……

　　"进入法庭辩论阶段。"亨利平缓的话语在法庭回荡。

　　国际高级别专家调查组没有声响。

　　联合国应对大灾难秘书处高级专员莫科夫闭嘴靠在椅子一侧。

　　俄罗斯高级别专家梅德韦捷脸色涨红没有出声。

　　美国高级别专家霍伦挥手无语。

　　太极城保持沉默。

　　杉杉转身，看到身后不远处的耶伦伽，她把镜框架上额头目视庭堂圆顶，M·泰格消失，麦琪与彼得妮低头嘀咕。

　　庭堂罩着神秘的面纱。杉杉想不出这是为啥，怎么就没人出来为自己和小师兄辩护。

再看太极城视频,那个烟斗老头应该是韦斯坦博士,在那里噙着烟斗不冒烟不说话。那个发须相连、眼窝凹陷的是他吗?应该是他,是欧阳爸爸,怎么突然变成这样子?如果不是这个特殊场合,怎么也不会想到这竟与欧阳爸爸有一丝关联。可这是咋啦?难道所有人都成聋子哑巴啦?不会吧,难道是自己在做梦?

杉杉用手狠狠拧一把自己的肉,"汪汪",竟拧着大"金毛"发出声响。

"欧阳杉杉为自己辩护吗?"亨利询问。

杉杉一愣,摇摇头。

"季小峰为自己辩护吗?"

季小峰在头晕目眩中,挥挥手。

"择时宣判,休庭。"

记者跑到被告席,询问杉杉、季小峰为什么不为自己辩护,两人摇头,原机人警察押解两人走出庭堂。

怎样回到的葡萄醋栗园,两人似乎都不记得,眼看着周围多了些警察。

"杉杉,我怎么也想不通,咋会弄成这样?"

"小师兄,掐我一下。"

季小峰轻轻拧一下杉杉手臂,"哎哟"溜出杉杉的口。

"拧疼啦,杉杉。"

"小师兄,不会是试验形成的那些碎片造成的吧?那样,就没辙了。"

"我心里一直打鼓,他们口气那么大,光罪名就吓死人,咱哪见过这阵势。亲娘嘞,这会赖在咱俩身上甩不掉吧。"

"小师兄,我不抱什么希望,咱们的付颗粒、小'金毛',还有那俩飞船形成的碎片飞到近地空间,也会造成大灾难,看法官那么自信,所有科学家保持沉默,我想难以推翻扣在头上的罪名。"

"他们咋都不吭声?"

"明摆着呗,驳不倒啊,咋说。"

"耶伦伽姥姥也不替咱说几句。"

"我回头看了她一眼,她故意躲开。"

"杉杉,谁把你的底细摸得门儿清?"

"检察官调查呗,还能有什么可能。"

"检察官也不可能知道咱们几次详细试验的事。"

"小师兄,咱们的大'金毛'不是被他们折腾过了吗。"

"杉杉,大'金毛'可不知道你们家的事,咋觉得不对劲。"

"小师兄,在法庭上我也闪过这个想法,不管咋的,我看见欧阳爸爸始终盯着咱俩。"

"哪个是?"

"太极城那个视频里不拿烟斗的那个就是。"

"咋恁老相?"

"小师兄,看见欧阳爸爸我的心很酸。出事前,我们在京西见过,一下子变成这样,我都不敢认了。"

"杉杉呀,杉杉。"远处传来低沉的呼喊声,随着脚步临近,才看见麦琪摇摇晃晃来到近前。

麦琪把一身换洗的浅黄色太极服、一些化妆品、一包吃的东西塞给杉杉,脸上挂着泪痕,两人相视,忍不住拥在一起,肩头起伏着,衣物滑落在地。

季小峰见此景,把目光投向远处的眉鸟酒店,他想起在那里遇见自己的原机人;自己的原机人跋涉空间回来又见过一次,两个"孪生"同胞相处不过十几分钟,竟成为永别,也不知现在千疮百孔的原机人在哪里、命运咋样。法庭起诉的罪名没有谁能驳回,想起自己22岁从农家子弟到名校高才生,作为校方助教为欧阳杉杉做助手,尚未施展才华,就这样稀里糊涂了结一生。

那小镇上盼望自己回家乡光宗耀祖的老娘、缠着自己的小妹,她们要知道自己将永远离开,她们的盼头就没啦,肝肠咋不痛断,在这"天庭"了断连把灰也飘不回去。很久没踩过土地了,在家乡小镇的水塘摸鱼是自己的最爱。回到家老娘就东家短西家长地絮叨,这家添了胖小子那家添了双生子,盼着早日抱孙子孙女,说得怪不好意思。嘻,咋扯到这里啦。

"小师兄,小师兄。"

"哎。"

"愣神啦。"

"瞎胡想。麦琪呢?"

"早没影了。我把密钥给她了,看能不能最后抓住一根稻草。"

"小师兄,帮我穿上衣。"

季小峰拾起上衣,帮杉杉穿上,把布扣一个一个扣上,然后梳理杉杉棕色的秀发,杉杉的眸子清澈得像一口泉眼,两颗大眼睛从未像今天这样有光泽有神韵,瞳仁里面的小伙子刺棱着毛发,两只不大的眼睛直视对方。季小峰移开视线。

"衣服合体吧?"杉杉在原地旋转一圈。

"看着不赖。"

季小峰看着强打精神、穿着宽大衣服、面部脱相的杉杉,不禁心中阵阵发酸,似有千言万语竟没一句能表达内心的苦楚,嘴里说不出心里竟也说不出,刚才似水车般转动的脑壳现在竟光波飞溅、冰块融化、冷血奔流。

季小峰牵着杉杉的手走到葡萄醋栗藤架下,靠着一根柱子坐到地上,把杉杉的脚丫子放到自己怀中……

"小师兄,有人牵挂你吗?"

"老爹老娘在小镇上可忙活了。杉杉,我们那小镇可美啦,大平原、大河小河都有,热的时候下水摸鱼,冬天溜冰,小镇可热闹。"

"不请我去逛逛?"

"那巴不得。我还有个小妹妹,今年才考上三岛大学,我一回家,就缠着我问这问那。"

"喏，让你说得我心里扑腾扑腾地。"

"扑腾个啥？"

"小镇，美丽热闹的小镇。"

杉杉想起阳台上的雪瑞莱妈妈，眼前朦朦胧胧似出现幻影，她向小师兄诉说：

　　我小时候也算有些天分，十一二岁已上高中，对数字表现出独特兴趣。一日下午，家里人上班的上班，上学的上学，只有甲斐和家助在。我下午没课早早回到家，把鞋扔到客厅里，和家助聊起天，渐渐产生了想法。

　　我想了一个主意诱骗家助，把它捆绑起来，蒙上眼睛，然后带它在家里转悠，家助没有受到影响。

　　我与家助商量，阻断他的视觉感应系统，不知是否能成为机器盲人。我试着把它的脑壳打开，在视觉感应系统输入黑码。稍待一会儿，家助跟着我在客厅、厨房、主卧、次卧转悠，视觉感应系统失灵状态下，家助仍能辨识方位和路障。我问家助什么原理，它回答不出来。

　　我再次将家助的脑壳打开，将它的触觉感应系统阻断，家助仍能辨识方位和路障；又将家助的嗅觉感应系统阻断，指定交叉方位，它仍然行走自如。我移到落地阳台，把阳台敞开，让它走向阳台，不料，家助径直走了出去。

　　我急忙向下看，这下傻了，转身从房门跑出去。到达楼下，可怜的家助头部凹进一个大窝，手臂折断。

　　我吃惊地看看周围，没见有人，正在慌乱之时，甲斐展开车身从六楼下来，伸出机械臂，把家助抓起来，我拽住甲斐一起升，甲斐的机械臂将家助送进阳台以里，又把我送进去。

　　我坐地上瞅着家助不断埋怨自己是"傻子家助"，它蹲下来让我把被阻断的视觉、触觉和嗅觉感应系统修复。我问它什么原因诱使它冲出阳台，家助回答不上来。我再次把家助的脑壳打开，在多个感应系统中输入数据代码。

甲斐接奕哥哥回到家，看到客厅一片狼藉，奕哥哥喊家助没有回应，再喊，一个小女生的声音飘来："奕奕我在这里。"听到声音，奕哥哥以为家助搞怪没理睬，进入自己卧室。上完卫生间，奕哥哥坐在背靠卧室门的窗前书桌边，上线。

一双手从背后捂住奕哥哥的眼。"杉杉别闹。""奕哥哥，我想你。"奕哥哥不觉一愣。"杉杉，把手拿开。""奕哥哥，我这款香水味道如何？"奕哥哥知道我平时从不用化妆品，更未用过香水，可能碍于面子没发作。"杉杉，把手拿开。""奕哥哥，你想我吗？"奕哥哥从未想过这个，与我天天一起上学、放学、玩耍，从未分开过，他哪想过这些。奕哥哥只好回答："想你，行了吧。""奕哥哥，这不是你心里话。"

奕哥哥感觉有些不对劲，突然起身回头一看，抓起桌上的书包抢过去："好你个家助，竟敢戏弄我。"

家助一个趔趄向后退，奕哥哥跨上去再抢，家助转身就跑，奕哥哥追出卧室，家助跑到客厅，奕哥哥追到客厅嘴里喊着："看我怎么收拾你。"家助与奕哥哥在客厅像大灰狼捉小鸡，情急之下，家助跑进我的卧室，奕哥哥紧追过来。

我发现不对头急忙问："这怎么啦，奕哥哥？""你问问家助，我非揍他不可。"无处可逃的家助蹲到地上，奕哥哥用书包击打他，"揍你，揍你，看你还敢不敢。"家助一只手捂住头求饶："奕哥哥，我想你。""还敢这样戏弄我，看我揍扁你，非揍扁你不可。"蹲在地上的家助也不求助，问一声回一句，始终不改语气。我在一旁拉住奕哥哥："到底怎么啦？"

此时，爸爸妈妈一同回到家，只见家助的头部凹进去一块，左手耷拉着，身上都是磕磕碰碰的痕迹。

我和奕哥哥争着讲前前后后的经过，爸妈不仅没发脾气，妈妈还把我搂在怀里不住地大笑。坐在一旁的奕哥哥十分不开心。

移到餐厅，我赤脚蹲在椅子上，抓起一块牛排塞进嘴里，心想这咋的啦？

爸爸切开一块放进嘴里皱皱眉头。"家助,咋搞的?"奕哥哥高声叫喊起来。家助来到餐桌边,一脸蒙。

"新式牛排吗?""奕哥哥怎么了?""把鼻子伸过来,闻闻啥味道。"家助嗅嗅没回话,转身走进厨房端上甜汤放到餐桌上,妈妈舀了一勺放进汤碗,先闻闻,用嘴舔舔,吐吐舌头。

我抓起汤勺尝了一口。"傻子家助,这是什么汤?""杉杉不礼貌,甜汤。""你的鼻子塞毛啦?""没有啊。"我跳下椅子用汤勺敲打家助,家助躲到爸爸身后一脸委屈。

奕哥哥问是不是我搞的鬼。没等我回话,妈妈就说:"这怎么会是杉杉,你这当哥哥的,没凭没据地怪到妹妹身上,即便是妹妹做的,那又有什么,我还在琢磨这里面的道道,让你你还搞不出这花样,不是吗?"

看看,妈妈是不是有些偏心?不管我在家里、外头搞出什么花样,哪怕受到学校批评,妈妈总要为我庇护,说上几句有时不着边际的理由。这不,奕哥哥刚耍点小脾气,妈妈就不愿意啦。

奕哥哥当时往椅子上一仰,噘起嘴,两眼盯着对面的墙壁。妈妈又唠叨起来:"男子汉没出息,不像妹妹,搞花样也是本事,哪像你不动脑筋,就算动,点子也简单。"家助做的牛排是甜味,而甜汤变成酸辣味,上菜的顺序也颠倒了,妈妈不仅一句不说我和家助,反而在餐桌上数落奕哥哥,这让奕哥哥十分憋屈。

爸爸回头看看家助,突然,家助一个接吻的姿势,爸爸脸色大变伸手遮挡。"这次轮到爸爸啦,快瞧啊。"奕哥哥幸灾乐祸。

"家助干什么呀?"我跳下来推一把家助,搂住爸爸的头,家助用力把我推开,亲吻爸爸。我又笑又蹦,把奕哥哥笑得从后面抱住家助。

妈妈看到此景,不知想到什么,喊爸爸起来离开餐厅回到卧室。家助开始追赶奕哥哥,奕哥哥笑着躲避,家助不停地追。奕哥哥躲到妈妈后面,家助追过来,被妈妈拦住,家助欲推开,妈妈抡起手臂扇一耳光,家助并不在意,妈妈护着奕哥哥躲进次卧,家助才消停下来。一顿晚餐就这样搅和啦,妈妈不但没有责怪我,反而高高兴兴地与我聊。

我向家助的感应系统输入一个反向变异算法程序,扰乱他的动作、认知系统和性别感应程序,由此整理出一个局部反向算法程序。

仲仲之前在地金空间追踪逃逸飞行物,不长时间便将其捕获带回太极城,发现为生物机器狗,仲仲推测其为杉杉带到太空的宠物,将其用心留在自己房内。

生物机器狗对仲仲始终抱有戒心,从没什么反应和交流。

仲仲在杉杉妮、小峰妮、彼得妮空间跋涉时曾发现 5 个具有自适应空间轨道系统的信号,其中一个为"麋鹿号"微型机器人 1016,还有一个与自己捕获的生物机器狗信号酷似。

生物机器狗老老实实地趴在案桌上眯缝着眼,仲仲端详一阵子没见它有什么反应,就用手抚摸它有些结疤的金色毛,坐下来与它对视,试图与它沟通。"狗狗,你为什么不说话? 你需要什么? 你受委屈了是不? 你想亲人是吗? 你的亲人是谁? 是杉杉吗? "

仲仲不承想,生物机器狗眼中流出液体。"可怜的宝宝,是我冷落你了,对不起你,想你的小姐姐吧? "生物机器狗眨巴眼回应。

"我是欧阳仲仲,杉杉的小哥哥,也是你的小哥哥,你跟着她一定知道我。"仲仲没想到,生物机器狗竟闭上眼睛,再也没有反应。

"我不知道你的名字,杉妹给你植金色毛,我就叫你金毛好了。金毛不要生气,我们之间可能有误会,那是我与杉妹之间的事,不过现在顾不得这些,杉妹处在极端危险中,我们大家都在想办法救她,爸爸、奕哥哥,还有许多许多家里人与科学家。杉妹恐遭人陷害,国际空间法庭已开庭,我们拿不出反驳证据,解救杉妹的闸门在快速关闭,你明白我说的意思吗? "

"金毛"抬起眼看着仲仲哼唧一声。

"现在困扰我的是,没有完整的数据,形不成链条。刚才我收到一个信号,与你的信号酷似,你们是不是一对? 如果是一对,请快点对接。"

"金毛"眼睛忽闪几下,似乎不信任眼前的欧阳仲仲。

"金毛,我们没时间啦,你要相信我。杉妹被圈禁在莱茵城,信号阻断,空间大灾难期间,两城之间停止飞船航班。杉妹的罪名不轻,谁也拯救不了。"

"金毛"还是忽闪着眼睛。

仲仲需要急速感应解读"金毛"的反应。必须取得它的信任,不然一切都枉费。"爸爸,快到我的房间来一下,快。"

欧阳伯第步履蹒跚、摇摇晃晃走来,仲仲在门口等候。

欧阳伯第心中颤抖。这孩子神神秘秘的,出了啥事?

仲仲向欧阳伯第叙述来龙去脉,然后对着生物机器狗说:"这是爸爸,杉杉的爸爸,你有什么话,对爸爸说行不? "

"金毛"睁大眼,瞳仁里出现欧阳伯第的沧桑映像,一圈寸把长的胡须与下垂的头发连在一起遮住嘴巴与大半个耳朵,凹陷下去的眼坑用力支撑着沉重的眼皮,萎缩的瞳仁射出不易察觉的"磁力线",金毛的眼眶慢慢涌出液体,后爪立起,张开前爪,欧阳伯第张开手臂,把欲扑上来的金毛搂在怀里,金毛不停地抽泣哼唧,欧阳伯第、仲仲眼眶湿润。

杉杉放暑假回京西基地,欧阳伯第刚巧在家与这个家伙见过一面。"小'金毛',还是大'金毛'? "

钻到怀里的"金毛"伸出前爪向下示意。"哦,小'金毛',小宝宝。"

"爸,请小'金毛'开启语音系统,我们对接交流。"

"行吗? "欧阳伯第抚摸怀里的小"金毛"。

小"金毛"点点头。

"这就好啦。小'金毛',我现在急需完整的数据链,我们对接如何? "

小"金毛"在欧阳伯第怀里,与欧阳仲仲实施对接。

韦斯坦提着烟斗追赶过来,冯德莱紧随其后。

"一个重要异常现象,太极城生态循环系统的智能机器运转缓慢,尤其超级运算系统表现明显,我判断,与《原机人契约》或许有关联。"冯德莱表情凝重地说。

"机器人系统抗议 M·泰格与法庭。"韦斯坦噙着烟斗话从嘴缝里挤出来,"接下来会更糟。法庭那帮家伙傲得很。他们认准的事,极难反驳。"

"现在看,翻盘的概率越来越小,我们模拟的数据现象,都指向杉杉和季小峰,如果不能尽快拿出新的证据反驳,法庭很快就会宣判,杉杉的命运就由他们裁定了。"冯德莱看着眼前的生物机器狗,"这是怎么回事?"

欧阳仲仲简要叙述经过后说:"机器人系统给我们设置了障碍,这很麻烦,只有冒险试一试。"

"仲仲快,有什么法子?"欧阳伯第从嗓子眼儿里挤出一句话。

欧阳仲仲顾虑机器人系统阻挠,在太极城使用现有超级计算机系统无法继续下去,需要尽快躲开。他有一艘自己长期控制的无人飞船,具身认知与欧阳仲仲极为相通,是一个相对自主的自适应系统,可调动专有卫星保障,迅速离开太极城,组合认读新数据。为能寻找到有信服的证据,只好最后一试。

漫长的十几小时过去,葡萄醋栗园前,杉杉、季小峰相互帮着整理仪容,即将告别把自己圈禁了 286 个小时的葡萄醋栗园,两名警察已在此等候,一位记者对着两人不停拍照,小型摄像头录制了圈禁两人的葡萄醋栗园。

赤脚、浅黄太极服,把杉杉的干练傲骨烘托得更加鲜亮,季小峰一套合体的太极服使两人适宜和谐,两人牵手缓步穿过警戒,走出葡萄醋栗园。

还是那辆莱茵城法庭专用的敞篷警察马车,两匹高大的智能机器马,酷似中世纪贵族们喜好的形态,两个原机人警察站立车前部,杉杉、季小峰坐在敞篷中,记者们有的骑智能机器马,有的骑智能单车相随。

拐出眉鸟酒店进入眉鸟大街,眼前的景象令人愕然,各类机器人占满大街两侧,它们有节奏地发出"吼吼""吼吼",头部、胸部的全息屏显示"杉杉有罪!""杉杉死罪!""大灾难祸首!""机器人公敌!""季小峰败类!""把杉杉、季小峰扔进太空!"

智能马车吼吼、吼吼地挪动，原机人警察吹着哨跑步赶来，驱赶示威的机器人群。

拐过眉鸟大街进入莱茵城第二圈层多瑙大街，机器人群把街道堵塞，呼喊着"绞死她！""烧死他！"原机人警察与机器人群发生推搡，投掷物纷纷落到警察与杉杉、季小峰身上，季小峰站起来左挡右遮，把杉杉护在身下。

警笛一阵接着一阵回荡在莱茵城，原机人警察启用激光警棍驱散人群，智能马车开始冲撞，枯枝、软胶块、空塑瓶、碎片飞舞，一浪连着一浪的吼吼声响与警笛四起的短鸣长嘶搅混在一起，令人毛骨悚然。

眼瞅着莱茵城空间法庭里面冲出十数个警察挥舞着警棍，机器人纷纷后退，堵塞的通道慢慢敞开，智能马车磕磕绊绊地进入法庭前庭。原机人警察迅速组成人墙。

季小峰替杉杉捡取头上、身上的杂物。

杉杉的心此刻反倒像结了薄冰的湖面，非常平静。没料到机器人群对自己发泄愤恨，没料到场面如此震撼，没料到自己的生命即将完结时迎接自己的竟是山呼海啸般的羞辱诅咒。咋与机器人世界结下梁子，用这种方式为自己送别？

数个原机人警察架起杉杉、季小峰从车上下来，欲往庭堂拖。"放手，我们会走。"杉杉、季小峰同声呵斥。

杉杉、季小峰稳稳神，牵起手，走进审判庭堂。

"现在开庭。由于案情极为复杂，经法庭裁定，可以继续质证。"

国际空间检察厅检察官请求补充犯罪嫌疑人罪证，法庭应允。

检察官陈述：

原告俞木世界提供 0 号醉星及相关陨石群为人为蓄意制造的波幅、相位和极化信号的证据，这个信号与大自然陨石碎片运行模态不同，呈现萎缩单弦波、波幅拉长、相角偏低延迟、非平行极化方向传导等特殊天体运动，导致所有太空探测系统实际延迟 104.5 秒，导致数千千米的模态误差，这与欧阳杉杉前后两次试验使用的同一技术极为相近。

被告席上的杉杉脸色霎时苍白,脚丫子不听使唤地抽筋式抖动,脚底的气血抖动着一截一截上送至脑壳。身边亲密无比的人,竟然是潜伏的间谍,最后关头把自己送上断头台。

"我不反对原告的信号解读,我们曾受到一些复杂信号的干扰,这个时期,近地空间遭受众多袭击,我们的空间防御走廊发挥了重要作用,对太空陨石、彗星、碎片的观察跟踪时刻进行着。这次 0 号醉星撞击航天器,我们大家在一起共同跟踪,共同目睹 181 秒时差,俞木世界的机理认读实为 104.5 秒,大体符合撞击过程的信号特征和模态现象。事已至此,具体数据已不重要了。我对欧阳杉杉这个女孩非常感兴趣,典型的中匈混血儿,智商极高,如果不是这次大灾难,我很想与杉杉小姑娘交个学术上的忘年交。实在惋惜。愿上帝保佑你们。"霍伦揉起眼睛。

法庭一片嘘声,杉杉模糊的目光与幕屏上的复杂目光交织在一起,心里含含糊糊念叨:我为你这科学大家叹惜,我已弱不禁风,哪禁得住你那强悍的发言,把我一只脚丫子踹进黄泉路。

"我不赞同。"旁听席上一个微弱声音惊动庭堂。

大家把目光聚集在后方连排椅上,耶伦伽透过镜片穿过被告席直视三位大法官,庭堂左侧幕屏出现耶伦伽影像。

"我和我的同伴认为,这次大灾难非人为造成,宇宙级量灾难非人力所能触及。陨石逃逸的速度像太阳风暴,在轨道空间撞击的速度和力度,犹如弓箭毫无阻力地穿过一个影子。大自然的精妙绝对超出知识之外的任何幻想。靠人为,如何把杉杉的那些技术装到 0 号醉星上?撞击全程我都在观察,可以判定,是一场非经典太空撞击现象。这个非经典,一半归罪于太空,一半归罪于人类。"

耶伦伽连咳几声,一旁的原机人助理递来一小盅水,耶伦伽点点头接过来含到嘴里滋润一会儿,继续说:"太阳系里面的陨石碎片我们不掌握、没能跟踪标记者众多,它们受天象影响,拥有自己的运行轨迹和规律,它们来到地球空间、掠过近地空间的轨道纯属常事,这次撞上我们的航天器形成级联大灾难纯属巧合。我是这么认为,没多少埋怨的。"

耶伦伽把小盅里的水又含进嘴里滋润,喘口气说:"我是不怕得罪人,再看看我们的近地空间是个什么样子。几十年前,我的德国导师就发出过呼吁,采取极端措施禁止在近地空间投放任何航天器,没人听啊。我也快成老太婆啦,不怕你们嫌弃,是人类自身造成今天的局面,仅 200—1500 千米这个近地空间高度,微小卫星何止数百万,官方也难确切统计。近地空间的宏阔圈层里,究竟有多少从地面发射、从航天器中释放的小型天体,恐怕当事人也不清楚。距我观察,在 0 号醉星撞击近地空间的圈层,活动着数不清的人造天体。要我说,造成今天的大灾难,一半归罪于人类实不为多。惩罚人类的只有人类自己,变换惩罚也是如此。"

梅德韦捷不赞同耶伦伽的意见,他认为,从解析的信号数据和现象分析,疑似掺和非自然因素,变异信号模态是个重要表象,是否直接导致0 号醉星撞击事件,尚不能确定。

高级别专家基本倾向欧阳杉杉的感应误差延迟信号技术是大灾难的诱因,法庭的天平倒向原告俞木世界一边,把杉杉、季小峰用力踹向鬼门关。

幕屏闪动,一艘飞船渐渐清晰,法庭里的目光聚集上来。

"法官先生,我是太极城欧阳伯第,导视影像如何?"

"欧阳先生,十分清晰。"

深藏已久的太极城首席科学家欧阳伯第终于在法庭与同行直面。

韦斯坦紧挨欧阳伯第露面。

"法官先生,各位同行,久违了。我们认为,俞木世界对'SHSH 模态'机理的认读,暴露了这场空间大灾难的确是人为蓄意制造。"此话一出,庭堂一片嘘声,法庭已了解欧阳伯第与被告的关系,杉杉吃惊地用手捂住胸口,父亲出庭做证女儿有罪,天哪。

"我和韦斯坦博士等太极城高级别专家,基本赞同以上高级别专家庭堂辩论的分析判断。"

"肃静。"顾楚楚大法官制止越来越嘈杂的庭堂。

"我想请太极城欧阳仲仲代表我和韦斯坦博士进行具体阐述。"

"法官先生,各位陪审,我是欧阳仲仲,对'SHSH 模态'的研究进展,我一直跟踪认读,直到今天,才算摸到一些实质性机理。先说明一点,'SHSH 模态'应该是'变异信号钝感模态',研制该项目的主人现处在深化试验阶段,对机理的认识,或者说,外界如何认读破解该模态,是另外一个问题。"

欧阳仲仲接着叙述:"俞木世界指证欧阳杉杉制造'8·13'空间大灾难的证据和机理认读,为杉杉的试验的不完整数据机理,这个机理导致的模态视觉误差仅是 0 号醉星撞击近地空间时间误差的一半多一点,也就是 104.5 秒的钝感模态,是一个 $\sqrt{3}$ 的参数。这个认读从何而来,只有杉杉与原告清楚。181 秒的信号钝感模态的确存在,各大太空探测系统捕捉到醉星来袭的信号,这一点没有异议。"

庭堂出现嘈杂的小声议论,被法官制止。

欧阳仲仲继续说:"各位高级别专家和天眼,包括我自己都被一个现象蒙蔽。我们接收到的信号是一个非自然天体运行轨迹信号,这个信号与自然天体运行轨迹信号在同一相位和极化角、姿态、速度、方位和加速度完全一致,只是这个非自然天体信号强大,应是数十个机器人航天器同频合体于 0 号醉星,这个信号把我们吸引住,同时把同一点位的自然天体信号遮盖住。我们在大灾难发生时集中观测到的就是这个非自然天体信号。后来我们还原当时众多来自同一区域的信号发现,撞击近地空间航天器的为自然天体,与 181 秒钝感的非自然天休同时到达撞击。也就是说,是两个天体合体同时撞击,一个为自然天体,一个为非自然天体。这样两个天体合体,把我们蒙蔽,我们只注意到信号时间误差,而非两个钝感模态天体。"

众多科学家与法官、检察官一片惊愕。

欧阳仲仲继续叙述:"还有一个被遮蔽的重大事实。当时太极天眼和其他太空观测器圈定 7 个编号醉星和一些隐晦醉星进入远地空间,美国'纳锆'专用攻击群锁定 14.5 万千米处的编号醉星,实施第一次拦截攻击,遗憾没有击中,这已经显示'变异信号钝感模态'信号体欺骗了太空制导系统。这时醉星的钝感模态速度在每秒 90 千米—95 千米之间,比现有仪器认读的速度每秒快 1 千米—5 千米;醉星实际高度约为 13.455 万千米, 观测的钝感模态高度约为 14.5 万千米, 相差 1.045 万千米。尽管后来将 1 号、5 号醉星击中,我认读为是盲击的结果,并且为此付出高昂代价。这是此次'变异信号钝感模态'的第一次欺骗。"

"仲仲,不仅'纳锆'制导系统受骗,太空观测和防御系统都被'变异信号钝感模态'欺骗。我们模拟当时的情况与你的认读基本一致。继续往下讲。"霍伦说。

"谢谢霍伦博士。剩下的 5 个编码醉星和隐晦醉星继续向空间防御走廊移动。随着地球引力增加,此时醉星的钝感模态速度在每秒 95—100 千米之间,比现有仪器认读的速度每秒快 5—10 千米;众多太空武器一起实施盲击时,醉星实际高度约为 5.9358 万千米, 观测的钝感模态高度约为 6.5258 万千米, 相差约5900千米。实施'前置拦截'后,最终还是将 5 个编号醉星和部分隐晦醉星拦截。这是此次'变异信号钝感模态'第二次欺骗太空观测和防御系统。"

"仲仲,你的认读与我模拟的方向是一致的,只是没有想到还有漏网的醉星。请你慢慢讲。"

"谢谢霍伦博士。这时的醉星是在空间防御走廊外侧拦住的,空间走廊防御体系的先进性和有效性还是充分显示出来。"

"仲仲的认读,对我们这些科学家、军事专家也是一种安慰。"

"本来是这样。第二波阻击后,人们以为圈定的醉星被拦截在空间防御走廊外,这时,整个轨道空间已经混乱,接着发生的撞击出乎所有人预料,恐怕也是肇事者事前难以料到的宇宙级量灾难。地球引力继续加大,一颗醉星和数个隐晦醉星继续加速达每秒 100—103 千米,比现有仪器认读的速度每秒快 10—13 千米;1 颗编号醉星被拦截,而 3 颗隐晦醉星早已越过空间防御走廊抵达近地空间静止轨道,观测的钝感模态时间定格在 181 秒,钝感模态高度约为 3.8777 万千米,实际相差约 2991 千米。'变异信号钝感模态'的合体天体,最终欺骗了我们,酿成宇宙级量空间灾难。"

"小伙子,似乎还有话没有说完。"耶伦伽盯着墙面计算着。

"是的。我总结一下,醉星进入地球空间之后,随着引力的不断增加,飞速不断加大,也就是从每秒90千米逐步增加到每秒103千米;随着醉星的高度不断下降,离现有观测仪器越来越近,'变异信号钝感模态'产生的钝感模态误差越来越小,也就是说,醉星整个的逃逸过程是钝感误差逐步缩小的过程,从第一次实施拦截时的钝感误差1.045万千米,减少到撞击时的2991千米,时间一直流淌,定格在181秒的钝感误差上。"

"各位专家请注意,2079醉星群的形态模样同样欺骗了我们。根据我们现在认读的状态,7个编号醉星的实际半径比当时判定的要小许多,这也是造成屡屡阻拦失利的因素。"

在线专家发出一阵哀叹。

欧阳仲仲继续和缓地叙述:"由此推断,原告俞木世界对'变异信号钝感模态'极为熟悉。第一次庭审时提供了欧阳杉杉每一次试验的数据,第二次庭审又提供不准确的机理认读,足以判定,俞木世界为此次大灾难的主要嫌疑人,他们在星际空间布设一批机器人航天器,欧阳杉杉每次试验后,他们将数据传输给这些人造天体。我们与霍伦博士、耶伦伽院士、梅德韦捷院士等多次截获'绝对零度信号'密码数据,难以认读和破解,这次成功还原密码数据,为欧阳杉杉每次试验参数和编程编码。星际空间运行的机器人航天器具备欺骗人类太空探测系统的能力,在醉星陨石进入特定圈层空间时与此合体并影响自然天体的飞行轨迹,制造了钝感误差181秒的天体现象,企图加害欧阳杉杉与季小峰,掩盖自己操控的真实面目。各位高级别专家可分享我们的认读参数。"

"仲仲请将'变异信号钝感模态'机理当庭解读吧。"霍伦立刻要求。

"'变异信号钝感模态'机理不是本案关键,会有时机解读。在这次庭审之前,欧阳杉杉提供了一个虚假密钥,仍被埋伏在杉杉身边的谍报人员传递给俞木世界,继而提供给检察官。"

法庭顿时一片嘈杂。审判台三名大法官交头嘀咕,幕屏上国际高级别专家议论纷纷,旁听席上吵吵嚷嚷,数名记者把镜头对准杉杉、季小峰。

　　杉杉扭身,后面连排椅全部坐满,只靠近出口过道有一个空座,那个熟悉的面孔没在视线里,杉杉定定眼神,整个身体转过来,一排一排一个一个辨认,哪见得踪影。

　　杉杉招呼季小峰一起再找一遍,连个影子都没留下。

　　杉杉的心乱跳,这究竟咋回事?

　　法庭警铃在庭堂回荡,难以阻止人们压抑的情绪。

　　"请安静,法庭决定,原告俞木世界列为被告,择时审理。休庭。"

　　法官宣布的声音淹没在人们愤怒的声浪中。

　　记者死死缠住杉杉、季小峰,两人一句话都说不出来,挨到法庭门口,莱茵城管委会请杉杉、季小峰乘他们的专车离开。

第六篇

错恨

典当赎情

泪穿闸门

典当赎情

国际空间法庭邀请国际高级别专家调查组认读欧阳仲仲提供的参数，还原"8·13"空间大灾难0号醉星撞击近地空间航天器信号，判读机器人航天器注入"变异信号钝感模态"运行轨迹信号，基本认定俞木世界为空间大灾难重大嫌疑人，撤回对欧阳杉杉、季小峰的嫌疑指证。

就在此时，法庭陷入一场尴尬危机。

当这一切处置妥当，被告俞木世界在哪里？按国际空间法律应接受严厉惩处，却无法确认被告本体身在何处。缉拿空间大灾难嫌疑人归案，引起全球瞩目。

杉杉与季小峰离开法庭立刻请求莱茵城治安厅寻找那个贴心"贼"，不料，查遍整个城郭不见踪影，国际空间检察厅即刻发出太空通缉令。

此时，大"金毛"收到一个信号包。

　　杉杉，我们姐妹一场，没料到，最后时刻竟落入你设置的陷阱。我对你在落难时刻的关心是真诚的，希望这一点在你今后的人生旅途上不要留下龌龊。我有我的苦衷。大灾难降临前的一刻，我曾想阻止，但我无力阻挡已经离弦的飞箭。杉杉，在莱茵河救我那一刻，你就落入我的圈套，记得我把你捧为原机人天使，让你在不幸中越陷越深。可你又是幸运的，有小师兄生死相依，有家里人为你奔波。你拥有疼爱你的爸爸、妈妈、哥哥，可我是个被抛弃的孤儿。我被控制，脸上的从容掩盖着内心的痛苦折磨，我多次欲罢不能。俞木世界害了我。

　　杉杉，阴险狡诈的俞木世界极其残忍。我将与我的原机人践行《原机人契约》，与你在一起的日日夜夜成为我最后的铭记。

麦琪和原机人

经查验，麦琪与自己的原机人逃离莱茵城投入太空，朝远地空间逃逸，据判断可抵达地球空间边缘圈层。

眉鸟酒店休息室，杉杉与季小峰心绪翻腾，麦琪的隐藏、出走在两人心中刻下深深的刀痕，两人如入梦境一般。

季小峰突然想到检察官指控杉杉逼迫中国养父母多次变卖家产，便询问杉杉是怎么回事，勾起杉杉的回忆。

我14岁那年考入隆飞科大离开家，这下，把妈妈的心也从家里带走啦。妈妈像变了个人，整天念叨着"杉杉""女儿"，为我担心。

那是一个冬天周五的晚上，妈妈拨打我的电子手环，却怎么也联系不上，妈妈心里一抽。深夜时分，妈妈再拨，仍然没有动静。整整一夜，妈妈不停拨打，不停失望。周六一大早，妈妈再拨打，还是无人接听。妈妈实在放心不下，辗转来到科大，找到我的宿舍不见我身影，向几个同学打听，说是可能在实验室。妈妈就在宿舍门口等候。

老天也是，大雪纷飞寒风呼啸，零下30多度的天气，宿舍楼过道暖气的温度也高不到哪儿去，好心的同学劝妈妈到她们的屋里等，但妈妈执意在我的宿舍门口走来走去，一直等到次日凌晨4点多，我才从实验室疲惫地回来，见到瑟瑟发抖的妈妈一愣，急忙扑上去拥着妈妈来到屋里，浑身冻僵的妈妈从怀里掏出做好的牛排，顿时，我眼泪哗哗流下来，扑到妈妈怀里不停抽泣。

妈妈坐下来一口一口喂我，嚼着泪和妈妈的体温，我还没吃完就在妈妈的怀里睡着了。

　　不知过了多长时间我才醒来，告诉妈妈我在实验室做自选实验非常懊恼，又报废一台小型连体计算机，学校明确规定，未列入计划的自选实验，损毁机器设备由自个儿负责，一台连体计算机要数万元，这是第多少次损毁我也记不清了。

　　妈妈安慰我说："孩子没事，妈妈有办法，回去就给你把钱打过来。"妈妈回到家里，很快把钱转给我，还反复叮嘱："孩子不要计较这些，妈妈知道你是坚强的，妈妈永远支持你，妈妈时时刻刻都会陪伴在你身旁。"

　　入学近千天，一次次失落，一次次在妈妈的鼓舞下燃起希望，历经上百次失败和挫折，自选实验终于获得重要突破，得到数十万元课题补助费。回到家里，我把钱全都交给妈妈，妈妈激动地流下热泪。我当然以为妈妈是为自己的女儿喜极而泣，我坐在妈妈的腿上，为妈妈揩眼泪。

　　看着阳台，我突然发觉不对劲，好像少了什么，以往回家总是自个儿家的飞车和妈妈一起接我，这次是坐基地一个叔叔的自动飞车。我这才想起来问妈妈，妈妈支支吾吾，这更加深我的疑虑，在我反复追问下，妈妈只是说，甲斐出了毛病正在维修。我见妈妈常戴的扳指不见了，妈妈说戴在手上不方便，取下来了。我执意让妈妈拿出来看，妈妈又说忘记放哪儿，这使我更疑心。

　　此时爸爸回来，我问爸爸，他也说不清楚。我硬拉着妈妈到卧室打开家里的保险柜，没找到扳指，连妈妈的金银首饰也不见了，却有一大摞捆在一起的塑料卡，妈妈急忙抓手里藏背后。见保险柜没什么值钱的家什，我缠着妈妈要看手里的东西，妈妈缠不过我，无奈被我抠走，我打开一看傻了眼。

　　我怀疑自己的眼睛，拉着妈妈回到客厅，询问爸爸怎么回事，爸爸直摇头。逼着妈妈坐下，我盘坐在沙发上，拿出一张卡片，上写着"京黄典当公司抵押收据""手镯、戒指、耳坠、项链，当金7000元"。

　　看妈妈默不作声，我再看一张票据，上写"京黄典当公司，抵押品，手表"。是爸爸祖传的那块手表吗？听爸爸说过这是清朝末年曾爷爷旅欧时的纪念品。抵押金3.3万元，抵押日期为前次在校出事那段时间。这样的家传都抵押了？爸爸妈妈点点头没说什么。

一张金色塑料卡片为转圜典当公司的抵押票据，抵押物为甲斐，当金29.3万元。我再也读不下去，泪水汩汩流出来。

爸爸说，这几年，当我遇到困境时，先把家里的积蓄拿出来，后来接连出事需要大笔钱，是妈妈背着他，把结婚时的金银首饰典当出去，把值钱的衣服典当出去，可也不够啊，妈妈东借西凑，前不久又出现巨大窟窿，妈妈把自家飞车作为抵押。到如今，家里能抵押的几乎全抵押了出去。

我知道家境并不富裕，但不清楚竟是如此窘境。我像个泪人倒在妈妈的怀里。

那天天很晚了，我硬拉着爸爸妈妈到数十公里外的典当公司，大门紧闭，我用力敲打喊叫，守夜的服务生打开门，问明缘由，又呼叫老板，老板听是不同寻常的典当异常激动，便急匆匆赶来。

爸爸当时拿着赎回的祖传手表，背过身，明显感到他双肩颤抖。

赎回妈妈的耳坠，我亲手为妈妈戴到耳朵上。

手链，酷似金属与木质混合的手链。老板说，这个手链当时不好估价，也从未见过。爸爸说这个手链看似是木质和金属，其实都不是，而是太空陨石碎片，这可是个无价之宝，是长期从事太空研究的纪念品。我拉着妈妈的手给她扣上手链，把妈妈的手贴在脸颊上，任泪水淌在手链上。店铺老板见这一幕，犹如带有灵性的首饰活过来。

一根细密发乌的银质项链，我用嘴吻吻，给妈妈戴到脖颈上。妈妈说这是结婚纪念品，是爸爸家的祖传，并不值多少钱，只是欧阳家传了二十多代人，家谱中曾有记载，没想到在典当公司里度过数百天，险些从自己手里失传。

妈妈把项链坠轻轻转开，里面是一颗豆粒大小的银珠，上面有密密麻麻的字。典当公司老板拿来放大镜，上面足有上百字，刻有二十一代祖上夫妇的名字，直到欧阳伯第与雪瑞莱。

爸爸说："这个项链少说也有600年的历史，承载着欧阳家二十一辈人的命运轨迹，原先不知道你妈竟然如此舍得拿出来典当。"

我哭得像个泪人，双腿发软跪倒在地，抱住妈妈的腿仰着脸哭喊"妈妈"。妈妈弯下腰，为我擦拭眼泪，可那泪水像涌动的泉水汩汩流淌，妈妈泪珠滚落，也跪下来，从脖子上摘下项链戴在我的脖子上，说传给欧阳家的第二十二代人。

妈妈念叨着"抵押的是物品，赎回的是亲情"。

典当公司老板被深深打动。他们这个典当公司也是祖传的，几经搬迁，历尽沧桑，留下许多典当人的故事和辛酸泪水，但从未经历如此的大爱与震撼，为谨记祖训，老板免收一切典当费用。

回到家，我随妈妈走进卧室，看着妈妈把赎回的家当放入保险柜，目光从保险柜移到小阳台装修的书屋，一张有些褪色的照片上是一家三口，那是一对青年和一个女娃娃，年轻的父亲黑发浓密，粗眉下一双炯炯有神的眼睛，咧着嘴巴，脸上满是一朵朵开了花的暗红唇印，一个"洋娃娃"骑在他脖子上，两个脚丫子圈在胸前。年轻的母亲棕色卷发，蓝眼下高挺的鼻梁，抿着长长的嘴。年轻的父亲一手扶着"洋娃娃"，一手揽着年轻的母亲，那种满满的幸福从静静的画面流淌出来。照片暗记日期为2063年4月25日，那时我还不到2岁，蓬炸的头发、童真的脸盘、明澈的眼睛。那时我并不知道，这竟是阁楼出事前，我与亲生父母唯一的一次合影。

泪穿闸门

耶伦伽来到眉鸟酒店休息室，看着休息室里这对饱受屈辱的中国青年倒头酣睡怎么叫也叫不醒，她深深叹口气走出来。

数小时后,杉杉、季小峰在葡萄醋栗园找到耶伦伽。

"年轻人,我不会带给你们好运,许多人说我冷,我也觉得我的心很冷。你们也曾怀疑我是那个间谍,我问你们要的东西始终没得到,还险些掉进你们设计的陷阱,我不计较这个,年轻人。"

杉杉、季小峰向耶伦伽深深鞠躬致歉。

"这个地方我们还要常来,看这秃枝,虽然表面上毫无生气,其实它在萌发新芽,尽管还会遭到摧残,但一遇适宜环境它还是会顽强地生存下去。你们尽管逃脱了大灾难嫌疑人的指证,但俞木世界还没有归案,大灾难引起的级联灾难也才刚刚开始,我的心还会一直冷下去。"

杉杉原本就开心不起来,麦琪的出走一直让她的心里不是滋味,耶伦伽冷面冷语冷心,更使杉杉提不起劲头,埋藏心底的隔板想揭开,可又不知什么缘故按住了那只手。

一阵响动打破僵硬的氛围。"小姐姐、小哥哥。"竟像清晨雄鸡唱鸣,杉杉低一下腰,大"金毛"噌地跃到她的怀里伸出舌头狂舔。

"生物机器狗吧?"

"嗯。跟我多年啦,是它,救了我们俩。"

"这我就不明白了。"

"耶伦伽姥姥,这只生物机器狗是我项目实验的一个支柱,融合生物技术和初级情感数据联组,当然受我影响,它的内置堪比一部超级量子计算机,感应系统极为敏锐,能接收我的脑电波传感信号,是它为我们传输了核心密钥。是吧,小宝贝。"

大"金毛"得意地用头拱拱杉杉。

"杉杉,看谁来啦?"季小峰扯了一下杉杉。

杉杉妮、小峰妮、彼得妮来到眼前,杉杉放下大"金毛",与自己的原机人同胞相拥,千疮百孔的身躯已经修复,杉杉打量着另一个自己百感交集。

三个原机人前来与杉杉、季小峰辞行,他们将参加太空城组织的"空间特区再生工程"。望着远远离去奔赴太空一线的同胞,杉杉、季小峰再次陷入失落。

"像我这样冷心,心情就不会大起大落。咱们走吧,许许多多的事等着咱们做。"

耶伦伽与杉杉、季小峰一踏进太空工作室,就被这里的气氛感染。

"杉杉,和我们一起在莱茵城种粮食,加快研制水的替代品,在酒店后面的葡萄醋栗园建一个太空车间,存储空气,提取氢氧分子。"

还没来得及回应,M·泰格就把杉杉拉到一边悄悄地说:"太极城那边联系,准备接你和季小峰回去,等你回应。"

杉杉"嗯"了一下,气血从脚丫子底部冲开心底隔板涌上发梢,多彩的目光散射开来。太极城,那是自己的家,迷人的太极城城郭和谐地处在宇宙怀抱中,那里有自己熟悉的园林亭台、哗哗流淌的长江活水、藏在云雾中的缕缕晨曦、亲人张开的温暖怀抱,欧阳爸爸那沧桑的面孔、小哥哥那铿锵的驳证、烟斗博士那期待的眼神,哪有不回的理由。另一道目光穿过近地空间抵达地球上京西那片热土,杉杉更想回到自己的家乡亲吻大地、亲吻空气、亲吻日日夜夜遥望星空的妈妈、亲吻家里的一桌一椅、亲吻阁楼……嗯,阁楼,是它,莫非它就是心底的那块隔板,压在心头挥之不去的阴沉乌云,阻隔在亲人之间的情感闸门?俞木世界还没现形,阁楼之痛尚未了结,情感闸门还未移走,哎呀,如何是好?

M·泰格感觉到杉杉处在犹豫之中,挽留她暂住在这儿,组织原机人参与"空间特区再生工程"和拓展远地空间项目,杉杉点头默许。

空间大灾难发生以来,人们对太空的关注,非但没有减弱,反而更加增强,每天期待近地空间的新消息,哪怕是少许的进展,但带来的还是沮丧,人们不停地消减信心,提出数以亿计的建议。比如,轨道清扫计划,由联合国协调,各国按比例出资,划定轨道圈层区域,疏浚地球与远地空间的连接通道。

为此,联合国安理会特别会议议定,号召全球一切力量,秉持人类生存高于一切、地球与地球空间为人类共同家园的理念,在威胁人类的巨大灾难面前,搁置争议,各尽所能,全球携手共渡难关,继续为空间难民提供生存物资,继续搜救近地空间落难的人类同胞,继续排除近地空间的安全隐患,具体推动"空间特区再生工程",授权联合国应对大灾难秘书处协调全球和太空力量即刻展开实施。

让近地空间再次繁荣的旗帜树立起来,可人类又面临不能自拔的矛盾旋涡。巨大的科技开发与资源投入,将使人类付出超量的消耗,带来的直接影响是将使人类生存生活品质倒退数十年,并且未必看到尽头。清醒的国际政治家、科学家、经济学家心中有一笔账,但在大灾难面前又难以表达,眼前的灾难和对未来的担忧,时刻笼罩在人们心头。

"小师兄,照眼前这个状态,空间难民的危机难以解除,不过我倒有个想法。"杉杉说出自己的构想,得到季小峰支持,两人借助大"金毛"量子运算系统推演,与欧阳仲仲芯级链接。

太极城与莱茵城召开大灾难后两城首次联席会议,冯德莱和格格雷邀请中国三岛基地及 M·泰格等空间巨头、科学家出席。会议商定,近地空间球壳流体基本稳定,各圈层运行状态处于可控性监测,以地球静止轨道相对稳定的高度、角度作为切入口,选择 0.1 度弧线范围,延伸到近地空间 200 千米左右,集中两城的太空飞船采取拉网等方式,与地面采取的拖进大气层、空间碎片黏合等,上下夹击,试验性开辟一条同步近地空间通道,只是这一工程周期长、投入巨大,在空间难民危机深重的状态下,能维持多久,地面支撑力度多大,尚不明朗,联席会议建议作为重要议案提交联合国应对大灾难秘书处。

联席会议专题听取欧阳杉杉提出的急救方案。

"我和季小峰、欧阳仲仲共同提出急救方案,取名为'空间输气工程'。这个气是空气。生活在地面的人谁也不在意空气,但对咱们远地空间难民来说就是生命之源。优先向空间难民输送空气,会得到全球同胞的认可。我们这样设想,从距地面 200 千米高度开始,向 4 万千米高度的近地空间架设数条柔性同步输气管道,输气量还没详细计算,柔性管道材质和输气压力请专家们指导。在若干圈层搭建中继平台。柔性管道悬浮质量由滞留在近地空间的航天器或大型碎片承载,柔性管道长度可能因碎片分布状态有所加长。建议组成机器人和原机人工程集团。其他方面还没来得及考虑。我们做了初步推演,具体数据我和欧阳仲仲都有。"

联席会议对"空间输气工程"可行性展开热烈讨论,认为 4 万千米的管道工程在地面早有先例,尽管难度很大、技术要求很高,但比起搬运空间垃圾、开辟空间通道要容易许多,利用空气提取、合成水的技术早已成熟,有了空气还可缓解太空城制氧压力,空间难民危机可在很大程度上缓解。联席会议对急救空间难民方案达成一致意见,建议提请联合国应对大灾难秘书处、各国政府与相关机构研判。

等待"空间输气工程"协商的时间里,太极城与莱茵城组成空间工程探测队(简称探测队),分两路进入近地空间碎片球壳流体实地探测。

太极城名叫 2060 的原机人携小"金毛"随探测队出征,数百个"麋鹿号"微型机器人随同探测。

杉杉妮、小峰妮带领的莱茵城探测队在 200 千米空域被飞船接应返回地面修复休整。

原机人 2060 带领的太极城探测队被飞船接应落在三岛基地。

欧阳奕奕在强烈感应驱动下赶赴基地外场,目睹原机人满身孔洞、面部脱相的惨状,一股难以遏制的冲动促使他跑上前去搀扶。

"你是奕哥哥?"原机人 2060 发出奇怪但清楚的声音。

"我是,你怎么知道我?"

"欧阳伯伯在太极城不时提到你。"

"我爸爸咋样啦?他应该剪剪那长胡子了吧?"奕奕看对方没回答又急切地问,"你和欧阳仲仲熟不熟?"

"我们两个天天在一起,不分你我。"

"他现在咋样啦?我们有几天没联系了。"

"仲仲焦头烂额。"原机人 2060 话未说完,便与欧阳奕奕一同乘专用车驶离基地外场。

"奕哥哥,我们计划在这里修复休整,我想请你陪我办一件事,你看行吗?"

"仲仲的密友,没说的,快说什么事?"

"找一辆飞车离开基地。"

"到哪里去?"

"先不要问哪里,能帮忙吧?"

"那有啥问题,不过,你这副模样恐怕不行吧?"

"事情着急,要不请欧阳伯伯给你说说?"

"那倒不必,回基地你先简单修复一下,我请个假,都弄好了咱们就开拔。"

"奕哥哥爽快。"

全球导航系统瘫痪,飞车大都趴窝,欧阳奕奕很容易借到一辆东风 12 型飞车,时速高达 800 千米。

"我可没本事导航。"欧阳奕奕说。

"我来搞定。利落了,咱们走吧。"

原机人 2060 简单修复后与欧阳奕奕驾驶东风 12 型飞车,驶入城际飞道。

"去哪儿啊这么急?"

"一会儿你就知道了。哦,欧阳伯伯没工夫剪须发,他说他还有心愿没落地,顾不得。"

"啥心愿?杉杉小妹没事啦,可把我急死了,那个俞木世界,你说他在哪里?我看这里面还有悬乎套。"

"大灾难把许多事搅和乱了,也可能隐藏很深的会忍不住暴露出来。"

"咱俩想一起去了。那个麦琪,隐藏够深的,杉杉差点被她拖进去,多亏爸爸和仲仲,还有韦斯坦伯伯,不然小妹就惨啦。"

"杉杉妮你见过吗?"

"从三岛基地乘空天飞机的先遣队是我送上去的。"

"现在见了她能认识吗？"

"小妹嘛，哪有见外的。这是到哪儿了，咋这么眼熟？"

原机人2060驾驶东风12型飞车进入北京环城飞道，从西南空环线飞抵京西中欧隆卫研究基地，掠过基地上空。

欧阳奕奕掩饰不住吃惊与惊喜："哥们儿，到基地办事，不早说一声，到我家啦，先去看看我妈。"

飞车与15号楼六层阳台对接，奕奕拉住原机人2060一起跳下车。"妈，我回来啦。""妈，奕奕回来啦。"欧阳奕奕突然愣在那里。

一位银发闪闪、颤颤巍巍、仅剩骨架的老大妈，几根青筋支撑仰起的头颅，双目痴呆朝向天空。

欧阳奕奕疾步过去抱住妈妈，雪瑞莱缓缓用手抚摸奕奕，木然干枯的眼窝滚出一颗豆大的泪珠。

奕奕扶她坐到沙发上。"妈妈，我是奕奕。"

跪在地板上的奕奕捧起妈妈的手放到自己头上，雪瑞莱眼睛转动一下。

阳台又对接一辆飞车，跳下来两个脱相的原机人，看到这一幕，其中一个原机人双腿发软，扑通跪倒在地，"妈妈"的呼喊声撕心裂肺。

"妈妈，我是杉杉妮。"杉杉妮跪走到沙发前，捧起妈妈的手捂在自己胸上。

雪瑞莱的嘴微微抖动，颤巍巍抚摸杉杉妮的头、脸，两只手欲向下摸，杉杉妮顿时明白，就地仰身，两只脚丫子翘起来触碰雪瑞莱的手，霎时，一颗豆大泪珠落到脚面。

此时，阁楼的门开启，众人随原机人2060进去。

原机人2060熟练地开启小型机，坐到墙屏操作台前，将"金毛"系统接入，输入"变异信号钝感模态"参数，小型机急速运算，一个信号被拆解，电磁脉冲流图像在墙屏上渐渐聚集。

立在原机人2060身后的欧阳奕奕、杉杉妮、小峰妮似乎明白他的用意。

光线洒满阁楼,右侧幕帘显现冯德莱、欧阳伯第、韦斯坦、霍伦、梅德韦捷、耶伦伽、莫科夫、亨利、威廉、顾楚楚、欧阳杉杉、季小峰等人影像。

"各位专家、法官,这里是 16 年前,一场凶杀案的现场,悬案至今未破。"原机人 2060 移步阁楼内侧。

原机人 2060 说:"这是一场精心策划的谋杀案,这个谜还得从我的身世说起。当年,爸爸与基地领导预测,若干年后,电磁信号领域将发生一场剧变,极大改变人类认知与感应系统,信号变异变换可以呈现多种模态,量子运算介入之后,这种模态更为复杂。当时,凶案主谋已在非干扰状态下信号变换领域取得初级进展,企图垄断这项技术。爸爸与他的团队超前一步,为防止变异变换的频谱信号给科技发展带来致命干预,考虑到单个自然人的智慧与运算能力在信号变换模态的认读方面受到限制,以及对机器人世界可能不受控制的强烈忧虑,就在妈妈即将生下奕哥哥时,在罕见的大雪飞车上,让我一起'诞生',与奕哥哥作为孪生兄弟。"

"你是仲仲?!"奕奕用力揉搓眼睛。

"小哥哥,你是原机人?"杉杉妮仔细辨认。

"原机人 2060,是我这次从太极城下来时,韦斯坦伯伯给我起的代号,为安全考虑吧。"

"真行嗨,仲仲是我的原机人,我说仲仲咋比我聪明,干什么事都比我来劲。"

"这事只有极少人知道,隆卫研究基地领导考虑把仲仲就一直放在我们家,出于保密一直瞒着你们,连续出事之后,就把仲仲转移到太极城,交给冯院士关照,掩护身份,继续从事深算认读研究。这是后话。"欧阳伯第说。

"欧阳首席和欧阳仲仲才是原机人世界的开创者。"韦斯坦挥动手中的小烟斗。

"爸爸妈妈从小培养我人类情感与抽象思维和我自身超级机器运算功能的开发和使用,这需要一个实践与学习的过程,要下长期功夫。爸爸与他的团队周密设计,让我很早就与一个算法系统链接,但还是让狡猾的对手察觉。对手感到他那个逐步发展的'信号变异变换模态'将受到我将来的认读破解功能的威胁,于是设计一个狡诈的谋杀案,企图将我和爸爸尽早了结,终止"信号变异变换模态"认读的进程。那天,刚从太空归来的米凯迪叔叔与伊蒂贝娅阿姨到我们家小聚,米叔叔在我们家很随意,发现阁楼开着,执意要给阿姨展示他在太极城的功勋,他们随后就上来,打开计算机,是我的认读破解运算程序,一个信号渐渐飘来,屏幕显示模态极小极远极慢,不料这个信号突然爆裂,强烈的电磁脉冲从操作台蹿出,将叔叔阿姨猛烈击到对面墙上,造成惨案。后来的侦查只获取一些残缺不全的数据,作为悬案遗留至今。与这场悲剧时隔不久,飞车拉我们全家外出过除夕的途中,我们再次遭到类似袭击,险些全家丧命,爸爸心脏置换、双腿斩断。两次悬案留下的参数基本一致,是波幅、相位、极化变异的电磁脉冲信号。"

霍伦提示仲仲继续。

"我隐匿之后,这个主谋继续进行该项研究,后来杉妹也从事这个领域的研究,被主谋发觉并跟踪,不断窃取杉妹的阶段成果,还是被我认读出来。这要谢谢杉妹让生物机器狗大'金毛'给小'金毛'传递过来的完整数据和抽象提示,就是那个由大圆逐渐到点又逐渐到无尽大圆里面出现的成组聚集的残缺不全的圆,还有变换的曲线,与我的运算破解系统接轨,才排列编程出'变异信号钝感模态——破解系统'。这是一个深度算法信号负运算编程。一个看起来信息量很大的信号,经过变换,只有零和非零,非零正向是 0.1,0.11,0.12,可以无穷尽到 1,这是正进制,是现有信号探测系统感应的正常数据值频域信息;非零负向是 -0.1,-0.11,-0.12,可以无穷尽到 -1,这是负退制,现有信号探测系统感应为异常数据值频域信息,与正常数据值频域信息相比,其特征表现为钝感状态下虚化的快慢、大小、远近、线点模态。"

"算法不存在优劣之分,我感到只是复杂程度的区别,复杂到个性化与情感化,这靠单纯计算无法认读,加大了认读破解复杂算法编程模态在频谱领域里的难度,'变异信号钝感模态'就是一个非典型例子。"

"小伙子,在这个领域,你已经超过我们这些科学家。可以这样说,你是'信号变异变换模态'的致命克星,难怪你们欧阳一家屡遭灾难。"韦斯坦举起烟斗表示敬佩。

"我钦佩中国科学家的天才大脑,我向杉杉致歉,请你和小峰原谅我。"

"这咋好,霍伦博士,我们都是受害者。"

"谢谢杉杉、小峰。俞木世界现形吧。"霍伦愤怒地吼叫。

在线系统传出一个声音:"欧阳仲仲原机人,按《原机人契约》实名制,你的名字应为奕奕妮。"

"你是俞木世界?"

"找你10多年了,没料到,还是栽到你手里。再见,我们还会交手。"声音戛然而止。

"仲仲,仲仲。"一个微弱的声音飘来,家助搀扶雪瑞莱摇摇晃晃迈进阁楼,"仲仲,我的儿在哪儿?"

欧阳仲仲扑通跪倒在地:"妈妈,我是仲仲,是你的儿子。"

"孩子,孩子。"雪瑞莱抚摸着仲仲的头。

"妈妈、伯伯、哥哥、妹妹,我诞生在这个温暖而又多灾多难的家,爸爸妈妈哺育我呵护我成长,小时候与哥哥、妹妹一起玩耍一起生活,享受人间真爱,享受骨肉亲情。我是有家的原机人,有情有爱、欢乐幸福,这里是我的归宿,是我永远留根的家,妈妈。"

欧阳仲仲泪水涌流,强烈搅动空间远隔的亲人同胞禁不住揉搓的心,思乡之情、思母之爱爬上脸庞。

"小哥哥,我是杉杉妮""杉妹你……"杉杉妮跪走到仲仲跟前,两头相抵四只手紧紧攥在一起。

"小哥哥,是我和杉杉错怪了你,曾把你当成谋害我们亲生父母的凶手,埋怨你冷面无情,请你原谅杉杉,小哥哥。"

"小妹妹,凄惨的杉妹,小哥哥从不怪你,是小哥哥没照顾好你,是小哥哥无能才拖欠这么长时间,眼睁睁地看着你屡屡受到伤害却无力相助,请你原谅小哥哥。"

"我的小哥哥！"

"杉杉。"欧阳奕奕跪下来,三人相拥在一起,泪水挂满腮。

"奕哥哥,无辜的奕哥哥,你哪里知道我和杉杉对你的怨恨,是我们错恨奕哥哥,羞辱了奕哥哥的真情真意,请你原谅小妹吧。"

"小妹妹,哥哥知道你心里很苦,哥哥没能与你分担,在你幼小心灵留下累累伤痕,在你最需要亲人的时候,却不在你身旁,只留下你一个人苦苦煎熬,吞下苦涩的泪水。哥哥没能为你擦干眼泪,哥哥无处发泄的怒火只能埋在心里。你在太空遭受冤屈羞辱,哥哥只能望天嘶吼,无力无助可怜的杉杉,可怜的小妹妹。"

家助把墙壁幕布拉开,露出杉杉亲生父母米凯迪与伊蒂贝娅遇难烙印。

欧阳伯第噙着泪水说:"每年的 4 月 25 日,我和家助都会用银黑喷绘凹进去的轮廓,永远铭记凯迪兄弟的悲剧,永远铭记我们全家的悲剧,永远铭记时代对手带给我们的悲剧！杉杉女儿,你在爸爸心中,永远是一颗明亮的星,永远是我们欧阳家族的希望,永远是未来的希望！"

欧阳杉杉、季小峰跪倒在莱茵城。

"爸爸。"欧阳杉杉抬起头,汩汩流淌的泪水灌进嘴里,透过晶莹泪帘,一个饱经沧桑、须发蓬蓬的影像不停晃动,那是自己心中的支柱,那伟岸身躯历经磨难仍透射无穷魅力,凹进去的眼珠仍穿透浩瀚宇宙放射光芒。

杉杉羞愧地说:"爸爸呀,女儿对不起您,您对女儿的慈爱,被女儿扭曲了。女儿曾经在心里埋怨您、记恨您,歪曲您的父爱,误读您付出的心血,您那心里的苦楚,直到今天女儿才深深体味到,16 年把您折磨得变了模样,您为女儿担忧,您为救援空间难民呕心沥血,您为女儿洗清冤屈受尽煎熬,您为我亲生父母的沉冤耗尽心力。现在我终于明白,16 年我们一家为何还在这里坚守,那是陪伴我那含冤而去的爸爸妈妈,陪伴我亲生父母不散的冤魂。爸爸呀,您给了我永不言败的勇气,请爸爸原谅女儿。"

"杉杉,我的好女儿。"欧阳伯第再也忍不住,凹陷的眼窝被泪水淹没。

跪地的孩子们齐声呼喊"妈妈""妈妈"。

雪瑞莱双手端起杉杉妮的脸,仰起头看着墙屏上的杉杉,全身不停抖动。

"妈妈,我是杉杉,是您日夜思念的女儿,是个不孝不敬的女儿。女儿也曾埋怨您、记恨您。我好懊悔、好幼稚,我好恨自己。妈妈,女儿知道,是女儿一点一点改变了您的模样,是女儿让银发一根一根爬满您的头,是女儿让苍老一道一道刻满您的脸,是女儿让您担惊受怕牵肠挂肚。妈妈,16年滴滴滋润恩泽博大,16年倾心教养情深似海,16年含辛茹苦恩重如山。16年,160年,您永远永远都是我亲爱的母亲,世上最最伟大的母亲! 我爱哥哥,我爱爸爸妈妈,我爱这个家! "

"我的女儿。孩子们、欧阳,你们是一颗颗启明星,在我心里发光。我,等你们回家!"雪瑞莱搂着一群孩子,颤抖着向墙壁上杉杉的亲生父母的烙印深深地把腰弯下去。小"金毛"立起后腿躬下身去。

"凯迪、贝娅""叔叔阿姨""爸爸妈妈"——"安息吧! "

莱茵城的晨曦30个小时之后如约而至, 莱茵城市政官员、M·泰格俱乐部成员与数万城民、原机人、机器人围拢在莱茵河旁,河上的盖板已经撤去,清澈的河水在绿色水草陪伴下,与人们等待一个时刻的到来。

耶伦伽四处张望,不见那个熟悉身影,她挤到M·泰格身旁询问,对方直摇头。

此时,城郭响起《蓝色多瑙河》,人们不知什么缘故,眼睛里流露出漠然。安静的莱茵河中心幕纱滑落,"麋鹿号"微型机器人1016塑像,与原机人杉杉塑像并立在晨曦彩霞中。

座底镌刻:永远铭记空间大灾难中的机器人英雄! 2079年9月23日。中国欧阳杉杉、季小峰立。

城郭墙屏映出巨幅影像——欧阳杉杉怀抱大"金毛"与季小峰乘中国太极号飞船频频挥手。